教育部人文社会科学研究青年基金项目资助
“小说交际中言语反讽的认知语用研究”（12YJC740146）

小说交际中言语反讽的认知语用研究

赵虹　著

山东大学出版社

图书在版编目（CIP）数据

小说交际中言语反讽的认知语用研究/赵虹著.
—济南：山东大学出版社，2016.11
ISBN 978-7-5607-5659-2

Ⅰ.①小… Ⅱ.①赵… Ⅲ.①小说语言—研究 Ⅳ.
①I045

中国版本图书馆 CIP 数据核字（2016）第 280659 号

责任策划：郑琳琳
责任编辑：郑琳琳
封面设计：张　荔

出版发行：山东大学出版社
社　址　山东省济南市山大南路 20 号
邮　编　250100
电　话　市场部（0531）88364466
经　销：山东省新华书店
印　刷：济南华林彩印有限公司
规　格：880 毫米×1230 毫米　1/32
10.125 印张　280 千字
版　次：2016 年 11 月第 1 版
印　次：2016 年 11 月第 1 次印刷
定　价：28.00 元

序

作为一种修辞手段和语用策略，言语反讽一直是修辞学、文体学、语言学、哲学、心理学、人类学、社会学和文学批评所关注的对象。在修辞学和文体学领域，亚里士多德（Aristotle）、西塞罗（Cicero）和昆体良（Quintilian）的反讽研究为后来的反讽研究奠定了基础。两千多年以来，人们从不同的视角探索了反讽的语言机制和修辞效果以及反讽生成和理解过程所涉及的心理机制、社会文化机制和动因。反讽研究之所以有如此的魅力，一方面在于反讽是一种充满智慧、妙趣横生的语言现象，另一方面在于反讽概念本身具有模糊性、不稳定性和多模态性。反讽的意义丰富性和功能多样性以及反讽在语言使用中的灵活性、动态性、复杂性和情景依附性使反讽一直处于动态演变过程中，为反讽研究提供了无限的发展空间。

赵虹的《小说交际中言语反讽的认知语用研究》是一部从认知语用学的视角研究小说交际中言语反讽现象的专题著作。本书聚焦小说反讽交际，从“作者—文本—读者”的互动关系入手，整合出一个小说反讽交际的认知语用阐释框架，并在此基础上运用小说交际中反讽理解的语境激活模式、反讽识解的认知评价标准和反讽创造的诗学效果对《红楼梦》反讽交际进行了个案研究。本书着重探讨了小说反讽交际中的三个核心要素：多源语境激活所提供的不相容性、支配反讽识解全过程的最佳关联性和加工隐性评价过程所获得的反讽诗学效果。在研究过程中，作者运用丰富的例证对小说反讽交际发展过程中的认知语用机制作了别开生面的探讨，阐释了多源语境信息的激活和最佳可及性标准在识别反讽意图和品读诗学效果中的作用，揭示了言语反讽使用层面下隐含的生成和运作机制及其交际效果。

本书是教育部人文社会科学研究青年基金项目“小说交际中言语反讽的认知语用研究”（12YJC740146）的研究成果。赵虹在获得项目资助后，全身心地投入到项目研究中，攻克了一个又一个难题。所有的付出终于有了回报。看到厚厚的书稿时，我为赵虹在反讽研究上的新成果感到由衷的高兴，也为她在学术道路上的执着深感敬佩。很多博士生在拿到博士学位后就把学问扔到了一边，不读书，不写文章，也不参加学术活动。这种博士生没有学术抱负和追求，只有眼前的功利和苟且，实在令人难以理解。赵虹从博士毕业到现在，一直笔耕不辍，实在难能可贵。做学问是一件苦差事，任何成果的背后都有着常人所看不到的汗水和艰辛。只有对学术充满热爱，才能够在学术的道路上勇往直前且乐此不疲。在攻读博士学位期间，赵虹选择了言语反讽作为博士论文的方向，并在反复阅读和研究的基础上以“反讽的最佳可及性标准”为理论框架，从语境激活、最佳可及性和诗学效果等方面探讨了《傲慢与偏见》中的言语反讽。她的博士论文《言语反讽的关联理论研究——〈傲慢与偏见〉个案分析》已于2008年由山东大学出版社出版。值得一提的是，她在博士论文基础上写成的“A relevance-theoretic approach to verbal irony: A case study of ironic utterances in *Pride and Prejudice*”一文于2011年发表在语用学权威期刊*Journal of Pragmatics*上，她的研究成果得到了国际学术界的认可。经过近几年的探索，赵虹已经在言语反讽研究领域形成了自己的特色和方向。如今，赵虹的专著《小说交际中言语反讽的认知语用研究》即将付梓，这标志着她的反讽研究又迈上了一个更高的台阶。

关于小说交际中的言语反讽问题，赵虹所作的认知语用研究具有开拓性，但还有大量的课题可做。希望她今后能继续在这个领域不断耕耘，也期待着她在这一领域做出更多的成果。

是为序。

苗兴伟

2016年10月于北京

前　言

自上世纪80年代以来，语用学和认知语言学的飞速发展和日趋成熟为古老的反讽研究提供了崭新的研究视角和方法路径。研究者们愈发关注言语反讽的语用机制、认知过程和深层心理理据。本书以小说反讽交际作为研究重点，从“作者—文本—读者”的互动关系入手，整合出一个小说反讽交际的认知语用阐释框架，着重探究小说反讽交际中的三个核心要素：多源语境激活所提供的不相容性、支配反讽识解全过程的最佳关联性和加工隐性评价过程所获得的反讽诗学效果。

小说反讽交际本质上是指在小说交际语境中现象与现实“在经济原则与高反差原则下的并置”（盎伯，1988：2）。多源语境信息提供的假设与话语命题形成高反差，所产生的不相容性造成受话人产生逆期待性失匹配感受，启动反讽加工过程。这是小说反讽理解的认知前提。最佳相关是整个反讽理解过程的认知制约机制，存在于语境化的对立效应当中：小说世界的虚拟表征与真实世界的现实事态之间的对立；反讽者字面评价与隐含的意欲评价之间的对立；读者的心理期待与语境的逆期待性之间的对立。独特的对立效应促使读者愿意付出更多认知努力捕捉小说反讽交际隐含传达的态度评价、情感体验和诗学意蕴。小说反讽交际的诗学效果指反讽话语的语境不相容效应所诱发的读者认知环境中大量语境假设的“微增长”（marg inal increase，Furlong，1996：109）。对反讽诗学效果的阐释需要与作家反讽意图的显明程度和读者通过拓展激活所获得的语境不相容效应结合起来。不同于其他非字面语言现象（如隐喻）所创造的诗学效果，小说反讽交际主要是传递作家对回声命题的批评性隐性评价。这是在大量增加语境不适切效应显明性的语境中构建起来的。

本书在构建小说反讽交际的认知语用阐释框架的基础之上，依次运用小说交际中反讽理解的语境激活模式、反讽识解的认知评价标准和反讽创造的诗学效果对《红楼梦》反讽交际进行个案研究，主要有以下三方面发现：

第一，对《红楼梦》反讽理解中多源语境激活的研究表明，小说反讽交际必然蕴含对证明明说意义无效的语境信源的激活。正是话语命题的语境不相容性触发了受话人对发话人隐含反讽态度的探察。小说反讽交际突出体现出语境与反讽认知之间的双向互动关系：一方面，语境是使用反讽话语时思维的背景依托，受话人只有对反讽语境线索进行“语境化”过程才能识解反讽。另一方面，语境本身也需要满足一定条件才能对反讽理解施加语用制约。反讽作家在显明其交际意图时会充分考虑小说反讽交际语境激活的独特性，着力借助语言语境（如前景化语言线索和上下文）和知识语境（如百科事实信息）来强化对立效应，以便指引并限制交际双方互知性的搜寻和建构，最终实现双方的“谋和”（冉永平，2012）。

第二，对《红楼梦》反讽理解典型情况的认知语用分析有力地印证了反讽理解的最佳可及性标准的核心理念（Yus，2000a，forthcoming）：是快速识别反讽意图还是推迟反讽意图的识别，甚至是无法识别反讽意图，取决于主导语境信源是否被激活以及激活的反讽语境信源的数量和质量。主导语境信源的激活是实现反讽交际成功的认知先决条件，在此基础之上，所激活的语境信源数量越多，反讽加工的速度越快；反之，反讽加工的难度就会增加，甚至导致反讽交际的失败。

第三，对《红楼梦》反讽诗学效果及实现方式的穷尽性研究发现，《红楼梦》反讽话语的命题内容与语境信息之间的不相容性是创造诗学语用（poetic-pragmatic）效果、进而激发情感体验和态度评价的关键环节，主要表现在锻词、炼句、修辞和谋篇四大层面。前景化的语用—语言要素交互作用，突显反讽交际的本质属性——对立性，表达反讽者对话语命题的批评性隐性评价。无论是作家为显明反讽交际意图而选择语用—语言机制还是读者为消解逆期待性不相容感受而进行的语境拓展激活，都是寻求最佳关联的认知语用过程。通过主动与作家对话，读者最终对小说反讽交际的解读是具有可行性、穷尽性和统一性的文学阐释。

总之，本书实现了两个研究目的。一方面，本书从言语反讽的本质入手，构建了一个研究小说反讽交际的认知语用阐释框架，并证明认知语用视角下的小说反讽理解模式在文学文本分析中的可行性：它不仅可以有效探讨小说反讽交际是如何获得关联性，读者是如何识解反讽文本的言外之力并体味其言后之果的；而且可以揭示反讽者是如何创造丰富而微妙的反讽诗学效果，读者又是如何追求资源最优化配置，实现对反讽诗学效果的文学阐释的。另一方面，小说反讽交际的认知语用阐释模式也为解读曹雪芹独特的言语反讽艺术提供了方法论建议。在对《红楼梦》的言语反讽进行个案研究的过程中，以理论观点指导案例分析，借助案例和数据分析验证并反哺理论研究。这样的研究路径不仅有利于我们认知反讽、运用反讽，而且可以帮助我们从知识组构及运作方式的认知心理角度探究语言加工的认知机制，进一步拓展认知语用学的研究阈限。

本书的研究是对我在山东大学攻读博士期间（2004～2007 年）反讽研究的深化与拓展。衷心感谢我的导师苗兴伟教授对我的耐心指导和长期鼓励。苗教授不但严谨治学，而且为人谦和，始终是我学习的典范。由衷感谢广东外语外贸大学何自然教授一直以来给予我的关怀和勉励。何老的默默关心为我克服科研和生活中的困难增添了许多勇气。特别感谢广东外语外贸大学外国语言学及应用语言学研究中心冉永平教授对我的悉心指导和不断启发。冉教授学识渊博，为人正直，尤其在认知语用研究方面使我获益良多。非常感谢西班牙 Alicante 大学 Francisco Yus 教授从我攻读博士以来一直为我提供大量宝贵的反讽研究资料（如 Yus，1998，2000a，2000b，2009，forthcoming）并给予我指点，使我能够及时学习 Yus 教授各个阶段最新的反讽研究成果。同时，我非常感谢清华大学刘世生教授、河南大学牛保义教授、西南大学文旭教授、华南师范大学曾衍桃教授、南京大学陈新仁教授、山东大学马文教授和杭州师范大学徐国珍教授的点拨。我要感谢山东财经大学外国语学院的领导对本研究给予的支持。我还要感谢山东师范大学段会川教授及其夫人给予我的关心与帮助。大家的支持与帮助使得我能够沉下心来读书做科研。此外，山东大学出版社为本书的出版给予了极大支持，特别是本书的责任编辑郑琳琳为本书的编辑加工和最终出版付出了辛勤的汗水，在此一并表示诚挚感谢。

本书的研究和出版得到教育部人文社会科学研究青年基金项目“小说交际中言语反讽的认知语用研究”（12YJC740146）的资助，谨此表示感谢。

由于时间和条件的限制，本书的研究还存在许多不足之处，书中的错误疏忽在所难免，诚望学界前辈和读者朋友多作建议和指正。

赵 虹

2016 年 10 月于济南

目　录

第 1 章　反讽研究概述

19 世纪哲学家克尔恺郭尔（Kierkegaard，1966）曾写道："正如哲学家们所说的，没有质疑就没有真正的哲学。同样，我们可以说没有反讽就没有真正的人类生活。"（Kierkegaard，1966：378）两千多年来，反讽一直吸引着学者们的注意（Jorgensen et al.，1984）。作为伟大的语言艺术和修辞手段，言语反讽历来是修辞学、文体学和文学批评所关注的对象；作为重要的心智机制和语言机制，反讽展示出期待与现实之间的差异，其生成和理解的深层理据、社会文化特征又是哲学、心理学、人类学和社会学所探讨的内容。20 世纪以来，随着现代语言学的迅速发展，特别是语用学和认知语言学的逐步成熟，学者们发现，研究反讽现象对于研究比喻性话语的认知机制和心理学理论都有重要的启发意义，因而，有关反讽的实验和语篇研究层出不穷。目前，反讽研究已逐渐发展成为一个多维度、多范式的研究领域。本书以小说交际语境下的言语反讽为主要研究对象，运用认知语用视角综合地探讨反讽用法的深层理解机制以及它可能产生或意欲获得的诗学效果，从而更加充分地揭示反讽含意的丰富性、功能的多样性以及用法的复杂性。

1.1　反讽概述

1.1.1　反讽概念的演变与界定

反讽"irony"一词经拉丁语从希腊语"eironeia"得来，意为

“伪装”或“掩饰”。“eironeia”一词最早见于柏拉图（Plato）的《理想国》（*Republic*）中，指“让人上当的圆滑而卑下的手段”。苏格拉底（Socrates）进一步发展了该概念，由原先指行为方式的术语进而指一种特殊的会话方式，即所谓的“苏格拉底式反讽”（Socratic Irony）。会话者“佯装无知”，借此从对方那里获取知识，其真正目的是揭露对方的无知。其实，汉语反讽有着比西方反讽更长的历史，可以追溯到春秋时期。我们可以在司马迁的《史记》中找到如下例证：

（1）楚庄王之时，有所爱马，衣之文绣，置之华屋之下，席以露床，啖以枣脯。马病肥死，使群臣丧之。欲以棺椁大夫礼葬之。左右争之，以为不可。王下令曰“有敢以马谏者，罪至死！”优孟闻之，入殿门仰天大哭。王惊而问其故。优孟曰：“马者，王之所爱也。以楚国堂堂之大，何求不得，而以大夫礼葬之？薄！请以人君礼葬之！”

（《史记·滑稽列传》）

该例所描述的故事发生在楚庄王统治时期（公元前613-前591年）。它是中国历史上最早的有明确记录的反讽案例之一，要比苏格拉底式反讽早出现二百年。

亚里士多德（Aristotle）、西塞罗（Cicero）和昆体良（Quintilian）为反讽的修辞学研究做出巨大贡献，为后续研究定下了基调。在《修辞学》（*Rhetoric*）中，亚里士多德基于反讽的双重性特征，认为反讽不仅可以“通过表扬来批评”，还可以“通过批评来表扬”（转引自Knox，1961）；反讽不仅是一种辞格，还是一种态度；表达与所言相反的意义。西塞罗将“表达相反”拓展到“表达相异”。昆体良进一步细化了反讽研究，指出反讽的目的是多层面的，可以用来批评、表扬和幽默（Quintilian，1875）。反讽的理解需要借助背景知识，如“谈话方式、说话人的性格和话题的性质”（Booth，1974：49）。此后，在修辞学领域，对反讽概念的认识一直没有实质性的进展。从1502年“irony”一词在英语中首次出现到18世纪中叶这二百多年间，虽然反讽作为表达思想的写作技巧已在文学创作领域广泛应用，如英国著名作家斯威夫特（Swift）、蒲柏（Pope）、菲尔丁（Fielding）都创作出大量反讽佳作，但英国和欧洲其他国家对反讽的研究却很缓慢。直到18世纪末19世纪初，"反讽"一词才获得了新的含义，反讽研究出现了新的转向：从研究反讽者转向研究受害者，从研究局部反讽、具体反讽转向研究反讽的普遍化。这个时期的主要反讽家有施莱格尔兄弟（A. W. Schlegel & F. Schlegel）和卡尔·佐尔格（Karl Solger）。F. 施莱格尔认识到反讽的矛盾本质——反讽是"对于世界在本质上即为矛盾，唯有爱恨交织的态度方可把握其矛盾整体的事实的认可"（转引自米克，1992：28）。A. W. 施莱格尔和理查兹（Z. A. Richards）则强调反讽所追求的平衡目标。反讽是为了获得"平衡状态"，而"引进反面事物即辅助冲动的做法"（Richards，1926：250）。他们的观点客观地反映了反讽现象的不同侧面，难怪海因斯（Hynes）作出如下精辟的论断：

> （反讽是）一种人生观，它承认经验可作多种解释，而没有一种解释是绝对正确的；它也承认不协调因素的共存是存在的结构因素。
>
> ——塞缪尔·海因斯（1961）
>
> （转引自米克，1992：32）

关于反讽的界定，一直是"反讽研究中的一个棘手的问题"（Gibbs & Colston，2007：584）。在此，我们将国内外权威辞典对反讽的释义加以比较，梳理出这些释义所体现出的反讽的共性特征：

> Irony：Traditionally of a figure of speech in which one thing is said but the opposite is meant.
>
> （*Oxford Concise Dictionary of Linguistics*，1997：187）
>
> Irony：A figure of speech in which the intended meaning is the opposite of that expressed by the words used；usually

taking the form of sarcasm or ridicule in which laudatory expressions are used to imply condemnation or contempt.

(*Oxford English Dictionary*，1989；转引自张萌，2010：1)

反讽[①]：译自希腊语 eironeia，原为古典戏剧中的一种角色即“佯装无知者”。后演变为一种艺术手法。在新批评论中，反讽是指“语境对一种陈述语的明显的歪曲”，即词语在上下文中发生意义改变，即言非所指。

反语：修辞学上的辞格之一，用本意相反的话语来表达本意即说反话。

（《辞海》1999 年版缩印本，2000：320）

反讽：从反面讽刺；用反语进行讽刺。

反话：故意说的跟自己真正意思相反的话。

反语：反话。

（《现代汉语辞典》第 5 版，2007：377-379）

根据这些释义，反讽至少具有以下共性特征：第一，反讽是隐含的，说话人意义不能通过明说信息直接表达出来，说话人言在此而意在彼；第二，反讽是评价性的，无论是作为艺术手段还是作为修辞格用于言语交际，反讽多是以褒扬的语句表达谴责、蔑视和批评，即反讽包含负面评价；第三，对立是反讽的基本特征，无论是以褒写贬还是以贬写褒，反讽都呈现出所言与所意之间，话语直接表达的意义与语境具体要求的意义之间，以及字面评价与意欲评价之间的对立。可见，权威辞典的释义集中反映了古典反讽研究的核心理念。这些理念一直处于统治地位。直到 20 世纪 70 年代，随着语用学、心理语言学和认知语言学的兴起，反讽研究才逐渐开辟了新的研究视角（沈秋，2008）。

---

① 在我国，从 20 世纪 20 年代修辞研究的早期阶段，经过 50 年代和 80 年代发展至今，国内学者集中研究反讽在交际使用中的言语侧面，将其视为汉语语境中的修辞格进行了许多界定，视反讽为“反语”或“反话”。

1.1.2 反讽的种类

根据不同的研究方法和研究视角，学者们对反讽类型进行了不同划分。我们大致可以分为两大方向：其一是从文学和修辞学角度划分反讽，如 Muecke（1969，1970）的三分法和 Booth（1974）的二分法；其二就是从语言学角度对反讽进行划分，如 Marino（1994）从语用角度将反讽划分为四大类：言语反讽、戏剧反讽、现存反讽（extant irony）和人造反讽（artifacted irony）。Schakel 和 Ridl（1997）在著作《诗歌研究》（*Approaching Poetry*）中遵循传统分类方法，将反讽分为三类：言语反讽、情景反讽和戏剧性反讽。由于本书是从语言学角度对小说反讽交际进行研究，在一定程度上涉及文学与修辞学研究视角，所以在本节中，我们首先简要介绍 Muecke 和 Booth 的分类，然后将阐述的重点放在反讽的语言学分类上。

Muecke（1969，1970）根据听话人对反讽不同的意识程度将反讽划分为三类：显性反讽（overt irony）、隐性反讽（covert irony）和个人反讽（private irony）。显性反讽和隐性反讽都必须为受话人识别才能发挥作用。它们的区别在于：显性反讽一目了然，听话人无需耗费太多推理努力便可理解反讽，相应地，所收获的修辞效果也会弱一些。而隐性反讽则需要听话人付出一定的努力推导反讽意义。个人反讽与前两种类型明显不同，因为它并不是让受害者或其他人感知，只有反讽者自己“偷着乐”。这类反讽通常被认为是具有破坏性的。Booth（1974）根据作者是否左右读者理解将反讽分为稳定型反讽（stable irony）和不稳定型反讽（unstable irony）。稳定型反讽指作者限制读者选择唯一“潜在”的意义，向读者表明该意义是根据规约意义作出的必然理解。与之相反，在不稳定型反讽中，作者允许读者发挥自己的想象力而不对读者的理解加以限制。与不稳定型反讽相比，稳定型反讽更能使读者获得一种成就感和凝聚力，使读者感到作者对自己的能力和智慧充满信心，视自己“同属一个阵营”。

根据语言形式来划分，最常用的反讽包括三种类型：言语反讽、情景反讽和戏剧性反讽。（文旭，2001a）下面，我们对这三种反讽类型加以阐释。

言语反讽（verbal irony）涉及情景与言语表达之间的不一致性，其真正含义明显与字面意义相反或相异。例如：

（2）The Chinese should *thank* Acheson also because he has fabricated wild tales about modern Chinese history.

（转引自李红光，2008：3）

在例（2）中，“thank”一词与其指称语境明显对立：艾奇逊（Acheson）作为侵略者的代言人，极力地为侵略行为寻找借口，对此，中国人民当然嗤之以鼻。由此可见，“thank”表达的真正含义是义愤填膺地揭露与批判。

（3）几个女人有点失望，也有些伤心，各人在心里骂着自己的狠心贼。

（孙犁：《荷花淀》）

从《荷花淀》的故事情节我们可以推知，例（3）中的“狠心贼”绝不能做字面理解。简短三个字，形象地刻画出女人们心中挂念自己的丈夫，急于想见到他们的迫切心情，语气俏皮，基调幽默，充满活气。

情景反讽（situational irony）涉及情景内部的对立，是“在嘲弄个人的许诺和事物的适切性中与所期待的或与常理相反的事态，抑或是与事件相对立的结果”（Lucariello，2007：467）。不可预料性和人类的脆弱性是情景反讽的基本特征。面对无法按照常规运行的事态，人类无能为力。例如：一位经历了长期艰苦卓绝战斗的士兵平安回家，几天后却意外死于车祸；消防站被烧毁。情景反讽通常借助文中的情景描述和反讽笔触传达强烈的讽刺意味。

（4）Wamba mocks the way the Normans impose their language on the Anglo-Saxons, and the way the English nobility absorb the language of their conquers.

（转引自李红光，2008：4）

该例充分体现出情景内部的悖离效应。源自北欧的诺曼人占领法国诺曼底后，出乎意料地被法国同化，由原先讲北欧语改为使用法语；然而，英国被诺曼人征服后英国上层阶级却以讲侵略者的法语为荣，两相对照，事态在与期待情形相背离的过程中产生反讽效果。

值得注意的是，反讽主要是一种语言现象，反讽案例要么更多的是以语言为倾向，要么更多的是以情境为倾向。“言语反讽和情景反讽并不是截然分开的。”（曾衍桃，2006：11）二者都展现出以对立为特征的双重性：在言语反讽中所言（字面义）与所意（非字面意义）不相容；在情景反讽中所发生的与期待发生的不相容。不同的是，言语反讽隐含了反讽者的存在，而情景反讽所隐含的不是反讽者，而是反讽事件的观察者。本书的研究对象是言语反讽，若无特殊说明，本书中的“反讽”均指言语反讽。然而，我们对言语反讽的研究离不开情境，因为人们总是在一定的情境语境之中说话和互动。同样，言语反讽存在于一定的情境之中。情境和共同背景知识影响反讽交际。如果没有反讽者与听众之间的共知，生成或识别反讽是不可能的。

戏剧性反讽（dramatic irony）涉及观众与剧中人物之间的对立：剧中人物相信自己说的是真话，听话人也信以为真，然而了解前因后果的观众们知道真实情况恰恰与话语相反，反讽效果应运而生。戏剧性反讽是在情景反讽的叙述中又带上了画龙点睛之笔，突出戏剧性的转变，它是对言语反讽和情景反讽的综合，具有一种幽默或悲切的效果。（曹婉君，1999）例如：在荷马史诗的《奥德修记》里，求婚者们表示相信奥德修斯将不再回来。其实当时奥德修斯已重返故国，正装扮成乞丐站在宫廷里。

总之，反讽是一个覆盖词，包括多种类型。其中许多类型是从文学和戏剧的角度观察的，言语反讽仅仅是反讽大家族中的一员。以上对反讽分类研究的概述为我们进一步研究反讽的用法和功能奠定了基础。

1.1.3 反讽的语用策略

反讽研究的另一重点是各种用来实现反讽的语用—语言形式和语用策略。这些“语用—语言线索”，与语言外线索一起，被称为“反讽暗示”（文旭，2004），Muecke（1969）列举了一系列反讽修辞用法，其实就是实现反讽的语用策略［见（a)］和实施这些语用策略所采用的方法［见（b)］。

（a）为了批评而表扬，为了表扬而批评，假装赞同受害人，假装向受害人提出建议或鼓励，假装质疑，假装犯错或无知，假装省略斥责，假装攻击受害人的对手，假装保护受害人，谬误推理，呈现出不相容性；

（b）修辞问句，影射或暗示，通过类比反讽，故意歧义，错误表征或错误命题，有意对立，文体上有标记的反讽，降调陈述，夸大陈述，等等。

“任何语法形式在恰当语境中都可以表达反讽意图。”（曾衍桃，2006：13）其中，常见的反讽形式包括：讥讽、夸张、弱言、引用、感叹。下面，我们简要例释之。

［情景］母亲让儿子打扫他脏乱的房间，但儿子清理得很不彻底，母亲不满地说：

（5）a. 你的房间仍然有些东西需要整理。（降调陈述）
b. 你的房间如此混乱，我甚至看不到你在里面。（夸张）
c. 大扫除之后你的房间一团糟。（讥讽）

（Winner，1988，笔者稍作修改）

［情景］在英国春季一个寒冷潮湿的日子里，说话人引用 Browning “Home Thoughts From Abroad” 中的一句：

（6）Oh to be in England

Now that April's there.（引用）

（Wilson & Sperber，1992：55）

该引用显然是反讽性的，说话人真正想表达的可能是“英国的春季并非总是像期待的那样适于居住”，或者是想表达“浪漫就是浪漫，与现实还是存在距离的”。不论哪种含义，语境与引文之间的冲突是理解该反讽的关键。

［情景］你邀请我到 Tuscany 来探望你，在信中你写道：五月的 Tuscany 是地球上最美的地方。可当我抵达时，Tuscany 却是大雨倾盆、寒风凛冽。我禁不住对你发出如下感叹：

（7）Ah，Tuscany in May!（感叹）

（Wilson & Sperber，1992：55）

上述这些反讽策略都是通过提供期待与现实之间的明显对立（即我们所说的不相容性）来反映说话人的反讽意图。我们将在第 6 章对实现《红楼梦》反讽艺术的语用—语言机制进行个案研究，以展示《红楼梦》反讽艺术的语言魅力。

需要特别强调的是，讥讽（sarcasm）与反讽之间的关系在学界一直存在争议。有的学者（如 Muecke，1969；Mizzau，1984；Gibbs & O'Brien，1991）认为二者是一回事；另外一些学者则对讥讽和反讽作了区分。比如：Haiman（1990，1998）认为，反讽对说话人的意图不做要求，但讥讽却相反；反讽可以是情景性的，但讥讽却不能。Sperber 和 Wilson（1981）认为，反讽与讥讽的区别在于：反讽是回声自己的话语而讥讽是回声他人的话语。笔者在某种程度上赞同 Attardo（2001/2007）的观点——“讥讽是一种公开挑衅的反讽类型。”（Attardo，2007：137）更确切地说，讥讽是实现反讽的一种语用策略，有更加明显的语用—语言线索和更加明确的攻击目标。在反讽所创造的诗学效果中，讽刺效果（sarcastic effect）是主要的反讽诗学效果之一。在第 6 章《红楼梦》的反讽诗学效果分析中，我们将通过大量案例分析对讽刺诗学效果作认知语用阐释。

1.1.4 反讽的语用功能

Ferguson 指出，反讽是“让看、思、做去适应并关注看似不可调和的矛盾的一种方式”（Ferguson，1993：56）。在本节，我们主要探讨反讽最为重要的三大功能：贬责功能、礼貌功能和幽默功能，以及汉语独有的三种语用功能所对应的三种反讽形式：褒义反讽、亲势反讽和强调反讽。全面了解反讽的语用功能有助于理解反讽的实质。

1.1.4.1 贬责功能

贬责功能是反讽的主要功能，具有攻击性。贬责有程度之分，根据不同的攻击对象，反讽的贬责功能又可细分为批评不满和讽刺攻击两种情况。当反讽用来对不尽如人意的事态作出否定评价或对人民内部的错误、落后现象表达不满时，反讽通常被用于行使批评功能。例如：

(8) This morning, I was late for work; at noon, I had my bike stolen; on the way home this afternoon, I slipped down in the street. So today, I am certainly enjoying myself.

说话人一天的经历分明是很不顺利的，但却使用了“enjoy myself”这样的表达方式，其字面意义与事态产生明显的对立效应，表达出他对这一天遭遇的不满之情。

在对严重的社会问题或社会的黑暗面进行抨击时，反讽被用来行使讽刺功能，其攻击性非常强。反讽的受害者一般不在场，或不是指某个具体的人而是指一类人。这种情况经常出现在文学作品中。例如：

(9) 阿Q看见自己的勋业得了赏识，便愈加兴高采烈起来……

（鲁迅：《阿Q正传》）

阿Q自己是受迫害者，可他却去欺辱比他更弱势的小尼姑，以博得众人大笑。此处的“勋业”是对阿Q奴性心理和卑劣行径的讽刺和鞭挞，讽得入骨、刺得有力。

由于反讽多数情况下是通过运用肯定积极的表达方式来实施否定贬责的语用功能，所以存在被误解的风险。既然如此，人们为什么愿意使用这种间接策略，而不直接进行批评呢？心理学家和心理语言学家进行了大量实证研究，然而他们的结果却出现了分歧。一部分研究表明反讽用于嘲弄和批评时，比直接批评更严厉，更具有攻击性，因而使受害者感到受辱程度更强（参见Brownell et al.，1992；Kreuz et al.，1991；Colston，1997）。另一部分研究则表明反讽具有润色功能，可以弱化（mute）字面言语所传递的意义，其攻击性较字面批评要弱，相应地，对受害者的负面影响也会较小（参见Dews & Winner，1995；Dews，Kaplan & Winner，1995）。

笔者赞同Dews和Winner（1995）的分析，并进一步细化：不同的实验结果并非完全不相容，这可能是多种因素造成的，但其中一个主要原因是不同情况的反讽对象造成实验结果产生差异。如果受害者在场，直接批评的攻击性很强，会直接威胁到他的面子。为了维护对方的面子，同时也是为了维护自己的面子，说话人会选择间接方式，以反讽来弱化批评所造成的“杀伤力”，起到润色功效。如例（10）中人们对二寡妇弄虚作假，用草纸做军鞋鞋底的指责：

> （10）这时妇女们拿起这双鞋来，这个看看，那个瞅瞅，有的冷笑，有的撇嘴。有个巧嘴妇女笑着说道：“这么结实的鞋，怎舍得拿出来？”
>
> （梁星：《刘胡兰小传》）

假冒伪劣固然不对，但毕竟属于人民内部矛盾。因此，反讽的运用缓解了攻击的力度。

如果运用反讽来评论情境（不存在丢面子的问题）或批评不

在场的人，反讽批评就会比字面批评的攻击性更强。因为它允许受话人同反讽者一起嘲笑第三方，使他们自然而然地成为圈内人，与反讽受害者所代表的圈外人对立起来。（Dews，Kaplan & Winner，1995/2007：315）例如：

（11）... a young healthy child well nursed is at a year old a most delicious，nourishing，and wholesome food，whether stewed，roasted，baked，or boiled；and I make no doubt that it will equally serve in a fricassee or a ragout.

（Swift，"A Modest Proposal"）

作者假装站在统治阶级的立场上提出建议——解决饥饿和人口过多问题的有效方法是吃掉穷人的孩子。作者相信读者与他同属一个阵营，能够推知他实际是在抨击那些道貌岸然的伪君子的残酷本质，而抨击的力度要比字面批评强得多。

上述问题的探讨自然而然地引出了反讽的第二项语用功能——礼貌功能。

1.1.4.2　礼貌功能

反讽是"拯救面子的机制"（face-saving mechanism）（Brown & Levinson，1978/1987；Jorgensen，1996：613；Colston & O'Brien，2000a：1557）。通过使用反讽，说话人一方面设法批评和攻击反讽对象，另一方面，他设法使批评不太明显，从而维护受讽者的面子。可见，反讽具有"可缩进性"（Berrendonner，1981：238）。不过，这一功能的实施是有条件的，受到话题性质的制约。Dews，Kaplan 和 Winner（1995）的实证研究表明，在以下两种情况中使用反讽可以维护反讽参与者的面子：第一种情况是当人们对另一个人的所作所为作出评价时，会触及到该人的面子。如果说话人以批评为目的，但又不想挑起事端，那么她最好以间接方式表达批评，这样，批评的攻击力度会减弱，受话人也不会感到太过尴尬。

第二种情况是当人们对另一个人的冒犯行为作出评价时，反讽批评可以维护双方的面子。在这种情况中，直接攻击很有可能引发受讽者的反攻击，从而威胁到双方的面子。但如果使用间接的反讽批评方式，说话人给受讽者留有作出不同回应方式的余地，批评力度虽然并未减弱，但说话人看起来自控力更强，受讽者受侮辱的程度相对较弱，相应地，对双方关系的负面影响会大大降低。可见，反讽也可以发挥社会控制功能（social control function，Dews，Kaplan & Winner，1995）。综合上述两种情况，我们有理由认为虽然反讽本身是威胁面子的行为，但作为实施面子威胁行为（FTA）的间接性策略之一，反讽可以让说话人以看似不具有攻击性的方式攻击对方（Barbe，1995：89），从而让说话人规避因直说其意所招致的冲突以及反讽对象由于过于不安而进行反击。因此，反讽是一种礼貌方式，将对立的两个方面统一于一身：既包容，又排斥；既用于批评，又可缓解批评；既拯救了反讽对象的面子，又维护了反讽者自身的面子。

1.1.4.3 幽默功能

由于反讽能够隐含批评、维护面子，进而在表面上保持礼貌，所以可以被用于幽默和戏谑之中。Dynel 在其主编的论文集 *The Pragmatics of Humour across Discourse Domains*（2011）中，就将反讽作为实现幽默的文体学修辞格进行专题探讨。可见，反讽也是一种娱乐源，或多或少含有幽默的成分，使得语言更加生动而富有感染力，从而达到特殊的交际效果。例如：

(12) It would be a fine thing indeed not knowing that what time it was in the morning.

(13) 要是再分给一个老婆叫咱也受受女人的罪才更好呢。

（丁玲：《太阳照在桑干河上》）

例（12）把早上一觉睡到自然醒看成惬意的事情。此处的反讽创造出一种轻松、愉快的基调，不带丝毫贬责意味。在例（13）

中，光棍汉若能娶个老婆自然是求之不得的事，反讽表达使这些话语幽默而有活气。

作为维护面子的间接批评方式，反讽经常出现在人际间的戏谑之中。戏谑或多或少具有攻击性。反讽戏谑的攻击程度因受讽者是否在场和受讽者社会地位高低而不同。戏谑对象在场的情况下，为了避免直接攻击，说话人可以通过讲述反讽笑话对其进行批评，或使他在众人面前出洋相（曾衍桃，2006：22）。例如：

（14）有一个人特别小气，从来舍不得请人吃饭。有一天，邻居请了许多客人，便借这个人的家设宴。有人看见这家有客人，便问仆人道："你家主人今天请客了?"仆人回答说："想让我家主人请客，等到下辈子吧!"主人听了这话骂仆人，说："谁叫你许他时间?"

（曾衍桃，2006：18）

该例的反讽者是故事的叙事者，他超身事外，冷静地实施反讽，嘲笑那家主人葛朗台般的吝啬与自私。当受讽者有着比反讽者更高的社会地位时，反讽幽默和反讽戏谑更多的是用来善意地规劝受讽者。反讽者故意反"正道"而行之，顺着对方的错误思路进行发挥，把对方的谬误加以夸大，使对方听后猛然醒悟。这就是修辞学中所谓的"反陈本意"（徐鹏等，2007：215）。譬如，后唐时期庄宗到中牟县打猎，人马踏坏了大片农田。该县县令恳请君王爱惜庄稼。庄宗一怒之下，要杀县令。这时善用反讽的敬新磨将县令揪到庄宗马前，故意附和皇上旨意列举县令罪状。敬新磨说："你身为县令，难道不知道我们皇上只是爱好田猎吗？你为什么要放纵县民多种庄稼以贡赋税？为什么不让县民忍饥挨饿，空出田地来让皇上打猎？罪大恶极，该杀！该杀！"接着又对庄宗说："皇上，请赶快行刑吧！"可是庄宗却红着脸息了怒，说："算了吧，恕他无罪。"

反讽在行使幽默功能的同时也可起到联络交际双方关系的作用。因为在反讽交际中，为了相互理解，双方必须共享情境知识和有关说话人对情形事态的评价方面的知识。这种由使用反讽所隐含的相互知信可以增加交际双方的亲密感。借用 Lakoff 的话语："反讽凭借假定的同族感并进一步加强了这种同族感：理解反讽传递出'你我相同'的含义。"（Lakoff，1990：173）这意味着反讽能够创造出一种小集团感。甚至是在有些涉及反讽戏谑的情景中，戏谑对象可以识别说话人的反讽意图，但他不会将其理解为批评。相反，他会断定说话人认为他开朗大度，经得起开玩笑。"在这种情况下，团结是在戏谑中使用反讽的目标，即使这种团结是单方面的意愿。"（曾衍桃，2006：22）

反讽的语用功能往往随着语言的不同而不同。在汉语中，有三种独特的反讽形式，其语用功能为汉语言所独有。它们是：褒义反讽、亲势反讽和强调反讽。

褒义反讽言在贬而意在褒。与一般的"正话反说"不同，此类反讽多是用来刻画人物性格的。譬如，《红楼梦》中的王熙凤在为贾琏洗尘的家宴上就一连运用多个褒义反讽把自己夸耀了一番：明明认为自己才高识广，能言善辩，却说自己"见识又浅，口角又体"；明明觉得自己聪明能干主意多，却说自己"心肠又直率，人家给个棒槌，我就认作'针'"；明明知道自己协理宁国府操办秦可卿丧事很成功，贾珍也很感激，却说"依旧被我闹了个马仰人翻，更不成个体统，至今珍大哥哥还抱怨后悔呢"。（徐鹏等，2007：217-218）这些褒义反讽的运用从侧面反映出凤姐张扬的性格和善辩的口才。

亲势反讽表达出强烈的感情，流露出交谈双方的亲密关系，带有"打是亲，骂是爱"的感情色彩（李红光，2008：43）。例如：在日常生活中，恋爱中的女孩对她们的男朋友说"你真坏""你真讨厌"，妻子称自己的丈夫为"死鬼""挨千刀的"等。在文学作品中此类反讽也很常见，如在《红楼梦》第十九回"情切切良宵花解语，意绵绵静日玉生香"中，宝玉嫌别人的枕头脏，要和黛玉歪在一个枕头上，"黛玉……起身笑道：'真真你就是我命中的<u>天么星</u>——请枕这一个。'"（曹雪芹，2006：188，强调处为笔者所加）。再比如下面一例：

（15）最后张腊月无可奈何地笑骂道："我现在才认识你，你是个顶坏顶坏的女人啊！"

（王汶石：《新结识的伙伴》）

强调反讽是一种"习惯性反讽"（徐鹏等，2007：220）。有些肯定话语习惯性地做否定理解，如例（16）；而有些否定话语却往往需要被理解为肯定的，如例（17）：

（16）好容易到了年末，有一日，母亲告诉我，闰土来了，我便飞跑的去看。

（鲁迅：《故乡》）

（17）一个月来的郁闷顿时一扫而光，心里好不高兴。

（阿里巴巴网站：《女业务员这样陷入骗局》）

强调反讽也经常出现在我们口头交流中，如"人来人往，好不热闹"（徐鹏等，2007：220）。此类反讽主要是汉语中规约性的表达方式，能有效地起到加强语义的作用。

至此，我们已对反讽现象作了较为清楚、较为全面的一般描述。我们发现，由于反讽蕴涵丰富，因此，其功能多样、种类繁杂、范围广阔，拥有较大研究空间。鉴于此，我们将普遍的导引研究聚焦到小说反讽交际的具体研究上，力争为反讽现象作出新的阐释。

1.2 反讽识解研究的重要事实和问题

我们对反讽现象的概述进一步表明：若想从语用—语言学角度解释反讽的识解问题，就必须考虑以下事实并能够回答下面的问题。这些事实和问题也是本书着重探究的内容。

事实1：反讽概念难以准确界定

言语反讽是一种充满智慧、妙趣横生的语言现象，反讽概念本身具有模糊性、不稳定性和多模态性。如何准确界定它几千年来一直困扰着热衷于研究反讽的学者们。绝大多数词典和参考文献都采用反讽的传统界定——反讽是一种所言与所意相反的修辞格。然而，许多研究早已表明：该界定太过狭窄，因为它不能涵盖所有反讽案例；该界定又太过宽泛，因为它不能有效地将反讽现象与非反讽现象区分开来。[①] 造成这种尴尬局面的主要原因在于反讽是隐含的而不是显性表达的语言现象。反讽的隐含性导致"反讽没有易于识别的独立标准"（Barbe，1995：71），也"不存在专门标记反讽的标志"（Barbe，1995：71）。比如：当反讽话语涉及非真值的功能意义时，我们不能用否定机械地解释反讽者的真正意图。例如：A给朋友帮了倒忙，造成很大损失。朋友对A说"谢谢"。这句反讽话语否定的并不是真值条件，而是"感谢"言语行为的适切条件，更准确地说是违反了感谢言语行为的真诚条件。因此，我们应该结合说话时的语境信息从语用角度加以阐释，而不是简单地运用逻辑否定来确定受话人意义。

"曾几何时反讽概念如同一艘停靠在港口的泊船，海风海潮、固力变力慢慢地将它拖离码头。"（Muecke，1982：7）现在反讽一词的意义已不再是几个世纪前反讽所表达的意义了，它因语言、因国度、因地域、因民族，甚至因研究者而有所不同。由于反讽一直处于动态演变过程中，我们无法用静止的理论去客观地描述它；又由于反讽具有双重性质、多种功能，我们很难用单一的模式去全面地阐释它。鉴于这些原因，本研究采用描述法，动态地研究反讽概念在交际中所固有的共同语用认知特征和运作机制。

事实2：反讽识解与认知语境密切相关

反讽是间接的，包括字面意义在内的反讽所意（即价值）的重构是在最佳关联假设的指引下根据交际双方共享的认知语境信息推理获得的。可见，"反讽是纯语用现象"（Attardo，2007：164），反讽识解过程与认知语境联系紧密。反讽所涉及的认知语

① 相关述评请参见Kaufer（1977，1981），Cutler（1974），Myers Roy（1976，1977，1978），Wilson & Sperber（1992，2012），Utsumi（2000），Attardo（2001）。

境信息涵盖范围广阔，不仅包含参与者的个人特征及参与者之间的相互关系，还包含即时情境、社会环境和文化背景等。反讽识解若想获得成功，交际双方不但需要共享一定的认知语境假设，而且受话人必须了解话语是如何与双方已建立起来的共享背景知识相关联的。如果说“表象与现实的对照是反讽的基本特征”（Muecke，1982：33），那么探察话语所言与相关认知语境假设之间的失匹配就是识解反讽的必要条件（本书第3章将对此作详细阐释）。“反讽表层含义的某种悖谬或命题的字面意义与语境的不匹配迫使人们不得不重新认识、重新品味。”（涂靖，2005：135）反讽意蕴正是在双重含义的对照中应运而生。例如：

（18）这位船长已被埋葬，假如没有奥尔沃西先生的友谊，也许，说不准早已被人们忘却；奥尔沃西先生关心如何让船长流芳百世，就请一个十分熟悉船长的、完人般的大才子，为他写下如下的墓志铭。

（这段铭文对于粗心的读者来说，似乎不过是普通墓志铭所用的谀墓之辞，但它断言，布利菲儿船长的屈尊在世为世界增添了光彩。——原注）

（菲尔丁：《弃婴托姆·琼斯的故事》第二卷第九章；转引自米克，1992：81）

要识解菲尔丁在这段话中所表达的反讽意图，读者必须与作家共享有关Blift船长为人的背景知识（该船长是个令人生厌的人）。不过，文本的语言语境线索，如“也许，说不准早已……”（降调陈述）、“完人般的大才子”（极端正面描述）以及言过其实的墓志铭本身在一定程度上也可以引导读者探察命题内容与认知语境之间的对照关系。由此，我们有理由断言，离开认知语境，反讽识解将无法获得成功。

事实3：反讽态度是一个连续体

反讽者不仅仅想传达命题内容所表达的真实思想，同时，她还想传达她的态度、评价和情感。这种态度、评价和情感有时

“反映出一种敌意的或贬抑的判断或诸如愤怒或轻蔑这样的情感”(Grice，1978：125)。[①] 展示言语反讽情感的最佳例子是 Jonathan Swift 的名篇《一个小小的建议》(“A Modest Proposal”)。在这篇文章中作者对英国统治阶级给予无情的抨击，表达的愤怒是极为辛辣的。事实上，反讽态度不仅仅局限于表达负面情感，它还可用来表示关爱或逗趣等正面情感（虽然它在比例上要远远小于表达负面情感的情况）。因此，反讽是一个介于讽刺批判与幽默友善之间的连续体。在 Hutcheon（1995：47）所提出的反讽功能图式中，反讽的情感功能不仅包括挑衅、抨击、对立、自我保护、疏远、荒谬等多种情况，而且也存在程度上的等级区分。

反讽者具有双重性格：一方面，她想表达她的贬抑态度；另一方面，她希望与这种情感保持距离。(Chen，1990) 这就是我们前面所提到的：反讽具有可缩进性。尽管反讽者对反讽目标怀有真实情感，反讽者却试图看起来与这种情感投入相分离。因此，说话人可以在使用反讽的同时不对话语隐含的攻击性承担责任。例如：当听说亨利在他的四门课中有三门得了 F 时，我说“亨利是个真正的天才”，我不仅清楚地表达了亨利不是天才这一意义，而且还表达了对亨利考试成绩差的轻视。但如果我的听众谴责我说“你不该那样瞧不起人”，我可以为我自己辩护：“我并没有瞧不起亨利。我只是说亨利是个真正的天才，不是吗?”事实上，听者不可能对我话语的字面意义提出任何指控。

除了考虑这些事实外，言语反讽的认知语用研究还必须解答如下问题：

问题 1：说话人使用反讽的动机是什么？即反讽者为什么不直抒其意，而是使用反讽这种间接表达形式？

问题 2：识解反讽的关键因素和指导原则是什么？即反讽者如何才能确保听者能够获得她的反讽信息？听者又是如何意识到说者的态度是反讽性的？

---

① 有关先前学者是如何认识这一事实的总结，请参见 Sperber（1984：130-131）。

问题3：反讽的诗学效果是如何获得的？即听者一旦识别话语的反讽性，他是如何确切理解反讽者的真正意图和情感态度的？

本研究试图证明：目前，对言语反讽现象的大量研究，虽然富有洞察力和启发性，但都无法全面解释上述所有事实，回答上述所有问题。本研究运用认知语用视角为言语反讽理解提供一个修正理论，旨在更加系统地阐述上述事实和问题。

1.3 研究理据

在认知语用理论的基础上，本研究对文学文本中言语反讽的理解进行研究，指导思想是视文学为语篇、为交际，强调语境的重要作用。这样做的理论依据包括如下三点：

第一，对言语反讽进行认知研究是非常必要的。“语言研究从根本上说是认知研究。”（Nuyts，1992：3）作为语言使用的一个方面和一项重要活动，反讽理解要求在它与各种语境因素的互动关系中进行研究。其产生、理解和表征的认知过程是研究的关键，对于阐释言语反讽的理解和使用至关重要。因此，从认知角度研究反讽话语是必要的，也是可行的。该研究必将揭示人类认知的奥秘。在这一思路的指导下，本研究表明认知语用理论是如何在话语理解的一般原则方面和研究反讽现象的方法方面区别于其他理论的。

第二，根据Sperber和Wilson（1987）的观点，在评价一个研究人类交际的新方法时应考虑的一个问题是该方法是否与研究人类交际所涉及的多个领域相关联，如理论语言学、语用学、文学研究，是否能够促进它们之间富有成效的互动。既然文学被认为是“语言艺术”（Halliday，1983：viii），文学文本就为语言学者研究最先进的理论模式提供了试验场，为语言学理论的应用、验证、进一步改进和完善提供了基础。通过构建言语反讽的认知语用理论框架，并用该框架分析文学语篇中的反讽话语，本研究试图证明运用认知语用方法研究反讽是可行的。对言语反讽个案研究的成败会影响到我们整个话语理解观，也对认知语用学研究范围的拓展具有重要意义。

第三，没有对文学及其语境化加以阐释的一般交际理论是不完整的；同样，没有对普遍交际资源的使用加以阐释的文学理论也是不完善的。一方面，文学交际涉及多个参与者（人物、作者、读者等）和多种实现途径，具有多维多边的特殊性；另一方面，从人际互动角度看，文学交际与其他类型的交际并无本质差别。文学文本的写作和阅读可以被看作是互动交际过程。回声、认知语境等认知语用概念允许我们在通用交际理论中阐释文学交际的特殊性并将反讽与其他非字面语言形式如隐喻、双关、影射等联系起来。借助这些术语，本研究将文学反讽交际整合到言语反讽的认知语用理论框架中，这对文学的语言学分析大有益处。此外，动态的认知语境观提供了为命题选择最佳语境所遵循的认知原则，从而涉及文学理论的关键问题。通过运用改进的反讽理解的认知语用理论框架分析文学文本中的反讽话语，本研究将为分析文学反讽交际提供方法论建议。由于涉及三个理论领域，即文本、语境及二者之间的结合领域，这些建议将会为文学语用学的理论构建贡献微薄之力。

1.4 研究目标

本研究的目标是小说反讽交际发展过程中的认知语用机制，主要探索多源语境信息的激活和最佳可及性标准在识别反讽意图和品读诗学效果中的作用，全面介绍言语反讽使用层面下隐含的生成和运作机制以及它可能产生或意欲获得的交际效果，从而揭示其意义的丰富性、功能的多样性和使用的复杂性。

为了实现这个目标，本研究首先结合小说的特殊交际过程，分离出小说交际中与反讽有关的语境信源，探讨它们在反讽理解中的作用，勾勒出统一的符合小说反讽交际特点的描述性认知语用理论框架。然后结合与小说交际密切相关的因素（文化、诗学、作者、读者等），探讨支配整个反讽认知过程的认知原则，反讽隐含的认知与推理、反讽性态度及诗学效果的传递与品读。最后，把这个理论框架应用到《红楼梦》言语反讽的个案研究中，侧重运用理论框架中的三个组成部分（语境激活模式、最佳可及性标准和诗学效果）分别考察反讽现象，体现这三个组成部分是相对独立，又互为关联的有机整体。本研究将集中在言语反讽的一个重要问题上：作者和读者是如何实现成功交际的？希望通过这一研究和探索，我们能更加深入地揭示小说交际中反讽理解的主客观条件和支配原则，从而更好地理解会话现象。

1.5 研究方法、研究语料和术语的使用

本研究以认知语用理论、文学语用理论和 Yus 的反讽观为指导探讨小说交际中反讽理解的认知规律和认知过程，揭示其认知语用特征，进而透视其本质。本研究以定性研究为主，定性研究与定量分析相结合，演绎法和归纳法相结合。根据认知规律演绎推导出反讽理解的认知过程；根据个案研究归纳出小说交际中反讽理解所依据的认知标准。作为个案研究对象的《红楼梦》被誉为“世界文学名著中之最富 irony 者”（柯大栩，1983：171）。本研究从中选取了 138 例典型的言语反讽，通过定性分析为言语反讽的认知研究提供更充分的证据。在可能的情况下，我们把各类典型情况的反讽案例进行穷尽性搜索，而且把这些实例制作成数据表格，比较直观，也有利于分析，较好地实现理论和实践相结合，使得我们所提出的小说反讽交际的认知语用理论框架更加具有说服力和完备性。

至于语料，作为本研究和任何一般的科学性研究的关键元素，其范围、大小和代表性特别受到关注。从性质上讲，本研究运用四类语料。第一类是编造语料。Sperber 和 Wilson（1986/1995）和 Yus（1998，2000a，2000b）在其论述中主要使用这类语料。其优点在于它们的适应能力强，使用恰当。当然，编造并非单纯的虚构。编造的语料依然应该让正常的本族语者感觉真实和自然，从而认为在恰当的语境中可能会说出或听到这样的话语。这类语料大多出现在前三章，主要用于解释与言语反讽有关的关键概念。

第二类语料是从与讨论的会话现象相关的理论文献中摘录出来的现成语料。在利用相关理论的同时，将原始语料一并引入是为了便于呈现，同时也是为了保证可信性。第三类语料取自小说、戏剧、诗歌、散文等文学文本。它们是最发人深省的，因为“文学审美接受活动得以进行，文学审美价值的实现，都是以……文学文本的存在为前提的”（李荣启，2005：324），需要将其置于具体语境中，进而嵌入到更广的语篇世界里。这样能更加充分地体现出认知语境在意义重构中的重要作用。第四类主要是在个案研究部分（第4～6章）所使用的语料。它们取自古典名著《红楼梦》，以周汝昌先生2006年校订版为主，部分语料来自其他版本，如程甲本、甲戌本、东麓书社1993年出版的版本。其经典的反讽案例为读者营造出更广阔的再创造空间，通过激活读者相关语境信源，使读者把自己相关的经验调动起来从而唤起读者的情感体验。这类语料不但旨在证明运用认知语用理论分析言语反讽的可行性和有效性，而且还旨在展现曹雪芹反讽艺术的独特魅力。

为了更好地理解反讽交际，有必要对其中涉及的参与者及相关术语的使用稍加解释。理想会话状态一般涉及说者、听者，有时可能涉及听众，即旁观者。会话是双向的，随着话轮的推进，发话人和受话人会不断地进行角色互换，尽量避免重叠、打断和修正（参见Goffman，1971）。在日常反讽交际中，反讽者一般为说话者。但在小说反讽交际中，反讽者可以是作者、叙述者或说话人物。受害者，即反讽对象，是指那些没有理解反讽和那些受到隐性攻击的参与者。最简单最直接的反讽交际状态是受害者就是听话者。但实际情况可能会复杂得多。因为受害者可以在场，也可以不在场；可以是一个具体的受话人、一群具体的听众，也可以是普遍的理解者，甚至是整个人类。这样一来，受害者与听话者并不完全对应。基于与反讽者和受害者的关系，听众不必积极参与其中便可识别并评价言语反讽。也许正是由于这种复杂性，反讽现象才会变得如此迷人，犹如透过万花筒看到的景象一般，异彩纷呈。当需要使用代词指称而对话者的性别又没有明确指出时，我们遵循 Sperber 和 Wilson（1986/1995）的规约做法，用“她”来指代发起者而“他”指代反应者。

1.6 研究意义

从古代修辞学到现代语言学，反讽一直是个永恒的探究主题。近年来，语用学研究强调与认知分析的结合，为此反讽的认知语用研究十分重要。当前，对反讽的认知语用研究还显得不足，多集中研究反讽的语言特征、表现形式或语言结构，尤其缺乏对反讽理解的认知语境制约、认知语用机制等方面的深入研究。（冉永平，个人交流）本书正是针对类似重要问题而设计的，关联理论等认知语用思想的运用可验证认知原则对反讽理解的有效性，促进认知语用学研究的深入拓展。因此，本书具有一定的理论创新和实际价值。

从本研究的理论价值上讲，可以归结为两点：

第一，在回声解释论（Sperber & Wilson，1986）提出之前，反讽研究由于忽视了言语反讽的认知特征而无法揭示其本质。回声解释论创建性地引进“回声”概念，具有较强的阐释力，但没有详细解释听者究竟是如何识别贬抑态度的。本研究致力于从言语反讽的本质入手，探讨在实现反讽理解的过程中激活了哪些机制，以及识别反讽意图需要使用什么标准，并尝试着为反讽研究提供一个更加系统的认知语用理论框架。该框架整体体现为关联，把人际会话过程看作是在具体语境下搜寻最佳关联的过程。这样就把回声解释论、动态的认知语境观和 Yus 的反讽理解模式三者的优势结合起来，能比较全面地说明言语反讽识解的认知推理过程。与运用单个理论来解释反讽含义推导的传统做法相比，这是一个新的尝试。

第二，先前的反讽认知研究是根据信息处理的一般认知理论去解释反讽理解，主要研究的是面对面的日常交际，很少论及小说交际过程。即使是在那些相关论述中也只是强调小说交际与日常交际的共性，将其纳入到信息处理的一般交际模式中，对其特殊性阐释得还不够充分。我们将研究聚焦到小说交际上，在借助认知语用理论科学性、整体性、归一性优势的基础上，糅合了许多跟文学交际密切相关的因素，如文化、诗学、作者、读者等，照顾到了文学的艺术性、特殊性、变异性等特征的需要，构建一个符合小说交际特点的反讽认知阐释模式，为反讽交际的文学语用分析规划出一个具有操作性的、多元的、动态的体系。

从本研究的实际价值上讲，虽然关于《红楼梦》本身的研究成果可谓汗牛充栋，但是专门从认知语用学角度谈《红楼梦》的专著、论文集却不多。据笔者统计，截至2016年9月底，"中国博士论文全文数据库"从语言学角度对《红楼梦》艺术进行研究的博士论文共有20篇，其中只有一篇是从认知语用角度进行研究。目前还没有对《红楼梦》反讽语言艺术的系统研究。我们从认知语用角度对《红楼梦》反讽交际进行个案分析，并采用理论诠释与数据统计相结合的方法，为品读《红楼梦》反讽艺术的独特魅力提供一个新的视角，为认知语用学和文学批评结合研究提供借鉴和参考，为文学语用学的发展注入新的活力。

1.7 本书布局

本书由7章组成：

第1章是全书的概述，对反讽进行一般描述，解释了反讽识解研究的重要事实和问题，阐明研究理据、研究目的和研究意义，简述研究方法和语料，澄清相关术语的使用，规划全书的结构，作为实际研究的起点，为随后章节的研究提供指导原则。

第2章是言语反讽研究的理论流派，是对言语反讽的语义学、语用学和心理语言学研究进行概括和反思，并指出这些理论流派的优势与局限，为本研究提供历史和学术背景，然后得出结论：在这些理论中无法解决的问题从某种程度上可以在认知语用框架中得到解决。

第3～6章构成本研究的主体部分。第3章为本研究构建理论框架。这一章首先总结关联理论等相关认知语用理论的核心观点。

然后，以回声解释反讽理论和动态的认知语境观为理论背景，以Yus的反讽理解模式为理论框架的核心，试图从认知语用的角度研究并阐释反讽识解。这一章主要探讨小说交际中反讽理解的语境激活机制、小说交际中反讽识解的认知评价标准，并在此基础之上构建小说交际中反讽理解的认知语用理论框架。此外，本研究还尝试着将上述理论框架应用到文学反讽话语的分析中去。我们将分析认知语用学与小说交际之间的"关联"，并在文学语用视角的观照下，对小说交际中的反讽识解过程作全景透视，探讨人们究竟是如何通过语境拓展激活和认知语用推理获得小说反讽交际的文学阐释的，从而论证该理论框架"可上可下"，既可以从宏观上、总体上解释和指导小说交际普遍性问题，也可以作"局部放大"处理，帮助说明较微观、较具体的反讽交际问题。

在第4、5、6章中，我们依次运用语境激活模式、最佳可及性标准和诗学效果来阐释《红楼梦》反讽交际的认知过程。通过个案分析我们证明借助动态的认知语境观以及认知语用学，特别是关联理论对间接性、弱隐含和诗学效果的阐释，我们所构建的反讽研究的认知语用理论框架根植于言语交际的合理解释理论，可以与关注一般文学交际和具体反讽理解的文学理论研究互动，做到理论与实践真正意义上的结合，进而证明认知语用机制阐释文学交际的可行性和有效性。

第7章结语部分总结了本研究的主要发现、研究价值及研究局限。针对研究局限我们尝试着对未来研究提出初步构思，以便使言语反讽研究不断拓展和深化。

第2章　言语反讽研究的理论流派

迄今为止，从现代语言学角度对反讽所进行的研究已取得了可喜的成果，语义学、语用学、心理语言学、认知语言学等，都在反讽研究领域做出了突出贡献，产生了许多理论流派。但由于反讽是极其复杂的认知过程，人们对它的研究仍然存在一些问题和局限。本章在回顾和总结重要反讽理论流派取得的主要成就的基础上，简要勾勒反讽研究发展的轨迹和主要特点，反思存在的主要问题，为构建一个统一的、系统的言语反讽阐释框架，提供理论背景和学术支持。

2.1　语义学研究

传统观点认为，反讽是说出与意图相反或相异的语句，可形式化表述为如果S说出一个句子，其（字面）意义是M，她想要传递一M，即互补意义。总的来说，传统研究中对言语反讽的标准看法是将反讽视为一种修辞格，“用一个词来表达其反义词的意义”（Ducrot & Todorov，1979：278），其中涉及两种意义：字面意义和比喻意义。在理解反讽话语的过程中，听者以比喻意义替代字面意义。这实际上是语义理论所采用的反讽观。从该观点看，反讽通过在话语单调乏味的字面意义上附以更加有趣的、引人入胜的比喻意义来获得修辞效果。

通常情况下，有四种语言机制可以提高语义对立或语义颠倒所需要的意义强度。它们是：词汇手段、句法手段、文体手段和韵律手段。首先是词汇手段。

（1）词汇：单词

a. Bob is a genius.

b. Bob is an exceptionally clever human being.

c. Bob is a big brain.

（转引自文旭，2004：21）

有些词，如天才（a genius），无需语义强化。它们可以独立使用因为它们本身负载着极高的正面意义。这一点通过释义（1）b和（1）c便可清楚地展现出来。

第二类是句法手段。主要有三种句法途径可以强化目标表达方式。

（2）a. 句法：最高级

Truly this is *the sweetest* of theologies.

b. 句法：感叹句

What a clever idea!

c. 句法：焦点主题化

A precious lot you care about my wallflowers.

（转引自文旭，2004：22-23）

（2）c的说话人不是在感谢听话人，而是在谴责听话人对她的蔷薇花漠不关心。不过，这些反讽理解已被语法化。正如Bolinger（1977：85）指出的，这些不可变反讽不仅依赖焦点主题化，还依赖表达反讽意义的特殊词汇如a lot，fine，lovely等，以及主题化成分的不确定性。

第三类是我们相对熟知的文体手段。做作的表扬或过度的礼貌总是近乎反讽的。

（3）文体手段：礼貌

a. Could you do me the favor of shutting up?

b. Would you mind if I asked you to please consider cleaning up your room sometime this month?

（转引自文旭，2004：24）

这些社会指示用法提升了礼貌程度，从而创造出完全相反的情形，在（3）a 中是语言上的，而在（3）b 中是情景上的，因为母亲对她的儿子过于礼貌了。

最后一种是韵律手段。言语反讽经常带有某些韵律特征。例如相应地拉长重读音节。

（4）韵律手段：附加重音

Well, I like THAT!

（转引自文旭，2004：25）

当然，并非所有的言语反讽都使用上述手段：有些反讽可能采用一种手段；有些反讽则可能倾向于使用两种或多种手段。请看例（5），这是从 Umberto Eco 的 *The Name of the Rose* 中选取的一个段落：

（5）"Truly this is the sweetest of theologies," William said, with a perfect humility, and I thought he was using that insidious figure of speech that rhetors call irony which must always be prefaced by the pronunciation, representing its signal and justification—something William never did.

这段话的叙述者叫 Adso，是 William 的一个学徒。这只不过是他在温和地抱怨，其中至少存在三个反讽信号。第一个是"truly"：一个回声标记语；第二个是"sweet"：一个词汇标志。请注意，sweet 是个极端正面形容词。第三个是语法手段：使用了最高级。这一切在一句话中结合起来便生成了被修辞学家们称为"反讽"的隐含修辞格。

言语反讽甚至会扩展到整首诗或整部小说。Dorothy Parker 的许多故事和诗作都属于这种类型。例如：在下面这段摘录中，Parker 是在嘲笑一位老妇人行为举止仍旧如同小姑娘一般。虽然最后两行是反讽的关键，但它们的作用是确保读者将整首诗理解为反讽性的：

(6) So let me have the rouge again,
And comb my hair the curly way.
The poor young men, the dear young men
They'll all be here by noon today.

So bring my scarlet slippers, then,
And fetch the powder puff to me.
The dear young men, the poor young men—
They think I'm only seventy.

(Dorothy Parker, "Ninon de Lendos, on Her Last Birthday")

还有一种反讽可能不会使用上述任何一种语言手段，但仍然表达反讽意图。像文旭（2004：25）所举的下面这个例子：

(7) Robbing a widow of her savings was certainly a *noble* act.

可见，反讽的传统语义学研究侧重分析孤立语句的句法语义特征，而将语境因素排除在外。其代表人物是 Myers Roy（1981）。Myers Roy 重点研究反讽与语句或语句成分之间的关系。她认为：反讽是一种脱离实际语境的语义现象；语句是否具有反讽内容可以孤立地探讨或检测，而不应以主客观语境因素为转移，因为语境可以允许对许多不同类型的话语作出反讽理解，也允许对同一话语作出许多不同的理解。Myers Roy 主张说话人在反讽话语中传递相互对立的两种信息，听话人注意到这两种可能的理解，并根据先前经验自己作出选择。如果听话人不能知晓话语的非字面意义，那么他们就无法识别该反讽话语。与此同时，她也认识到反讽存在于一定情景语境中词与词之间、词与句之间或句与句之间的关系当中。因此 Myers Roy 根据反讽的对立性将其分为述谓对立和语用对立。前者指句子层面的对立；后者则指经验与经验表述适切性之间表面上的不匹配。可以看出，尽管 Myers Roy 主要是从语义学角度研究反讽，但她的分析中不可避免地涉及了语用因素。这说明：语义学视角可以为反讽研究提供一种分析方法，帮助描述反讽的语义特征，却无法全面地阐述反讽现象。

虽然对立说能将反讽的间接表达与非反讽话语类型区分开来，因为只有言语反讽"颠倒"意义，但是由于传统研究没有对"对立"概念作出进一步说明，该定义对于反讽的阐释过于模糊。我们常常很难准确判定反讽话语字面意义的反面是什么。例如：当听说亨利四门功课中有三门得了 F 时我说"亨利真是个天才"，我的意思是亨利不是个真正的天才，亨利是个脱离实际的天才，还是亨利是个真正的傻子呢？这句话表达的真正的反讽意图不明确。另外，存在大量诸如反讽提问、克制陈述、感叹和引用之类的反讽话语。它们不能简单地按照传统方法被分析成表达与字面意义相反的含义。在第 1 章"反讽的语用策略"部分，我们已通过多个案例详细阐释，在此，仅举一例反讽性引用加以说明。试想在一个下着雨的交通高峰期，说话人面对伦敦的交通阻塞说出了下面这句话：

(8) When a man is tired of London, he is tired of life.

(Boswell, *Life of Johnson*；转引自 Wilson & Sperber, 1992：55)

若想理解该言语反讽，受话人必须识别这是一句引文，而且不能仅仅将其当作是在传递字面意义的反义。说话人并不是在否定话语"当一个人厌倦了伦敦时他就厌倦了生活"所表达的命题，而是在取笑这句话所表达的情感、原本想要传达的对伦敦的印象等。因此，反讽引用不符合言语反讽的传统界定。

以上案例充分表明：对立说无法全面恰当地描述作者为了创造反讽而使用的各种复杂技巧。它无法合理解释反讽话语的不确定性。这促使人们对反讽另作界定：反讽是一种修辞机制，其字面意义与说话人真意相异。这一修正主要是为了处理那些无法简单地在述谓分析框架中解释的反讽案例。异义说可以很好地描述标志反讽用法的间接性，但是它在描写层面上仍然有失偏颇，正如Haverkate（1990：81）所认为的，“相反”过于具体，排除了某些反讽范畴；“相异”又过于宽泛，因为“相异”同样适合于隐喻、转喻、夸张等具有间接性的修辞语言。例如Gordon和Lakoff（1975）所讨论的这个句子：

（9）Can you pass the salt?

在例（9）中说话人实际上不是想询问听话人是否有能力把盐递过来，而是想表达：

（10）Will you pass the salt?

该例符合异义说对反讽的界定——说话人说出了表意与真意不同的话语，但该例显然不是反讽。

更有趣的是，在许多反讽案例中，说话人的确相信其话语的字面意义为真，与此同时也清楚地表达出她的反讽意图。（Sperber & Wilson，1981；Barbe，1995）比如：前方有辆车在没亮指示灯警示的情况下突然拐弯，坐在主驾驶位置的你对坐在副驾驶位置的我说：

（11）I love people who signal.

Barbe（1995）也提供了一个极好的例证：

（12）At a dinner party，Will is serving lettuce. Hilda，who is allergic to lettuce，initiates the following exchange：

Hilda：“Is that lettuce?”

Will：“Last time I checked.”

（Barbe，1995：37）

在上述例子中，说话人似乎说的都是真话，而不是与字面意义相反、背离或相异的意义。如例（12）中，Hilda想以明知故问的方式来礼貌地表明她不能吃莴苣。Will的回答无疑是真实的，因为在场所有的人都能看见Will手里拿着莴苣。句子意义和说话人意义之间不存在反讽对立。其实，Will 是借助话语的冗余性暗示出句子意义与实际意图之间的不相容性，间接地表达了他对 Hilda 的批评和戏弄。

还存在一个更加普遍的问题：对言语反讽的恰当解释不应仅仅停留在描述层面上：我们不仅需要知道言语反讽是什么，还应当解释它得以存在的基础以及它的运作机制。根据传统语义观，一句反讽话语传递一个单一确定的命题。也就是说，相同的意思可以通过纯字面话语来传递。那么，说话人为何使用反讽话语而不直抒其意呢？看来，传统语义观无法解释反讽话语与它们所对应的字面表达之间存在的差异。例如：按照传统观阐释，反讽话语（7）［在此重复为（13）］应严格地语用等价于字面表达（14）：

（13）Robbing a widow of her savings was certainly a noble act.

（14）Robbing a widow of her savings was certainly not a noble act.

然而（13）和（14）在它们表达的语用效果方面明显不同。凭直觉，反讽话语（13）表达了说者的某种态度并且在听者身上创造出某种印象。这样一来，即使是符合传统界定的那些例子也不能准确地被描述为它们仅仅表达了与字面意义相反的含义。同样，言语反讽许多已被充分描述的特征，如反讽者道德上的优越感、言语反讽经常针对一定的受害者、伴有反讽语调，都无法借助这种意义颠倒机制加以解释。Wilson 和 Sperber（2012：124）曾指出，一个阐释理论需要（a）解释通过使用字面义传递比喻义所实现的功能；（b）为从字面义推导出比喻义提供认知上可行的程序。传统语义观在这两个方面均不尽如人意。因此，我们不但需要对言语反讽另作界定，而且也要对言语反讽另作解释。

事实上，言语反讽是一个没有规约且依赖说者话语语境资源的语用范畴。听者识别反讽因为他们注意到与命题主旨或语境不一致的信号。因此言语反讽的理解需要具备说者性格和话题性质方面的知识。换言之，理解反讽需要背景知识。在这一方面，语用学为反讽研究提供了新的视角。下面我们以言语反讽的传统语用学研究和认知语用学研究两个专题分别述评。

2.2 传统语用学研究

正如上面所展示的，近些年来语言学取得了飞速发展，许多新的方法可以更好地解释出现在我们日常生活中的反讽。然而，言语反讽实质上是一个高度依赖语境的语用现象。正是20世纪90年代初语用和超句分析帮助语言学在言语反讽理论中增添了实质性的内容，使形式分析上升到更高的层次。语用学领域中一些重要理论和原则都被应用到了言语反讽的分析中。

2.2.1 Grice的标准语用理论

Grice率先从语用学角度研究反讽。1967年他提出了著名的合作原则及其四准则，并在此基础之上提出了有关反讽的标准语用理论。Grice将古典修辞学中的“比喻意义”概念重释为“会话含义”，认为反讽是一种会话含义。反讽者有意违反质准则的第一次则（即不要说你认为是虚假的话语）（Grice，1967/1989：34），隐含与字面意义相反的含义（参见Myers Roy，1981：42；Kaufer，1981：500；Sperber & Wilson，1986：31ff；Wilson & Sperber，1992：53-56）。Grice的标准语用模式可以解释一些典型的反讽案例。例如：

（15）I left my bag in the restaurant，and someone kindly walked off with it.

（Wilson & Sperber，2012：123）

这句话违反质量准则因为它明显与我们的一般情景期待（拣到别人的包应主动归还失主）相悖。这表明说话人不相信字面意义所表达的命题内容。基于共同的会话合作原则，受话人可以推知说话人这样说必定另有深意（即会话含义）。根据Grice的理论观点，（15）应当隐含（16）：

（16）Someone unkindly stole my bag.

与传统语义理论相比，Grice 的反讽观是完全语用性质的：反讽含义的获得建立在语用替代机制的基础之上——语用隐含替代字面意义。对反讽话语的恰当解释被认为是仅仅由会话含义组成，是根据语用推理模式逻辑派生而来。他的观点似乎缓解了语义学理论在界定和获取话语比喻意义方面的问题，因为语用替代论注意到了反讽语义多元化问题，试图从语用推理的角度解释反讽隐含。然而，正如曾衍桃（2000）所指出的，无论语义替代论还是语用替代论都未能对反讽的认知基础和反讽理解的认知标准这两个关键性问题作出科学的解释。传统反讽观之所以失败，主要原因在于把认知基础建立在字面意义假设这个语义条件之上。由于 Grice 等沿袭了这一认知基础，其标准语用观同样存在类似局限，因而不具有彻底的革命性。两种理论都将反讽与其他修辞（如隐喻、夸张等）同等对待，将其视为对某一准则/规约的违反，都将比喻意义/会话含义视作对字面意义的背离，是通过某种语义/语用替代机制从字面意义中推导而得。对 Tanaka（1973）和 Cutler（1974：117）的格赖斯式反讽理论的分析以及对 Muecke（1973）和 Booth（1974）的前格赖斯反讽理论的分析证实了上述看法。Kaufer（1981：499）也认为 Grice 的反讽理论与传统的反讽理论在本质上是相似的。较之传统的反讽语义观，Grice 反讽语用理论的重大意义在于对反讽产生的条件作出了规定（即违反合作原则的质准则），并且提出反讽的含义需在这个条件基础上进行推理。

尽管如此，Grice 的反讽语用理论存在一些不足之处，其中之一便是其研究范围过于局限，把反讽仅仅视为对质准则的违反。事实上，违反其他准则或不违反任何准则抑或听话人没有觉察到这种违反的存在都不会影响反讽的理解。① Kaufer（1981：502）

① 参见 Kaufer，1981；Alba Juez，1995；Utsumi，2000。

指出，Grice 理论无法具体说明话语在何种条件下被用作或被感知为反讽，因为公开违反合作准则对于反讽生成或反讽识别来说并不是充分（更不是必要）条件。例如：

(17) That was a curb you just drove over.

在（17）中，说话人遵守了质量准则，却违反了数量准则（即提供必要的信息，但不要提供多余的信息），因为说话人告诉听话人的内容是对听话人显而易见的或听话人已经知道的。该违反的出现是由于 Searle 有关告知的适切条件——说话人告知听话人某些他不知道的但说话人相信听话人想知道的事情——没有得到满足所造成的。

有趣的是，Grice 本人其实也举了一个通过违反其他准则产生反讽隐含的例子。该反讽话语所违反的是方式准则：

(18) Miss X produced a series of sounds that corresponded closely with the score of "Home Sweet Home".

(Grice，1989：37)

Sperber 和 Wilson（1981）提供了一个克制陈述的例子：

(19) Two people are caught in a downpour... "It seems to be raining."

对于该例，Sperber 和 Wilson 指出说者并不是说出与真正意图相反的话语，而只是所言信息量比所意要少。毫无疑问，该例不是违反质量准则，而只是违反了相关准则（所说的话显而易见，因此不相关）或数量准则（说话人提供的信息量不足）。事实上，违反准则不是言语反讽的必要特征。不违反任何准则同样可以产生反讽。（参见 Kaufer，1981；Holdcroft，1983）合作原则尤其不能解释不违反任何准则的反讽。下面这个例子摘自《纽约时报》(*Times*)（1980 年 5 月 19 日）一封有关美国盟友拒绝支持卡特对伊朗和阿富汗政策的信：

（20） America's allies—always there when they need you.

该陈述没有明显违反质量、数量或方式准则因为作者似乎准确、充分并毫无歧义地表达了意欲的内容。它也没有明显违反相关准则因为作者的攻击切中要害。（20）是模仿英国警察的服务口号“Always there when you need them”创造的言语反讽。它明显与回声的服务口号相对立，表达出与口号截然相反的态度。通过突出这一对比，作者讽刺美国的盟国依赖性太强，而对美国没有多少帮助，但该效果不是依赖对合作准则的违反来实现的。

请看另外一个例子。Peter 并不知道 Brenda 的工作情况，也就无从判断她的话语（21）是否违反质准则。即便如此，他也能体会到话语的反讽意味。特别是当话语伴有韵律特征时更是如此。(Barbe，1995)

[情景] Peter 看见他的朋友 Brenda 一大早就在工作，并听到她说：

（21） I've had a great morning!

这些例子表明违反准则对于实现反讽来说既不必要也不充分。建立在违反准则基础上的反讽观无法区分言语反讽和其他包含违反准则的非字面话语（例如：隐喻、间接言语行为）。

Grice 的阐释，就像传统反讽观一样，也无法解释使用反讽的心理动因。也就是说，它不能阐明既然说话人能够直截了当地说明自己的交际意图，为何偏要正话反说地间接表达其真意。Sperber 和 Wilson（1995：240）通过一个例子来阐释该问题。假定我们开车出行，在上主干道前你停下来察看两侧。路上没有东西阻挡，但当你准备继续开车时，我平静地说：

（22） There's something coming.

一听到我这话，你立即刹车看向两边，但路上依旧畅通无阻。当你询问我说话语（22）的原因时，我温和地解释说我只是试图让你放心道路的确畅通无阻。显然我的话语满足反讽的传统语义定义。该话语可能是假的，而且存在一个我可以如实表达的逻辑上相关的假设（23）：

（23）There's nothing coming.

为什么你没有立即得出结论认为（23）就是我要表达的内容？传统反讽观无法作出满意的解释。Grice 也无法解释（22）究竟比（23）多了什么？他们的理论中都隐含了对字面意义的抛弃和对适切含义的重构。这样一来，展现在我们面前的是：根据标准语用理论，反讽过程需要耗费多余的认知努力却得不到额外的收益作为补偿。这样的解释是缺乏说服力的。而且，近期的实证研究表明：至少有些比喻性理解并不比字面理解耗费更多的努力。这些实证结果恰恰与 Grice 的"字面优先"模式相矛盾（Gibbs，1986a，1994；Giora，2003；Glucksberg，2001；Gibbs & Colston，2012）。其实，（23）至多不过是话语（22）的隐含前提，而不是它的主旨。话语（22）的关键是在表达我对你一贯表达的某种观点所持的一种态度，并通过这样做来隐含：你的太过谨慎、过分忧虑使你看起来很滑稽，诸如此类。倘若我只想表达（23），那么我当然会直接表达这一假设。可见，反讽使用的心理动因和人的认知分不开，对其阐释常常要诉诸人的主观意图和信念。因此，反讽既是对语义学的挑战，也是对 Grice 标准语用模式的挑战。

Grice 反讽理论的第三个问题是他认为所隐含的总是所言的否定意义。用这种纯否定算法解释一些复杂句或以隐喻形式出现的反讽就显得苍白无力了。例如：

（24）My mother is a mouse.

（25）a. My mother is timid/shy/extremely quiet.

b. My mother is resolute/outgoing/gregarious.

（26）a. 〈1st stage〉

Metaphor：My mother is timid/shy/extremely quiet.

b. 〈2nd stage〉

Irony：My mother is resolute/outgoing/gregarious.

（文旭，2004：32）

在没有任何语境线索的情况下，听话人似乎不可能获得说话人意欲表达的意义。（24）至少存在两种可能：它可以被用来唤起我们模式化地赋予老鼠的特征，即它可以表达隐喻意义（25）a；然而还有一种可能是（24）的说话者想要表达她的母亲是坚决的、外向的和合群的，也就是说，说话人意欲让（24）被理解为反讽意义（25）b。借助隐喻，是为了阐明内容，即隐喻被用来传递所谈话语的信息；借助反讽，是为了作出评价，即反讽被用来传递说者对话题所持的信念、情感或态度。在这里，对反讽意义的理解依赖对隐喻意义的理解。不经过第一阶段而直接挖掘字面意义的相反或相悖意义，是无法获得言者的真实意义的。换句话说，（24）有可能是通过把理解的两个阶段强加于听者而把隐喻和反讽结合起来，如（26）所示。这意味着（24）的反讽意义不能通过简单地否定或颠倒它明显的字面意义来准确预测。

Grice 反讽理论的第四个问题与给定语句的句法结构有关。根据反讽理解的传统观，进而一脉相承的 Grice 的反讽观，反讽意义是通过否定或颠倒给定语句的主句的字面意义而获得的。然而存在一些该方法无法解释的情况。请看（27）的反讽理解：

（27）We admire those who are honest.

（文旭，2004：34）

根据传统反讽观，（27）的反讽意义要么是（28）a，要么是（28）b，其主句的字面意义被否定或颠倒。然而，这并不是话语真正表达的意义。

（28）a.　* We do not admire those who are honest.

b.　* We despite those who are honest.

（27）的反讽意义也不能通过否定或颠倒关系从句的字面意义而获得。

（29） a. * We admire those who are not honest.

b. * We admire those who are dishonest.

（30） We despite those who are dishonest.

（27）意欲表达的反讽意义其实是（30），其主句和关系从句的字面意义都被颠倒。这里必须指出的是（27）中作宾语的名词短语包含一个限定性关系从句，通常是不包括在否定范围之内的。然而在（27）所表达的反讽意义（30）中，（27）的限定性关系从句被否定（或更确切地说，从句的命题意义被颠倒）。

Grice 言语反讽理论存在的第五个问题在于它没有解释像（31）这样的反讽话语和像（32）这样的一般断言在文体效果方面的重要差异。

［情景］在校运动会上当一个个头矮小的男孩被绊倒但仍坚持到达终点时，一位观众转向另一位观众，对他说：

（31） It's a bird—it's a plane—it's Superman.

（32） It's not a bird, it's not a plane, it's not Superman.

（31）显然是反讽，因为它事实上是句引言。然而它却给反讽的语义理论和标准语用理论造成许多问题。在这些理论中，（31）会被分析成带有比喻意义或会话含义（32）。在字面上它是正确的，但很难看出为什么它也会被当成开玩笑。对此，Grice 没有提供答案。根据我们在下一章所作的分析，这些差别源于（31）是回声式解释而（32）则是一般性断言。为了理解像（31）这样的回声性解释，听者不仅需要识别回声性暗指，还要识别所表达的态度，这两方面都不是理解（32）这样的一般性断言所必需的。

最后，正如下面所展示的，Grice 理论也无法准确阐明反讽的字面意义是怎样过渡到会话含义的。另外，它无法表明言语反讽中的会话含义与更标准的会话含义是同一类型。这样一来，认为言语反讽的会话含义其实是话语字面意义的反义这一观点，与 Grice 的中心理念——会话含义是证明说者说话时遵守会话准则的前提——是不一致的。那么，在不极度扭曲含义概念本身的情况下，反讽话语的理解就不能被简化为对会话含义的寻求。显然，Grice 没有成功地将比喻性理解融入到他的整个语用理论当中去。

Grice 在其后期著述中也承认他对反讽的阐释还不够充分，并提及一些反讽特征旨在对其先前的理论假设加以补充或为其他研究指明方向。不管怎样，Grice 对反讽的研究是具有启发意义的。随后的反讽研究不论从什么角度以何种方式，大都以标准语用模式为出发点。

2.2.2　Leech 的反讽原则

Leech 对言语反讽的阐释具有更多的格赖斯主义性质。他认为：要想礼貌，说话人常常面临合作原则与礼貌原则之间的矛盾，不得不在二者之间力求达到平衡。反讽是一种有效的方式，因为它能使说话人用一句客气话表示出自己的反感，表面上违反合作原则，而实际上在更高层面维护了合作原则。从这一观点出发，他在合作原则和礼貌原则的基础上建立了人际修辞的二级原则——反讽原则（Irony Principle）。Leech 对其论述如下：

> 如果你一定要攻击别人，至少要以一种不公开与礼貌原则发生冲突的方式进行，要使听者通过话语的含义，间接领会你言辞中的锋芒。
>
> （Leech，1983：82）

请看下面这个例子：

(33) A：Xiao Wang has lost your dictionary.
　　 B：I like THAT.

例（33）中，B 明显违反质量准则。其反讽含义可以通过以下方式推导出来：B 的话语对小王是礼貌的但明显不真实。B 不直截了当说 I hate that，而用反讽 I like that，可能出于礼貌而不便表示自己的不满，或可能表面上对小王表示尊重。反讽通过会话含义的形式表面上友好，实质上冒犯，是一种虚假的礼貌。因此言语反讽的功能可被解释为：

> 如果礼貌原则失败，很可能双方都失败：直接控告导致反控告，威胁导致反威胁，等等。但由于反讽对礼貌原则是口惠而实不至，因而在回应中不太容易违反礼貌原则。所以反讽原则让攻击远离冲突的边缘。
>
> （Leech，1983：144）

诚然，反讽原则利用礼貌原则达到合作的最终目的，可以有效避免人际间的正面冲突。该原则可以对违反某些 Grice 准则的案例具有阐释力。然而，Leech 的反讽原则似乎存在两个问题：第一，他忽视了在§1.2 中所罗列的大量有关言语反讽的事实，特别是事实 3，即：言语反讽表达情感和态度，但同时反讽者竭力在情感上保持距离。Leech 所关心的仅仅是反讽话语的命题内容。反讽的听者大概可以推导出反讽者表达的命题意义，但如何推导出反讽者的情感、态度、评价这些非命题的但却明显是言语反讽的基本内容呢？让我们再看一下例（33）。B 的话语不仅意味着对小王不礼貌但却真实的内容“我不喜欢那样”，而且还意味着 B 对小王的行为感到反感和愤怒。遗憾的是，Leech 无法解释听者是如何解读反讽话语的这种态度的。Leech 理论的第二个问题关系到他在 1983 年构建的整个语用理论。如果用反讽原则来单独解释反讽，逗趣原则（Banter Principle）解释逗趣（Leech，1983：144），那么该如何解释其余的修辞格呢？难道我们也要有隐喻原则、明喻原则、悖论原则、讽刺原则，即每个辞格都有一个阐释原则吗？Leech 似乎是一解释语料的规律性就猛增原则，因而至少违反了语言科学应当遵循的简洁性原则，即在保证穷尽性和一致性要求的基础之上，力求在理论上达到高度的概括。

2.2.3 Brown 和 Levinson 的反讽观

Brown 和 Levinson 同样继承了 Grice 的反讽观。他们声称：

如果有线索表明说话人的意图是被间接表达的，那么通过说出与意图相反的话语，违反质量准则，说话人可以直接表达他意欲的反讽含义。（Brown & Levinson，1987：221）这种线索可以是韵律的（如鼻音化）、身势的（如假笑）、语境的，或是语言的（诸如 real，regular，just 和 exactly 之类的模糊限制语）。另外，他们认为反讽在本质上带有威胁面子的内容：它必须表达一种广义识解的批评。这是为什么呢？按照他们的观点，原因是言语反讽是针对由批评内容造成的潜在面子威胁而实施的间接性策略。为了不丢面子，或为了维护面子，最礼貌的策略就是以间接的方式承认威胁面子的行为，例如：让其威胁性掩藏在言语反讽中，从而不用公开地强迫对方识别它。

2.3 认知语用学研究

2.3.1 Sperber 和 Wilson 的回声理论

20 世纪 80 年代以来，随着认知科学的兴起和发展，反讽研究出现了新视角和新方法。语用学者们改变以往对反讽理解的社会语用研究思路，转而从认知语用角度研究反讽，将其视为一种思维方式，反映了人们对事物的看法和情感。代表人物有 Sperber 和 Wilson（1981）、Clark 和 Gerrig（1984）、Barbe（1995）、Kaufer（1981）、Toolan（1996）等，其中 Sperber 和 Wilson（1981），Clark 和 Gerrig（1984）一反传统提出较为彻底的反讽提述论（Mention Theory of Irony，后发展为回声解释论）和反讽伪装论（Pretense Theory of Irony，后发展为共同伪装论）。它们都是关于反讽生成的心理动机的认知语用理论，其理论观点有相似之处，同时也存在不同之处乃至争论，其他后续理论都是对这两大理论的发展或回应。在§2.3.1 和§2.3.2 中，我们简要述评、比较回声论和伪装论。在第 3 章中，我们将在详述关联理论反讽观及其不足的基础之上，从认知语用角度加以补益，构建更加符合小说交际多维多边性的反讽理解阐释框架。

近些年来，在反讽的语用研究领域最具影响的就是 Sperber 和 Wilson 的回声理论（Sperber & Wilson，1981，1986；Sperber，1984；Wilson & Sperber，1992，2012）。与反讽的传统语义观不同，回声论强调语境信息在反讽的理解和生成中所起的关键性作用，并创建性地引进“回声”（echo）概念，认为反讽者不是在说与所意相反的话语，而是在回声归属于某个人、某个团体、甚至是整个人类的思想（如信念、意图、基于常规的期待），用以表达对被回声意义的贬抑态度（如嘲弄、怀疑或批评）。对反讽话语隐含意义的理解依赖于以下三个因素（Sperber & Wilson，1986/1995：240）：(a) 识别话语的回声性；(b) 识认回声源；(c) 识解言者对回声观点所持的贬抑态度。例如：

(34) Mary (watching a politician on TV): Politicians never lie.

(Wilson，2014a)

在其特定语境（Mary 在电视上看到一位政界人士在讲话）下，Mary 显然是在反讽，但对她隐含意义的理解，不能像传统否定观那样简单地理解为 Mary 的真正意图与字面意义相反——“政治家有时说谎”或“政治家总是说谎”。相反，Mary 通过回声“政治家不说谎”这一常规期待间接表明她的嘲弄、鄙夷或蔑视等态度。所针对的可能是电视节目中的那位特指的政界人士，也可能是泛指政治家，抑或是任何相信“政治家不说谎”的人。可见，识别反讽的关键在于找到话语的回声性和说者对话语所持的贬抑态度。

Sperber 和 Wilson 的回声理论是建立在他们关于话语理解的关联理论框架的基础之上的。认知语用视角的运用使得回声论比经典反讽理论和 Grice 的标准语用理论具有更强的阐释力。比如：无论是经典反讽理论还是 Grice 的标准语用理论都无法对反讽态度的作用以及反讽与隐喻等其他辞格在态度方面的区别作出明确而完满的解释。虽然 Grice 注意到反讽涉及对负面情感的表达，但他却没有将这一思考纳入到他的反讽阐释当中去，而是像经典反讽理论那样将反讽与隐喻等其他比喻性语言一视同仁，看成是对规约、常规或者质量准则的违反。那么，同样表达非字面意义，为什么反讽表达区别性的态度，而其他比喻性语言则没有呢？对此，回声论可以作出较有说服力的解释：反讽所传递的不是比喻意义而是一种态度，一种对归属思想持有的态度。而且这种态度是贬抑性的，说话人通过视归属思想为荒谬的、错误的、信息量不足的或不相关的而将自己与该思想拉开距离。因此，反讽态度不像先前所认为的那样仅仅是反讽的一个特征，而是反讽的组成部分（Wilson & Sperber，2012：141）。真正使反讽态度具有区别性特征的是它的对象必须存在：它可以直接指向所归属的思想，也可以间接指向持有该思想的一个人或一类人。我们借用 Grice 的例子简要说明这个问题：

（35） A and B are walking down the street, and they both see a car with a shattered window. B says, *Look, that car has all its windows intact*. A is baffled. B says, *You didn't catch on; I was in an ironical way drawing your attention to the broken window*.

（Grice，1967/1989：53）

B 的话语"Look, that car has all its windows intact."符合 Grice 界定反讽的所有条件——B 说出明显虚假的话语，想要表达与之相反的含义——但这句话不是反讽。对此，Grice 无法作出合理的解释。在回声论看来，这句话之所以不是反讽是因为没有证据表明这句话被回声性地用来表明说话人对归属思想持贬抑态度。换句话说，这句话缺少表达反讽态度的对象。但如果我们为其设想一个合理的语境，就可以使之成为反讽：我一直担心将车整晚放在那里是否安全，你向我保证把车放在那里绝对完好无损。正在此刻，我们同时看到那儿停放着一辆玻璃破损的汽车。于是，我对你说，"Look, that car has all its windows intact."我是在反讽因为我回声了你刚刚作出的保证。可见，“没有反讽态度就没有反讽；而没有回声的归属思想作为对象，也就没有反讽态度”（Wilson & Sperber，2012：141）。回声论的阐释更具有说服力。

另外，对反话正说的出现频率远远高于正话反说这一不对称现象，传统反讽理论鲜有论及。但凭借强大的“回声”概念我们却可以从认知心理的角度剖析这种现象存在的原因：回声的内容可以包括“社会标准、规范和对事物的普遍预期”（Sperber & Wilson，1998：285）。由于人们总是倾向以乐观的视角来看待世界（Boucher & Osgood，1969），并将其内化于行动，形成对事态的正面期望和积极的行为规范和价值判断标准。所以，当期望受挫，标准、准则被违反时，人们自然会通过回声心中的一种普遍愿望表达讽刺、谴责，或对遭遇的不满，或调侃自己以摆脱尴尬处境。（曹佳、吕一行，2004：40）而正话反说由于是以负面话语表达正面态度和情感，一旦听话人未能识别其中的语用非真诚性，就会作负面的直义理解，所承担的风险相对较大。因此，反话正说更符合人类“省力原则”的倾向。Giora（1995：255）也通过实证研究表明：被试加工正话反说比加工反话正说更加困难。该结果进一步证明回声论对此问题的阐释具有科学性。可见，无论在理论应用的普遍性上，还是在理论的阐释力上，回声理论较经典反讽理论和 Grice 的标准语用理论都具有明显的优势。

尽管该理论对许多问题都有很强的阐释力，但作为研究反讽的理论框架，它还存在不足之处。第一，回声论视话语的回声性为反讽的必要认知语义条件这一主张过于极端，因为“它不仅不能概括所有言语反讽运用范畴，而且即使在会话性反讽中也有很多反例”（曾衍桃，2006：146）。回声既不是判别反讽话语的必要条件，也不是充分条件。一方面，“回声”概念范围宽泛，并非所有的回声都是反讽性质的，因此，无法将反讽与其他用于非反讽目的的回声用法区别开来。如下列话语尽管是回声式，但在既定语境中不具有反讽色彩。

(36)(大家正在谈论某人时某人就到了。)
呵，老兄，真是说到曹操，曹操就到。

(37)(A问B该如何处理某事，B回答：)
外甥打灯笼——照旧(舅)。

(曾衍桃，2001：416)

另一方面，“回声”概念又太过狭窄，无法解释所有反讽案例。换言之，反讽并非一定是回声性解释。根据Wilson和Sperber(1992)，一句话语是另一思想或话语的回声性解释，其条件是这两个命题具有相同的逻辑隐含和语境隐含。然而，请看下例：

(38) Jesse said “I'd be promoted before you.” to his colleague Peter.

Peter: Thank you for informing me of your priceless opinion.

从Peter的话语中我们看不出任何回声的迹象，因为他的回答与Jesse的前序话语并不存在相同的隐含，但在其特定语境中，Peter确确实实表达出反讽的意图。

第二，回声提述论主张反讽中的回声提述必须是隐含的。这一论断值得商榷。因为这意味着反讽话语的上下文中不能存在任何显性的提述线索，话语的回声提述地位必须通过推理获得。由此类推，只要一个人说出某句话，就有可能是对另一话语的回声提述。那么，听话人如何知道说话人不是在提述另一个人对他人话语的提述呢？可见，回声提述论的这一主张很容易导致假设的无限递归性。(Attardo，2007：147)

第三，该理论没有充分解释识别话语回声性和说话人贬抑态度的过程中激活了哪些机制(参见Mariscal Chicano，1994：333ff；刘正光，2002：17)。尽管语调和身势语(Sperber & Wilson，1981，1986)以及慢语速、鼻音化(Kreuz & Roberts，1995)等在某种程度上可以表明说话人对话语命题持不赞同态度，但对于缺乏这些日常面对面交际线索的书面反讽语篇来说，如何确定其反讽诱发机制尚有待解决。这正是我们在本书第 3 章所着重探讨的问题之一。

第四，回声理论一方面对反讽态度具有很强的阐释力，另一方面又将反讽态度局限在负面态度的范围之内而显得不够全面。其实，反讽不仅可以表达“拒绝”“责备”“蔑视”“鄙夷”等否定性态度，它还可以“用来开玩笑，或表达关爱”（Holdcroft，1983：496），如（39），抑或是用来实现某种独特的交际或宣传效果，如（40）。

（39）（Your stock broker calls on you for the third time to announce unexpected dividens and say:）Sorry to keep bothering you like this.

（Giora，1998；转引自刘正光，2002：18）

（40）These American-made cars that break down after 100，000 miles!

（Attardo，2001/2007：138）

第五，回声理论虽然意识到共同背景信息在识别反讽过程中的重要性，但没有进一步提出决定双方互知程度的认知标准。在笔者看来，由于受到回声概念的影响，理解反讽对交际双方的共有认知环境提出了较高的要求，“某一方面出现偏差，就会使反语讽刺效果的产生以及理解发生障碍”（曹佳、吕一行，2004：41）。这一不足也为后续反讽研究提供了发展空间。Kreuz 和 Glucksberg（1989）的反讽回声提醒理论（Echoic Reminder Theory of Irony）、Kumon-Nakamura 等人（1995）的暗指伪装论（Allusion Pretence Theory of Irony）和 Utsumi（2000）的隐性展示理论（Implicit Display Theory of Irony）都沿着这一方向进行了有价值的补益和拓展。

综上所述，回声理论未能充分说明反讽的本质、详细描述其生成与理解过程并有效地将反讽与非反讽区分开来。该理论还有待进一步修正和发展。

2.3.2 Clark 和 Gerrig 的伪装理论

回声论一提出，立即在语用学界、认知语言学界乃至心理语言学界引起巨大反响，赞扬者有，批评者也有，其中最有代表性的是 Clark 和 Gerrig（1984）提出的伪装论以及由此引发的回声论与伪装论之间的大论战。争论的焦点是构成反讽的语义基础。

Standford 大学的 Herbert H. Clark 和 Richard J. Gerrig 在结合 Fowler“双重听众”假设和 Grice“伪装”理念的基础上提出了伪装论，指出反讽的语义基础是伪装。反讽者本身并不是在实施一个言语行为（如做出断言或提出问题），而是将自己的真实身份和真实语气隐藏起来，假装成一个不明智者对不知情的虚拟听众实施言语行为。其目的是为了让真正的听众识别伪装并观察到她对该言语行为本身、实施该言语行为的人或对该言语行为信以为真的人的嘲弄、怀疑或蔑视的态度。如上文我们曾提到过的一个例子：

(41) Mary (watching a politician on TV): Politicians never lie.

根据伪装论，Mary 以伪装者的角色断言“政治家从不说谎”，同时表达了她对该断言行为、实施该断言行为的人或对该断言信以为真的人所持的鄙夷态度。

尽管在 20 世纪八九十年代回声论和伪装论展开了激烈的争论，但事实上，两大理论“好些方面很相似”（曾衍桃，2006：前言）。第一，二者都反对经典反讽理论和 Grice 标准语用理论的字面意义假设，认为反讽的特征不是传递字面意义的反义。回声论认为反讽是对归属思想的回声性提述（解释），用以表达对所回声观点的贬抑态度；而伪装论则主张反讽是反讽者对命题的伪装陈述，用以让交际对象识别伪装以及隐藏在伪装背后的否定性态度和话语意图。第二，二者就本质而言都是“替代论”（Winner, 1988）。在回声论中，听话人是以说话人的真实信念替代说话人所提述的内容；在伪装论中，听话人是以说话人的真实身份和语气替代伪装者的身份和语气。因此，回声论和伪装论都注意到反讽所呈现出的现象与表征之间的不一致性（discrepancy）。第三，二者都强调共有背景知识在反讽识解中的重要作用。回声论认为，实现回声性解释的条件是两个命题具有相同的逻辑隐含和语境隐含；在伪装论看来，“听话人对反讽的理解在很大程度上依赖于反讽者与听众之间拥有共同背景——相互信念、相互知识和相互假设”（Clark & Gerrig，1984：124）。可见，无论是在回声论中还是在伪装论中，共有背景知识是关键。

尽管回声论和伪装论在实证上和理论上存在许多相似之处，但“两个理论并不等同：回声与伪装是两种可以独立运行的区别机制”（Wilson，2014a）。有些反讽案例是回声用法，而有些案例则涉及伪装用法。因此，在对反讽的几个关键问题的阐释上，伪装论与回声论有所不同。比如：伪装论将反讽的受害者（即反讽对象）进一步细化为两类：反讽者所伪装的不明智的人和与反讽者不属同一阵营而未能理解反讽的听话人（Clark & Gerrig，1984：121）。这在回声论中是没有的。另外，基于“伪装”概念，伪装论对反讽语气也有了新的阐释：反讽者伪装成不明智的人，就要以适合该角色的语气说话。为了表达自己的反讽态度和话语意图，反讽者通常会夸大或模仿伪装者的语气。通过伪装角色，反讽者愚弄了他们的反讽对象。

伪装论的主要贡献是弥补了回声理论的一些不足。第一，对于非回声性反讽，回声论显得力不从心，但伪装论却可以作出阐释：在“A Modest Proposal”中，Swift伪装成英国统治阶级的一员对英国大众说话。他希望读者识别伪装，并明了他是如何通过伪装来谴责英国对爱尔兰的态度的。读者在识别伪装和认知作家对所伪装者、虚假的不知情的听者以及伪装的内容表达鄙夷态度的过程中与作家达成默契，并从中获得乐趣。我们认为，伪装论的阐释是合理的，也是有效的。第二，伪装论可以解释其他类型的反讽，如情景反讽和戏剧反讽。回声论原则上不能处理这些类型，因为我们看不出事件与事件之间存在回声关系，这说明回声论不能概括不同反讽类型之间的共性特征。但伪装论将伪装视为反讽的共性特征，这样一来，该理论就可以拓展到对情景反讽和戏剧反讽的阐释中。

然而，伪装论同样存在缺陷。其实，根据对待反讽中回声因素的不同态度，伪装论可以分为早期和后期两个版本。早期伪装理论（如 Clark & Gerrig，1984）由于否认回声因素的存在而"无法有效地解释为什么我们不能总是说出明显荒谬并具有反讽性的话语"（Clark，2013：290）。例如 Grice 提到的那个例子：一辆车有一扇破了的窗户，说它所有的窗户完好无损就是荒谬的。将其解释为说话人伪装成某个认为窗户完好无损的人以此贬抑荒谬想法，这样的解释太过牵强。而回声论对此却可以作出直接且有效的阐释：只要提供一个合适的语境（比如：John 总是对 Kate 说他左邻右舍甚是安全并向她保证绝看不到有破损的汽车。当二人看到有扇窗户破了的汽车时，Kate 说："Look，that car has all its windows intact."），我们就可以直接将其解释为 Kate 是在讽刺性地回声 John 先前的保证——她绝不会在街上看到破损的汽车。

而对于承认回声因素的后期伪装理论（Attributive-Pretence Account）来说，却有违理论的间接性原则。正如 Wilson 和 Sperber（2012）所说的，如果归属-伪装论与回声论的预测相同，那么为什么不省去伪装因素而直接运用回声来阐释呢？

2.3.3　Utsumi 的隐性展示理论

上述理论存在一个共同问题：它们都试图提供识认反讽的必要充分条件以便将反讽与非反讽区分开来。然而，我们的分析却在某种程度上表明似乎并不存在这种放之四海而皆准的共同特征。针对这一问题，Utsumi（2000）提出了隐性展示理论（Implicit Display Theory）。该理论认为：反讽是隐含地展示反讽环境的话语或陈述，是一个以原型为基础的范畴。整个理论由三个板块组成：

第一，反讽环境。言语反讽预示了一种反讽环境（ironic environment），即激发反讽的情境。它包括：说话人的期待、期待与现实之间的不一致性和说话人对这种不一致所表达的负面态度。当会话语境包括这三个事件或事态时，情境才会被反讽环境所围绕。只有在这样的情境中发出话语才能具有反讽性。

第二，隐性展示。上述反讽环境是通过说话人暗指由语用不真诚而被违反的期待隐含地展示出来的，它可以揭示说话人对不一致所持的否定态度。隐含展示既没有为区分反讽与非反讽提供必要条件，也没有提供充分条件。它提供了标记原型反讽态度的间接表达。这三个条件同时满足即构成原型反讽。原型反讽与话语之间的相似程度为反讽度。因此，话语所具有的隐含展示的特征越多，其反讽度越高。

第三，区分反讽与非反讽。Utsumi 将区分反讽与非反讽的标准归结为两个条件：

隐性展示条件——反讽隐性展示反讽环境。

反讽环境条件——反讽在反讽环境包围的情境中发生。

换言之，为了将话语理解为反讽，话语需要通过评估反讽度过程来获得隐性展示，同时，话语情景必须通过检测或推导它的组成事件/事态而被识认为反讽环境。如果这两个条件都满足的话，那么话语就被判定为反讽性的，否则为非反讽性的。

以往的反讽理论在反讽的区分机制问题上要么过宽要么过窄，都不能有效地将反讽与非反讽区分开来。比如：前文所提到的伪装论就经常被批评阐释力过强，因为它可以将间接言语行为的案例涵盖在内。回声论同样存在类似的局限。而 Utsumi 的隐性展示理论凭借其原型范畴结构概念，可以较好地避免因研究共同属性而导致的缺陷。该理论主张反讽的隐性展示特征是由高反讽度来实现的，这一比较视角的运用对解决反讽的区分机制问题做出了独特的贡献。然而，Utsumi 的研究也存在需要进一步深化和拓展的内容。比如：他的理论未涉及反讽使用的心理动机。根据我们所构建的反讽理解的认知语用模式，反讽有效地实现了字面表达难以实现的交际目标。那么，不同的反讽交际目标又是如何通过不同的隐性展示方式体现出来的呢？另外，“反讽环境”和“反讽度”对反讽的阐释力也有待得到实证研究的进一步检验。

以上对反讽语用理论的述评表明，反讽的语用—语言特征、反讽的心理动机、反讽的生成与理解过程以及反讽的区分机制是反讽语用研究关注的核心问题。目前没有哪一种理论能全面合理地阐释这些问题。事实上，这些焦点问题在心理语言学界同样引起了学者们的关注和兴趣。

2.4 心理语言学研究

反讽研究中的一个重要议题是反讽的认知加工过程。有些学者主张二步（Two-stage）模式，认为反讽理解的初始阶段是字面意义加工，语境信息只有在反讽理解的后期发挥作用。因此反讽认知最初经历一个封闭的字面意义派生阶段，一旦语境信息表明该字面意义是不正确的，它就必定会被随后的比喻意义派生阶段所取代。而另一些学者则主张一步（One-stage）模式，认为反讽意义可以直接获得，反讽理解无需经历字面加工过程。Grice 是二步模式的代表人物，而 Sperber 和 Wilson 则是一步模式的代表人物。这一纷争自 20 世纪 80 年代以来成为反讽心理语言学研究的焦点。心理语言学致力于从实证的角度检验、修改和发展有关反讽认知的处理假说。其中最有代表性的是 Gibbs 的直接通达假说（Direct Access Hypothesis）和 Giora 的分级突显假说（Graded Salience Hypothesis）。

2.4.1 Gibbs 的直接通达假说

Gibbs（1994）的直接通达假说是最先挑战标准语用观的先导性研究，堪称单阶段反讽观的代表，认为理解字面和非字面语言经历相同的处理过程，因此其理论又被称为“等价加工假设”（Processing-Equivalence Hypothesis）。根据该假说，在给定的支持性语境中，理解反讽话语与理解其直义表达所花的时间一样长。

该假说的支持者（如 Gibbs，1979，1983，1986a，1986b，1994；Gibbs and O'Brien，1991）强调语境在反讽处理过程中的重要作用，认为词汇激活具有选择性。恰当的语境可以加强对语境适切意义的激活。信息丰富的支持性语境在词汇激活的初期就发挥作用，以至于可以超过处理与语境不相容的字面加工过程而直接提取与语境相符的意义。另外，对社会常规或期待的回声是理解反讽的另一特征。这也表明语境在反讽理解中的重要性。Gibbs 实证研究（1986b）中设计了这样一个故事背景：

> （42）Gus 刚从高中毕业，不知道他将来该从事何种工作。一天他看到一则有关海军的广告。上面说海军不仅仅是一份工作，而且是一段冒险。于是 Gus 参加了海军。可在船上他却一天到晚干些无聊的杂活。一天，当他削土豆时，他对他的同伴说："这的确是令人兴奋的生活。"

Gibbs 认为人们处理反讽话语"这的确是令人兴奋的生活"之所以像处理一个字面语境（例如：当说者真实地讲述他令人兴奋的生活时）呈现该话语一样容易，那是因为语境本身通过 Gus 在参加海军时的美好期待与乏味现实之间的对比构建起一个反讽情景，使得人们可以直接理解反讽评论。这表明：在人们处理反讽话语外显和隐含意义的方式（和处理时间）方面并无实质性的差别（Gibbs & O'Brien，1991：524-525；Gibbs，1986a：4；Barbe，1995：52）。另外，Gus 反讽话语显性回声先前提述的信念（那则宣传海军是一段冒险的广告），也加速了该反讽理解的过程。总之，只要语境充足，人们不必在获得意欲的比喻意义前分析讽刺评论的完整的字面意义。"由于该假说强调语境对意义的选择作用，故又称选择通达模式。"（刘正光、崔刚，2003：33）

然而，正如 Giora 所评论的，有时反讽话语在具体语境中是高度适切的（Giora，1995：250）。即使 Gibbs 证明处理言语反讽的确与处理字面话语需要相同的努力，他也无法解释反讽有时会更容易理解这一情况。另外，该理论在逻辑上会遇到可推导性问题。因为它不能将语义上不合理的句子与像反讽、隐喻等修辞格中的新奇用法区分开来。最典型的例子就是“花园小径”反讽现象。因为处理“花园小径”句所使用的“错了再来”策略（fail-then-recover strategy）显然是二步模式，而不是要么成功要么失败的一步模式。McDonald（1992）对脑损伤病人的实证研究表明，被试可以识别句子的字面意义和间接言语行为的言外之力，却无法识别反讽话语。Dews 和 Winner（1995）也通过实证研究表明说话人需要提取字面意义，因为字面意义影响对话语攻击力度的感知。这些实验结果说明，二步模式至少在某些情况中确实是存在的。

2.4.2　Giora 的分级突显假说

Giora 等人（Giora，1995，1997，1998；Giora & Fein，1999；Giora，Fein & Schwartz，1998）对反讽理解过程提出了一个双阶段理论——分级突显假说。她的理论围绕着“间接否定”（indirect negation）和“分级突显”（graded salience）这两个概念构建起来。

首先，Giora 通过阐明言语反讽中所涉及的否定类型来精确言语反讽与否定之间的联系。间接否定观的基本理念是：言语反讽既包括字面意义也包括隐含意义，它们之间的关系是间接的（即非显现的）否定。与 Grice 的标准语用模式不同，在反讽加工问题上，Giora 主张反讽话语不一定传递字面意义的反义，理解反讽并不意味着我们要抛弃被间接否定的信息而代之以隐含的信息。“相反，被否定的信息和被隐含的信息都被保留下来以计算它们之间的差别，从而获得对反讽的理解。”（Giora，1995：240）

第二，分级突显假说认为，决定初始激活的因素不是字面性，也不是与语境的相容性，而是言语刺激的突显性。一个词的突显意义是在心理词典中编码的词汇化意义。其突显程度由规约性、熟悉度、使用频率或典型性确定。在意义理解中，不管语境倾向如何，突显意义总是被最先激活并处理：

> 不管语境倾向或说者的意图是什么，词语或表达（其突显程度受到如使用频率、熟悉度、规约性等因素的影响）的突显（即编码）意义和突显（如频繁出现的）结构总是可及的而且总是排在第一位的。根据分级突显假说，当突显信息是想表达的内容时，即当突显信息与语境信息相容时，运用的是直接处理过程。当想表达不太突显的含义时（例如规约习语的字面意义）应使用序列处理过程。在这种情况下，突显意义不应被忽略。相反，它们应首先被激活，但因为它们不是意欲表达的意义而被抛弃然后按照与关联原则相一致的原则重新解读。[①]

概括地说，分级突显假说是个自下而上的假说。词的突显意义优先处理。如果反讽话语的字面意义在心理词典中被编码（如不熟悉的反讽），那么反讽加工要比那些字面义没有在心理词典中被编码的反讽（熟悉的反讽）加工时间长。因为在前一种情况中，字面意义是突显意义，被首先提取加工，而在后一种情况中，意欲的反讽意义和非意欲的字面意义同时被提取加工。因此，在该假说看来，“直接通达是由意义突显决定的，而不是由语境效果决定的”（Giora & Fein，1999：213）。

Giora，Fein 和 Schwartz（1998）通过给受试呈现由三四句话和一句终述构成的段落来实证性地检验分级突显假说。最后这句陈述要么是字面的（即正面语境后跟着一句正面陈述，例如：Anna 是一个好学生而且非常负责。一天她给我打电话说不知道何时能来上我的课。然而，正当我要开始讲课时她走进教室。我对她说：“你来得正是时候。”）要么是反讽的（即负面语境后跟着一句正面陈述，例如：Anna 是个好学生，只是她很马虎。一天我正在讲课，她突然来到教室。我对她说：“你来得正是时候。”）。实验结果与分级突显假说相符。由此，Giora 根据结果将分级突显假

① 事实上，该理论是对 Giora 前期理论“反讽即否定”的扩展。她的观点与 Bredlin（1997）观点接近，也必定与反讽的最佳可及性标准所基于的假设接近。

说归纳为两个要点：在激活非字面意义后字面意义仍然会被激活；反讽理解突显程度要比字面意义低，因此，处理反讽陈述会比处理字面陈述花费更多的时间。

Giora 反对传统语义观和 Grice 反讽观所假定的字面意义优先处理的理论观点。尽管如此，Giora 仍坚持双阶段模式，因为她对言语反讽的处理需要折返和重释。可以说，分级突显假说将各理论的研究发现都涵盖在内，又在先前各理论的基础之上有所发展，更加清楚地描写和解释了反讽的认知加工过程。但是，正如刘正光所点评的，以“间接否定”作为反讽的本质和区别机制，值得商榷。“作为定义，概念模糊”（刘正光，2002：19），没有具体说明话语被识别为反讽的条件，也没有说明被否定信息和被隐含信息之间的差异是如何计算的，“回避了反讽到底是什么这样一个基本问题有可能导致定义的泛化”（刘正光，2002：19）；“作为区分机制，不具有可操作性”（刘正光，2002：19），因为许多反讽涉及非真值功能意义，而间接否定同否定一样无法应用于话语中的任何句子和/或句子成分。至于“分级突显”理念，Giora 认为词汇处理和语境是两个平行的处理过程，但 Coulson 和 Federmeier（2001）的 ERPs 实证研究显示，它们是两个相互联系的过程。这表明 Giora 的观点须作更进一步的证明。

2.5 本章小结

本章回顾了言语反讽的主要现代语言学理论流派。综述表明：反讽研究已驶入高速发展的快车道。由于言语反讽的广阔范围、多样形式和丰富功能，远非某个单一理论能够驾驭。为了揭示反讽现象的本质，语义学家、语用学家和心理语言学家从不同角度提出了不同的理论模式。传统语义学和标准语用论（如 Myers Roy，1981；Grice，1975）更多地关注反讽话语的表面意义和意欲意义之间的关系（如对立、相异、不真诚）；认知语用学和心理语言学（如 Sperber & Wilson，1986；Clark & Gerrig，1984；Kreuz & Glucksberg，1989；Wilson & Sperber，1992，2012；

Gibbs，1994；Giora，1995，1998；Kumon-Nakamura，Glucksberg & Brown，1995）则集中研究促成反讽理解的认知特征和认知标准（如回声、提述、伪装、回声提醒、暗指伪装、间接否定、分级突显等）。事实上，这些理论阐释了反讽现象的不同侧面，或揭示了反讽理解的某一机制。它们中确实存在相互抵触之处，但更重要的是，它们之间绝非不可调和、互不相容。反讽研究百花齐放、百家争鸣，大大推动了我们对言语反讽的理解、使用、发展和构成的认知。

总的来说，众多反讽理论流派在以下几个方面已达成共识：第一，反讽是隐含的：它是一种间接言语形式，不存在纯粹的显性反讽标志；第二，反讽是评价性的：无论是表达批评、嘲弄等负面态度，还是表达逗趣、关爱等正面态度，反讽总是包含某种类型的评价；第三，反讽蕴含着表象与现实之间不相容：无论是传统研究所说的字面意义与意欲意义之间的否定，还是认知语用研究所说的回声思想与反讽意义之间或伪装意义与真实意义之间的对立或分离，都表明同一话语的字面理解与反讽理解之间存在不匹配现象；第四，共有背景知识是反讽交际的关键：Myers Roy的“命题替代”、Grice的“准则违反”、Sperber和Wilson的“回声解释”以及Clark和Gerrig的“故意伪装”都要求交际双方以互知为基础；第五，反讽线索在反讽识解中起重要作用，但不存在专门的反讽线索：当反讽者怀疑听者识别反讽意图的能力时，她会借助背景知识辅之以语言或非语言线索，但这些线索并非反讽交际所独有。

上述共识属描述性范畴。对此，不同理论流派做出了各自的尝试与努力，其中有贡献，也有局限。先前理论的贡献为后续研究发展提供平台，其局限也成为后续研究前仆后继的动因。然而，有些关键问题却始终困扰着各理论流派。下面，我们对各反讽理论流派之间的相互联系和存在的关键问题加以宏观梳理，以便为本书的研究提供理据。传统语义观是以意义替代为本质特征的二元论——反讽话语的比喻意义替代其字面意义。其致命弱点是在脱离语境的情况下研究反讽，导致他们认为反讽表达的比喻意义与它所替换的字面意义完全等同，这就妨碍了我们理解反讽使用的心理动机——既然字面语言与反讽语言所表达的效果等同，那么人们为何舍近求远地使用反讽语言呢？Grice反对基于语码交际模式的传统语义研究，而是将反讽放在语用推理模式中进行阐释——反讽意义是通过有意违反质量准则而产生的会话含义，听话人需要经过语用推理才能获得，因此，反讽意义绝不等同于字面释义。然而，以违反质准则为核心的标准语用模式却无法将反讽与其他具有违反特征的非字面语言区分开来，因为违反质准则对于反讽使用来说既非必要又非充分，不能作为识认反讽的一般认知标准。

鉴于此，认知语用研究将探讨的重心放在反讽的心理动机、反讽的区别性特征和反讽的可识别性等认知问题上。Sperber和Wilson的回声论强调反讽的暗指性，主张在非期待、非意欲的现实中回声期待的或已知的事件是理解反讽的关键。说话人通过在特定语境中回声先前的话语或思想以表达其反讽意图。而伪装论则将伪装，而不是回声提述视为反讽的关键。Clark和Gerrig指出，为了正确理解反讽，我们必须识别反讽的角色扮演特征。反讽者扮演成另外一个说话人来感觉、思考、相信或谈论某种情景，通常是从无法实现的视角夸张地扮演那个角色，以便使自己远离、甚至蔑视该角色所持的立场或观点。与传统语义观和标准语用观相比，认知语用“路向”（冉永平，2012：ii）在一定程度上部分地解释了反讽的心理动机问题——回声也好，伪装也罢，反讽者真正表达的不是比喻意义，而是一种贬抑态度。比如：伪装论的一大优势就是可以解释反讽否定态度是如何产生的——反讽者为了对扮演角色及其立场观点进行批评，通过其选择方式清楚表明自己所持的负面态度和情感。回声论和伪装论存在的最大缺陷是回声和伪装都不是识解反讽的必要充分条件。说它们非必要，是因为反讽中有的属于回声用法，有的属于伪装用法，无论是回声还是伪装都无法单独解释所有反讽案例；说它们非充分，是因为回声和伪装涵盖的范围都很广阔，其中有反讽用法，也有非反讽用法，回声和伪装都不能有效地将反讽与非反讽区分开来。

Sperber 和 Wilson 所主张的一步模式和 Grice 所主张的二步模式得到心理语言学实证研究的检验、修正和发展，集中反映在以 Gibbs 为代表的直接通达假说和以 Giora 为代表的分级突显假说中，争论的焦点是语境在反讽理解中的作用。Gibbs 主张语境信息在理解的早期阶段就发挥作用，因此，反讽意义可以直接通达而无需首先经历字面加工过程；相反，Giora 以间接否定来定义反讽，认为反讽话语是对命题内容的间接否定，在反讽理解中最先被激活的是突显意义，直接通达由意义突显来决定。尽管两大假说还存在或这样或那样的局限，但它们至少表明，反讽研究应当聚焦在反讽意义的认知推导过程和支配原则上。因为无论是直接通达还是分级突显，都与人的心智行为和认知状态密切相关。

综上所述，以往反讽研究集中探讨反讽的语言特征、表现形式和语用策略，却对反讽研究的关键问题——反讽理解的认知标准和反讽使用的心理动机——未能作出完满的阐释。正如曾衍桃（2006）所指出的，各反讽理论流派将反讽的认知标准与统辖反讽交际的一般语用原则（如对质准则的违反）、外在的语用语言特征（如话语的回声性）、生成语用策略（如伪装、提述）混同。否定或间接否定、违反质量准则、回声提述（解释）、故意伪装陈述，它们都是实现反讽的语言策略，并不是识认反讽的认知语义条件，因而不能作为反讽理解的认知标准。这是困扰各理论的症结所在。尽管后续研究对此作了许多有益的补充，提出了许多新的理论建构，如回声提醒论（Kreuz & Glucksberg，1989）、暗指伪装论（Kumon-Nakamura et al.，1995）、（不）适切论（Attardo，2001）、隐性展示论（Utsumi，2000）、期待空间论（Kihara，2005）、交际不真诚论（Okamoto，2007）等，但都不能从认知根源上解决这个问题。因此，各理论均无法有效地揭示反讽的区分机制和区别性特征。而这一难题直接关涉到第二个问题——反讽使用的心理动机，即反讽与其对应的字面表达在认知效果上有何不同？许多学者认为，反讽表达否定态度，是一种挑衅的交际形式［参见 Lapp（1992）对这方面研究的综述］，而 Brown 和 Levinson（1987）、Barbe（1995）等学者则主张，同样是表达批评，反讽批评比字面批评对面子的威胁小，使用反讽更多的是出于礼貌方面的考虑。这方面的实证研究结果也是大相径庭。笔者认为，要真正解答这个问题，我们还需要从认知心理角度深挖原因。反讽理解的认知标准和反讽使用的心理动机是揭示反讽本质的核心与关键。我们需要综合考虑反讽的“语用语言因素和语用心理因素”（曾衍桃，2006），探究反讽的深层认知机制。本书的研究就是从探索实现反讽理解过程中所激活的认知语用机制入手，深入研究反讽理解的认知标准。我们将小说反讽交际作为研究的聚焦点，设计出一个符合小说交际特点的、具有操作性和可行性的认知语用分析框架。

第3章　小说反讽交际的认知语用理论框架

在第2章文献综述的基础上，本章为研究构建理论框架。作为认知语用学的奠基理论，关联理论等认知语用思想的运用可验证认知原则对反讽理解的有效性，有助于拓展文学交际的认知语用研究。在简要概述关联理论核心思想之后，本章以回声解释反讽理论为背景，参照Yus对反讽理解中语境激活的多维探讨，深化对言语反讽的研究。我们结合小说交际的特点，充分论证构建小说反讽交际的认知语用框架的必要性和可行性，并运用所构建的阐释框架研究小说交际以及小说交际中言语反讽的理解。

3.1　本研究的理论背景

这一部分主要介绍Sperber和Wilson（1986，1987，1995）、Wilson和Sperber（1985，1988，2012）以及Wilson（2014b）的著述中对关联理论的阐述。与我们的研究相关的基本概念和思想将被概括为三个部分：（a）关联理论概述；（b）动态的认知语境观；（c）话语理解与诗学效果。

3.1.1　关联理论概述

1986年法国学者Dan Sperber和英国学者Deidre Wilson联名出版专著《关联性：交际与认知》（*Relevance*: *Communication and Cognition*），提出了有关人类交际与话语理解的关联理论（Sperber & Wilson，1986/1995；Wilson & Sperber，2002，

2004，2012）。关联理论实质上是一种“认知心理学理论”（Wilson & Sperber，2004：625），旨在对人类交际与认知的内在心理机制作出解释，进而挖掘大脑加工话语的运作机制与过程。

Sperber 和 Wilson 从 Grice 的“关联”概念入手，从一般认知观的角度对其加以发展，主张话语生成和话语认知都是受到关联性支配的（relevance-governed）。听话人理解话语时，由于明说内容、语境假设和各种暗含的结合，可能会对话语做出多种解读。保证听话人排除其他理解而确认唯一可行的理解的统一认知标准就是关联性。因此，对于 Sperber 和 Wilson 来说，关联性与人类交际和认知密不可分，关联性是人类交际行为的核心特征。概括地讲，关联理论是建立在对关联性的界定和两个关联原则（关联的认知原则和关联的交际原则）的基础之上的。

关联理论主张，解释人类交际的关键在于关联概念，该概念是建立在人类认知的基本假设的基础之上的：人类的认知以关联为倾向（relevance-oriented）。通常，我们只注意那些与我们相关的信息。Sperber 和 Wilson 对关联的界定并非描述词语的日常语言意义，而是为辨别重要的心理属性提供有用的理论概念。（Wilson，2014b：131）因此，不仅是为话语或其他交际行为界定关联，也是为任何可以为认知过程提供输入的外在刺激和内在心理表征界定关联。我们对现象做出最关联的理解，并在使其关联最大化的语境中处理这些表征。当然，不同的理解其关联的方式各不相同：有的非常关联，有的相当关联，而有的则根本不关联。那么，听话人更愿意选择哪一种理解呢？当然是选择那个最能满足他关联期待的理解。

关联性由两个相互制约的因素决定：认知效果和理解时所付出的处理努力。认知效果（cognitive effects）或语境效果（contextual effects）是新的、有明显影响的刺激和认知系统中业已建立的假说子集之间互动的结果。（Huang，2012）该概念对于概括关联性的特征至关重要，因为“具有语境效果是话语具有关联性的必要充分条件”（Sperber & Wilson，1986：119）。“当，且仅当一个假设在一定的语境中具有某一语境效果时，这个假设在这个语境中才具有关联性。”（Sperber & Wilson，1986：122）

Sperber 和 Wilson 将语境中加工新信息所产生的正面认知效果（positive cognitive effects）分为三种类型：

（a）新信息加强现有语境假设（为其提供更多证据）；

（b）新信息与现有语境假设相互矛盾（为其提供有力之反证）并排除现有语境假设；

（c）新信息与现有语境假设相结合，产生语境隐含（contextual implication）。语境隐含是根据输入内容和语境两方面一起推导出来的结论，而不是单方面只靠输入内容或语境。

然而，为了获得认知效果，人类信息加工总是需要付出一定程度的心智努力。处理努力（processing effort）是指认知系统为了对任何被加工的输入信息产生满意的理解而耗费的努力。因此，关联性是一个相对的概念。如果用公式表示，关联性、语境效果和处理努力三者的相互关系大概可以概括如下（何兆熊，2003：425）：

$$关联性=\frac{语境效果}{认知努力}$$

可见，第一，关联性是语境效果和处理努力两个因素之间的相互作用。第二，由于这两个因素都依赖于语境，关联概念本身也依赖于语境。第三，关联是一个程度问题。话语会随着它们在某一语境中所获得的关联程度（degree of relevance）的变化而变化。输入信息对个体的关联程度是语境效果（即收获）和处理努力（即耗费）之间的认知平衡：“在其他条件相同的情况下，处理某一输入内容所取得的语境效果越大，其关联性越强。在其他条件相同的情况下，为进行加工处理而付出的努力越少，其关联性越强”（Sperber & Wilson，1986：125）。

例如：中国学生小明刚到英国，想从史密斯家租间房。他想知道史密斯家是否养猫。当他提出问题（1）以后，可能得到以下三种回答（2）a～c：

（1）Do the Smiths have any cats?

（2）a. They have three cats.

b. They have three pets.

c. Either they have three cats or the capital of China is not Beijing.

（Huang，2012：28）

以上三种回答都与小明的问题相关。然而，根据关联性的定义，话语（2）a 比话语（2）b 更关联，因为它能产生较多的认知效果：话语（2）a 蕴含了话语（2）b，所以小明可以根据话语（2）a 引出（2）b，甚至（2）b 以外所能推得的全部结果。话语（2）a 也比话语（2）c 更关联，因为它只需付出较少的努力。虽然（2）a 和（2）c 在逻辑上是等同的，可以产生等量的认知效果，但是它从（2）a 那里比从（2）c 那里更容易获得。因为（2）c 含有一个错误分句，需要付出更多努力加以推理。可见（2）a 是最具关联的话语，因为对它的理解只需付出较少的努力就能获得最大的效果。该例说明：从人类认知的特点来看，人们在处理信息时倾向于以尽量少的认知努力来获得尽量大的认知效果，而不仅仅是判定新信息的关联度。也就是说，判定关联度不是话语理解过程的目标，而只是达到目标的手段。

关联概念体现在 Sperber 和 Wilson（1986/1995）所提出的两条关联原则中：关联的认知原则和关联的交际原则。

关联的认知原则：

人类的认知倾向于同最大程度的关联性相吻合。

由于增加认知效果造成持续选择压力，人类认知系统发展了各种心理机制（有的是先天的，其他的则是后天习得的）以便将注意力分配给具有最大期待关联性的输入，并以最能提高关联性的方式加工它们。（Wilson，2014b）换句话说，在人类认知中，交际者倾向于以尽可能少的处理努力获得尽可能多的认知效果。从更加普遍的意义上讲，使输入信息对个体关联的是它与可获得的语境信息互动以便产生有价值的认知效果（比如恰当的结论、对可获得的信息适当加强或修正）；使输入信息对个体**最大关联的**是他比其他可以获得的输入产生了更多的效果，却花费了更少的努力。（Wilson，2014b）

根据关联的认知原则，交际为了成功，说话人需要听话人给予注意。由于注意力倾向于自动指向当时最相关的事物，说话人通过她发出话语的行为表明：她的话语应被视为足够关联，值得听话人加工。这就是关联的交际原则的内容。

> 关联的交际原则：
>
> 每一个明示交际行为，都传递一种假定：该行为本身具有最佳关联性。
>
> （Sperber & Wilson，1995：266-278）

值得注意的是，关联的交际原则中所提到的是最佳关联而不是最大关联。“受话人的目标不是寻找**最关联的**解释，而是构建话语能够满足**最佳关联假设**的整体理解。”（Wilson，2014b：135）

Sperber 和 Wilson（1995：270）对最佳关联概念作了如下界定：

> 最佳关联假设：
>
> 一个话语具有最佳关联性，当且仅当：
>
> (a) 它起码要具备足够的关联，值得对它进行加工处理；
>
> (b) 它与说话人的能力与偏爱相一致，是具有最大关联的话语。

最佳关联定义的条件（a）为关联性的期待程度设定了下限。条件（b）则考虑到说话人也许不愿意或不能够提供最大关联的信息，或者以最恰当的方式呈现该信息。根据条件（a），受话人有权假定话语至少会产生足够的语境效果，值得他对话语进行某种思辨、推理，否则，他根本不会注意它。例如：某人进入大厅内准备作重要讲演，但他站到讲台上对听众说的第一句话却是：

（3）Ladies and gentlemen，I have to tell you that the building's on fire.

（Wilson，1994：48）

说话人所说的 the building 是有所指的，不同的指称会引起不同的语境效果。通常，听演讲时听众所关注的是演讲的内容，其他无关信息不会影响语境效果。但是，当演讲人说（3）时，听众所获得的第一假设是 the building 指的是他们当时准备听演讲的那座大楼，并据此推断出与正常情况下听讲演完全不同的语境效果："现在所处的这座大楼着火了。"该效果会立即引起他们的注意，因为如何逃生是他们当时最关心的。

根据最佳关联定义的条件（b），听话人有权假定：话语不仅足够关联值得他付出加工努力，而且它是符合说话人能力和偏爱的最关联的话语。在明示交际中，为了避免误导听话人而使他们付出多余的努力，说话人必须确保自己的话语具有最佳关联性——不存在既比她意欲让听话人理解的意思更加可及，同时又足够关联值得听话人注意的其他理解，从而排除了听话人在发现说话人意欲让他理解的意义之前恢复、处理和接受错误理解的可能性。

任一推理交际行为必须保证其最佳关联性：保证说话人意欲刺激所具有的认知效果足够大，从而值得听话人付出努力去处理这一明示刺激，也保证这一明示刺激是说话人可以选择的能够产生这些认知效果的刺激中最省力的。因此，最佳关联实际上既考虑到了说话人的利益也考虑到了听话人的利益。这就是说，每个话语都假定努力和效应能取得最佳平衡。一方面，所要达到的效应永远不会小得不值得处理；另一方面，需要付出的努力永远不会大得超过取得效应的需要。相对于所要达到的效应而言，需要的努力总是最小的。简言之，最佳关联假设包括两个方面：一方面是足够语境效果的假设，另一方面是最小处理努力的假设。

因此，最佳关联期待是由话语自动建立的。听话人可以期待以有效的处理努力获得足够的语境效果，即听话人可以期待话语具有最佳关联性。Sperber 和 Wilson 认为，这样的理解是与关联原则相符合的。话语意义的取舍要遵循符合关联原则的标准。

> 符合关联原则的标准：
>
> 当且仅当说话人理智地期待一句话在听话人做出理解时是最佳关联的，那么，对这句话的理解就符合关联原则。
>
> （Wilson，1994：49）

这一标准，连同它所基于的最佳关联定义一起为话语理解的关联理论阐释提供了要诀：符合关联原则的第一解释是说话人意欲听话人做出的解读。显然，所获得的第一解读是最省力的。听话人一旦达到期待的关联程度，理解过程就会停止。所以，在话语理解的各个方面中，最佳关联期待起到了至关重要的限制和充实作用。

请看下面这个例子：

> （4）a. Jones has bought the *Times*.
>
> b. Jones has bought a copy of the *Times*.
>
> c. Jones has bought the press enterprise which publishes the *Times*.
>
> （Sperber & Wilson，1986：13）

如果受话人假定（4）a 是相关的，他会对想到的第一解读（4）b 进行验证。因为（4）b 符合关联原则，他将会就此停止他的推理过程，不再处理像（4）c 这样可能性较小的解读。在这种情况中，认知框架在确定每个解读的可能性方面起着重要的作用：在通常情况下，人们把（4）a 理解为（4）b——Jones 买了一份《时报》，而不会意识到自己已经在各种可能的意义之间作出了选择。如果问为什么这样理解，他们可能会说，只有这种理解才是正确的；能把整个报社买下来的人屈指可数，在他们的头脑中，Jones和这样的行为几乎没有关联。如果（4）c是说话人想要传递的解读的话，（4）a就不能满足她的交际意图了，因为它不符合最佳关联假设的条件（b）。要想表达（4）c，说话人会选择更明确的表达方式。如："Jones has bought the *Times*, but not the paper, no; the actual press company!"这样会节省受话人大量的处理努力。这一论断的结果是：具有最多语境隐含的解读未必符合关联原则："如果说话人想通过减轻听话人处理负担的方式来**增加**话语关联性，那么，即使是高度关联的解读也会被抛弃"（Sperber & Wilson，1982：105，黑体强调处为原文所有）。符合关联原则的第一解读总是最好的假设，其他所有的解读都不符合最佳关联假定的第二条。

与Grice（1975）的主张不同，Sperber和Wilson认为"关联原则毫无例外地起作用"（Sperber & Wilson，1987：8）。关联原则是一种自然倾向："人类**自动地**追求最有效的信息处理方式。不管人们是否意识到这一点，他们都会这样去做。"（Sperber & Wilson，1995：49，黑体为笔者所加以示强调）Sperber和Wilson甚至认为在交际中根本不存在什么合作原则，也不存在什么有意违反准则的问题；人类的交际活动是一种认知活动，认知的基础是交际中话语的关联性。（何兆熊，2000：167）也就是说，关联在言语交际中起着举足轻重的作用。

总之，在Sperber和Wilson的理论框架中，话语理解可以被简化成一条简单的定理：理解话语就是证明其最佳关联性。话语理解的整个过程可以被概括为四个阶段：

（a）构建使话语值得处理的认知语境；

（b）证明在该语境中话语的语境效果；

（c）认识话语为获得这些语境效果耗费了最小的处理努力；

（d）寻找符合关联原则的第一解读。

3.1.2　动态的认知语境观

话语的生成和理解不是孤立的。缺乏语境参照，我们甚至无法构建话语的命题内容。“只有当真实语境与说话人所设想的语境相同时交际才会获得成功。”（Blakemore，1987：28）既然语境在言语加工过程中发挥着如此重要的作用，那么需要进一步解答的问题是：语境知识是如何获取的？它是以何种方式储存的？在话语理解过程中语境机制是如何运作的？传统语境观将语境分为语言语境和非语言语境，包括语言知识、社会文化背景知识、交际的参与者、时间、地点等具体要素；而且很多学者坚持语境是已知的或给定的，即语境是在交际行为进行之前就已经确定了的（西槙光正，1992）。以关联理论为代表的认知语用学则提出了更为动态的语境观，认为语境并不局限于具体的情景因素，也不是静止的参数，而是在话语理解过程中发展和变化的一系列命题，是在最佳关联假设驱动下不断进行认知选择的结果。在本节，我们系统梳理认知语用学的动态认知语境观，为下一步构建言语反讽的语境激活模式作好理论铺垫。

Sperber 和 Wilson（1995）视语境为一个在互动过程中为了正确理解话语而形成、发展的心理建构体（psychological construct），“是听话人有关世界的假设子集”（Sperber & Wilson，1995：15）。在言语交际中，对话语理解起主要作用的是构成听话人认知语境的一系列假设，不仅包括交际时话语的上下文、即时的物质环境等具体的语境因素，也包括一个人的知识因素，如已知的全部事实、假设、信念以及一个人的认知能力，这就是所谓的认知环境（cognitive environment）。“认知环境”概念考虑到各种外部因素，但着重强调它们所提供的信息以及这些信息在理解过程中的心理可及性。然而，真正对成功言语交际起重要作用的是交际双方相互显明的（mutually manifest）认知环境的一部分，即对交际双方都显明的事实或假设。在很多时候，话语的不确定性表明语言本身的不完备性，这种不完备性往往需要基于认知语境进行推理来加以补充和调整。可见，认知语境是一种结构化、认知化的语用因素，所以语言交际过程就是一种认知语境的参与过程，涉及双向语境影响：在互动关系中，说话人决定语境，同时语境又最终制约话语的意义或含意。

动态语境观的核心理念是：受关联性驱动的话语理解是一个语境选择和语境拓展的过程，该过程遵循最小努力路径，直至获得明说内容、语境和隐含意义的正确结合。为了阐明语境在话语理解中的运作机制，我们首先需要考察信息结构的组织方式和语境的可及性及其影响因素。语境信息是以知识块（chunk）形式储存在记忆中某个概念（concept）或地址（address）下的。其子集在言语加工的某个特定时刻会被激活，而且不同时间会激活不同子集。存放在一个概念地址的信息与其他概念中的词条之间存在多重互参关系。根据这一观点，某概念（如 DOCTOR）的激活会立即激活语义相关的概念（如 NURSE，HOSPITAL），它们本身在不同程度上又激活了相关的概念。语境信息这种拓展激活（spreading activation）的组织方式可以从有关记忆的实证研究中找到证据。[①] 例如：Meyer 和 Schvaneveldt（1971）的词汇决定任务实验表明，被试在决定某个词（如 butter）是否是英文词的任务中，该词在语义相关词（如 bread）之后比在语义无关词（如 nurse）之后所花费的加工时间少（少 85 ms）。这说明在话语理解的某一点上，并不是所有从认知语境中可获得的假设都具有相同的可及性。例如：当你在读这本书时，你所获得的有关交际和语境选择问题的信息具有高度可及性，其可及程度要比谁参加了你十周岁生日聚会的信息的可及程度高。在此刻回忆 10 岁生日派对的事情可能会费些力气。但如果换一种情况，比如当你回忆旧日同窗时，该信息就会容易提取得多，在那时要想回忆不同学者对语境选择所持的观点就要费力得多。这表明：我们根据从某一具

① 参见 Collins & Loftus，1975；Meyer & Schvaneveldt，1971；Ratcliff & McKnoon，1981。

体交际行为中提取语境假设所需要付出的努力的多少来感知这些语境假设不同的可及程度。也就是说，个体拥有一系列在心理上按照可及程度排序的语境假设。一般说来，越是新近获得的信息越可及；越是原型性的（即越是经常使用的）信息越可及；假定我们持有不同强度的信念，越强的信念越可及（在其他条件相同的情况下）。正如处理信息需要付出努力一样，获得语境假设也需要付出努力。因此，对于每个个体来说，关联性不仅与语境效果和处理努力有关，还与语境的可及性有关。

并非认知语境中所有信息对于理解某一具体话语都是相关的。(Brown & Yule，1983：240）成功交际的关键问题是听话人是如何努力从他们的认知环境中选择真正为说话人所意欲的语境假设的。根据语境假设是按照可及度安排这一认知特性，Sperber 和 Wilson 主张，为寻求话语的最佳关联而进行的语境选择始于对前序话语的解读，即初始语境（initial context)。听话人通过查看从话语推导出来的语境隐含来决定其解读。初始语境是推导语境隐含的基础，是最省力的语境。在此基础之上，听话人在最佳关联的认知驱动之下，选择语境假设对初始语境进行拓展，获得说话人的真正意图。通常，听话人可以从三个方面拓展初始语境：前序话语、百科知识和给会话语境增加新信息。以前序话语为例：

(5) a. [*I am on the telephone in Southampton talking to a friend in Kent.*] It's raining over here. Do you still want to come?

b. In view of the fact that it is raining in Southampton do you want to come here (to Southampton) as you had planned?

(Blakemore，1992：16)

为了理解（5）a 的第二句话"Do you still want to come?"听话人需要第一句话"It's raining over here."所提供的信息。在理解这句话的同时，他所理解的意义就已从他的演绎推理机制的记忆转换到短期记忆中去了。然而，他必须从这种短期记忆中调用该信息，以扩展自己的认知语境，从而推导出（5）a 第二句话的语境含义（5）b。

由于通过记忆和近期加工实现的语境拓展会影响信息的可及性，因此语境的选择与拓展会影响话语的理解。动态语境观的思想精髓是：在话语理解过程中，语境的选择始终受到话语所产生的最佳关联期待的制约，即它或多或少会受到该话语在语境中所产生的认知效果的类型和水平的影响。人们一般假定他们要处理的设想具有关联性（否则他们不会费劲去处理它），然后再设法选择一个能够实现关联最大化的语境。话语所产生的关联期待足以收窄语境搜寻的阈限并通过增强有助于满足关联期待的假说的可及性来引导听话人构建说话人意欲传递的语境隐含。“成功的交际就是双方不断根据话语所取得的语境效果去改变、调整或选择认知语境假设的过程，以实现双方认知语境假设或信息的趋向，只有这样才能取得说话人所传递的话语信息与听话人理解结果之间的最大相似性。”（何自然、冉永平，2002：236）

请看理解（6）中 B 的话语所涉及的整个推理过程：

（6）A ：Let's go to a movie this afternoon.

B ：I've got a lecture.

结合 B 所表达命题的完整的概念表征（其中包括大量的对语言模块输出表征的充实）（7）a 和一套适当的语境假设（7）b，我们可以推导出 B 是在对 A 的建议给予否定的回应（7）c：

（7）a. B has a lecture to attend this afternoon.

b. If someone has a lecture to attend this afternoon, s/he cannot go to a movie this afternoon.

c. B cannot go to a movie this afternoon.

这里所涉及的规则完全是演绎规则，并没有用到任何其他非展示性或非演绎性的规则。那么理解中所涉及的推理过程的非展示性都包括什么呢？（7）c并不是A从B的话语中能够推导出来的唯一结论；听话人必须要在现有的认知语境中加入所需的百科知识（7）b来扩展自己的认知语境。如果A知道B不喜欢听讲座，每到听讲座时他总要找别的事情做，那么他就会得到相反的语境假设（8）：

（8）If B has a lecture to attend this afternoon，s/he'll be happy to go to a movie this afternoon.

从而得出结论：B对A的建议作出肯定的回应。对这些语境假设的恢复正是许多心理学家们（如Fodor）所担忧的：即使假定B的话语应被理解为B在含蓄地回应A的建议，从逻辑上仍然存在成千上万种可能可以推导出B要么是接受A的建议要么是拒绝A的建议。例如：

（9）a. If someone has a lecture to attend this afternoon，s/he cannot go to a movie this afternoon.［此处重复（7）b］

b. The sun doesn't rise in the west.

c. If the sun rises in the west，then B cannot go to a movie this afternoon.

d. If B has a lecture to attend this afternoon，s/he'll be happy to go to a movie this afternoon.［此处重复（8）］

Sperber和Wilson认为，“尽管会有大量可供考虑的证据和假设，但实际上听话人只会考虑最可及的证据和假设”（1995：66-67）。所以关联理论和有关语境信息可及性的论述可直接回答心理学的这一难题。虽然A可能也会相信（9）b或（9）c，但它们远远不如（9）a或（9）d可及，因为（9）a或（9）d可以从“a movie”和“a lecture”的所指所在的图式信息中直接提取。A提取语境假设（9）a或（9）d或任何更加可及的相关假设，符合他对最大关联的寻求以及对B话语的最佳关联的期待。如果在这一语境中处理话语命题，得到足够的语境效果，对话语的解读就符合关联原则，而且必定是说话人意欲他理解的意义。

因此，可及性概念在关联理论语境观中起着重要作用。Sperber 和 Wilson 的观点可以归纳为以下两个方面：

(a) 语境假设的提取在话语理解（包括字面意义的理解）过程中非常关键；

(b) 而且，可及程度会影响对最佳关联的评价。

他们认为，语境假设在话语理解的任何一个具体阶段的可及程度是不同的。相应地，提取和使用信息所需要的处理努力也会随着该信息的可及程度的变化而变化。例如：

(a) 前序话语对受话人来说具有极高的可及性；

(b) 越往前的话语可及性越低；

(c) 当关注言语事件的客观语境中某一具体事物或事件时，该事物或事件具有很高的可及性；

(d) 在其他条件相同的情况下，百科信息的可及程度比较低。

根据关联理论，语境信息的提取是构建话语关联性的前提条件。然而，虽然语境不是预先给定的、界限分明的假设集，虽然在原则上受话人为了获得更多的语境暗含可以运用任何信息，但是语境搜寻不是偶然的，也不是无限的。人们可以根据一个具体交际行为中提取语境假设需要付出的处理努力的多少来感知这些语境假设不同的可及程度。这种对处理努力的敏感性是进行推理交际的关键因素之一：交际，就如同其他人类活动一样，是由资源的最优化意愿决定的。其中一个方面就是要把付出的努力降到最低。把这一观点运用到语境选择方面，就意味着听话人自然而然地从最可及的语境假设出发。这样，通过对假设可及性的影响，记忆组织为有效限制语境选择提供了依据，所遵循的原则便是交际中人们总是希望以最小的投入（处理努力）来获得最佳的交际效果（语境效果）。从广义上讲，关联理论认为人类有一种不断改善对周围世界的理解的自然倾向。因此，他们希望在理解中所付出的努力将会以某种方式修正他们用于交际行为的语境假设。换句话说，最佳关联是从支出（处理努力）和收益（语境效果）两个方面进行界定的。是最佳关联概念限制了语境的无限搜寻过程。在它的导引下，交际过程是快速而高效的。当选择了最佳语境假设，获得了最大语境效果并只付出极小的处理努力时，关联便达到最佳程度。

3.1.3 话语理解与诗学效果

在§3.1.1中我们已经解释并讨论了Sperber和Wilson的关联理论的基本观点和思想。现在我们可以从关联理论的角度阐释在言语交际中参与者是如何解读隐含意义的。

我们知道，Grice将语境隐含看成是受语言规则支配的各种意义。它是结合了句子意义和语境并假设说话人遵守某些交际原则的基础上推导出来的。对Grice来说，会话含意的一个重要特征就是它的可推导性，即它可以通过理性的推理过程推导出来。一般认为，该理念的主要价值在于它描述了说话人通过什么方式传达言外之意，换句话说，通过什么方式，话语既具有明说内容又具有隐含意义。不幸的是，Grice对产生这些命题的过程所进行的阐释不够恰当。

基于关联的交际原则和蕴含其中的最佳关联假设，Sperber和Wilson提出了一个受话人用以识别说话人意义的关联引导理解机制（Relevance-guided Comprehension Heuristic）。

> 关联引导的理解机制：
>
> (a) 在构建话语意义时，遵循的是最少努力的省力原则（特别是在消解歧义、确定指称、调整词汇意义、提供语境假设、派生隐含意义等方面）。
>
> (b) 一旦找到所期待的关联性，理解过程就会停止。
>
> （Wilson，2014b：135）

这并不是一个实际的操作步骤，因为语境因素是动态的。听话人应该先理解作为语码的句子意义，然后以最少的努力在明说的层面上对这个句子意义加以充实，在隐含的层面上加以补足，直至产生足够的认知效果来满足他的关联期待。在关联理论中，该理解机制是“一种特殊的理解模块，是用于描述心理状态的广义心智解读模块（mind-reading module）的组成部分”（Wilson，2014b：134-135）。其中，明说意义（explicature）和隐含意义（implicature）的获得都受到关联的交际原则的支配。

所谓明说意义，是指某个语言上不完整的概念表征或句子的逻辑形式的推理发展（inferential development）。（Huang，2012：29）明说意义具有两个区别性特征：（a）它是交际的命题；（b）它通过解码和推理共同识别。除此之外所传递的内容均属于隐含意义。（Wilson，2016：11）隐含意义包括两种类型：隐含前提（implicated premise）和隐含结论（implicated conclusion）。隐含前提是说话人意欲表达的，并由听话人提供的语境假设；隐含结论是说话人所传递的语境暗含。听话人在话语明说内容的基础上获得语境假设和隐含前提，在此基础上进行演绎推理最终获得隐含结论。具体地说，整个理解过程涉及三项任务。

a. 通过解码、解歧、确定指称和其他语用充实过程构建有关明说内容（明说意义）的适切假设。

b. 构建有关意欲传递的语境假设（隐含前提）的适切假设。

c. 构建有关意欲传递的语境隐含（隐含结论）的适切假设。

例如：

（10）A：Did I get invited to the conference?

B：Your paper was too long.

（Blakemore，1992：123）

（11）a. If your paper is too long for the conference you will not be invited.

b. Speaker A did not get invited to the conference.

B以隐含方式间接作答。其中，（11）a为B话语的隐含前提，（11）b为隐含结论。A需要将B话语中所含的语境假设（11）a与所表达的命题相结合推导出语境暗含（11）b。

那么，说话人是根据什么来期待听话人会恢复隐含结论（11）b的呢？我们知道，关联原则授权听话人期待他能以最少的处理努力获得足够的语境效果。处理耗费受到提取和使用语境的耗费的影响，所以语境扩展得越大就越不可及，所耗费的处理努力就越多。在我们所讨论的这个例子中，B的话语使听话人可以直接获得产生语境效果的隐含前提（11）a。但隐含前提具有不确定性。比如：为了获得更多的语境效果，听话人可能会扩展该语境，如（12）。

（12）a. If your paper is too long for the conference, you will not be invited.

b. If you are not invited to the conference, there will be no papers on pragmatics.

c. If there are no papers on pragmatics at the conference, Nigel will not attend.

然而，由于（11）a的语境假设已产生了足够的语境效果，听话人有权相信这就是说话人意欲他理解的意义。换句话说，关联引导的理解机制有明确的止点。受话人一旦发现某一解释达到了关联理论解释机制所设置的门槛，他就会将其视为说话人意欲传递的内容。（Wilson，2010）

我们会进一步问为什么说话人为了追求最佳关联会使用间接回答（10）而不使用直接回答（13）呢？

（13）You are not invited to the conference.

还是根据关联原则，只有当一句话使听话人付出必要的处理努力来获得语境效果时，这句话是最佳关联的。这表明，在（10）中B的听话人只有相信B想要获得比直接回答（13）更多的语境效果时，他才会相信话语符合关联原则。例如：B可能认为A想知道为什么没有被邀请参加会议；或者B想宽慰一下A，告诉他没有受到邀请并不是因为他论文写得不好。事实上，B没有必要确切知道听话人是怎么理解的。她只需要相信间接回答值得听话人付出额外的处理努力去处理，因为它会产生更多的语境效果。

关联理论对隐含意义的阐释框架暗示了两点：(a) 说话人不仅要决定哪些内容要明说哪些内容要隐含，而且还要决定他们在多大程度上限制听话人对隐含意义的恢复；(b) 隐含意义的强弱依赖于语境效果的可预测性。

第一，支配说话人以隐含方式而不是以明说方式传递信息的是她对听话人语境资源的推测。听话人假定说话人在追求最佳关联。在这一假定基础上，他会一直找到一个可以使话语具有最佳关联的解读。这就意味着，说话人要想让交际获得成功，就必须有充分的理由相信听话人可以直接提取能够获得语境效果的语境，而且她所说的话语表明她相信的确有这样的根据。但是，听话人所获得的语境效果真是说话人意欲他获得的语境效果吗？理解和交际概念构成这个问题的基础，主导着当今语用学理论。一般认为，若想获得交际成功，听话人必须识别说话人特殊的交际意图。在这个框架中，语用学理论所关心的是听话人如何只恢复说话人意欲他理解的意义，而不是任何一种解读。根据这一观点，语用解读必定涉及说话人—听话人之间在某种程度的合作。

对于追求最佳关联的说话人来说，她必须相信解读话语所需的语境假设会立即被听话人提取。对于听话人来说，原则上他可以使用大量各种各样的语境假设来恢复大量各种各样的语境含义。然而，这在心理上是不可能的。假定话语符合关联原则，他至多只能恢复一个解读（或一种解读）。这说明说话人在限制听话人的解读，所依据的假设是听话人认为话语符合关联原则。例如：在(10) 中，间接回答的作用就是通过语境可以被立即提取来限制听话人的理解，从而确保以最小的处理努力来选择正确的语境。

让我们来看一个例子。如果我和你事先约好一起去看电影。电影放映时间是6:05。那么，我有理由期待你至少可以将我的话语 (14) 理解成 (15)：

(14) It's six o'clock now.

(15) The film will begin within five minutes.

我们事先的约定让我有充分的理由相信你能够获得理解我的话语所需要的语境假设。我说出这句话，而你会保证你能够以最小的处理努力获得足够的语境效果。这说明你正确地假定在最小最可及的语境中处理我的话语所得到的信息是我作出保证的根据。换句话说，关联原则使你有权相信最省力的解读就是我意欲你理解的解读。

显然，尽管说话人在她的话语将如何被解读方面有着相当具体的期待，但听话人在选择语境假设时是自由的。关键是说话人有理由相信听话人将会按照他的自由意愿恢复意欲的理解。她没有必要表明她希望听话人就作出这样的理解，即没有必要以任何方式限制听话人的解读。这不是因为说话人和听话人在话语交际之前就分享所需要的语境假设，而是因为说话人有理由相信当听到她的话语时听话人能够提取所需的信息。换句话说，互知不是成功交际的前提条件。假设 Mary 同 Peter 在看风景时 Mary 看到了一座教堂。于是她说（16）：

(16) I've been inside that church.

要想理解话语（16），Peter 并不需要事先知道那是间教堂。他只需要在接收信息的同时借助 Mary 的话语提示明白这一点就可以了。

第二，对隐含意义的语用推理具有不确定性。有的时候，听话人很难确定说话人究竟想表达什么样的隐含意义。例如：在 Shaffer 的戏剧 *Amadeus* 中，当 Salieri 询问 Mozart 对他的音乐有什么看法时，Mozart 回答说，"I never thought music like that was possible." 似乎这句话既可以被理解成 Mozart 对 Salieri 的赞扬也可以被理解成对 Salieri 的批评，在这种情况下，选择第一个相关的解读是很困难的。对此，关联理论提供了更加系统更加细致的解释：交际者的信息意图没有直接用来影响受话人的思维，而是通过对受话人显现或更加显现某个假设集修正他的认知环境。因此，“交际并非简单的是非问题，而是程度问题”（Wilson，2011：72）。Sperber 和 Wilson 根据隐含意义不确定性的不同程度将其区分为强隐含（strong implicatures）和弱隐含（weak implicatures）。一种情况是，交际者在心目中有一个特定的隐含意义，她的话语的相关性便依赖于此。受话人由该意义推导出的说话人意图强烈显现。这种交际被称为“强交际”（strong communication），强交际通常传达强隐含。与此相反，交际者心目中有一系列模糊的、带有大致相同内涵的潜在隐含意义，其任何子集都对话语具有关联性。听话人从该范围中的任何具体含义推导出的说话人意图相对较弱。这种交际被称为“弱交际”（weak communication）[①]，弱交际通常会传递一系列弱隐含，那些通过宽泛的弱隐含达到交际目的的话语具有诗学效果。介于两极之间存在大量强弱不同的交际形式，这导致隐含意义是一个连续体。正如 Sperber 和 Wilson 所指出的：

> 从专门想要听话人获得的隐含意义到仅仅是意欲显现并进一步修正交际双方的相互认知环境的隐含意义之间存在一个连续体。说话人只是在某种程度上打算让她的话语相关，进而具有丰富的、但并非完全可以预测的认知效果。
>
> （Sperber & Wilson，1995：201）

总的来说，含意的可选择范围越大，其程度就越弱，听话人所承担的责任越多，需要付出更多努力才能推导出来。

为了说明以上观点，请看下例：

Mike 和 Sally 打算周末开车去旅行。他们正忙着收拾行李。Mike 对 Sally 说：

（17）The car is open.

① 有关弱交际的相关论述，请参见 Sperber & Wilson（1986：Chapter 4）和 Blakemore（1992）。

首先，Sally 认识到 Mike 发出一个明示刺激信号：他说汽车是开着的。在所描述的情景中，Sally 可轻而易举地提取下列信息：他们有一辆汽车；他们周末将乘这辆汽车去旅行；通常情况下，车子停着时是锁着的；等等。因此，（17）中的“the car”是指 Sally 和 Mike 拥有的那辆汽车，“is open”意思是“It is unlocked”（汽车没锁）。该解读是高度突显、极易提取的。在话语明说意义的基础上，如果 Sally 能够提供语境假设（18）a，那么她很容易推导出语境隐含（18）b。因为语境假设（18）a 是从为汽车旅行收拾行李的认知图式中推导而来的，事实上她获得这一语境假设是相当容易的：

（18）a. If the car is unlocked, then Sally and Mike can load the car without waiting for each other.（语境假设）

b. Sally and Mike can load the car without waiting for each other.（语境隐含）

语境隐含（18）b 会进一步产生其他认知效果，如（19）b、（19）d。在这个语境中它们似乎都值得处理。

（19）a. If Sally and Mike can load the car without waiting for each other, then loading will be faster.

b. Loading the car will be faster.

c. If loading is faster, then they will not have to start so late.

d. They will not have to start so late.

尽管这一切都可以用于构建（17）的关联性，而且付出较少努力便可获得，但我们感觉（18）中的隐含意义要比（19）中的要强一些。我们还可以设想其他类似于（19）的隐含意义，如（20）：

（20）a. If loading is faster, then Sally and Mike may arrive at their destination an hour early.

b. Sally and Mike may arrive at their destination

an hour early.

c. If loading is faster, then Sally and Mike may pass the major motorway junction before rush hour.

d. Sally and Mike may pass the major motorway junction before rush hour.

我们看到隐含意义的强度从（18）到（20）依次递减。也就是说，在弱隐含中存在一个不确定的范围，说话人把很多话语理解的责任留给了听话人。而对于听话人来说，他对说话人想要传递类似（18）这样的隐含意义却相当有把握，因为（18）符合他的最佳关联假设。

强隐含和弱隐含之间的区别对于关联理论阐释"诗学效果"至关重要。在关联理论中，诗学效果这个概念被用来描述"那些通过一系列弱隐含而获得绝大部分关联性的话语的效果"（Sperber & Wilson，1986：222）。[①] 例如：

（21）Being an invalid，Joseph Sedley contented himself with a bottle of claret besides his Madeira before dinner，and he managed a couple of plates full of strawberries and cream，and twenty four little rout cakes that were lying neglected in a plate near him.

（Thackerary，*Vanity Fair*）

要想理解该言语反讽的深层含意，我们不妨为其提供一个常规释义（22）：

（22）Joseph Sedley，who claimed to be an invalid，gorged himself on claret，strawberries and cream，and twenty four little rout cakes.

① 有关该方法对文学解读的应用研究，请参见 Pilkington（1994）。

两相比较，我们会发现：释义（22）可以清楚展现（21）的明说内容，也基本抓住了作家 Thackerary 对 Joseph Sedley 的嘲讽态度。与此同时，我们不禁感到（22）似乎失掉了（21）中的几分神韵。尽管我们会发现对交际者的信息意图和交际意图进行直觉推理并不困难，但我们无法通过内省揭示这些推理是如何实现的。关联引导的理解机制及蕴含其中的强弱交际理念所描绘的正是这种推导交际者信息意图和交际意图的直觉能力。当看到（21）时，读者可以明显感知话语中的失匹配。因为常识告诉我们，Sedley 旺盛的食欲只能证明他身体状况良好，该语境假设与话语命题（Joseph Sedley 声称自己是个病人）明显不相容。另外，语言线索“contented oneself”（心满意足）和“manage”（勉强）也加强了这种逆期待性失匹配。由此，读者可以得出结论：Thackerary 是反讽地发出话语，表达他对 Joseph Sedley 行为的嘲弄与调侃。这是作家通过强交际传递的强隐含。而 Thackerary 的高明之处就在于，他还通过弱交际传递了一系列弱隐含，对 Sedley 的行为究竟多么可笑，给读者留足了富裕的解读空间，使读者在识解过程中拥有更多自主权，乐意作出进一步思考：为什么这段话是反讽性的？Sedley 为什么要谎称自己是病人？Sedley 言与行之间的滑稽错位反映了他怎样的性格特征？Thackerary 通过这段人物描写想要传达何种深层含意？可见，（21）的神韵远非单一命题所能表达。交际强度越弱，受话人可能达成的理解就越多，相应地，话语所创造出的诗学效果也就越丰富，越耐人寻味，经得起一再琢磨。正如蓝纯教授在其著作《语用学与〈红楼梦〉赏析》中谈到的：

> 从这个意义上来说，经典文学名著都是弱交际的典范，名著作者们都是制造弱交际的高手。平庸的作品读一遍就够了，全部的信息一览无余；真正的经典则一辈子也读不完，其中的内涵常挖常有。比如，支撑着这本《语用学与〈红楼梦〉赏析》的《红楼梦》，笔者十几岁的时候读有一层理解，

二十几岁的时候读添了感悟，现在再读竟是无语有叹。

（蓝纯，2007：114-115）

诗学效果来源于一种特殊的心理加工过程。该过程以激活大量语境假设为基础，目的是要寻求符合关联原则的最佳解读。具有诗学效果的话语用来创造明显带有不同色彩的情感体验。我们想要强调的是，通过运用关联理论的微观视角来审视这些情感体验，我们可以看到一系列微妙的认知效果。总之，诗学效果来源于为了追求关联而获得的大量弱隐含。

综上所述，听话人会将所有的话语视为相关的。话语的关联性是“给定的”。如果能够获得足够的语境支持，那么该关联性便清晰可见。正如 Wilson 和 Sperber（1988：141）所主张的：

> 简而言之，一句话要想被理解，就必须具有一个而且只有一个解读符合以下事实：说话人想让它看起来与听话人关联——在语境效果方面足够关联，在处理努力方面最大关联。我们说在这种情况下该解读符合关联原则。

作为对 Grice 语用学的进一步发展，关联理论讨论问题既有广度，也有深度，并已经显现出越来越强的解释力，为语用学、心理语言学和社会语言学的综合研究展现了一幅美好的前景。它大胆地从根基上反思语用学，考虑如何与认知理论建立合理的关系；它将主要的注意力放在话语理解中语境推理的重要作用上以及那些曾被语言学家视为语义学核心的研究课题上；它从崭新的角度探讨了语境的性质，并将诸如认知语境这样的重要语用概念和议题放在重要位置上，从而鼓励我们从一个全新的认知视角阐释语言使用。作为认知语用学的核心，关联理论为合理地解释许多语言现象如反讽、隐喻、前照应和连贯开辟了一条新路。因此，我们将运用关联理论等认知语用思想来阐释言语反讽理解，从而展示认知语用原则对于解读任何形式的语篇都具有较强的阐释力。

3.2 反讽理解的认知语用阐释框架

Sperber 和 Wilson 的论文《反讽和使用—提述的区别》(1981) 是言语反讽研究漫长历史中的一座里程碑。在此之前，主要是传统修辞学家和文学批评家研究反讽现象。Sperber 和 Wilson 的研究给反讽研究方法带来了重大变化，从原来的比喻法转变为交际法。结合后期的发展（Sperber & Wilson, 1986, 1995; Wilson & Sperber, 1992, 2012; Wilson, 2009, 2014 a)，他们的言语反讽理论被称为"回声解释反讽理论"。在第 2 章中，我们曾对该理论进行简要述评。在本节，我们以回声解释理论的思想精髓为理论基础，结合 Yus 的反讽理念，从认知语用角度对回声解释论加以扩展和补益，全面剖析言语反讽的识解过程。

3.2.1 回声解释论的思想精髓

Sperber 和 Wilson (1981) 的提述论 (Mention Theory) 不赞同将反讽视为所意与所言对立的传统做法，而是将研究的重点放在反讽的暗指本质 (allusive nature) 上。后来，他们进一步修正并发展该理论，提出回声解释论 (Sperber & Wilson, 1995; Wilson & Sperber, 1992)，主张言语反讽是"回声性解释用法的一种变体，交际者传递对回声观点的贬抑态度，伴有荒谬或轻蔑的意味"(Wilson & Sperber, 1992: 75-76)。根据该界定，理解反讽的关键在于：(a) 识别话语的回声性；(b) 识别说话人对回声观点所持的贬抑态度。下面，我们将对这两个方面进行阐释。

回声 (echo) 概念在关联理论反讽观中至关重要。根据 Sperber 和 Wilson 的观点，回声话语是对他人思想的解释。(Sperber & Wilson, 1986) 话语和思想都是表征。话语命题形式的一个本质特征就是它们具有逻辑特征。两个命题形式可能具有相同的逻辑特征。因此，具有相同逻辑特征的两种表征的命题形式之间具有某种相似性，这种相似性被称为"解释性相似"(interpretive resemblance)。换句话说，命题内容的解释性相似可以被分析为“具有相同的逻辑含意和语境含意：所共有的含意越多，解释性相似的程度就越大”（Wilson & Sperber，1992：65）。

通过告知听话人说话人有某种想法并且对其持有某种态度，解释获得了关联性。此时，我们说这些解释是回声性的。Yamaguchi（1994；转引自文旭，2004：95）持有相似的观点：

> 回声话语是那些与另一位说话人的话语有部分重复或全部重复的话语……它们在会话中被广泛使用说明它们已自成一类……回声话语代表了一种元语言使用形式（正如直接引语）。它们用说话人自己的话语来介绍另一个说话人（或其他人）的话语，从而表达了说话人对他人话语的态度。

可见，回声是一种归属用法（attributive use），说话人的主要意图不是提供有关归属思想内容的信息，而是传递她对该思想所持的态度或作出的反应。最典型的例子就是传递说话人对即时前序话语中显性表达的思想所持的态度或作出的反应。例如：

（23）Peter：The Joneses aren't coming to the party.
Mary：They aren't coming，hum. If that's true，we might invite the Smiths.

（Sperber & Wilson，1986：238）

Mary 的话语是相关的并不是因为它告诉 Peter：他刚刚发出话语“The Joneses aren't coming to the party”，而是因为它告诉 Peter：Mary 已经注意到他的话语并评价其话语的可信性和所表达的含义。（Sperber & Wilson，1986：238）因此，我们认为 Mary 的话语具有回声性。

值得注意的是，Sperber 和 Wilson 的回声概念非常宽泛：所回声的不一定是他人的话语，它们也可以指同一个说话人在不同时间说出的话语；回声话语不一定必须归属于某个具体的人，它们可以是熟语、谚语或是名人名言。回声式话语表现形式多样，可用于实现不同的语用功能：它可以陈述他人的话语以便转达信息；可以表示对他人话语的即时反应以便表示讽刺、调侃、挖苦等；可以表示一种语用蕴涵以便表达惊讶或不满；抑或是回声警语、格言、谚语等来表达敬佩。（曾衍桃，2001：412）但不论何种情况，回声话语的说话人必须对她所回声的表征表达某种态度。这种态度可以是正面的，也可以是负面的或是中性的。有时，说话人的态度是隐含的，需要从语调、情景、语境和其他副语言或非语言线索中推断出来，但有时，说话人的态度是显性的。（Sperber & Wilson，1986）总体来说，说话人主要通过措辞、语气和即时语境三种途径（Sperber & Wilson，1981）表明她支持或不支持她所回声的思想或话语——她感到困惑、气愤、觉得好笑、好奇或怀疑，抑或兼而有之。

关联理论认为言语交际中的反讽既是讽刺性的也是回声性的。“［它］是讽刺性的**因为**它是回声性的：言语反讽是在以一种含蓄的贬抑态度回声一个默认的指定的思想或话语”（Wilson & Sperber，2002：272）——挖苦的、怀疑的、愤愤不平的或嘲笑的。这种不赞同可能是针对话语所表达的命题，也可能是针对话语所产生的某种效果。换句话说，反讽是对意义含蓄的回声式解释，传递一种对被解释意义的贬抑态度。

目前，反讽的回声性已得到某些实证研究的支持（如 Jorgensen，Miller & Sperber，1984；Keenan & Quigley，1999）。例如：在 Keenan 和 Quigley（1999）的实验中，实验语料包括两个版本。版本一中含有与 Lucy 末句评论“Now，I'll really look pretty.”相关的前序话语“I want to look pretty for the party.”；版本二则含有与 Lucy 末句评论无关的前序话语“I have to hurry or I'll be late.”：

（24）Keenan 和 Quigley（1999）实验语料

版本一

One night，Lucy was going to a party，Lucy was all dressed up in her new party dress，ready to go，but she didn't have her party shoes on. Lucy didn't want to run upstairs. She yelled, "Linus, please bring me my nice red party shoes! *I want to look pretty for the party.*" So Linus, who was still reading his book, went to Lucy's closet and by mistake, he picked up Lucy's dirty old running shoes. When he went downstairs to hand them to Lucy, she looked at them and said, "*Oh great. Now I'll really look pretty.*"

版本二

One night, Lucy was going to a party, Lucy was all dressed up in her new party dress, ready to go, but she didn't have her party shoes on. Lucy didn't want to run upstairs. She yelled, "Linus, please bring me my nice red party shoes! *I have to hurry or I'll be late.*" So Linus, who was still reading his book, went to Lucy's closet and by mistake, he picked up Lucy's dirty old running shoes. When he went downstairs to hand them to Lucy, she looked at them and said, "*Oh great. Now I'll really look pretty.*"

被试相应地被分为两组，每组只听其中一个版本的语料。实验目的是测试两组被试对 Lucy 末句评论"Now, I'll really look pretty"的理解情况。研究结果表明：听到含有相关前序话语的被试比听到含有无关前序话语的被试更容易将 Lucy 的末句评论理解为反讽。该实验充分证明：当话语的回声性比较突显时反讽更容易被识别。

反讽必定涉及对态度的隐性表达。（Sperber & Wilson, 1986）反讽话语的关联性至少部分地依赖于它所传达的有关说话人对回声观点的态度。而且，它处在一个态度的连续体之上。

> 我们认为，言语反讽毫无例外地表达了一种不赞成的态度。……说话人回声一个归属于他人的思想，与此同时表明她不赞同这一思想，从温和地奚落到猛烈地抨击其程度各不相同。
>
> （Wilson & Sperber, 1992: 60）

正是由于说话人对话语所表达的命题持贬抑态度，反讽的回声性才得以实现。为了说明这一点，我们来比较以下两个例子：

（25）A：It's a lovely day for a picnic.

[*They go for a picnic and the sun shines.*]

B：（*happily*）It's a lovely day for a picnic，indeed.

（26）A：It's a lovely day for a picnic.

[*They go for a picnic and it rains.*]

B：（*sarcastically*）It's a lovely day for a picnic，indeed.

（Sperber & Wilson，1986：239）

（25）B 和（26）B 都是回声话语：它们告诉 A，B 知道 A 所说的话并对其持有某种态度。在（25）B 中持赞同态度，而在（26）B 中则持反对或不赞同态度。显然，（26）B 是典型的言语反讽。让我们来解释一下（26）中的相关假设：如果（27）是 B 说出该话语的语境，那么 A 便可以对话语作出反讽解读，推导出语境隐含（28）：

（27）a. If it rains the weather is not good for a picnic.

b. It rains.

c. The weather is not good for a picnic.

d. I（A）said it would be a lovely day for a picnic.

（28）a. B does not believe that it is a lovely day for a picnic.

b. B is echoing my（A's）statement that it would be a lovely day for a picnic.

c. B believes that I（A）was wrong to say that it would be a lovely day for a picnic.

回声解释论的核心观点是：将言语反讽与其他回声用法区分开来的是反讽所传递的态度属于贬抑范畴。反讽态度（ironic attitude）是反讽的组成部分，也是反讽的区别性特征。（Wilson，2014a）Happé（1993）有关自闭症患者对隐喻和反讽理解的实证研究在某种程度上可以证明以上观点。该实验使用如下故事：

> David is helping his mother make a cake. She leaves him to add the eggs to the flour and sugar. But silly David doesn't break the eggs first—he just puts them in the bowl, shells and all. What a silly thing to do! When mother comes back and sees what David has done, she says:
>
> "Your head is made out of wood!"
>
> Question 1: *What does David's mother mean? Does she mean that David is clever or silly?*
>
> Just then father comes in. He sees what David has done and he says: "What a clever boy you are, David!"
>
> Question 2: *What does David's father mean? Does he mean David is clever or silly?*

故事中插入两个理解问题：问题1检验隐喻理解，而问题2检验反讽理解。被试还接受了标准一级和二级错误信念测试（standard first- and second-order false-belief tests），测试结果与理解情况呈现出高度相关性：（a）没有通过错误信念测试的被试既没有理解隐喻也没有理解反讽；（b）只通过一级错误信念测试的被试理解了某些隐喻却未能理解反讽；（c）既通过一级错误信念测试也通过二级错误信念测试的被试既理解了隐喻也理解了反讽。这说明隐喻理解只需要第一层次的元表征能力；而反讽理解则与第二层次的元表征能力密切相关。这是因为隐喻是表达对某事态的想法，而反讽则是表达对归属于他人思想的想法，所以反讽比隐喻需要更高层次的元表征能力。Happé的这项实验不但为反讽的回声性提供依据，而且在某种程度上也证明反讽态度是反讽的区别性特征。

综上所述，根据回声解释论，反讽具有以下三个特征（Curcó，2000/2007）：

(a) 反讽是一种解释性用法，说话人通过话语命题隐含地表征他人的信念；

(b) 反讽是回声性的（即它隐含地表达了说话人对所表征信念的态度）；

(c) 回声中所涉及的态度是一种对回声思想的贬抑态度。

在回声解释论看来，这是解读所有反讽话语所必需的共同因素。言语反讽的认知界定完全依靠对回声的认知。换句话说，不具备回声性的话语不可能是反讽。只有我们认为说话人的话语是回声性的，我们才能解释她的讽刺态度。

在结束这一部分之前，我们应特别注意语境在识别反讽话语中的重要作用。Sperber 和 Wilson 指出当判断话语是否是反讽时，听话人依赖的是“话语以外的信息——语境信息和其他背景假设——而不是话语本身的形式或内容”（Sperber & Wilson，1981：301）。听话人的任务是确定说话人反讽传递的隐含意义。该理解不同程度地与话语显性传递的理解不同。这一反讽理解发生在以关联为中心的推理过程的某个阶段。其中，语境对于推翻说话人想表达话语明说意义的期待起至关重要的作用。例如：

(29) a. [*It is late and the children are not in bed.*]

b. Mother：“I love children who go to bed early.”

（Curcó，1997：Chapter 9）

在情境（29）a 中，母亲通过发出话语（29）b 来回声一个思想，确切地说是一个潜在的、说话人更有可能在一个不同情境如（30）中说出的话语，并表明她对其持贬抑态度。在（30）这个语境中，（29）b 不再是解释性用法，而是描述性用法［母亲不但支持（29）b 所表达的命题，而且传达它是适合（30）的明说信息］：

（30）［*It is early and the children are in bed*.］

为了获得对（29）b的正确的反讽理解，听话人需要识别作为语境假设的互显的情境（30）的存在。该情境触发了（29）a和（29）b之间的不匹配。尽管母亲实际上支持（29）b所表达的命题（她的确喜欢早睡的孩子），但听话人依据不匹配性仍旧能对（29）b作出反讽解读。用Curcó的话说，在（30）中，说话人是描述性地发出话语（29）b，而且关键的是，支持它潜在的隐含意义（31）。

（31）I love my own children because they go to bed early.

当这个语境没有实现时，她反讽地回声了她先前希望能够说出的话语，并含蓄地表达她的贬抑态度。正如Sperber和Wilson（1998：289）对一个类似的例子所评述的：（29）b从字面上理解是不适当的，并不是因为它是错误的，而是因为它与话语的环境不匹配。可见，识别两句话的语境之间的差异是识别（29）b反讽意图的关键。（赵虹，2009a：65）

事实上，其他语境信息，如说话人的明示语调、面部表情以及对话场景中所获得的视觉信息等，都可以帮助听话人识别说话人的反讽意图。多源语境信息的激活有助于听话人解读反讽话语，这是Yus（2000a）反讽理解模式的基本观点。下面我们将对其加以详述。

3.2.2　Yus的反讽理解模式

为了更好地理解语境在加快、延缓或无法识别言语反讽中的作用，Yus（2000a，2009，forthcoming）从认知视角（主要是从关联理论的角度）对反讽研究做出了重要贡献。他以语境信源为核心的反讽理解观着重探讨在反讽理解过程中听话人可获得哪些信源以及他是如何运用这些信息的。其理论主要围绕两个要点：语境激活模式和反讽理解的最佳可及性标准。

3.2.2.1 语境激活模式[①]

Yus 的语境激活模式主要处理多项与反讽有关的语境信源和这些语境信源的等级。这一模式的基本概念是：人类与生俱来地具有一种能力，可以同时获得由不同语境信源所提供的信息。（Yus，2000a：45）在理解过程中，语境的某些信息与话语的明说内容不一致，从而触发了听话人对深层反讽态度的探寻，帮助他领悟话语的反讽意图。因此，反讽理解蕴含了使明说意义无效的语境激活。所激活的语境信源越多，识别反讽意图的速度就越快。Yus 将影响反讽理解的重要语境信源分为七类，下面我们将逐一进行述评。

A. 百科、事实信息

人们储存在大脑中的心理表征和原型的情景和事件（也就是我们通常所说的框架、图式和脚本等）构成了处理新信息的个人心理背景。（Yus，2000a：33）Sperber 和 Wilson（1986：48）指出，这些百科信息与新信息相结合就会产生语境效果。该语境信源包括多种类型的信息：宏观社会规范和事实信息，常识以及微观社会情景期待。许多学者都指出该语境信源对于解读言语反讽至关重要。（Gibbs，1994：383；Gibbs & O'Brien，1991：524；Glucksberg，1995：54）许多反讽话语只不过与众所周知的百科知识对立。例如：只有对一个人一次的饮食量有一个默认的原型看法，在情境（32）a 中运用克制陈述手段实现的反讽（32）b 才能获得成功。母亲回声了像（32）c 这样一个对应的情境，在该情境

---

① Yus 于 2000 年在论文"On reaching the intended ironic interpretation"中提出有关反讽理解的语境激活模式和最佳可及性标准。后来 Yus 两次修正他的理论观点（Yus，2009，forthcoming）。例如：Yus（forthcoming）将原先"语境信源 A：百科事实信息"中的亚分类"微观社会情境期待"独立成类"语境信源 C：仍旧储存在听话人短时记忆中的刚发生或新近发生的事件或行为的知识"。与此同时，将原先"语境信源 E：相互知信"取消。但总的来说，Yus 的后期修正并无实质性变化。为了顺应本书对小说反讽交际的研究，在此，我们仍沿用 Yus（2000a）对语境激活模式的系统研究，并适当补充 Yus（2009，forthcoming）的新发展。

中她描述性地（而非反讽地）发出话语（32）b：

（32）a. [*After he has finished eating pizza, falafel, ice-cream, wafer and half of the cream cake, Moshe started eating coated peanuts.*]

b. Mother："Moshe, I think you should eat something."

（Giora & Fein，1999：256-257）

c. [*Moshe has not eaten anything for several hours.*]

第二个例子是关于微观社会情境期待的。刚刚发生或新近发生的事件或行为会储存在听话人的短时记忆中。听话人可以在事件和它所产生的反讽话语之间轻而易举地建立联系。（Yus，forthcoming）例如：只有当学生意识到在语境（33）b和（33）d中分别说出话语（33）c和（33）e所基于的语境前提（33）a，他才能领悟老师的贬抑态度。（Glucksberg，1995：53）

（33）a. [*Teacher: Term papers should be around fifty pages.*]

b. [*The pupil hands in a 3-page paper.*]

c. Teacher："This is a long term paper!"

d. [*The pupil hands in a 300-page paper.*]

e. Teacher："This is a short term paper!"

在（33）c和（33）e所属的真实语境中，听话人认识到情境与话语之间是不匹配的，并得出结论：老师对（33）c和（33）e所表达的命题持贬抑态度，与此同时显现了非反讽语境的存在。

B. **互显的客观环境（场景）**

对话总是发生在客观语境中的。交谈时，周围的情景信息对交谈双方是互显的，对话者可以通过感知获得。这些在交谈时对话双方从周边的物理区域中所获得的信息是互动过程中对话者认知环境的一部分，对于构建事实假设和识别反讽意图非常重要。当说话人说出一个不合情景事实的话语时，在很大程度上可以断言它就是反讽，而且“话语偏离事实越大，其反讽意图的确定性就越大”（文旭，2001b：52）。例如在语境（34）a 中发出话语（34）b 是非常典型的反讽实例。（34）b 实际上是对一个潜在的非反讽的语境（34）c 的回声。在（34）c 中，说话人对话语命题持支持态度。

（34）a. ［*Person is basking in the sun.*］

b. “You have a tough life!”

（Dews & Winner，1995：4）

c. ［*Person is leaving a mine after a hard day's work.*］

C. **说话人的非言语行为**

作为受话人通过感知机制获得的语境信息的一部分，人类的非言语交际是正确识别言语反讽的关键线索之一，包括声调、语调等声音因素或微笑、手势、眨眼等视觉因素。例如：在（35）中，明示的副语言信号“hehehe”帮助广播节目的听众识别说话人对她的话语所表达的命题持贬抑态度：

（35）National Public Radio's Penney Dennis remarked on her show *Marketplace* about the business executive Frank Lorenzo，who eliminated unions at Continental Airlines：“Today is Lorenzo's birthday：The former chairman of Continental and Eastern and *hehehe* a big friend of unions. He turned fifty-three.”

（Barbe，1995：76）

D. **受话人具备的有关发话人的生平资料**

通常，这一背景知识指听者具备的有关说者的具体的百科知识，如好恶、习惯、信念和观点等。例如：如果我们知道一个人在她所参与的会话互动中总是喜欢使用反讽，那么当她说话时，我们就会警惕她的话语有可能潜藏着反讽信息。（Tannen，1984：132）已有研究表明：反讽在熟知的朋友之间更加常见，也更容易从业已获得的有关朋友的信息中推导出反讽意图。（Kotthoff，2003；Eisterhold et al.，2006；Nuolijärvi & Tiittula，2011：574；Caucci & Kreuz，2012：3）例如：在（36）中，Tom 拥有的有关 Ann 好恶方面的知识可以使他比较容易地识别 Ann 的反讽话语：

（36）[*Tom and Ann are in her birthday party. She has just been given a pair of earrings.*]

Ann：（*Smiling*）Look! Aren't these earrings amazingly beautiful?

Tom：Oh my God! What are you going to do with them?

Ann：（*disgusted*）I'll give them to my sister!

（Yus，forthcoming）

E. 相互知信

Yus 将此类信息独立成类，为的是强调在对话开始之前的确"存在一定的为交际双方共享的、进而往往心照不宣的信息"（Barbe，1995：80-81）。这些信息是交际顺利进行的基础。由于说话人必须对听话人的认知环境进行推测，因此相互知信限制了反讽语使用者对何种人才可使用反讽话语，最终表现在交际双方对认知环境能"彼此心照"，对其中的事实或假设在心理上能作出共同的认知和推理。如果对话双方有共同背景知识，那么说话人就可断定听话人能正确领悟其反讽意图。例如：在语境（37）a 中发生的这段对话，Ann 假定她与 Tom 共享失业在增加这一事实，而这是解读反讽的关键：

（37）a. [*Newspaper headline*："*Unemployment has increased 10% in the last six months*".]

b. Ann："Things are really looking good for

young people in this country, aren't they? No doubt we'll soon find a well-paid job..."

Tom: (*Laughing*) "You are right... We'd better emigrate!"

(Yus, 2000a: 41)

F. 对话中的前序话语

它来自同一对话或先前的对话，指的是刚刚说过的话或曾经某个时间说过的话。前序话语是对话者在解读后序话语过程中可以获得的初始语境的一部分。它在解读言语反讽中是一种省力的认知策略。前序话语的作用表现在：一方面它们在字面上被重复［这一点与Sperber和Wilson（1981）回声提述论建立起联系］；另一方面，说话人表达了对话语所持的贬抑态度。（赵虹，2009a：67）例如：儿子不会不记得在不久前他母亲要求他穿上毛衣。他没有穿毛衣这一互显的视觉证据结合母亲先前的要求是非常容易获得的解释性辅助因素，突显了母亲对（38）b所持的贬抑态度，同时她讽刺性地强调（即互显）了一个更理想的潜在语境（38）c的存在，在该语境中她支持（38）b：

(38) a. [*Mother has asked her son to wear his sweater but he is not wearing it.*]

b. Mother: "I see you are wearing your sweater."

c. [*Mother has asked her son to wear his sweater and he is wearing it.*]

G. 语言线索

它指说话人用于实现反讽目的的句法结构和词汇选择。（Yus，2000a：43）虽然这些线索中有许多（如果不是全部）并非反讽所独有，但如果这些线索与其他更能突显说话人反讽态度的语境信源相结合，那么它们经常会帮助听话人识别言语反讽。

例如：在语境（39）a中，像（39）b这样的话语是否是反讽依赖于听话人是否意识到背景信息（39）a，然而（39）c（属共同反讽，common irony）不管是否有这样的背景知识，都倾向于被理解为反讽（虽然强调单词 fine 的语调类型必定会在联系句法结构与反讽解读方面发挥重要作用）：

（39） a. ［*Joe has been a close friend of Jim's. Nevertheless, Joe betrayed some secrets to a business rival.*］

b. "Joe is a fine friend."

c. "A fine friend Joe is."

（Barbe，1995：22-23）

Yus 认为，上述七类中的一项、多项甚至全部语境信源帮助听话人理解话语的反讽意义。（Yus，2000a：45）这是因为由这些语境信源所提供的信息与话语命题之间的不相容性必定会突显说话人的贬抑态度。然而，由这些语境信源所提供的信息支持的程度并不是等同的。如果由这些语境信源所提供的信息支持程度足够高（依赖于听话人的处理能力和他对语境信息的提取能力），那么话语的反讽含义就很容易被识别；反之，如果获得的语境信源和继而探察到的不相容性的数量不够多，甚至不存在，那么反讽话语就有可能被误解。

基于以上思考，Yus 将反讽语境信源分为主导语境信源（leading contextual source）和辅助语境信源（supportive contextual sources）。（Yus，2000a：47）在每一个意欲传递反讽意义的会话情景中，存在一项高度可及的语境信源，由该信源提供的信息与话语命题所产生的不相容性足以确保听话人探察说话人的贬抑态度并对反讽作出正确理解。该单一语境信源被称为"主导语境信源"。与此同时，还存在一项或多项可以确证反讽理解假设的附加语境信源，它们为正确理解反讽话语、加快反讽加工进程提供高度信息支持。这些语境信源被称为"辅助语境信源"。在以上七类语境信源中，究竟哪一项能成为主导语境信源要依据话语情景的性质、话语本身、听话人的推理能力和所拥有的认知资源而定。（Yus，2000a：48）例如：如果一个人在倾盆大雨中听到话语“Nice weather!”，他会立即判断这是反讽，因为客观场景（语境信源 B）所提供的信息与话语命题内容之间的冲突足以确保听话人识别说话人的贬抑态度，所以客观场景便是该话语高度突显的主导语境信息。但如果说话人同时还使用了典型的反讽语调或伴有微笑等面部表情，那么这些非言语线索就会作为辅助语境信源加速反讽理解的进程。

3.2.2.2　反讽理解的最佳可及性标准

Yus 所提出的反讽理解模式认为，“无论是反讽识别，还是加工反讽所需的处理努力，在很大程度上都依赖于语境”（Yus，2000a：49）。虽然我们无法预测在一个具体对话中，哪种语境信源会被激活（即哪种信源可以被提取，其信息最终被显现），这种激活究竟有多强，但我们可以确信，多源语境激活可以促进对贬抑态度的识别，这一点对反讽理解至关重要。根据语境信源的层级性并配合“主导语境信源/辅助语境信源”的二分理念，Yus 提出了反讽理解的最佳可及性标准（criterion of optimal accessibility to irony）。

> 反讽理解的最佳可及性标准：
>
> 理解反讽话语所需的处理努力会随着（受话人所探察到的）（同时或依次）激活的语境信源所提供的信息与话语明说信息之间的不相容性的数量和质量的增加而降低。
>
> （Yus，2009；转引自 Yus，forthcoming）

该标准的核心观点是：听话人所探察到的话语命题与语境信息之间的不相容性越多，识别说话人贬抑态度所需的处理努力越少，言语反讽就越容易被提取和加工。当不相容性达到某种冗余程度，听话人便可较为省力地推断说话人不赞同该命题，继而激活所谓的“反讽触发语”（irony trigger）。（Yus，2000a：50）由主导语境信源所提供的（高度突显的）不相容性足以启动反讽触发语，但它的提取也会因其他辅助语境信息所产生的不相容性而加快。这一论断表明：听话人会根据他在会话过程中提取语境信源的能力以最佳相关的方式识解反讽交际的关键因素（回声性和说话人的贬抑态度）。

由于会话情景和对话者的认知环境千差万别，因此反讽理解情况也多种多样。总体上，典型的反讽理解可以被划分为三种情况：快速识别反讽意图、延缓识别反讽意图和无法识别反讽意图。[①] Yus 的最佳可及性标准"可以对这三种典型情况作出满意的解释"（Yus，2000a：51）。

典型情况一

"同时激活的多项（主导和辅助）语境信息提供了高度显现的信息，使听话人无需付出太多心智努力便可探察到语境信息与话语命题失匹配"（Yus，2000a：53），从而快速识解说话人通过话语所表达的反讽意图。

例如：在语境（40）a 中说话人想通过（40）b 表达她的反讽意图。该例可以充分印证典型情况一：

（40） a. [*Cold, wet, windy English spring in London.*]

b. [*Smiling, with a distinctive tone of voice*] "When a man is tired of London, he is tired of life."

c. I am tired of living in London.

（Wilson & Sperber，1992：55）

听话人在有效解读（40）b 的反讽意义方面并无困难，因为语境信息排除了说话人想要传达话语明说意义的可能性。该话语命题与多项语境信源都产生了不相容性：与听话人关于伦敦典型特征的知识不相容（事实信息）；与使听话人感到厌倦的恶劣天气不相容（客观环境）；与断言性言语行为通常使用的典型的非言语行

① Yus（2009）和 Yus（forthcoming）进一步将三种典型情况具体化。如 Yus（2009）将反讽理解的典型情况由原来的三类增加至五类。详细内容可参考赵虹（2009c：24）的论述。但笔者认为，Yus（2000a）使用的三分法更具有代表性，也更适合我们对小说反讽交际的研究，所以，在此我们主要以 Yus（2000a）的论断为准。

为之间明显不相容（非言语交际）；与听话人先前了解的说话人对伦敦的态度不相容（有关说话人的生平资料）；与交谈双方对伦敦所持的共同看法不相容（相互知信）；以及与随意言谈通常使用的话语结构不相容，因为（40）b中有明显的语域转换。（Sperber & Wilson，1981：559）在上述语境信息中，客观环境是主导语境信息，它本身足以引导听话人识别说话人的贬抑态度。同时，其他辅助语境信息帮助听话人更加有效地对话语作出反讽解读。

典型情况二

“同时激活的多项（主导和辅助）语境信息仅提供了极少的不相容性，导致听话人加工反讽意义的速度减慢。”（Yus，2000a：56）在这种情况中，听话人所经历的理解程序与典型情况一相同，但由于缺乏语境支持，听话人一时难以确定说话人对话语命题究竟是持支持态度还是持贬抑态度。尽管反讽理解最终能够实现，但听话人要经历一个耗费心智努力的明说—隐含加工序列（explicit-implicit sequentiality）。Gibbs（1994）举了一个例子：在1964年，著名歌手John Lennon在一次媒体访谈中说了话语（41）b，目的是想表达反讽的隐含意义（41）c。然而在美国却引起巨大震惊，市政和宗教领袖谴责Lennon公然声称甲壳虫乐队比基督教精神领袖更重要。广播电台停播甲壳虫乐队的音乐，人们公开烧毁他们的卡带，而且在他们1965年巡演时也是抗议之声四起。（Gibbs，1994：361-362）产生这一误解的原因很清楚：话语命题与人们的语境信息之间缺乏足够的不相容性（人们甚至没有激活相关的语境信息）来帮助人们识别Lennon话语的反讽意图：

（41）a. ［*The addressee reads an interview with John Lennon in the press.*］

b. John Lennon：“The Beatles are more popular than Jesus Christ.”

（Gibbs，1994：361）

c. Isn't this attention to the Beatles somewhat

ridiculous? We really aren't in the same class as Jesus at all but people are acting as if we were.

在该例中，(41) b 表达的命题只与一项激活的语境信息不相容，那就是有关宗教和耶稣基督的重要性的一般常识（事实信息）。听话人会对说话人是否所意即所言作出假设［即 Lennon 支持（41）b 所表达的命题并想要传达其明说意义］，并根据他的常识作出判断。听话人或许会推断出表达的命题可能不是说话人意欲他作出的解读，相反，反讽理解（41）c 才是说话人意欲表达的。由于缺乏语境信息的支持，听话人很难判定说话人对命题究竟是支持还是贬抑，因而 Lennon 的反讽话语被误解也就不足为奇了。

典型情况三

同时激活的多项（主导和辅助）语境信源所提供的信息几乎或根本没有提供不相容性。听话人未能识别话语的回声性或未能推断说话人对话语命题所表达的贬抑态度，因而误解了说话人的真正反讽意图。(Yus，2000a：59) 反讽就如同西施一样，只出现在情人眼里。换句话说，言语反讽是一种主观判断，因为它并非存在于文本之中，而是听话人在理解过程中赋予文本的。由于言语理解过程是一个非展示性的推理过程，受到外因（情景语境）和内因（交际者的认知环境）的影响，所以交际存在失败的风险。交际双方在生活背景、知识结构、推理能力和认知资源等方面的个体差异很有可能造成说话人所设想的语境与听话人实际使用的语境不一致，从而导致交际误解，甚至是交际失败。这种误解或失败经常发生在对话双方缺乏必要了解的时候。在典型情况三中，听话人仍然经历与前两种典型情况相同的理解程序，但在寻找关联的过程中，听话人错把话语命题当作第一个且唯一一个与关联原则相一致的理解而终止了他的认知加工过程，因而未能识解反讽者的交际意图。

例如：在语境（42）a 中，Tom 和 Bill 刚刚相识。为了打破隔阂，他们攀谈起来，(42) b 为他们之间的对话。Tom 评论报纸上的重要新闻。由于 Bill 的反讽话语缺乏最佳解读［如 (42) c］所需的不相容性，因而被误解。在这种情况中，处理话语反讽意义所需的时间比处理字面意义 (42) c 所需的时间要长，甚至出现反讽意义没有被识别的情况：

(42) a. [*Passengers Tom and Bill sitting together on a train. After a while they strike up a conversation. Tom is reading a paper and makes a comment on one of the headlines.*]

b. Tom: "Listen, it says here that sixty per cent of women are still unemployed in this country!"

Bill: "Yeah! Keep them in the kitchen where they belong!"

Tom: "Do you think all women should be housewives?"

Bill: "Of course not! I was only joking, for God's sake!"

c. Yeah! It is sad to think that so many women are unemployed.

(Yus, 2000a: 59)

显然，Tom 的认知环境中没有出现任何与 Bill 的话语命题不相容的语境信息。Tom 甚至没有激活妇女不应留在家中做家庭主妇这样的事实信息，因为并非所有的人对妇女的社会地位持相同的观点。Tom 也没有发现其他不相容的语境信息：Bill 使用的是默认的、中性的语气，他说话时没有特殊的面部表情，也没有使用标记性的句法结构或措辞。因此，Tom 对 Bill 的反讽话语产生误解也是意料之中的事。尽管 Bill 回声了文化规约并对他的话语命题表达了贬抑态度，但由于 Tom 一方缺乏语境信息的支持，Bill 的交际意图未能实现。

通过对以上三种情况的分析，我们可以看出 Yus 对回声解释论进行了补益。对 Sperber 和 Wilson 而言，要识别反讽意图，只需要找到话语的回声性和说话人对话语所持的贬抑态度。而 Yus 的语境激活模式不但解释了听话人识别贬抑态度的具体过程，还解释了为什么会出现听话人无法实现反讽理解，甚至是选择非反讽理解的情况（Yus，2000a；Zhao，2007，2011；赵虹，2008)：正如我们可为语境支持（contextual support）设置上限（upper limit）一样，我们也可为语境缺失（contextual absence）划定下限（lower limit)。超过语境支持的上限时，反讽意图可以被立即识别。倘若达不到语境缺失的下限，即使说话人努力传达他的贬抑态度并突出其话语的回声性，听话人也无法识别反讽意图。“当然，这上、下二限总会受到话语情景和对话者的认知环境的制约，因具体对话而异。”（Yus，2000a：60）

3.3 小说反讽理解的认知语用理论阐释

基于先前认知语用学（主要是关联理论）研究所取得的成果，在本节我们着重探讨小说反讽交际的认知语用阐释框架。我们首先论证构建该框架的必要性和可行性，然后从认知语用视角系统地阐释小说交际以及小说交际中的反讽理解。

3.3.1 对文学交际进行认知语用阐释的必要性和可行性

批评理论的两个支柱分别是对价值的阐释和对交际的阐释。(Richards，1983：25）从 Aristotle 到 Roland Barthes 以及后来的学者，文学批评一直建立在语码交际模式的基础之上。它有时以解释学为代表，有时以符号学为代表，有时又以激进怀疑主义为代表，一直关注信息的编码和解码。虽然文学批评处处面临推理问题——读者在处理解码输出时做些什么——它却缺乏一个推理交际模式。20 世纪 70 年代，文学评论家们对文学语言产生了兴趣，因此他们开始关注 Chomsky 和 Saussure 的研究。[①] 但令人遗憾的是，他们始终没有给予 Grice（1975）的语用研究以应有的关注。我们认为，文学理论应当根植于语用理论特别是认知语用理论。文学文本中任何特殊的语言特征和句法结构都非常重要，因为它们鼓励读者进行特殊的语用加工过程。正如 Jakobson 所认为的，文学研究应该是语言学的一部分，因此，最新的文学理论研究应该是认知语用学的一部分。同样令人遗憾的是文学理论家也很少关注关联理论。先前文学理论普遍将文学研究定性为一个领域，它们低估了读者在解读文学作品时的心理加工过程的重要性和程度。以认知为中心的关联理论向这种根深蒂固的观点提出了挑战。（Pilkington，2000：15）作为认知语用学的核心理论，关联理论对言语交际具有较强的阐释力。该理论认为推理不能被同化到语码交际模式中去。它提出的一些问题是文学批评从未提到过的，更不用说回答了。反过来，文学又为关联理论提供了一个非常有趣、但又很特殊的研究案例。在关联理论看来，当受话人以有效的处理努力获得足够的语境效果时交际为最佳。然而，作者经常增加处理他们作品所需的认知努力并向读者承诺他们为此会换取更加丰富的语境效果。其实，他们仍然遵循关联原则，只不过提供的是一种复杂情况，运用的是不同种类的关联。他们促使我们去考虑一个关键问题：关联究竟是什么？如果解读语言结构具有不确定性（Wilson & Sperber，1988：141），那么作为一种交际形式，文学的解读比大多数根据语言结构界定的交际形式的解读具有更多的不确定性，而且越不确定读起来就越有味道。文学从某种程度上考验的不是我们的编码-解码能力，而是我们的推理能力。因此，若想说明对文学交际进行认知语用阐释的必要性和可行性，我们需要聚焦在一个具体问题上——如何从认知语用（主要是关联理论）角度研究文学文本的语言形式与认知语用解读之间的关系？换句话说，关联理论能够在多大程度上分析文学文

① 对 Saussure 的相关评论，请参见 Fabb（1988）。

本解读?(Wilson, 2011: 69)我们将这一宏观问题分解为以下三个具体问题:

(a)关联理论用于阐释日常话语理解的理论概念,如推理交际、明说/隐含交际、强/弱隐含、诗学效果、态度评价等,是否适用于文学文本解读?

(b)关联理论阐释日常交际的核心理念,如关联性的定义、关联的认知原则和交际原则、关联引导理解机制,是否可以用来阐释文学交际?

(c)关联理论是否可以有效地阐释文学交际所特有的因素,如印象反应、情感体验、审美效果等?

下面,我们将着重探讨这些问题。

在阅读文学作品的过程中,读者常常愿意付出更多的处理努力来换取更大数量的诗学效果。尽管这听起来像是对文学文本运用特殊的解读程序,但本书的基本假设是:文学交际(至少部分地)使用与日常交际相同的基本认知能力,因此我们可以运用解释一般交际的关联原则和关联理论机制来解释文学交际中的诗学效果、反讽、隐喻等。[①] 运用关联理论阐释文学交际,其目的并不是产生比实际受话人更好的理解,而是解释受话人是如何构建文学文本意义的。“关联理论的理解机制是该阐释的核心部分。”(Wilson, 2011: 70)无论是文学交际还是日常交际,受话人为寻找符合关联原则的解释所使用的在线搜寻过程是相同的。而文学交际中的诗学效果,其特别之处在于由于缺乏现成的能够产生满意语境效果的语境假设,读者需要付出额外的认知努力进行更加外延性的语境搜寻过程。当受话人找到足够丰富的语境时,额外的处理努力就会得到大量超常语境效果的补偿。诗人、小说家和剧作家会花费大量的时间来选择恰当的语言形式表达他们的思想。

① 参见 Reboul (1992), Clark (1996, 2009), Furlong (1996), MacMahon (1996), Uchida (1998), Pilkington (2000), Kolaiti (2009), Blakemore (2010), Carston (2010), Wilson & Sperber (2012)。

他们之所以付出这样的努力是因为他们想传递的思想是极为丰富而微妙的。只有使用关联理论的阐释机制，聚焦在作为具有不同强弱程度的复杂假设集的思想上，并与其他假设集进行动态的在线互动，才能正确地理解这些思想的复杂性。诗学效果研究中最有趣的是我们无法预测哪些假设将会对现实读者或听者更加突显。它完全取决于现实的（而且在每个情境中独一无二的）理解语境。无论何种情况，"一旦获得了足够数量或满意数量的隐含意义，足以补偿所耗费的努力，受话者就无需再继续他的理解过程了。如果更加突显、更容易被激活的假设产生了一系列合理的隐含意义，那么这些隐含将足以被用来作为对比喻性话语的解读"（Pilkington，2000：95）。鉴于此，文学作品的读者通常愿意投入额外的心智资源以获得更多的弱隐含，因为不管所获得的情感是不是作家意欲表达的，它们都能补偿所付出的认知努力。

Blake 的诗作"The Sick Rose"就产生了大量的弱隐含，可以很好地印证上面的观点：

（43）O rose，thou art sick：
The invisible worm
That flies in the night，
In the howling storm

Has found out thy bed
Of crimson joy；
And his dark secret love
Does thy life destroy.

（William Blake，"The Sick Rose" from *Songs of Experience*，1794）

对这首诗的象征性解读一部分是根据关于 Blake 和他的其他作品的语境假设，一部分是根据文本的特征［"sick"被非常规地用于修饰"rose"，使用"在夜晚飞行"（flies in the night）的"隐形蠕虫"（invisible worm）这种非常规概念，等等］，还有一部分则是源于纯粹的文学解读没有提供足够的认知效果。然而，我们并不清楚究竟哪种象征性解释是作者想要表达的。它可以被理解为性的，也可以从更广义层面上理解为关于道德的，等等。Blake 的高明之处就在于他为一系列象征性解读提供了证据但没有给出确定的结论。因此，在识别诗人的信息意图和交际意图过程中，"读者必须超越它们，并获得他们自己的语境隐含（或其他认知效果）。"（Wilson，2011：74）

若想进一步深挖理据，我们可以借用 Sperber 和 Wilson（1981，1982）对话语理解（utterance understanding）和话语阐释（utterance interpretation）的区分。话语理解指对交际者信息意图和交际意图的识别；话语阐释则是指为了满足关联期待，听话人推导足够的隐含意义。我们知道，文学交际蕴涵着大量不确定性：不但包括了需要确定的指称表达、需要消解的歧义词句，还包括了传递明说内容和隐含意义的人物对话，甚至包含了与先前背景相勾连的事件和行为以及它们所传递的内涵。可见，理解应当涵盖在广义的阐释过程当中。说话人期待实现的是听话人通过识别说话人的意图而能够超越它们，并能够为自己构建起话语的关联性（Sperber & Wilson，1982：78），即文学文本创造了对关联的"内在"（internal）期待。这种期待对于确定指称、消解歧义、推断含义起到引导作用。因此，一个成功的理解过程应当允许受话人超越理解启动器（comprehension proper）。而这是由作家和读者共同实现的：作家负责为考虑到的结论提供证据，而读者则负责超越作家所提到的证据。探索文本的弱隐含对于文学阐释和对文学阐释的研究都至关重要。与日常交际相同，文学交际的效果包含推导出它的明说意义和隐含意义并决定含义的强度。当有大量弱隐含被传达时，就可以超越任何个体全面地解读文本或描述所有传递的弱隐含。当考虑到作家所提供的证据的性质时，这种复杂性就会变得更加明显。与日常口头对话不同，文学文本是写在纸上的。只要读者愿意，他可以反复阅读许多次。由于读者有时间对文本进行重读，他就有更多机会去考虑作家所提供的证据。

比如：读者可以聚焦在具体语言现象上，也可以从作家的其他作品中获得互文知识，等等。可见，一方面我们可以仔细分析文本所提供的证据；另一方面，我们要超越理解实现对大量弱隐含的阐释。这两方面事实说明弱隐含是文学交际的特征。

正如 Fabb（1995）所认为的，关联理论对诗学效果的阐释为审美反应（response）提供认知理据。诗学效果以大范围的语境探索为特征。这一探索产生了一种特殊的心理活动，能够使人对审美体验仅仅有所“感觉”。这种“感觉”是受话人认知环境中可以观察到的变化，“它源于假设在突显程度方面较为细微的改变”（Sperber & Wilson，1995：59）。借助关联理论，我们可以准确描述那些对审美反应非常敏感且又相当复杂的认知特征，进而从认知心理的角度阐释审美反应的丰富性和模糊性。

Sperber 和 Wilson 将我们这里所说的审美反应称为“印象”（impression）。在明示—推理交际中，它是发话人意欲传递的一部分内容。在文学创作中，作者除了有交际目标外，还有（个人、社会或审美方面的）非交际目标。她会运用作品中的全部或部分内容来实现某种言后之果，比如：构建与读者共享的情感基调。Jane Austen 在作品中通过对“爱情”一词的反讽运用和她对人物对话的幽默式描述，不但鼓励读者寻找大量弱隐含，而且鼓励他们寻找有助于解释她逗趣或贬抑态度的隐含意义，从而创造出她所追求的幽默性反讽基调。可见，对情感反应或印象的传递应属于交际行为的结果。

总之，关联理论对诗学效果的阐释不仅令人信服地描述了读者在解读文学文本时经历了怎样的心理过程，而且探讨了（微妙的）非命题性情绪情感是如何被读者所感知的。这说明我们对诗学效果的阐释不应局限在固定不变的语言或结构特征上，而应基于更加动态的语用特征，而研究心理表征和心理过程比研究认知语用特征更有意义。忽视读者的心理状态就无法从认知的角度全面阐释文学交际。发话人想通过为受话人制造特殊的加工困难来实现特殊的诗学效果。例如：本研究所涉及的花园小径反讽现象

(garden-path irony)就与一种特殊的心理反应相联系，并与一种特殊的审美反应或印象相联系：发话人会鼓励受话人构建某一语境，该语境一旦建立就不得不被舍弃，并为另一个语境所取代。受话人需要根据语境重构相应地调整自己的心理期待并对发话人隐含的真正意图作出反讽评价。[①] 这需要一种特殊的语用加工过程，涉及对相关语境信息进行大范围搜寻。该过程同样可以与特殊的心理评价机制和特殊的审美反应或体验相联系。

在我们探讨具体文学文本中的反讽话语之前，有必要对一般文学交际特别是小说交际进行认知语用阐释的可行性作一点补充说明。文学（小说）交际作为一种特殊的书面交际形式，与日常交际有共通之处，同时也有其独特性。关联理论自诞生之日起主要研究的是面对面的日常交际，所以，有的学者认为关联理论不太适合被用来解释文学作品。例如 Kiparsky 认为：

> 虽然对对话的解读受到关联的交际原则的限制：说话人期待听话人产生的第一个符合关联原则的解读是她想要听话人理解的意义，她会根据这一期待构建语句。然而文学作品的解读却不受这一原则的限制，因而其解读是开放的，不受限制的。
>
> (Kiparsky，1987：187)

然而，笔者认为并不是口语和书面语之间存在差别，而是针对已知受话人的语言和针对大多数（如果不是全部）未知受话人的语言之间存在差别。后者在文学交际中非常典型。只有在前一种情况中，交际者针对究竟有哪些假设比较容易为受话人提取作出现成的估测。然而，读者必须决定他是否适合阅读某部文学作品。因此成为受话人是一个选择行为（“我会去读 *Ulysses*，但我不会花精力去读 *Finnegan's Wake*”）。作为读者，我们需要接受一个

---

① 对于反讽交际的隐性评价机制，我们将在§3.3.3小说反讽交际的认知语用阐释和第6章作适当阐述。

事实：我们在阅读中，特别是在初次阅读中可能会错过许多作者意欲表达的意义。我们甚至会认为不太适合读某些书或由某些作家所写的作品，因为我们不具备足够数量的语境信息或正确类型的语境信息。虽然作家不会像面对面交际那样让她的信息去顺应读者，但她的确会使用能在隐含读者身上唤起某种思想的语言形式。这种交际形式可以使潜在读者自己决定是否担当真实读者。这一角色一旦确定，读者认为有必要推导出作者想通过她使用的字句所表达的意义。这与其他交际形式无异。潜在读者必须决定他是否属于与作品相关的那一类人群，在这一点上，文学与其他交际形式也是相同的。只要与读者建立了联系，文学与其他交际形式就会以完全不同的方式相关联了。我们的研究旨在运用关联理论等认知语用思想为文学交际提供解释。此外，我们还要探讨文学交际的性质以及文学与非文学之间的关系。我们相信，关联理论，凭借它的认知语境观、它对间接性和诗学效果的阐释以及它对弱隐含概念的使用，能够运用阐释一般交际的普遍心理原则来解释文学交际。文学文本并不满是批评家需要提炼的效果和华美的词句。一个文本仅仅是写在纸上的一套符号。这些符号通过解码、构建语境和推理过程被解读：它们都是心理学过程。读者在解读过程中会体验丰富的诗学效果。文学批评家和文体学家有时会用打比方的形式谈论含有各种意义的文本。例如：Toolan（1992：33）在其著述一开始就说："一位知识储备不是很充足的读者是如何成功打破诗歌的硬壳（并从中取出珍珠的呢）?"然而，这一比喻很容易引发误解，因为它暗示了一种相当僵化的交际观。而我们更愿意称其为产生相对丰富而微妙的文体效果的阅读体验（reading experience）。关联理论对文学交际的阐释可以解释不同读者是如何产生不同解读的，相同读者在不同情况中是如何产生不同解读的。那是因为储存在百科词条中的信息会根据附着在这些词条上的不同假设和它们不同的可及程度而发生变化。Kiparsky（1987）论证了这一点：

> 对 Jakobson 的理论有一个反对意见，认为 Jakobson 的理论似乎蕴涵了（至少在一个“给定的”语码中，暂时不考虑实际的歧义）一部文学作品有且仅有一个正确的解读。该结论很有可能是错的。实际上，我们不清楚它的确遵从了 Jakobson 的原意，但为了争论，我们假定是这样的。无论何种情况，如果 Jakobson 的方案用更为适当的符号学理论来补益的话，比方说用 Sperber 和 Wilson（1986）的观点，它肯定不会得到这样的结论。相反，无论是在随意交际中还是在艺术和科学领域最为复杂的表现形式中，由于推理过程都是以开放性、整体性和综合性为特征（不像经典符号模式中的解码），它们会导致多种解读。
>
> （Kiparsky，1987：186-187）

正是由于所传递的思想极为复杂，包含了许多弱隐含，因此无法对其进行准确释义。

因此，以关联理论为代表的认知语用理论为我们描述和解释文学反讽交际所特有的语用加工过程和心理表征提供了一条可行且有效的研究道路。这一阐释以文学直觉为背景进行验证和探索同样可以得到丰硕的成果［这方面的研究已经开始，例如 MacMahon（1996）］。关联理论另一主要优势在于，作为一种认知语用理论，它可以从心理表征和心理过程的角度，从思想和思维的角度为作者所作的语言选择（同时也是我们作为读者的文体直觉）提供真正的理论解释。本研究希望证明这种方法可以更好地揭示审美体验和审美价值的本质。对这些问题的探讨让我们重新反思语用理论，如何从语用角度来验证反讽话语的这种直觉。因此，接下来，我们首先对小说交际作深入的认知语用阐释，然后把研究焦点放在小范围的小说反讽交际之上，主要研究反讽话语的理解过程和反讽创造的诗学效果。此外，我们还希望最终能将本研究成果应用于对一般文学交际的研究中去，并为文学理论提供新的理论视角和研究路径。

3.3.2 小说交际的认知语用阐释[①]

小说交际是指作者与读者之间通过小说进行的有目的的交际过程（Mei，2008：70），包括小说写作和小说阅读两个方面。目的性是小说交际与日常面对面交际所共有的特点。这就为我们运用关联理论交际观对小说交际进行认知语用阐释提供了可能性和可行性。

根据关联理论交际观，人类言语互动是明示—推理的交际过程。作为人类交际的主要方式，小说交际同样是一个明示—推理过程。明示过程就是发话者明白无误地示意其意图的过程，在小说交际中，就是作家以特定的表达方式实现信息意图[②]和交际意图[③]的过程。换言之，在小说交际的明示过程中，作家希望读者能够发现向他传递的某一信息的交际意图。出于此目的，作家通过使某些假设显现或更加显现产生意欲类型的语境效果，最终影响并改变读者的认知环境。这种改变可以是改变大量不确定假设的显现力度，也可以是产生大量弱隐含。推理过程是指受话人根据发话人的明示信息推导出发话人隐含意义的过程。读者阅读小说，不仅是为了了解情节，更是为了扩展知识和理解世界（Lodge，1992：10），即扩大我们的认知环境。因此，读者以明示信息为直接依据，付出一定认知努力选择符合最佳关联假设的理解。在该过程中，读者为实现小说解读而承担一定的责任：他力图解释作品所提供的所有证据；他试图探讨意欲显现的假设；他希望获得在通篇显现的假设的基础上得以强化、拓展的理解。作家与读者

① 这一部分以《小说交际的认知语用研究——品读〈红楼梦〉》为题刊发在2011年第3期《山东外语教学》上，收录本书时为了顺应主题阐述和篇章结构的需要进行了较大幅度的修改和精简。

② 信息意图指提供交际内容的意图。（Sperber & Wilson，1995；何自然、冉永平，2002：29）

③ 交际意图指传递信息意图的意图。（Sperber & Wilson，1995；何自然、冉永平，2002：29）

之间小说交际的成功，不是读者复制了某些作家想要表达的思想，而是识解作家的交际意图，并通过意义重构获得作家意欲范围内的假设集，即交际双方的认知环境实现互明。

> （44）宝钗见他睁开眼说话，不象[①]先时，心中也宽慰了些，便点头叹道："早听人一句话，也不至有今日。别说老太太、太太心疼，就是我们看着，心里也……"刚说了半句又忙咽住，不觉眼圈微红，双腮带赤，低头不语了。
>
> ……此时林黛玉虽不是嚎啕大哭，然越是这等无声之泣，气噎喉堵，更觉厉害。听了宝玉这番话，虽有万句言词，只是不能说出，半日方抽抽噎噎的说道："你从此可都改了罢！"宝玉听说，便长叹一声道："你放心，别说这样话。我便为这些人死了也是情愿的！"
>
> （甲戌本 第三十四回，1975：330-333）[②]

曹雪芹以明示的方式向我们展现了面对重伤后的宝玉，宝钗和黛玉各自的语言、情感反应。作为读者，阅读时我们把这些独特的表达方式与语境信息相结合，进行推理，才能体会到她们细腻的情感态度和隐藏其后的作家缜密的交际意图。宝钗虽不赞同宝玉的"越轨"行为，但深藏心底的对宝玉的情意却以一句标记性的未尽话语"别说老太太、太太心疼，就是我们看着，心里也……"流露了出来。而作家通过恰到好处的行为描写"眼圈微红，双腮带赤，低头不语"进一步强化了语境效果，其交际意图是突显宝钗一方面恪守封建礼道，另一方面又痛惜爱恋宝玉的复杂心情。黛玉与宝玉之间的对话则更能体现出推理在受话人基于信息意图探察交际意图的过程中所发挥的重要作用。黛玉的话语"你

---

① 所引证的《红楼梦》案例中有许多字、词与现代汉语的用法不同，如此处的"象"。我们采取遵从原文的处理方式。后文还有不少类似情况，不再一一枚举，请读者明鉴之。

② 本书中所使用的《红楼梦》案例，如无特别标明，均取自周汝昌（2006）校订版。除此之外，有不少案例取自甲戌本、东麓书社版本等，均已在文内注释中标明。

从此可都改了罢!”明示出的信息意图是：黛玉规劝宝玉改掉他的叛逆性格。但无论是直接听话人宝玉还是解读文学作品的读者都不会就此停止对该言语行为的加工，而是进一步付出心智努力推导其隐含意义。作为志同道合的“战友”，黛玉同样愤懑、反对束缚人性发展的封建家长制度。同时，黛玉对宝玉有着深重的情意。结合上述隐含前提，受话人可以推导出黛玉真正表达的交际意图：虽然黛玉比别人更加痛惜宝玉遭受的创伤，但她期盼并激励宝玉能够经得起严峻考验，矢志不渝地坚持自己的叛逆性格。宝玉随后做出的“你放心”的明示承诺表明，他二人的交际是成功的，黛玉通过话语含蓄曲折地表达了她的复杂感情和交际意图，而宝玉心有灵犀地推导出黛玉的真正意图，这是一种互明，交际的成功使得他们二人的共有认知环境随之扩大。为了获得小说交际的成功，作为读者的我们还应进一步俯瞰宝钗、黛玉二人的言语行为，捕捉作家深层的创作意图——曹雪芹通过对比二人的言语、情感反应，使两个人物的性格特征更加丰满。我们不但感觉到宝钗这位“冷美人”也有“任是无情也动人”① 的可爱之处，更为宝、黛之间心有灵犀的生死情感而动容。至此，作者与读者之间的互明认知环境也得到了成功拓展。

关联理论交际观可以同时兼顾发话人的明示和受话人的推理两个过程，因而对小说交际具有比较强的阐释力。然而，小说交际是多参与者、多途径的交际，交际双方不见面，没有也不可能互动。该特点表明小说交际要比关联理论惯常关注的日常交际复杂得多。若想全面地分析小说交际，我们需要将关联理论的一般认知理论与小说交际的特点结合起来构建一个从小说认知特性出发的心理模式。小说交际的参与者包括作者、叙述者、人物和读者。他们在信息生成与加工的过程中各司其职。作者是小说交际的总策划，通过叙述语言、人物语言、故事情节和篇章结构为其

---

① 这是《红楼梦》第六十二回薛宝钗掣得的酒令牙签上的一句诗，作家是借此来暗喻薛宝钗的性格特点的。

意图提供证据。作为作者的主要代言人，叙述者是讲故事或被假定为讲故事的人。（Baldick，2000：146）她通过讲故事为作者明示意图提供证据，为读者假设形成和假设评价提供信源。人物之间的意义磋商是作者—读者交际的微观媒介，将其置于小说交际的宏观背景下可以发挥揭示人物性格特征、推动故事发展进程、传达作家艺术创作理念等功能。作为小说中所有信息的接受者，读者通过阅读小说接收人物的信息；通过“倾听”故事接收叙述者的信息；通过“偷听”人物对话接收人物的信息。可以说，在信息处理过程中，作者、叙述者和说话人物都是发话者，而听话人物和读者是受话者。多参与者的交际特性决定了小说交际的实现途径必然是多层面的。它由叙述者与读者的交际实现，其中一部分由人物之间的交际实现。（Mei，2008：70）人物之间的交际，与日常交际类似，在大多数情况下需要进行意义的磋商，因而是自发的、互动的。当然，也不排除存在非互动交际的情况，比如：发话人的意欲对象是旁听者而不是听话人。与人物间的交际不同，叙述者与读者之间的交际以及作者与读者之间的交际因其跨时空特性而无法进行意义的磋商，所以不具备日常交际意义的互动性。

可见，在小说交际的多种途径中，只有人物间自发的互动交际可以直接运用关联理论交际观进行分析。若想运用认知语用理论分析那些推迟的（delayed）、非互动的交际方式，我们需要借助一定的桥梁，这就是由语境激活和语用推理构筑的桥梁。因为无论是叙述者与读者之间的交际还是人物之间的交际，其核心目的是意义的建构与评价，最终实现拓展互明认知环境的认知目标，这是一个高度依赖语境激活和语用推理的认知过程。关联理论交际观认为，只有听话人的推理才能愈合（fill）话语的语义表征与它传递的交际信息之间的信息差。（Yus，1998：314；何自然、冉永平，2002：231）特别是在不见面的、非互动的小说交际过程中，读者仅能根据作家明示交际所提供的证据来努力推理作家的意图，更确切地说，就是构建和评价有关作家信息意图和交际意图的假设。作为语用推理的前提，读者必须能够激活由作家特定的语用—语言策略所证明的意欲的语境假设，对既定小说交际的认知语境进行顺应、完善和优化。许多面对面互动中帮助听话人理解话语的语境信息是读者无法获得的，这就需要读者在最佳关联假设的引导下对语境进行拓展激活。例如：在使用指称表达时，作家通常在头脑中会有具体的指称对象，为了让读者在信息处理时以尽可能少的努力获得足够的语境效果，作者以最佳关联为目的，运用适当的语用修辞策略尽量让自己的语言输出顺应读者处理信息的需要。此时，读者需要敏锐地捕捉到作家提供的这些明示线索，从交际的多维多边性入手，激活相关语境信源进行认知语用推理，才能准确定位指称对象，获得作家意欲的语境效果。请看下例：

贾琏的奶母赵嬷嬷来求凤姐和贾琏给自己的两个儿子找点儿事做。凤姐当着贾琏的面对赵嬷嬷说了如下一番话语：

> (45) 凤姐笑道："妈妈你放心，两个奶哥哥都交给我。你从小儿奶的儿子，你还有什么不知他那脾气的？拿着皮肉到往那不相干的外人身上贴。可是现放着嬷嬷哥哥，那一个不比人强？你疼顾照看他们，谁敢说个不字儿？没的白便宜了外人。我这话也说错了。我们看着是'外人'，你却看着是'内人'一样呢！"说的满屋里人都笑了。
>
> （第十六回，转引自林兴仁，1984：74）

凤姐最后说的这句话"我们看着是'外人'，你却看着是'内人'一样呢"，其中代词"你"具有标记性。表面上，凤姐是对赵嬷嬷说的，但敏锐的读者可以迅速判断"你"指的应该不是赵嬷嬷。那么，代词"你"的真正指称对象是谁呢？作家明示的信息只为我们提供了理解的依据和初始语境，若回答这个问题，就要从实现该交际的途径入手了。凤姐与赵嬷嬷的交际是自发的、互动的。然而，叙述语言同时表明，在场的还有其他人物，贾琏也在其中。所以通过该言语行为，凤姐也在与贾琏进行交际。但是凤姐与贾琏的交际不同于与赵嬷嬷的交际：在与赵嬷嬷的交际过程中，作为交际双方，她们一直在进行意义的磋商；但在与贾琏的交际中，贾琏只是旁听者，夫妻二人并未进行意义的磋商。因此，凤姐与贾琏之间的交际是自发的，却是非互动的。多参与者、多途径的特点帮助读者锁定语境拓展的阈限，在此基础之上，读者选择并激活与该交际相关的语境信源，比如：有关凤姐、贾琏、赵嬷嬷身份、地位及相互关系的情景语境知识，有关“内人—外人”含义的语言语境知识，有关谈话主题的上下文知识以及主要交际者的非言语线索等。将这些语境假设与明示信息加以整合并进行认知语用推理，读者便可透过代词“你”的字面、常规意义推导其语境隐含：代词“你”在此处是变通用法，临时指称旁听者贾琏。凤姐的交际意图在于以含蓄的方式讽刺贾琏生活作风不够检点的坏毛病。而设计该言语交际的作家曹雪芹则通过凤姐的双关交际行为将她的诙谐、俏皮、醋意及八面玲珑的性格特征活现于读者面前。

案例分析清楚表明：小说交际是作家通过选择最佳语用策略为其信息意图和交际意图的实现提供证据，读者根据作家的明示行为激活最佳相关的语境信源进行假设形成—假设验证—假设评价的认知语用过程。语境激活和语用推理在小说交际的成功实施过程中发挥着关键性作用。然而，无论是作家的明示信息还是语境假设的激活都只能为读者的解读施加限制，而认知环境的个体差异会导致对小说的解读存在差异。非展示性推理的本质也表明前提的正确性并非交际成功的必要充分条件。即使面对同一部作品，不同读者在解读中所获得的语境效果也会有所不同。这一点在戚本第五十四回回末总批中也可以找到佐证：

> 读此回者凡三变。不善读者徒赞其如何演戏，如何行令，如何挂花灯，如何放爆竹，目眩耳聋，接应不暇。少解读者赞其坐次有伦，巡酒有度，从演戏渡至女先，从女先渡至凤姐，从凤姐渡至行令，从行令渡至放花爆，脱卸下来，井然秩然，一丝不乱。会读者须另具卓识，单着眼史太君一席话，

将普天下不近理之奇文，不近情之妙作，一齐抹倒，是作者借他人之酒杯浇自己傀儡（块垒），画一幅行乐图，铸一面菱花镜，为全部总评。噫，作者已逝，圣叹云亡，愚不自谅，辄拟数语，知我罪我，其听之矣。

结合我们刚刚分析过的例（45），这段批注其实归纳出三种类型的读者反应。第一种类型是“不善读者”，此类读者没能探察到凤姐话语中标记性的明示信息，因而仅对代词“你”进行了字面的常规理解；第二种类型是“少解读者”，这一类读者仅付出了一定的心智努力构建认知语境，透过明示信息探察到代词“你”临时变通指代贾琏，但他们却没有进一步追问为什么，从而未能识别凤姐的交际意图；而第三种类型是具有“卓识”的“会读者”，只有此类读者为了进行文学解读而愿意进一步付出心智努力拓展认知语境，不但识解凤姐变通使用代词“你”所表达的反讽态度，而且推导出刻画人物性格特征的深层创造意图。如果从关联理论交际观的角度对这三类读者加以评价，那么第一类读者的交际是不成功的；第二类读者由于只作了自发解读，因而仅实现了小说交际的部分成功；第三类读者有意识地加工所有前景化（foregrounding）的明示内容，包括态度评价，成功地实现了文学解读，优化了自己的认知环境。可见，我们运用明示—推理交际模式阐释小说交际的认知过程，突显语境激活和语用推理的重要作用，对于我们揭示小说交际的本质，成为“会读者”具有积极的理论意义。

3.3.3 小说反讽交际的认知语用阐释

Muecke曾精辟地指出，几乎所有的文学佳作都是反讽性的；若想将作为艺术手法的反讽与伟大的文学作品分离开来，几乎是不可能的，前者造就了后者。（Muecke，1982：3-4）对小说交际与日常交际共通性的分析表明：文学文本和一般对话都应被视为交际者意图的证据；二者的识解都依赖于动态建构的认知语境；

文学阐释和日常话语理解都涉及心智解读的核心成分，主要用来研究日常言语交际的关联理论理解机制（即在寻找隐含意义中遵循最小省力路径，按照可及性检验理解假设，并在关联期待得到满足时停止加工）可以用来阐释小说交际过程。（参见 Wilson，2011）这启发我们可以将小说反讽交际放在言语反讽的一般认知框架中进行阐释。对小说交际与日常交际差异性的探讨表明：由于小说交际涉及多个参与者和多种实现途径，所以小说交际呈现出区别于日常面对面交际的语用特征。这启发我们在研究小说反讽认知时可以从“作者—文本—读者”三者之间的互动关系入手，分析小说反讽交际的认知语用特征，研究影响小说反讽加工的重要因素，并在此基础之上归纳其认知语用推理过程，进而构建小说反讽交际的认知语用阐释框架。

鉴于此，为了对小说反讽交际进行认知语用阐释，我们需要考虑以下问题：如果我们在言语反讽的关联理论框架中阐释小说交际，那么小说交际中的反讽话语是如何对受话人产生关联性的？它能获得何种类型的正面认知效果？小说反讽交际主要受哪些因素的影响？它们之间是如何交互作用的？用于处理日常反讽交际的关联理论是否需要修正或拓展以便顺应小说反讽交际语境？如果是，那么我们该如何做？下面我们将对上述问题逐一探讨。

小说交际中的言语反讽（简称“小说反讽交际”）指在小说交际语境中，以小说作品及牵涉其中的叙述者和人物作为载体，其对立效应是由作者创作和读者解读共同厘定的反讽对话体系。分析“作者—文本—读者”三者之间的互动关系是小说反讽交际认知语用阐释进程中不可回避的重要环节。言语反讽由作者创作得以产生，其反讽意图一部分通过叙述者与读者之间的交际传递（即反讽语式），另一部分则通过人物间的对话传递（即反讽对话）。宏观层面的反讽语式和反讽对话又是借助叙述语言、人物语言、故事情节和小说结构等微观途径得以实现的。作者对这些微观因素的“编辑”和“加工”（申丹，2001：271）体现了她在交际过程中的主导作用：她通过选择恰当的语言表达方式使反讽文本呈现出不同强弱程度的未定性和多义性，为读者提供了或明晰、或模糊的解读空间；她通过反讽文本所携带的语言情绪，呼唤读者的审美反应，引导读者捕捉丰富而微妙的反讽诗学效果。读者对反讽文本意义进行重构，实现与作者的对话交流关系，即所谓的“二度创作”（吴波，2009）。但读者对反讽意义的再创造既是主动的，也受到一定程度的制约。他对反讽文本的阐释是在小说交际的语境中，在关联原则的支配下，以寻求最佳关联为目标：读者在寻求最佳关联期待的驱动下，主动进入推理过程，激活相关语境信息充实文本的明说内容，同化文本的形式意味；又在最佳关联期待的驱使下，被动地顺应文本，接受文本所传递的信息及实现方式，满足自己追求最佳关联的心理欲求。而语境是影响他的创作活动成功与否的关键因素。读者不但要考虑与一般反讽交际相关的语境信源，如百科知识、客观环境、语言线索等，而且要兼顾小说交际所特有的语境——作者创作时的语境、读者阅读时的语境、叙述者的叙述语境和小说人物使用语言的语境。否则，他的阐释就成了无本之木、无源之水。

通过我们对小说交际中“作者—文本—读者”之间互动关系的梳理，我们发现小说交际中言语反讽的理解依赖三个因素：语境信息的多源激活、最佳可及性标准的制约引导和诗学效果的隐性评价。因此，我们围绕这三个核心因素来构建小说反讽交际的认知语用阐释框架。

小说反讽交际，或更广义的文学反讽交际，是最能反映语境在小说中重要作用的语言现象之一。因为它在本质上是为了交际活动能在特定认知语境中产生情景化对立效应，常指“现象（表征）与现实（内容）在经济原则与高反差原则下的并置”（盎伯，1988：2）。这里所谓的“经济原则”就是指读者总是在小说交际的特定语境中选择最佳语境假设，使所付出的加工努力和所获得的语境效果“达到最佳平衡”（李家荣，2001：152）。这里所谓的“高反差原则”实质上就是指反讽文本（包括反讽语式和反讽对话）所提供的命题与相关语境信源所提供的假设之间存在明显的不相容性。正是由小说反讽语境所提供的不相容性引导读者努力从非字面意义的方向寻求话语与语境间的关联并加以推理，从而使话语产生最佳语境效果，达到理解反讽的目的。（赵虹，2013：37）那么，在小说交际中，具体有哪些语境信源对识解反讽起重要作用呢？根据小说交际的多维多边性特征，我们在先前归纳的与一般反讽理解有关的语境信源（赵虹，2009a）的基础之上加以修正和完善，根据各语境信源及其心理表征在记忆中的相对位置，将其整合为三大类，以增强分类的宏观性和系统性。它们分别是：知识语境（knowledge context）、物理语境（physical context）和语言语境（linguistic context）。一方面，知识语境和物理语境的信息都属于语言外知识，而语言语境信息则属于语言知识；另一方面，知识表征储存在长时记忆中，而物理语境和语言语境信息的表征储存在短时工作记忆中。这三类语境信源又可细分为若干小类，以便更适合文学交际的分析。这些语境信源及其亚分类如下图所示：

- 与小说反讽交际有关的语境信源
  - 知识语境
    - 百科事实信息
    - 受话人具备的有关发话人的生平资料
    - 互文知识
    - 相互知信
  - 物理语境
    - 互显的客观环境（场景）
    - 发话人的非言语行为
  - 语言语境
    - 上下文
    - 语言线索

与小说反讽交际有关的语境信源（赵虹，2013：37）

在小说语境中，我们对上述八项反讽语境信源进行简要界定，并在第 4 章通过分析典型的《红楼梦》反讽案例进行详细阐释。

(a) **百科事实信息**（encyclopedic factual information）：我们所居住的现实世界和小说交际所设定的虚拟世界所拥有的通用知识、社会文化规约、集体原型信念、道德规范标准等。

(b) **受话人有关发话人的生平资料**（addressee's background

knowledge of addresser's biographical data)：读者或反讽对话的听话人物所具备的有关作者、叙述者或反讽对话的说话人物的特定背景知识，如生活经历、好恶、习惯、观点、信念等。

(c) **互文知识** (intertextual knowledge)：作者和读者所具备的有关即定交际与其他交际（如话语与其他话语、文本与其他文本）之间相互联系的知识。

(d) **相互知信** (mutual knowledge)：作者假定在反讽交际真正发生之前交际双方所共享的有关刚刚发生或新近发生的事件或行为的知识。

(e) **互显的客观环境（场景）** (mutually manifest physical environment [setting])：反讽交际过程中从对话者周围的物理区域所获得的信息。在小说反讽交际中，包括人物间反讽对话所发生的客观情景和叙述者反讽叙事时的物理场景。

(f) **非言语行为** (speaker's nonverbal behavior)：反讽交际的发话人所运用的听觉线索（如语调、声调）和视觉线索（如眨眼、微笑）。在小说反讽交际中，其他参与者的身势（gesture）和副语言（para-language）有时也会对反讽理解产生影响。

(g) **上下文** (co-text)：小说交际的作者和读者所具备的在即定语言和事实之前或之后的相关人物语言、叙述语言和故事情节等方面的知识。

(h) **语言线索** (linguistic cue)：为了表达反讽意图，作者通过叙述者和小说人物所使用的词汇和句法选择。

上述语境信源中绝大多数（如果不是全部）并非为小说反讽交际所独有。虽然它们在日常反讽交际和在小说反讽交际中的影响力度有所不同，但是目前实证研究可以有效证明这些语境信源在小说反讽交际中同样发挥着重要作用。比如：Gibbs，O'Brien 和 Doolittle（1995）比较无意反讽和有意反讽的自控阅读时间（self-paced reading times）。研究发现，由某些特定情景事件偶然引发的无意反讽比有意反讽所花费的阅读时间短。这说明情景语境（语境信源 e）影响反讽理解，只要情景语境是支持性的，即使是无意反讽也容易被听话人识解。Regel（2009，2010，2011）围绕着语境信息是在何时、以何种方式被整合到反讽理解当中的以及加工机制是如何参与反讽理解的这两个重要问题进行系列 ERP（事件相关电位，event-related potential）实验，着重考察三项语境线索（韵律、引号和有关说话人交际风格的语用知识）对反讽理解的影响，在语用信息加工方面提供了有效的电生理学证据。研究发现：(a) 与对应的字面句相比，反讽句会诱发 P600 成分的增加。这表明，理解隐含的反讽意义需要额外的认知加工，为了获得与语境相适切的意义，受话人需要进行语用推理。(b) 在反讽加工的时间进程中，在 200～300 ms 的潜伏期窗口可以观察到早期 ERP 效应（P200），这说明语境信息，如韵律（语境信源 f：副语言线索）、引号（语境信源 f：非语言线索）和有关说话人的语用知识（语境信源 b：有关发话人的生平资料），在反讽加工的初始阶段就具有明显影响，可以促进反讽语言的理解。上述实证研究结果与 Yus 语境激活模式的理论假设相吻合，可以有效证明语境信源的激活有助于反讽意图的识别。理解时同时或依次激活的语境信息与话语命题之间的不相容性越多，反讽意图就越容易被识别。(Yus，2000a，2009，forthcoming)[①]

在分析了多源语境激活对小说反讽交际的重要作用之后，我们进一步探讨制约小说反讽交际的认知机制及其运作方式。既然小说反讽交际与日常反讽交际运用相同的心智解读能力，那么我们可以将该议题放在言语反讽交际的一般认知框架中进行阐释。其核心在于阐释清楚语境信源的激活、最佳可及性标准的判断和

① 有关小说交际中多源语境激活的探讨，可同时参见赵虹（2008，2009a，2013），Zhao（2007，2011）。

认知努力的付出之间的关系。[①] 比如：在什么条件下语境因素具有最佳可及性？在什么条件下不具有最佳可及性？这其中还涉及语境激活和反讽话语命题不相容性之间的关系：语境激活最后是增加了不相容性，或是排除/减弱了不相容性？尤其是不相容性对识别反讽意图的作用需要说明。（冉永平，个人交流）通过梳理，我们认为语境信源的激活、最佳可及性标准的判断和认知努力的付出之间的关系应当是这样的（赵虹，2009b）：

最佳可及性的判断和认知努力的付出一定会涉及语境激活。（冉永平，个人交流）反讽交际总体是一个寻求最佳关联的过程。如上文所述（参见§3.1），获得最佳关联必须具备两个条件：

（a）话语的语境效果足以引起听者的注意；

（b）听者为获得语境效果付出努力。

根据关联理论所总结的获得语境效果的三种方式（语境增强、语境抵触和语境隐含），反讽理解应属于第二种方式：理解过程中话语命题内容与激活的语境信息发生冲突，产生明显的不相容性，从而产生语境效果。语境效果是实现话语关联的必要充分条件，因此，能够探察到话语命题与语境信息之间的不相容性是识别反讽意图的必要充分条件。与此同时，激活语境信源、探察不相容性、推导反讽含义都是需要付出认知努力的。所以，反讽意图的识别必然与语境信源的可及程度密切相关。要想对反讽识解过程作出明确阐释，我们需要考虑以下五个相互关联的问题：（a）理解中激活了哪些语境信源，它与话语明说内容之间的不一致性的突显程度如何？（b）理解中是只激活了一项语境信源（主导语境信源）还是也同时或依次激活了其他（辅助）语境信源？（c）由这些语境信源所提供的信息的可及程度如何？（d）这些语境信源在

① 关于语境信息的激活、最佳可及性标准的判断和认知努力的付出之间的关系，笔者是在冉永平教授的启发和点拨下进行了深入思考，并在《论Yus对反讽的认知语用研究》（2009）一文中进行了详细阐述。在撰写本书时，笔者结合Yus（forthcoming）的理论新发展深化了对这一问题的思考。在此，向冉永平教授和Francisco Yus教授表示感谢。

反讽识解中发挥着怎样的作用？（e）这些语境信源是在反讽加工的哪个阶段发挥作用的？[1]

通过对上述五个问题的思考，我们提出如下主张：如果与反讽相关的语境信息高度可及，此时的反讽交际过程是强关联，受话人无须付出太多努力便可提取相关的语境信息。相应地，语境信息之间不相容性的突显程度极高，反讽意图非常容易识别。这就是 Yus（2000a）所说的第一种典型情况。

反之，如果与反讽相关的语境信息可及程度很低，即很难找到与反讽有关的语境信息，这时与命题间的不相容性就不太容易被受话人觉察，交际过程体现为弱关联，会增加受话人信息处理的负担，反讽意图不易识别。受话人要想识别反讽意图就需要付出相对较多的认知努力。根据人类认知的省力原则[2]，受话人只有在认为必要时才付出额外的认知努力。因此这种情况会导致两种可能：

（a）受话人愿意并有能力付出更多努力去探察语境信息与命题内容之间的不相容性，从而识别反讽意图。付出的额外处理努力会以额外认知效果加以补偿，受话人会获得一系列弱隐含（即诗学效果），如反讽话语所隐含的发话人微妙而丰富的贬抑态度。这就是 Yus（2000a）所说的第二种典型情况。

（b）受话人不愿或没能付出更多努力而中途停止了处理过程，错把明说（字面）意义当作话语意欲表达的意义，从而未能识别反讽意图。这种情况多发生在交际双方由于缺乏必要的互明假设而产生误解的时候。这便是 Yus（2000a，2000b）所总结的第三种典型情况。

---

① 这五个问题是在 Yus（forthcoming）相关论述基础上，笔者根据小说反讽交际的特点进行了适当调整后得出来的。

② 人类行为学家 G. K. Zipf 在其《人类行为和省力原则》一书中曾经指出：指导人类行为的准则是省力原则。人类从事任何活动都试图以最小的耗费去获得最佳效果。一旦付出了较多的气力，人类便会要求更大的效果。（曲卫国，1993；束定芳，2001：480）这条“省力原则”也因此被称为“最小人为用力的‘万用原则’”（the Zipfian universal principle of least human effort）。

可见，语境激活和反讽命题不相容性之间的关系是：语境因素的激活应当是增强了或促进了对不相容性的探察。（赵虹，2009b）在典型情况一中，语境因素具有最佳可及性，而在典型情况三中，语境因素具有最不可及性。当然，语境激活这一认知行为本身也会耗费认知努力。但正如 Yus 所强调的，会话是一个连续的交际过程。许多语境信源在反讽真正发生之前就已经被激活，为反讽加工作了某种前期铺垫，“从而增加了人类理解的总体经济性”（Yus，2000a：46）。笔者赞同 Yus 的观点，并进一步认为，从关联的交际原则角度阐释这一问题会更有说服力：正是由于语境激活会耗费认知努力，人们基于省力原则，不会无限地激活语境信息，而是根据关联原则从最可及的语境因素（即主导语境因素）开始选择、构建并扩展认知语境。尽管在成功的反讽交际中必定会有一项语境信源（主导语境信源）与话语命题不一致从而确保听话人识别说话人的反讽意图，但如果能有一项或多项辅助语境信源作支持，那么，反讽理解的速度会加快。（Yus，2000a：46）可见反讽丝毫没有离开正常的交际原则，同样遵循努力与效应之间力求取得最佳平衡的认知过程，符合关联原则的第一个反讽解释总是最好的假定，其他所有的解释都会使受话人付出不必要的心理努力或造成误解。（赵虹，2009b）

接下来，我们从认知语用角度阐释小说反讽交际的第三个核心要素——诗学效果的隐性评价。既然小说交际中言语反讽理解包括三种典型情况（即快速识解反讽意图、延迟识解反讽意图和无法识解反讽意图），那么，意欲对小说反讽交际进行文学解读的读者必须思考以下两个问题：什么是反讽作家意欲表达的信息？何时对反讽理解的可接受性作出评价？小说反讽交际或多或少都是弱交际。作家通过最佳相关的语用—语言机制突显话语命题与语境假设之间的对立效应，从而对反讽交际的可理解范围施加限制；读者需要从各自认识环境中提取可以证明作家意图的语境假设从而在作家意欲的范围内作出选择。提取的难度越大，可选择的隐含假设的范围越宽，反讽交际越弱，所获得的诗学效果就越丰富。因此，对反讽诗学效果的阐释需要与作家反讽意图的显明程度和读者通过拓展激活所获得的语境不相容效应结合起来。既然交际是为了改变受话人的认知环境，那么我们可以将小说反讽交际的诗学效果阐释为反讽话语的语境不相容效应所诱发的读者认知环境中大量语境假设的“微增长”（marginal increase，Furlong，1996：109）。这是一个在作家意欲范围内的假设集合。在形成假设和评价假设的过程中，作家和读者共同承担责任。读者认知环境中所具备的反讽语境信源越多，进行反讽评价所启用的高层元表征能力越强，并且对小说反讽交际进行文学阐释的主观意志越坚定，那么他所付出的心智努力就越能得到大量反讽诗学效果的补偿。

不同于其他非字面语言现象（如隐喻、转喻、夸张等）所创造的诗学效果，小说反讽交际所产生的一系列语境隐含主要是传递作家对话语命题内容所持的贬抑态度，即作家对话语所回声命题进行隐性评价。通常，语言用来表达对情形事态的标准情感反应，唤起受话人储存在相关概念地址的某种典型的情感态度。而反讽作家希望传递的情感态度并非标准的、原型性的，而是在大量增加语境不适切效应显明性的语境中构建的。反讽语境的拓展激活在一定程度上诱发逆期待性失匹配感受，进而诱发更大范围的情感体验。可见，用来实现反讽诗学效果的语用—语言机制为作家所操纵，被用来鼓励读者进行更大范围的语境拓展激活，诱发对回声命题的隐性评价，进而被用来传递作家意欲的、与特殊情感相关联的态度评价。因此，任何将反讽作家意欲表达的反讽诗学效果固化为确定命题的企图都会破坏反讽作家文学创作的真正理念。这一点正是对小说反讽交际进行自发解读和文学解读的差别所在。虽然二者都会在小说反讽交际中使弱显明的假设更加显明，但两类读者投入的心智努力量有很大差别。进行自发解读的读者会使用最可及的语境寻求证实他努力的足够关联的理解。而进行文学解读的读者则始终相信所有突显语境不适切性的语用—语言机制必定为作家有意而为，它们显明或更加显明反讽作家的交际意图。鉴于此，他会力图根据所有探察到的前景化手段来拓展激活更多反讽语境信源，比如：他会系统寻找前序段落的影响；探索相关的百科知识；激活有关人物及其周围环境的假设等，将这些语境信源纳入小说反讽交际的“语境化”（contextualization）当中识解前景化手段所产生的诗学效果。在此基础上对自己的反讽理解作出更高层面的评价：他的理解（a）在多大程度上穷尽了反讽话语本身的信息；（b）在多大程度上揭示了作家的信息意图和交际意图；（c）在多大程度上实现了对小说反讽交际的整体理解。至此，进行文学解读的读者极大地丰富了反讽理解的整体关联性。该评价过程是解读小说反讽交际的高级境界，以追求认知资源最优化为目标，实现与作家的真正谋和。

至此，我们可以从认知语用角度阐释小说交际中言语反讽理解的大致过程：在小说反讽交际发生时，受话人（读者或反讽对话的听话人物）会根据话语命题选择并激活一部分相关语境假设来构建初始认知语境（initial context），发现该初始语境中有一项或多项语境信源所提供的假设与话语命题内容明显不相容。这种不相容性会造成受话人心理上产生某种“逆期待性感受”（曾衍桃，2006），促使他本能地对其作出评价，推断这种逆期待性失匹配（counter-expectational mismatch）是说话人（作者/叙述者或反讽对话的说话人物）有意而为，很有可能传达与话语明说内容不同的隐含意义。因此受话人会在关联原则的引导下付出加工努力进行语用推理，必要时还会根据语境信息的可及程度充实、拓展认知语境，最终得出结论：发话人对话语命题所表达的思想观点持贬抑态度，并通过其隐性评价创造出讽刺、挖苦、戏谑、诙谐、揶揄甚至幽默等诗学效果。该语境化过程（contextualization）所产生的交际或强或弱，与一般会话交际并无本质差别。但与日常反讽交际不同的是，在小说语境中，作为反讽发话人的作者给读者留有更大的解读空间，使他在反讽意义重构的过程中负有更多责任。相应地，责任越大，读者所付出的认知努力就越多，所获得的弱隐含就越丰富。而作为反讽受话人的读者拥有较为丰富的认知环境，不但包括读者阅读时的语境，还包括作者创作时的语境、叙述者的叙述语境和小说人物使用语言的语境。通常，读者乐意付出更多努力调用相关语境信息进行最佳相关的语用推理，因为这样做不但可以使他们获得更加丰富的审美反应和更加多样的情感体验，而且可以使他们扩大与作者的相互认知环境、提升与作者的亲密程度，实现与作者的跨时空谋和。总之，在我们所构建的小说反讽交际的认知语用阐释框架中，多源语境激活是反讽理解的认知前提；最佳可及性标准是制约小说反讽识解的认知机制；寻求最佳关联是引导小说反讽交际的认知原则；识别作者的隐性评价，探寻微妙的审美反应和诗学意蕴是读者期待实现的认知目标。

3.4　本章小结

综上所述，在第 3 章中，我们论述了作为认知语用学核心理论的关联理论，并在此基础上构建小说交际及小说交际中言语反讽的认知语用阐释框架。

根据关联理论的观点，话语理解主要是在关联的交际原则的驱动下进行假设形成和假设验证的过程。根据该原则，每个明示交际活动都应设想本身具有最佳关联性（即在话语理解时，付出有效的处理努力获得足够的语境效果）。当听话人形成并证实话语的理解假设符合关联原则时，他就会将其作为说话人意欲他理解的意义从而停止加工过程。

在言语反讽的认知语用研究中，以 Sperber 和 Wilson 为代表的回声解释反讽理论认为，反讽话语是对指定思想、话语或假设的回声式解释，传递说话人对回声内容持有贬抑态度。尽管该理论较为有力地解释了什么是反讽，反讽行使怎样的语用功能等问题，其理论观点也部分地得到了实证研究的支持，但对反讽理解中的几个关键议题，Sperber 和 Wilson 尚未能作出科学而详尽的阐释。比如：识别反讽的过程中激活了哪些机制？对话双方识别反讽的认知标准和反讽交际的认知制约是什么？此外，在实现反讽识解过程中，听话人经历了怎样的语用推理过程？这些问题都是反讽研究理论所无法回避的。可见，回声论还有待修正和完善。作为回声解释论的进一步发展，Yus（2000a，2009，forthcoming）的反讽理解模式从多个维度探讨反讽理解中的语境激活。该模式主张，反讽理解涉及同时或依次激活一项或多项语境信源。最佳可及性标准引导这些语境信源的有效激活（特别是这些信源所提供的信息充实）。该模式不但解释了听话人识别反讽者贬抑态度的具体过程，而且为解释反讽理解的各种典型情况提供了认知语用阐释框架。因此，他是对 Sperber 和 Wilson 回声解释论的一种补益。

尽管在术语，甚至在关于反讽特征的某些观点上存在细微差别，回声解释论和 Yus 的反讽观都强调语境在识解反讽中的重要作用，因此，已触及到文学反讽交际的关键问题，为分析文学交际（包括小说交际）中的言语反讽提供了方法论建议。然而，以上两个理论主要研究的是自发的日常会话，几乎没有涉及文学文本中的反讽话语。正如文学语用学家所认为的，没有解释文学及其语境化的一般交际理论是不完整的；同样，没有阐释交际资源使用的文学理论也是不完整的。由于小说反讽交际与日常反讽交际启用相同的心智解读能力，因此，我们可以用分析日常反讽交际的认知语用理解机制来解释小说反讽交际。另外，运用诗学效果的关联理论阐释，我们可以在小说交际语境中有效探讨小说反讽交际是如何获得关联性的；读者是如何识别理解反讽文本的言外之力并捕捉、品味其言后之果的。

本书结合小说交际的独特性，从“作者—文本—读者”的互动关系入手，整合出一个小说反讽交际的认知语用理论模式，把跟小说反讽交际密切相关的因素（关联因素、认知因素、语境因素和诗学因素）包括在内且各得其所，着重阐释小说反讽交际中的三个核心要素：多源语境激活所提供的不相容性、支配反讽识解全过程的最佳关联性和加工隐性评价过程中所获得的诗学效果。小说反讽交际本质上是指在小说交际语境中现象与现实“在经济原则与高反差原则下的并置”（盎伯，1988：2）。多源语境信息所提供的假设与话语命题形成高反差，所产生的不相容性造成受话人产生逆期待性失匹配感受，启动反讽触发语，从而对话语进行反讽加工。最佳相关是整个反讽理解过程的认知制约机制：它引导受话人对失匹配的意欲性作出评价；引导受话人努力选择最佳语境假设来顺应、构建、拓展反讽交际的认知语境；引导受话人进行语用推理以寻求话语与语境之间的最佳关联；最终引导受话人付出有效努力获得或幽默风趣或讽刺警策的反讽诗学效果。小说反讽交际的独特之处在于，最佳关联存在于语境化的对立效应当中：小说世界的虚拟表征与真实世界的现实事态之间的对立；反讽者字面评价与隐含的意欲评价之间的对立；读者的心理期待与语境的逆期待之间的对立。独特的对立效应促使读者愿意付出更多认知努力以便捕捉小说反讽交际隐含传达的态度评价、情感体验和诗学意蕴。

基于小说反讽交际的认知语用阐释框架，本书以《红楼梦》中的反讽话语作为语篇分析对象进行个案研究，以进一步验证理论框架的有效性和阐释力。第 4 章着重探讨《红楼梦》反讽交际的多源语境激活；第 5 章运用最佳可及性标准深入剖析《红楼梦》反讽理解的典型情况；第 6 章系统分析《红楼梦》反讽艺术所创造的诗学效果和所运用的语用—语言策略。

第4章 《红楼梦》反讽交际的多源语境激活

在我们所构建的小说反讽交际的认知语用阐释框架中，多源语境激活在小说反讽交际识解过程中发挥着关键作用。反讽识解必定会激活能够证明明说意义无效的语境信息。来自语境的某些信息与话语明说意义之间的不一致性触发了受话人对深层反讽态度的探察，这是将反讽与其他不一致（incongruity）类型的话语（如笑话）区分开来的关键。根据我们的认知分类，与小说反讽交际相关的语境信源主要包括：A. 知识语境：百科事实信息、受话人具备的有关发话人的生平资料、互文知识、相互知信；B. 物理语境：互显的客观环境（场景）、发话人的非言语行为；C. 语言语境：上下文和语言线索。在该认知分类的基础上，本章对《红楼梦》中的言语反讽交际[①]进行个案研究。[②] 在《红楼梦》的言语反讽交际中，存在大量用于构建并进一步确证交际双方互知性的反讽语境线索。它们存在于韵律层面，或词/句/语篇层面，或语

① 《红楼梦》的言语反讽交际包括两种类型：叙述者的反讽叙事和小说人物的反讽对话。在本章中我们对此不作区分，因为根据Searle的观点，所有的话语都是言语行为。叙述者的叙述可以被视为叙述者在与读者对话，所使用的叙述方式当然就是叙述者为了在读者身上产生某种效果而有意设计的。所以，反讽交际的认知语用阐释框架同样可以被用来分析小说中的反讽叙事语式（简称“反讽语式”）。

② 本章的核心观点以《试析小说反讽交际中多源语境信息的激活》为题刊发在2013年第1期《山东外语教学》上。

义一语用层面，甚至情景语境层面。我们对小说反讽语境线索的认知分类可以使这些语境信源概念化、系统化。正是凭借这些反讽语境线索，《红楼梦》的言语反讽艺术才会如此妙趣横生、满口余香、回味无穷。本章通过对各种语境信源的典型案例进行认知语用分析，旨在深入探讨语境信息是如何在《红楼梦》反讽理解中帮助受话人识别发话人的反讽意图的。

4.1 知识语境

与小说交际中反讽话语有关的知识语境是指对客观现实世界的一般知识、对小说虚拟世界的特定了解和交际双方的彼此知信方面的语言外知识，包括百科事实信息、受话人具备的有关发话人的生平资料、互文知识和相互知信。

4.1.1 百科事实信息

一般认为，百科知识是以图式的形式储存在长时记忆中的，是处理新信息的背景知识。当新信息与旧的、已储存的信息（即心理表征和原型信息）相结合时，就会产生语境效果。由于人类认知追求心理努力的经济性，人们在交际时无需提取所有心理百科知识，而是突显会话现阶段较为相关的信息。此外，某些有关社会文化的一般假设会被经常激活并不断得到交际媒介的加强，因此，百科信息的可及程度相对较高，而且在处理相关话语时可以默认许多与之相关的更加具体的信息，在理解中可以节省大量认知努力。在反讽理解中，百科事实信息的作用不可低估。“反讽的必要条件之一是话语必须暗示它在某种程度上违背了某种先前的期待、标准和常规。”（Glucksberg，1995：5）反讽者经常依赖根深蒂固的社会文化规范、常识和一般会话原则来构建他们的反讽策略。要实现小说反讽交际的成功，作者和读者不但要具备他们所在的现实世界的一般社会文化知识和原型信息，还要具备叙述者和人物所在的小说世界的特定群体信息和道德标准，否则，他们就无法通过人物语言、叙述语言和故事情节来进行交际。创作时，作者会对读者认知环境中可能具备的百科知识作出假定，以最佳相关为目的尽量让自己的语言输出顺应读者处理信息的需要，并运用各种语用策略明示自己的反讽意图。阅读时，读者会根据明示信息与激活的相关百科知识之间的不相容性重构语境，力图以最佳相关的方式解读小说。与小说反讽交际有关的百科事实信息包括以下三类：宏观社会规范、常识和微观情景期待，其激活（以及与话语表达的命题之间产生的不相容性）对小说反讽理解发挥着重要作用。

4.1.1.1　宏观社会规范

宏观社会规范，即我们通常所说的框架、图式和脚本等，是指“对交际双方所处的社会的文化规范、行为准则的了解”（何兆熊，2000：20），以及属于特定集团的社会文化知识。这些信息构建起强大的信息库，为反讽的认知加工提供备择假设。由于交际双方共享的有关信念和态度的一般世界知识比有关特定语境的具体知识突显程度更高，可以在反讽加工中被立即激活，所以，Gibbs 等人（Gibbs，1999a，1999b；Gibbs & Moise，1997）将其称为“首要语用知识”（primary pragmatic knowledge）。该语境信源与 Hamamoto（1998：266）的“前认知”（prior cognition）概念相吻合。Gibbs（1986a）通过实验比较诸如“You are a fine friend”之类的讽刺话语和非讽刺话语所用的阅读时间。研究表明：显性回声所违反的社会规范的讽刺话语比语篇语境中不包含此类回声的讽刺话语阅读得更快。这项实验不但为反讽话语的回声性提供了理据，而且也证明宏观社会规范会影响反讽加工速度。

反讽者经常利用众所周知的历史文化背景知识来构建他们的反讽策略。例如：在《红楼梦》第三十回中，宝玉请宝钗向薛蟠解释自己没去赴宴的原因——身体不适。宝钗对他的托辞感到不满。故当宝玉问她为何不看戏去时，她便学着宝玉的口吻说：“我怕热。看了两出，热的狠，要走，客又不散，我少不得推身上不好，就来了。”（曹雪芹，2006：298）宝玉听出了她话里隐含的讥

刺，由不得脸上没意思，只得又搭讪笑道："怪不得他们拿姐姐比杨妃，原也体丰怯热。"（曹雪芹，2006：298）

> （1）宝钗听说，不由大怒，待要怎样，又不好怎样。回思一回，脸红起来，便冷笑了两声，说道："我到[①]像杨妃，只没有个好哥哥好兄弟可以作得杨国忠的！"
>
> （第三十回，2006：298）

宝钗最后这句话听起来很平和，实际上却尖刻辛辣，绵里藏针。要理解这句反讽话语，受话人不仅需要激活《红楼梦》小说世界的相关背景知识（宝玉的大姐元春是真正的皇妃），还要激活相应的中国历史和文化知识（唐朝的杨贵妃被唐玄宗宠幸，其兄杨国忠凭借皇亲国戚的身份在朝廷内外为非作歹）。我们感觉这些历史背景和文化知识与宝钗话语所表达的命题内容相冲突：杨贵妃的兄长杨国忠因妹妹得宠而胡作非为，怎能用"好"字加以评价？在语境假设的重构过程中，受话人会利用这些百科知识去处理宝钗话语所提供的新假设，探察到明显的不相容性，获得最佳语境效果，从而推导出宝钗的反讽含义：你说我像杨妃，殊不知你大姐元春才是真正的皇妃，你们一家子仗着她一人得道，鸡犬升天。

宏观社会规范涵盖的范围很广，除了包括历史文化知识外，还包括根深蒂固的社会礼仪规范［如例（2）］和社会道德规范［如例（3）］。与信度很强的信息相对立的话语很有可能触发受话人对贬抑态度的搜寻。(Glucksberg，1995：53；Barbe，1995：81）例如：

> （2）宝玉拿了篦子替他（指麝月）一一的梳篦。只篦了三五下，只见晴雯忙忙走进来取钱，一见了他两个，便冷笑道："哦，交杯盏还没吃呢，到上头了！"
>
> （第二十回，2006：193）

---

① 此处的"到"为周汝昌（2006）校订版原文所有，相当于现代汉语中的"倒"。类似情况在《红楼梦》中还有很多。本书均以周汝昌（2006）校订版原文为准。

宝玉替麝月篦头，恰巧让晴雯撞见。于是晴雯满怀醋意地说了句“哦，交杯盏还没吃呢，到上头了!”我们感觉这句话表达的命题内容在当时等级制度森严的特定情境不适宜——宝玉、麝月是主仆关系，他们之间有着不可逾越的鸿沟。而晴雯话语中的“交杯盏”和“上头”都是结婚的借代词——旧时婚礼，新郎、新娘交换着饮两杯酒，叫作“交杯”，新郎为新娘改梳发髻和加簪饰物叫作“上头”。晴雯是以婚礼仪式的特征代结婚，使她话语的字面意义与她的交际意图之间产生了不相容性。受话人只有激活有关旧时结婚礼仪的百科知识，才会感知由不相容性所引发的逆期待性，透过字面意义进行最佳相关的推理，从而领会该话语的反讽意图：晴雯运用借代挖苦宝玉、麝月两人关系暧昧。话说得含蓄、幽默，富有生活的情趣和些许的醋意。

在第四十回中，贾母、王夫人、众位姑娘等用过早餐之后，轮到李纨、凤姐吃饭。

> （3）……刘姥姥看着李纨与凤姐儿对坐吃饭，叹道：“别的罢了，我只爱你们家这行事，怪道说礼出大家。”
>
> （第四十回，2006：399）

刘姥姥二进大观园，在贾府的家宴上，凤姐和鸳鸯把刘姥姥当小丑，导演了一出闹剧。宴后，看着另外摆桌吃饭的凤姐、李纨，刘姥姥发出了上面这句感叹。表面上，刘姥姥叹的是贾府规矩多，李纨、凤姐作为媳妇不能上桌吃饭；而实际上，她实施了一个间接的反讽言语行为。我们知道，从古至今，尊敬老人是基本的道德行为规范，也是我们中华民族的传统美德。贾府高官显贵，却那样取笑一个老人，怎能算有礼呢？刘姥姥援引众所周知的公理“礼出大家”，其字面意义与凤姐等人取笑刘姥姥的事实信息和有关尊老道德规范的百科知识明显不相容。受话人据此作出最佳相关的假设，从而识别刘姥姥的讽刺意图，体会她含蓄表达的不满情绪。

宏观社会规范对小说反讽交际的重要作用还突出地表现在评

述型反讽叙事语式当中。为了拉近叙述者、读者和人物三者之间的距离，作家曹雪芹运用特殊的叙事方式——石兄自白，以便使叙述者主动与读者对话。作为贾宝玉随身佩戴的通灵宝玉，石兄顺理成章地成了《红楼梦》整个事件的亲身经历者和观察者。（梁扬、谢仁敏，2006）凭借这一特殊身份，石兄不时地以第一人称叙述视角对小说中的人物和事件作出判断性评价/评议。这种评判所依据的主要是现实世界或小说世界中普遍接受的或者为某一特定集团广泛享有的价值标准和道德准则。而评述型反讽便是利用由评述话语所传达的命题内容与这些众人皆知的价值观和道德准则之间产生的不相容性来触发读者对逆期待性失匹配的感知，从而推断出叙述者（也即作者）对事态的批评性态度评价，这是理解评述型反讽叙事语式的关键。下面两例便能充分说明这一点：

（4）这里雨村且翻弄书籍解闷。忽听窗外有女子嗽声，雨村遂起身往窗外一看，原来是个丫嬛，在那里撷花，生得仪容不俗，眉目清明，虽无十分姿色，却亦有动人之处。雨村不觉看得呆了。那甄家丫嬛撷了花方欲走时，猛抬头见窗内有人，敝巾旧服，虽是贫穷，然生得腰圆膀厚，面阔口方，更兼剑眉星眼，直鼻权腮。这丫嬛忙转身回避，心下乃想："这人生得这样雄壮，却又这等褴褛，想他定是我家主人常说的什么贾雨村了，每有意帮助周济，只是没甚机会。我家并无这样贫穷亲友，想来定是此人无疑了。怪道又说他必非久困之人。"如此想来，不免又回头两次。雨村见他回了头，便自为这女子心中有意于他，更狂喜不禁，自为此女子必是个巨眼英雄，风尘中之知己也。

（第一回，2006：8）

（5）按此四字（指"蓼汀花溆"四字）并"有凤来仪"等处，皆系上回贾政偶然一试宝玉之课艺才情耳，何今日认真用此匾联？况贾政世代诗书，来往诸客屏侍座陪者悉皆才技之流，岂无一名手题撰，竟用小儿一戏之辞苟且搪塞？直似暴发新荣之家，滥使银钱，一味抹油涂朱毕，则大书“前门绿柳垂金锁，后户青山列锦屏”之类，则以为大雅可观，岂《石头记》中通部所表之宁荣贾府所为哉！据此论之，竟大相矛盾了。诸公不知，待蠢物将原委说明，大家方知。

（第十八回，2006：170）

例（4）是对贾雨村的一段反讽叙述，其中“看得呆了”和“更狂喜不禁”明显带有讽刺意味。在封建社会里，对不相识的年轻女子长久注视是极不礼貌的，而贾雨村却对初次遇见的丫嬛“看得呆了”，违背了当时社会的道德礼仪规范；另外，作为一个书生，贾雨村应举止沉稳，淡定自如，而“狂喜不禁”一词却与他的文人身份极不相符。“更”字的运用则进一步加强了叙述命题与宏观社会规范之间的不相容性。该百科事实信息足以使读者快速识别叙述者（换句话说是作者）的反讽意图，因而是理解这两句反讽叙述语的主导语境信息，把表面上一本正经而实际上好色淫邪的贾雨村作了透骨的揭露，突出了讽刺幽默的诗学效果。例（5）是“石兄”对贾政选用宝玉题匾的一段评论。“石兄”用貌似公允的价值标准加以评判，抬高贾政，贬抑宝玉。事实上，通过“会芳园试才题对额”（第十七回），宝玉展现出过人的机敏，其才情远胜过贾政及诸位清客。作为主层叙述者的石兄（梁扬、谢仁敏，2006：169）故意正话反说，突显了话语命题与事实信息之间的不一致性，大大增强了对贾政等人的讥讽效果。

上述两例评述型反讽语式，均是依赖众所周知的宏观社会规范与评述话语的命题内容之间的不相容性来表达反讽意图。读者在理解时，要激活相关的百科事实信息，与新信息相结合重构认知语境，进行最佳相关的推理，从而成功地实现与作者之间的反讽交际。

4.1.1.2 常识

常识是有关典型社会情景的百科全书知识，以“知识块”（chunk）形式加以储存和提取（Sperber & Wilson，1986：88），具有高度可及性。由于此类图式假设和期待可以默认许多相关的具体信息，因此它们在理解过程中可以节省大量的认知努力。例如："straw"是一个多义词，既可以被理解为"吸管"（drinking tube），也可以被理解为"麦秆"（cereal stalk）。人们都知道喝水使用的应当是吸管，正是基于这一常识，听话人在理解话语（6）a时才会排除（6）c而将（6）b作为符合关联原则的最佳理解。

（6）a. The child left the straw in the glass.
b. The child left the drinking tube in the glass.
c. The child left the cereal stalk in the glass.

（Sperber & Wilson，1986：186）

常识对识解反讽特别有用，像夸张和克制陈述这样的典型反讽策略都依赖反讽话语描绘的情境中所共享的原型价值。（Kreuz & Roberts，1995：25）以夸张为例：发话人通过有意提供明显多于现实情况的信息来实施"错用评价"（misapplied evaluation）（曾衍桃，2006），向受话人表明她不赞同将话语的字面评价作为对事态的合理评价。例如：

（7）Mary（watching a politician on TV）：Politicians never lie.

（Wilson，2014a）

常识告诉我们，政客的言论未必百分之百都是靠得住的。这一语境信息与Mary话语的命题内容"政客从不说谎"明显冲突，据此我们推断，Mary对命题持嘲讽、揶揄、蔑视的负面态度评价。

夸张的内在反讽性（inherently ironical）已得到实证研究的支持。比如：Kreuz和Roberts（1995）给成年被试呈现如下两个版本的语料，其中一个版本的末句为"Thanks for helping me out!"，而另一个版本则为"I'll never be able to repay you for your help!"，要求被试判断哪个版本的末句更有可能被理解为反讽。

(8) Harry was helping Pat move into her new apartment. "Don't worry, I can move this grandfather clock by myself", said Harry, who was very muscular.

Harry only managed to tip the clock over, and it crashed to the floor.

Pat looked up from some boxes she was moving, and said,

[*Thanks for helping me out! /I'll never be able to repay you for your help!*]

实验结果表明：夸张版“I'll never be able to repay you for your help!”比非夸张版“Thanks for helping me out!”更容易被理解为反讽。由此可见，夸张可以促进反讽感知。

在《红楼梦》中，许多夸张用法都是用来实现反讽交际意图的。例如：

惜春以作画为由，向李纨等告一年的假，不参加诗社的活动。大家商议是否准假时，林黛玉有下面这段评论：

(9) 李宫裁道：“我请你们来大家商议，给他多少日子的假。我给了他一个月，他嫌少，你们怎么说？”黛玉道：“论理也不多，这园子盖才盖了一年，如今要画，自然得二年的工夫呢。又要研墨，又要铺纸，又要着颜色，又要……”刚说到这里，众人知道他是取笑惜春，便都笑问他说：还要怎样？黛玉也自己掌不住笑道：“又要照着样儿慢慢的画，可不得二年的工夫!”众人听了，都拍手笑个不住。

(第四十二回，2006：421-422)

众人听了黛玉的话“都拍手笑个不住”，这说明他们理解了黛玉的反讽意图。该例充分说明夸张是实现反讽意图的重要策略。将明显不可能的事情加以夸大很容易产生讽刺幽默效果。黛玉表面上支持惜春告假一年的请求，并且给出了理由：“这园子盖才盖了一年，如今要画，自然得二年的工夫呢。”但是常识告诉我们盖园子比画园子难，如果盖园子才花了一年时间，那么画园子肯定用不了一年时间，更不用说两年了。黛玉是在回声一个描述（而非反讽）地发出话语（10）b的语境（10）c，而且她显然知道自己说的话是不合常规的，所以她“自己掌不住笑”了。然而，她不但确证了自己的话语命题，而且以一连串的排比句式“又要研墨，又要铺纸，又要着颜色……又要照着样儿慢慢的画”给出解释。话语命题与常识之间产生的不相容性足以使受话人对话语作出反讽理解：黛玉并非真的认为画园子需要两年工夫，而是运用夸张来达到嘲讽逗趣的目的。只有默认原型性百科知识——“画园子通常比盖园子用的时间少”，受话人才能对黛玉的夸张话语作出最佳相关的推理，在语境（10）a中成功地实现夸张反讽交际（10）b，否则，是无法体会黛玉话语所营造出的夸张取乐的反讽诗学效果的：

（10）a. [根据常识，盖园子比画园子难。盖园子花了一年时间。]

b. 黛玉：“如今要画，自然得二年的工夫呢。”

c. [画园子比盖园子用的时间长。]

再如，在《红楼梦》第三十四回中，宝玉遭到贾政的毒打，林黛玉明明自己哭得双眼“肿的桃儿一般”（曹雪芹，2006：332），可是当她看见薛宝钗“脸上似有哭泣之状”（曹雪芹，2006：340），便奚落道：

（11）“姐姐自己保重些儿，就是哭出<u>两缸眼泪</u>来，也治不好棒疮。”

（第三十四回，2006：340）

受话人只有具备一个人通常流眼泪量的原型知识，才能识别黛玉借助夸张而实施的反讽言语行为：她故意违反数量准则，以夸张用法“两缸眼泪”极言眼泪之多——两行眼泪倒还可能，但绝对不可能是“两缸眼泪”。话语命题与常识之间的不相容性足以使受话人快速识别黛玉的错用评价所传递的强烈的讽刺意味。

然而，理解倘若仅停留在人物对话的层面上，那么该小说反讽交际还算不得成功。为了作出最佳相关的解读，读者需要超越对人物对话的单维度理解，根据故事的真实情节“真正领略其中的神情滋味”（周中明，2007：185）。黛玉因宝玉挨打而心有所牵，便以己度人，认为宝钗也是为宝玉而悲泣。其实，宝钗是因薛蟠的几句抢白而被气哭的。读者依据常识识别黛玉夸张话语的反讽意图后，如果能结合上述故事情节，作进一步语用推理，便可对黛玉夸张话语的双关寓意作出多维度阐释：黛玉用夸张来讥讽奚落宝钗，而这一行为本身却折射出黛玉的嫉妒心理和尖刻性格；曹雪芹将黛玉之哭与宝钗之哭前后照应，并两相对比，巧妙地“衬托出她俩双峰双峙的典型形象”（周中明，2007：186）。

4.1.1.3　微观社会情景期待

在小说反讽交际中，微观情景期待指在即定对话发生之前刚刚发生或新近发生的相关事件或行为，即与小说反讽交际相关的故事情节。由于这类语境信息仍旧储存在受话人的短时记忆中，受话人无需付出太多认知努力便可在相关事件或行为与它所产生的反讽话语之间建立联系，因此，微观情景期待往往是识别言语反讽的最为可信的语境信源。“使用反事实陈述大概是反讽意图最突显的信号。”（文旭，2004：154）当发话人说出一个与情景事实不相符合的话语时，在很大程度上可以断言它就是反讽，而且“话语偏离事实越大，其反讽意图的确定性就越大”（文旭，2001a：53）。例如：

（12）宝玉笑道：“咱们明儿下一社又有题目了，就咏水仙、腊梅。”黛玉听了，笑道：“罢罢，我再不敢作诗了，作一回罚一回，没的怪羞的。”说着，便把两手握起脸来。

（第五十二回，2006：527）

我们知道，黛玉是《红楼梦》中的头号才女，她作的诗词赋都非常出色。怎么反而说自己再不敢作诗了呢？显然，她说这句话缺乏诚意，这是句反讽话语。受话人若想识别黛玉的反讽意图，就必须激活以下语境信息：黛玉并非真心不敢作诗，她对自己的才华是非常有信心的。倒是宝玉在诗社作诗时总是发挥不佳，常常受罚。该语境信息不是宏观社会规范，也不是常识，而是个人的具体情景期待。黛玉是在反讽地回声描述性地发出这句话时的语境——黛玉缺乏作诗才能，在诗社作诗时总是受罚。该语境与黛玉说话的真实语境相对比，受话人便可立即识别话语命题与微观情景期待之间的不相容性，从而推断出黛玉对自己所表达的命题持贬抑态度，她是在奚落宝玉，创造出快乐真诚的诗学效果。

在抄检大观园时，探春三讽凤姐也是借助微观情景期待来实现反讽交际的典型案例。

(13) 凤姐笑道："因丢了一件东西，访查不出来，恐怕傍人赖这些女孩子们，所以越性大家搜一搜，使人去疑，到是洗净他们的好法子。"探春冷笑道："我们的丫头，自然都是些贼，我就是头一个窝主。既如此，先来搜我的箱柜，他们所偷了来的，都交给我藏着呢！"说着，便命丫嬛们把箱柜一齐打开，将镜奁、粧盒、衾袱、衣包若大若小之物一齐打开，请凤姐去抄阅。凤姐陪笑道："我不过是奉太太的命来，妹妹别错怪了我，何必生气！"因命丫嬛们快快关上。平儿、丰儿等先忙着替侍书等关的关、收的收。探春道："我的东西到许你们搜阅，要想搜我的丫头，这却不能。我原比众人歹毒，凡丫头所有的东西，我都知道，都在我这里间收着，一针一线，他们在没的收藏。要搜，所以只来搜我。你们不依，只管去回太太，只说我违背了太太，该怎么处治我自去领。……"凤姐便起身告辞。探春道："可细细的搜明白了？若明日再来，我就不依了。"凤姐笑道："既是丫头们的东西都在这里，就不必搜了。"探春冷笑道："你果然到乖。连我的包袱都打开了，还说没翻。明日敢说我护着丫头们，不许你们翻了。你趁早说明，若还要翻，不妨再翻一遍。"凤姐知道探春素日与众不同的，只得陪笑道："我已经连你的东西都看明白了。"

（第七十四回，2006：773）

这是凤姐与探春之间一段富于戏剧性的言语冲突。探春矛头直指凤姐，主动进逼凤姐众人。特别是通过运用三个断言式反讽言语行为，一步步使自己占据了主动。这三句反讽话语是：

（14）a. 探春冷笑道："我们的丫头，自然都是些贼，我就是头一个窝主。"

b. 探春道："……我原比众人歹毒……"

c. 探春冷笑道："你果然到乖。"

受话人若想领会探春的反讽意图就必须激活小说世界的相关背景知识：探春为人正直、公私分明，对下人要求严格。这一事实与（14）a 和（14）b 的话语命题不相符，探春以自讽来反讽对方。而凤姐向来飞扬跋扈、蛮横专断，显然与（14）c 的命题内容不相容。这些语境信息都是《红楼梦》小说世界中相关人物的具体的百科事实信息。它们与探春话语命题内容所产生的不相容性使受话人产生逆期待性失匹配感受，立即意识到探春并非真的认同自己所说的话语命题，进而以最佳相关的方式推导出探春的真正意图：本就对抄检一事极为不满的探春看不惯凤姐一党那副狗仗人势的丑恶嘴脸，便以反讽予以回击，表达自己的愤慨之情，其讽刺性诗学效果非常强烈，致使凤姐等人在探春的步步紧逼之下一再退让，由主动变为被动，最后不得不借"奉太太的命来"为自己开脱，处境极为尴尬、可笑。探春通过实施一连三个反事实言语行为，不但逐步增强了反讽的攻击力度，而且也揭示了冲突双方人物关系的微妙变化。

4.1.2 受话人具备的有关发话人的生平资料

有关发话人的生平资料是指有关发话人喜恶、习惯、信念、观点等方面的语用知识。要成功理解反讽，受话人需要在某种程度上对“说者的观点、先前经验、品味、兴趣等有所了解，并对彼此熟悉程度有所意识”（Dews & Winner，1995：11）。Barbe（1989：277）的“个人反讽”（personal irony）概念恰恰是建立在受话人对反讽者背景（具体的个人信息）的了解的基础之上的。该认知语境信息是以对交际者认知环境的了解为中心，经常在会话过程中突显出来帮助受话人识别言语反讽。比如：从事某些职业的人或具有某种性格特质的人比较喜欢使用反讽。而人们对说话者的这种信念可能会影响反讽认知。（蔡伟林，2009）研究表明，说同一句话，喜剧演员比科学家更有可能被认为是在行使反讽言语行为。（参见 Katz & Pexman，1997；Pexman & Olineck，2002）

在《红楼梦》中，林黛玉悲苦的人生经历、极强的自尊心和细腻的心思情感在某种程度上塑造了她孤傲尖刻的性格特征，表现在语言上，她比别人更倾向使用反讽来表达自己的意图。对这些生平资料的把握有助于我们对反讽的认知。

例如在第七回中，周瑞家的替薛姨妈给众姑娘们送宫制纱花。最后一个是送给黛玉——

> （15）黛玉……问道：“还是单送我一个人的，还是别的姑娘们都有？”周瑞家的道：“各位都有了，这两支是姑娘的了。”黛玉……冷笑道：“我就知道，别人不挑剩下的，也不给我。”周瑞家的听了，一声儿不言语。
>
> （第七回，2006：72-73）

“送宫花”本是件小事，放在别人身上恐怕也不会引发多么强烈的反应。但黛玉却回应“我就知道，别人不挑剩下的，也不给我。”话说得有几分刻薄。不过，如果结合有关黛玉的生平资料，我们感觉，黛玉作出这样的反应倒也在情理之中。幼年丧失双亲的林黛玉寄居在贾府，深深意识到自己“一无所有”，“原是无依无靠投奔了来的”（黛玉语，第四十五回，2006：452）。因而她格外在乎旁人对待她的态度，不甘受人歧视。这些有关发话人（黛玉）的悲苦经历和高洁性格的背景信息，在互动过程中被激活，成为理解该反讽交际的主导语境信息。此外，黛玉说话时伴随明显具有反讽标志的副语言“冷笑道”（非言语行为）；以及黛玉在话语中使用双重否定结构“不……也不”以加强反讽语气。结合这些语境信息，受话人不用付出太多认知努力便可识别黛玉的反讽意图：这里，黛玉捍卫的是身为寄人篱下的姑娘，要与贾府其他姑娘一样有平等的不受歧视的地位。话语表达出强烈的讽刺性诗学效果。

第二个例子是协理宁国府“大获成功”的凤姐在丈夫贾琏面前对自己的一段评价：

(16) 凤姐道：“我那里照管得这些事！见识又浅，口角又怵，心肠又直率，人家给个棒槌，我就认作针。”

（第十六回，2006：147）

显然，凤姐这是在说反话。她向来认为自己精明强干，绝不容许别人小视她的能力，因此利用为秦可卿办丧事的机会，协理宁国府，大展才能。这一点作为听话人的贾琏和作为读者的我们是知道的。但凤姐却说自己“见识又浅，口角又怵，心肠又直率，人家给个棒槌，我就认作针”，这些话的命题内容明显与我们所具备的有关凤姐自命不凡的生平资料不相容，足以促使我们快速识别凤姐明贬实褒的反讽意图。

4.1.3 互文知识

互文性（intertextuality）是指“话语与其他话语、文本与其他文本之间的相互联系”（胡壮麟、刘世生，2004：183）。这一术语的提出者 Kristeva 视“互文”（intertext）为“存在于其他语篇之间的语篇”，并认为“任何语篇都是对其他语篇的吸收和改造”（Kristeva，1986；转引自朱永生，2005：111），即任何文本都会对其他文本产生或直接或间接的影响，相互之间互为文本。在小说反讽交际中，互文知识指作家和读者所拥有的有关当前反讽交际中语言使用和其他相关交际中语言使用之间关系的知识。如果用得巧妙，就能以简洁的文字获得丰富的反讽效果。

互文知识在小说反讽交际中发挥重要作用，它不但帮助作家有效表达反讽意图，创造反讽诗学效果，而且帮助读者探察和识解作家的反讽意图，解读反讽交际所隐含的情感态度评价。为了有效表达反讽意图，作家可以运用直接引用、仿拟、混成模仿、暗指、结构并列等方式与古代神话、早期文学作品、甚至其他领域的作品构建关联性，在回声其他言语使用的同时突显当前交际与互文知识之间的语境不相容性。互文知识在实现作家反讽意图的过程中还充分体现出关联理论最佳关联的认知理念：小说反讽交际的语言使用都是有意图的，反讽作家借助互文知识可以用最简洁的语言、最经济的方式获得最丰硕的反讽诗学效果。对于读者来说，小说反讽交际所独有的情感态度评价是隐含表达的，互文知识起着参照框架（frame of reference）的重要作用，为读者提供作出最佳关联解读的语境信源。他可以选择最佳相关的互文知识，以较小的努力获得较多的语境效果和丰富的诗学意境。因此，读者不但要了解该作家的其他小说作品、其他类型的文学作品、在文学创作之外对语言的使用（如书信），还要了解与该作品有关的其他作家使用语言的特点。这样做，可以使作者与反讽交际的主题和相关外部语篇构成互动关系，促使读者在反讽交际过程中主动与文本对话。

作为“最重要、也是最常见的互文形式”（朱永生，2005：114），引用是实现《红楼梦》反讽交际的主要修辞手法之一。曹雪芹将自己的政治倾向、爱憎情感巧妙地隐含在引用这种修辞方式之中，以微言寓大义，创造出深刻的反讽寓意。下面，我们通过分析《红楼梦》典型反讽案例着力阐明如下观点：人们惯常的话语理解受到熟悉话语所创造的期待的驱动。曹雪芹以此为依据，借助互文知识的桥梁作用，使反讽话语与相关互文知识提供的语境假设产生明显的不相容性，从而诱发读者产生逆期待性失匹配感受，驱动读者进行反讽加工。

(17) 宝玉又将北静王所赠蓉苓香串珍重取出来，转赠黛玉。黛玉说：“什么臭男人拿过的，我不要他！”遂掷而不取。

(第十六回，2006：147)

乍一看，这段细节展现的是黛玉孤傲的性情和任性的脾气。但细想想，我们不禁会问：这“脊苓香串”有何来历？黛玉又为何骂是“臭男人拿过的”？在字面上，脊苓香串是圣上亲赐北静王、北静王又转赠宝玉的念珠。(第十五回)宝玉十分珍视，欲赠黛玉作为久别重逢的礼物。但仅停留在表面上，还不足以对黛玉看似不讲理的回应作出充分合理的解释。我们需要激活有关脊苓香串的互文知识来拓展认知语境。“脊苓”，即“脊令”，是一种群居的水鸟，典出《诗经·小雅·常棣》。诗篇通过兴与赋的手法来劝勉兄弟间应和睦友爱。其前半部分用“脊令”这种群居结伴的水鸟来比喻兄弟，“脊苓在原，兄弟急难”意谓手足之间应患难相助。而在诗篇的后半部分，诗人笔锋一转，“丧乱既平，既安且宁。虽有兄弟，不如友生。”描写在经历患难与共之后的安乐平和的日子里，兄弟反而渐行渐远，形同陌路。前后对比，突出了《常棣》篇的主旨——兄弟之情难能可贵。我们发现，有关“脊苓”的互文知识与宝、黛言语交际中“脊苓香串”的明说内容存在某种不一致性，为了真正领会该言语交际的隐含意义，我们应进一步思考：这不一致性与黛玉的话语有何紧密关联？为此，我们需要结合作家曹雪芹创作《红楼梦》时的相关社会文化背景，为暗用法寻找现实依据：据萧奭《永宪录》记载，康熙临终时，曾给了雍正一串念珠，其寓意不言自明。然而，雍正即位后，残杀兄弟、诛戈异己。将上述多项语境信息与“脊苓香串”的明说内容加以整合，我们意识到曹雪芹实际上是在利用历史典故与命题内容之间的不相容性，借黛玉的微言寓大义——曹雪芹真正讽刺和抨击的是皇帝和王爷为代表的封建最高统治集团。有关“脊苓香串”的互文知识是理解该反讽交际的主导语境信息，它是连接典故明说意义与作家隐性反讽评价的核心环节，不但有助于作家精练有效地表达信息意图和交际意图，而且使读者快速识别曹雪芹针砭时弊的反讽目的，体察其中丰富的讽刺性诗学效果。如果不具备“眷苓”典故的互文知识，我们怎么能推导出黛玉微词中所蕴含的大义？又怎么能领悟到曹雪芹以暗用法抨击时政，痛斥权贵？我们不得不佩服他文笔的犀利和惊人的勇气。

互文知识涉及的范围很广，除了历史典故和早期文学作品外，还包括古代神话、戏文等。例如：

> (18) 刚到穿堂那边，只见玉钏儿独坐在廊檐下垂泪，一见宝玉来了，便长出了一口气，砸着嘴儿说道：“嗳！凤凰来了！快进去罢。再一会子不来，可就都反了。”
>
> (通行本，第四十三回；转引自林兴仁，1984：172)
>
> (19) ……说的林黛玉嗤的一声笑了，揉着眼一面笑道：“一般唬的这个调儿，还只管胡说。呸，原来是苗而不秀，是个银样蜡枪头。”
>
> (第二十三回，2006：225)

在例（18）中，金钏儿生日那天，宝玉私自跑到城外为其祭奠，使得全家担心着急。所以，玉钏儿一见宝玉回来，便用“凤凰”代宝玉，说是“凤凰”来了。玉钏儿并非是在赞扬宝玉，因为她的姐姐金钏儿是因宝玉含冤而死，玉钏儿对宝玉心怀怨恨。特别是在姐姐生日这天，一直垂泪的她悲痛万分，绝不会认为宝玉像凤凰一样尊贵。意识到此处的逆期待性失匹配，受话人会激活有关“凤凰”一词的互文知识进行推理：在古代传说中，凤凰是象征至尊至贵的神鸟。玉钏儿以“凤凰”借代宝玉，明褒实贬，讽刺了他被全家人溺爱娇贵的程度，同时也表达了玉钏儿心中的不满和愤恨。例（19）发生的背景是：宝玉引用《西厢记》中用来指张生和莺莺的两句戏文“多愁多病的身”和“倾国倾城貌”暗指自己和黛玉，以此含蓄地表达对黛玉的爱情，不料却冒犯了黛玉。面对慌忙求饶的宝玉，黛玉说出了那句酸酸甜甜、饱含丰富情感的话语“原来是苗而不秀，是个银样蜡枪头”。倘若我们还原黛玉最后这句话的命题内容，应当是："宝玉是个银样蜡枪头。"显然，话语命题在表面上违反了合作原则中的质量准则，表明发话人对命题内容缺乏诚意，受话人需要激活相关语境信源进行语用推理。黛玉说的"银样蜡枪头"引自《西厢记》，原指张生中看不中用。黛玉借以打趣宝玉，既表示她跟宝玉和解，又巧妙地回应了宝玉的情意。而这句反讽妙就妙在它与上文宝玉同样引自《西厢记》的"多愁多病的身""倾国倾城貌"前后呼应，表面上看，黛玉是以其人之道还治其人之身，其实，透过表象我们却可以体会到黛玉对宝玉情深意重，不过刚刚进入初恋阶段的她也只能以委婉、含蓄的方式表达情感。只有具备象征美好爱情的《西厢记》的互文知识，作为听话人的宝玉才能从黛玉反讽话语中得到感情的回应，而作为读者的我们不得不对他二人的心有灵犀发出赞叹。简单一句反讽话语使得这一幕成为宝黛爱情故事中为数不多的甜蜜片段之一，让我们"越看越爱，越读越有味"（林兴仁，1984：187）。

对《红楼梦》典型反讽案例的认知语用分析充分表明：互文知识是连接反讽交际与语境激活的桥梁，对反讽交际的动态研究，尤其是对反讽话语回声性的建立和对作家隐性态度评价的识别具有积极的推动作用。强调小说反讽交际中互文知识的作用，有助于突显小说反讽交际的独特性，把小说反讽交际的分析放到阈限更加广阔的语言背景和历史文化语境中进行研究，从而更加全面而准确地捕捉小说反讽交际所传达的隐性态度评价。

4.1.4 相互知信

相互知信是指交际双方"所共有的知识，非但双方要共有这种知识，而且任何一方还要知道对方是具备了这样的知识的，并且对方也知道自己是具备这种知识的"（何兆熊，2000：21）。无论是言语交际还是非言语交际，"通常发生在说话人和听话人所共享的并且被他们认为是共享的信念或假设的背景之下"(Stalnaker，1978：323)，共同背景越多，交际就越有效。反讽交际双方的共同背景（即相互知信）可以促进反讽理解过程。（Gibbs，1986a；Lakoff，1990；Kreuz，1996；Pexman & Zvaigzne，2004）。在交际双方的谋和关系中，受话人更有可能推导出发话人对想法和话语的信念和思考，不仅如此，交际双方可以分享对某具体想法或话语的思考，这一经验可以进一步帮助反讽交际双方相互知信。因此，交际双方享有的共同背景越多，就越容易正确识解反讽（特别是讽刺性反讽）。（Kreuz，1996）

尽管学者们普遍认同互知性在反讽交际中发挥重要作用，但是对于反讽交际者何时能够正确假定他们具有互知性这一问题，存在两种不同观点：互知假设和互明假设。互知假设认为互知是实现会话推理的必要前提，参与者必须提前互知。而以 Sperber 和 Wilson（1986）为代表的另一些认知语用学者则反对对话者在会话发生之前共享信息的说法，因为这不可避免地会产生假设的无限递归性（A 知道 p，B 知道 A 知道 p，A 知道 B 知道 A 知道 p，以此类推），从而造成对话者无法识别他们真正分享的内容。相反，他们提出了更加动态的互明假设（mutually manifest assumption），主张在不断发展的会话过程中构建相互性，即“互知性的存在或构建不是话语理解的必要条件，而是理解行为的结果”（曾衍桃，2006：66）。笔者赞同互明假设认为理解时对相关语境信息动态搜寻的观点。但与此同时，笔者支持曾衍桃（2006）的主张，认为 Sperber 和 Wilson 对反讽理解中的互知性强调不够：回声解释论虽然将识别话语回声性作为反讽识解的必要条件，但是却没有阐明听话人只有与说话人共享足够的知识才能准确定位话语的回声源，特别是当回声源是基于远距离事件或通用社会规范的时候。即使像互明假设那样将互知性视为理解的结果，交际双方也会对互知性进行处理，而这种新构建的互知性必定会在推理理解进程中发挥作用。因此，在本研究中，我们将相互知信独立成类，为的是强调在对话开始之前“的确存在一定的为交际双方所共享的、进而往往心照不宣的信息”（Barbe，1995：80-81）。在笔者看来，这些信息对小说反讽交际这种非面对面的特殊形式来说至关重要，是小说反讽交际顺利进行的基础。为了成功实现小说反讽交际，作为发话人的作者必须对隐含读者的认知环境进行推测，从而决定以何种方式（反讽叙事或是反讽对话）实施反讽交际；作为受话人的读者在某种程度上需要对作者过去的经验以及创作时的信念有所了解。拓展到更普遍意义上，无论是作者（叙述者）—读者的宏观层面，还是说话人物—听话人物的微观层面，相互知信限制了反讽使用者对反讽话语的建构。最终表现在交际双方对认知环境能“彼此心照”，对其中的事实或假设在心理上能作出共同的认知和推理。如果对话双方有共同的背景知识，发话人就可以推断出受话人能正确领悟其反讽意图。因此，小说反讽交际成功的关键在于反讽者与受话人之间的相互知信。

在小说反讽交际发生之前，发话人会假定她与受话人对什么是反讽有着某些共同假设，并且认定受话人可以从认知环境中选择足够相关的语境信息为反讽理解过程提供线索；受话人会假定（并且相信）他对反讽加工所选择的语境线索为交际双方所分享并且互知。例如：在第三十一回，黛玉、湘云小姐俩儿为谁糊涂论辩了起来，湘云摆出一番道理让大家评评理。

（20）……众人听了都笑道：“果然明白。”宝玉笑道：“还是这么会说话，不让人。”林黛玉听了，便冷笑道：“他不会说话，他的金麒麟也会说话。”一面说着，便起身走了。幸而诸人都不曾听见，只有薛宝钗抿嘴一笑。宝玉听见了，到自己后悔又说错了话，忽见宝钗一笑，由不得也笑了。宝钗见宝玉笑了，忙起身走开，找了林黛玉去说笑。

（第三十一回，转引自周中明，2007：183）

黛玉的话语“他不会说话，他的金麒麟也会说话”明显具有标记性：金麒麟是个没有生命的哑巴物件，怎么又“会说话”了呢？该话语的命题内容与发话人的真正意图不匹配。受话人只掌握其字面意义是不能满足他对最佳关联的期待的。他需要激活相关语境信息重构认知语境，从而推导出黛玉的交际意图。理解黛玉反讽意图的关键在于对话双方要共享有关“金麒麟”事件的来龙去脉：宝玉得了一个可与湘云的麒麟配对的金麒麟，便特意悄悄留了下来想送给湘云。这一举动被黛玉看在眼中，耿耿于怀。（第二十九回，2006：290）黛玉在行使反讽言语行为之前已认定这些背景信息为她和宝玉所共享，在此前提下，黛玉故意以物拟人，鲜明突出地表现出“强烈要求爱情专一的思想内容和满怀嫉妒的内心感情”（周中明，2007：183）。正是在这一相互知信的基础之上，反讽言语行为才得以成功实施——“幸而诸人都不曾听见，只有薛宝钗抿嘴一笑。宝玉听见了，到自己后悔又说错了话，忽见宝钗一笑，由不得也笑了。宝钗见宝玉笑了，忙起身走开，找了林黛玉去说笑。”可见，作为局内人的宝玉、宝钗（当然还有我们读者）无需付出太多认知努力便识别出黛玉对话语命题所持的贬抑态度。以互知信息作为隐含前提，我们可以进而推导出该反讽交际中不同人物的“笑”所蕴含的深层意义：一开始众人的笑和宝玉的笑均为对史湘云的赞赏之笑；黛玉的“冷笑”是嘲讽之笑；宝钗“抿嘴一笑”是作为旁观者和局内人的会心之笑、看笑话的得意之笑；宝玉见宝钗一笑，“由不得也笑了”是无奈之笑、尴尬之笑；而宝钗见宝玉笑了，忙“找了黛玉去说笑”是为了避免产生误会而没笑找笑。一连几个“笑”的描写反映出人物曲折隐蔽的内心世界和三个局内人（宝玉、黛玉和宝钗）之间复杂微妙的关系。不具备足够互知信息的受话人是无法对话语的反讽性作出精准判断的。比如湘云虽然是话语的直接涉及者，由于缺乏互知信息，也和其他局外人一样，听不出这皮里阳秋。这些都充分说明对金麒麟事件的相互知信是识别该言语反讽的主导语境信息。这件事除宝、黛两位当事人外，也只有宝钗旁观到了。这也侧面说明宝钗始终在关注宝、黛的举动。这位“冷美人”心里还是十分在乎宝玉的。

在《红楼梦》第三十七回，因秋纹受赏一事而引发晴雯系列反讽交际，充分表明交际者之间的相互知信对于成功反讽至关重要。在此，我们选择最具有代表性的一例详细阐释。

(21) 晴雯笑道："我偏取这一遭儿去，是巧宗儿你们都得了，难道不许我得一遭儿。"麝月笑道："通共秋丫头得了一遭儿衣裳，那里今儿又巧，你也遇见找衣裳不成？"晴雯冷笑道："虽然碰不见衣裳，或者太太看见我勤谨，一个月也把太太公费里分出二两银子来给我，也定不得。"说着又笑道："你们别和我粧神弄鬼的，什么事我不知道。"说着，往外跑了。

(第三十七回，2006：370)

在此之前，晴雯借表面上冷嘲热讽秋纹的奴颜媚骨行径而间接讽刺攻击袭人，使得谈话氛围骤然紧张。袭人为了把矛头引开，支使人去探春、王夫人处取物件，晴雯抓住机会发起了新一轮的反讽进攻。该反讽互动呈现出小说交际的多维多边特征。晴雯的直接交际对象是麝月，两人之间的交际是自发的、互动的；晴雯与在场的其他丫鬟（包括袭人）的交际是自发的，但却是非互动的。所以，在这种多个参与者通过多种途径实现的反讽交际中，受话人是否具备与理解反讽话语相关的互知信息对于他们识别发话人的贬抑态度非常关键。袭人是王夫人安插在怡红院里的"哈巴狗"，一直深得王夫人的欢心和信任。作为奖赏，王夫人每月从自己的份例中拿出二两银子给袭人。对这一信息，在场的人都心知肚明。晴雯不点名道姓地拉扯上这件事进行错误预测，说即使碰不见找衣裳，或许太太看见自己勤谨，一个月也从公费里分出二两银子来给自己。该互知信息足以使受话人识别晴雯在话语中对秋纹和袭人微微的讽刺。如果没有对这一信息的了解，受话人只能停留在晴雯话语命题的表面，认为晴雯是在回应麝月的前序话语，却很难捕捉到该话语更深一层的反讽含义。但具备了袭人加薪这一共知信息作前提，受话人就可以作出进一步的推理，从而得到最佳相关的理解：从晴雯的反讽话语中，我们可以看出晴雯桀骜不驯、疾恶如仇的性格特征。身为奴婢，她捍卫人格尊严，要求地位平等。这源自她对功名利禄无所欲求，因而遇到不平之事，她才会以一连串的反讽话语来表达自己强烈的愤恨和反抗。

相互知信对反讽交际的影响还具体表现在反讽理解会因参与者之间的熟悉程度而不同。根据交际双方彼此非常了解、泛泛之交或仅仅是初次相见等不同情况，反讽者会选择不同显明程度的反讽策略。刚刚我们对晴雯的反讽话语进行了认知语用分析，许多红学家将晴雯比作黛玉的影子，认为她二人在性格品质上有很多相似之处。但由于社会背景不同，黛玉在实施反讽言语行为时要比晴雯含蓄得多，巧妙得多。她时常根据说话对象和场合的具体情况选择恰当的反讽策略，借助话语命题与互知信息之间的不相容性来达到反讽的目的。例如下面这两例反讽，均是以“金玉之说”的互知信息作为反讽交际的主导语境信源。但由于说话的对象和场合不同，黛玉实施反讽言语行为的含蓄程度有所不同。

(22) 黛玉……因说道：“我们没福禁受，比不得宝姑娘，什么金什么玉的，我们不过是个草木之人！”

(第二十八回，2006：282)

(23) 探春笑道：“宝姐姐有心，不管什么他都记得。”黛玉冷笑道：“他在别的上心还有限，惟有这些人带的东西上越发留心。”宝钗听说，便回头粧没听见。

(第二十九回，2006：290)

例（22）这段话所发生的背景是：元妃赏给宝玉的礼物唯独与赏给宝钗的相同，却与黛玉和众姐妹的不同。宝玉欲让黛玉从自己的礼物中挑选，黛玉婉言拒绝，并说出例（22）中的话语。如果说言语反讽的基本特征是表象与现实之间的对立的话，在该例中则具体表现为黛玉话语的命题内容与黛玉的真实意图之间的对立。要想理解黛玉的交际意图，关键是要具备有关“金玉之说”的背景知识：宝、黛二人青梅竹马，两小无猜，可偏偏半路杀出个薛宝钗来，又制造了个“金玉良缘”的说法，给宝、黛的“木石前盟”蒙上了一层阴影。再加上宝玉“见了姐姐，就把妹妹忘了”（黛玉语，2006：282），让黛玉一直难以释怀。黛玉在行使反讽言语行为之前，已对宝玉的认知环境进行推测，确信“金玉之说”早已为她和宝玉所共知，所以，她故意以自贬来反讽，将“草木”与“金玉”相对，表达出对“金玉之说”的贬抑态度。值得注意的是：黛玉对人称代词的使用是有标记的。句中的两个“我们”是变通用法，实际都是指黛玉自己。黛玉以“我们”对“你们”（即宝玉和宝钗），有意与宝玉疏远了距离，进一步加强了讽刺的意味。透过黛玉的反讽话语，我们可以体会到讽刺的背后流露出黛玉的苦涩与失落。在例（23）中，初一贾府众人在清虚观打醮。在众道士送宝玉的礼物中有个赤金点翠的麒麟，贾母说似曾相识，宝钗说史湘云有一个小点儿的。探春便说宝钗有心。黛玉抓住这个稍纵即逝的机会，表面上回应探春的话，实际上却把矛头指向宝钗，以“金玉良缘”之说作为她二人交际的共同背景，不软不硬地对宝钗讽刺了一番，揶揄她专爱在人家佩戴的饰物上下功夫做文章，显露出黛玉竭力反对“金玉”之说，流露出她的嫉妒心理，也表现出黛玉的率真性格。

当然，针对不同对象，黛玉对“金玉之说”信息的显明程度也是不同的。对宝玉个人，黛玉无需过多掩饰，而是直接提及“金玉”“草木”之事；而在有旁人在场的公众场合，黛玉对宝钗的揶揄就含蓄得多了。因为她相信宝钗这个“金玉”之说的始作俑者自然会悟出自己的讽刺意图。但无论何种情况，黛玉都是以交际双方的相互知信为基础来实施反讽言语行为的。而听话人作出的不同反应进一步表明她这两次实施的反讽言语行为的确是成功的：宝玉是一通发誓以表诚心；而宝钗听后“回头粧没听见”，一方面表明她立即领悟了黛玉的反讽含义，另一方面也表明她城府很深，有涵养。

通过以上案例分析，我们认为，相互知信是小说反讽交际的认知先决条件，是影响反讽识解的重要语境信源。与此同时，互知性也是反讽交际双方所追求的认知目标。反讽交际的成功暗示了反讽者与受话人之间的谋和，他们的相互认知环境得以扩大，彼此之间的亲密关系得以提升。

4.2 物理语境

与小说反讽交际有关的物理语境信息是指储存在短时记忆中的与特定的反讽交际情景有关的非言语知识，包括互显的客观环境（场景）和说者的非言语行为。

4.2.1 互显的客观环境（场景）

在小说交际中，互显的客观环境（场景）指在小说语境中，某一具体反讽交际发生的时间、地点，该反讽交际关涉的谈话主题和正式程度，以及该反讽交际参与者的身份、地位及其相互关系方面的知识。广义上，小说反讽交际中的客观环境包括以下三个方面：(a) 作家—读者宏观交际层面的情景知识；(b) 特定反讽交际中人物使用语言的情景知识；(c) 反讽对话或反讽语式中叙述者使用语言的情景知识。

同日常交际一样，小说反讽交际发生在特定的客观环境之中。交谈时，周围的情景信息对交谈双方是互显的，对话者可以通过感知获得。它是互动过程中对话者认知环境的一部分。所以，互显的客观情境知识对于构建故事情节、识别反讽话语的回声性和反讽者的贬抑态度至关重要。学者们从不同角度实证研究情境知识对反讽认知的影响（如 Colston & O'Brien，2000a；Gerrig & Goldvarg，2000；Colston，2002；Ivanko & Pexman，2003 等）。虽然研究结果不尽相同，但都表明话语命题与情景语境之间的强对立效应是反讽认知的有效触发器。情景负面性程度会影响对反讽语用功能的感知以及反讽加工的速度。与日常交际不同，研究小说反讽交际中的客观场景既要考察人物—人物微观交际层面，也要兼顾作者（叙述者）—读者宏观交际层面。由于作者创作反讽交际时的社会文化背景知识也可以归属于有关发话人的生平资料这一语境信源当中，在§4.1.2 的分析中我们已有所涉及，在此暂不赘述。而叙述者使用语言的情景知识在反讽交际中所发挥的作用将在§5.1.2 反讽叙事语式部分详加阐述。这里，我们通过

《红楼梦》典型反讽案例分析证明人物使用语言的情景知识在小说反讽识解中的重要性。

《红楼梦》中的女一号林黛玉，据书中记载，是绛珠仙子转生，本身带有几分灵性。敏感孤傲的心性和超凡脱俗的才情使得她成为使用反讽的高手。黛玉非常善于从客观情境中捕捉稍纵即逝的契机来表达自己的反讽交际意图。下面，我们选取一例典型反讽案例来加以阐明。

在《红楼梦》第二十八回中，为了揭示宝、黛、钗三人的性格特征，深化三个人物之间微妙的情感纠葛，曹雪芹精心设计出下面一例反讽言语交际：

> (24) ……（宝玉）忽然想起金玉一事来，再看看宝钗的形容……比林黛玉另具一种妩媚风流，不觉獃了，宝钗退下串子来递与他，他也忘了接。宝钗见他怔了，自己到不好意思起来，丢下串子，回身才要走，只见黛玉蹬着门槛子，嘴里咬着手帕儿笑呢。宝钗道："你又禁不得风吹，怎么又站在那风口里呢?"黛玉笑道："何曾不是在屋里来，只因听见天上一声叫，出来瞧了瞧，原来是个獃雁。"宝钗道："獃雁在那里？我也瞧瞧。"黛玉道："我才来，他就忒儿一声飞了。"口里说着，将手里的帕子一甩，向宝玉脸上甩来，不防正打在眼上，只见嗳呦一声……
>
> （第二十八回，2006：283）

黛玉瞧的是宝玉，却说成是在瞧獃雁，这显然是句反事实陈述，由此可知，话语必定另有含义。若想真正理解黛玉这句信手拈来的双关语，就要充分了解她发出话语时为交际双方互显的客观环境：宝玉本想瞧瞧宝钗笼在腕上的红麝香串，无意中发现宝钗"肌肤丰泽""妩媚风流"，不觉发起呆来，搞得宝钗颇为尴尬，不料这一场景恰巧被黛玉撞到，便引出了她这意趣横生的"獃雁论断"。黛玉的话语命题不但与当时的时间、地点不适宜，而且也与该言语交际所处的发话氛围和交谈主题失匹配——宝、黛、钗三人在贾母处巧遇，照常理，亲友碰面起码要说上几句问寒问暖的客套话，而黛玉说自己瞧獃雁，表面上是在回应宝钗，实际上却与惯常期待的寒暄形成鲜明的对立效应。正如我们先前所论述的，常规期待与现实情景之间的不一致性是识别反讽意图的可靠线索。情景不一致性程度影响对反讽意图的感知程度以及对反讽语用功能的评价：与不一致程度弱的情景相比，情景不一致性越大，对反讽的感知程度越强（Gerrig & Goldvarg，2000）；强反讽话语比弱反讽话语的谴责性更强，更具有自我保护力（Colston & O'Brien，2000b）。具体应用到该反讽案例中，互显的客观场景与黛玉的话语命题之间产生明显的不相容性，足以使受话人识别黛玉对命题内容所持的贬抑态度。然而，他二人对黛玉反讽意图的解读恐怕又会有细微差异：对于宝玉，当时确有态度暧昧的嫌疑，从黛玉的话语中更多地会推导出黛玉对他用情不专的不满和责备；对于刚刚因宝玉失态而不好意思的宝钗，从黛玉的话语中则会品出更多的醋意和失落。点到为止的双关话语，再加上恰到好处的行为配合（黛玉"口里说着，将手里的帕子一甩，向宝玉脸上甩来"），黛玉的言语行为在特定的情景语境中获得了令人叫绝的反讽艺术效果。

对黛玉"獃雁"反讽交际识解过程的认知语用剖析清楚表明：对于小说反讽交际而言，互显的情景知识，特别是作家巧妙运用反讽对话发生的客观场合、谈话主题以及对话双方及旁观者之间的关系所提供的语境假设与对话的命题内容形成对立效应，进而实现其反讽意图。读者必须具备上述互显的客观场景知识来拓展认知语境，在解读作家意欲创造的反讽诗学效果的可选择范围内作出最佳选择。

4.2.2 非言语行为

小说交际的非言语行为线索是指受话人通过感知机制所获得的发话人在声音方面（如语音、语调）或在视觉方面（如微笑、皱眉、眨眼等）的语境信息。在小说反讽交际中，主要指与某一特定小说反讽交际相关的发话人物明示的非言语行为。普遍认为，说话人的非言语行为对于把握意欲反讽理解所基于的态度以及反讽的最终理解至关重要。为了促进反讽信息的识别，说话人经常将他们的非言语行为作为辅助性的明示反讽标记突显出来，以节省受话人在反讽理解中所付出的认知努力。与反讽交际相关的非言语行为主要包括两种类型：身势（gesture）和副语言(paralanguage)。前者主要涉及说话人用来表明自己反讽意图的一些体态暗示，如眼神、动作和面部表情等。例如：说话人在发出反讽话语时会伴随某种形式的笑。她的笑便可帮助受话人获取与她所说话语相反的意义。Caucci 和 Kreuz（2012：17）研究发现，某些面部线索总是用来表达讽刺意图。在他们的实验中，被试发出反讽话语时比作字面陈述时会更加频繁地使用微笑大笑、注视对方、紧闭双唇和慢慢点头。副语言是指说话人用来表明反讽意图的某些韵律特征，即语调或语气的变化。虽然对是否存在专门的反讽语调（ironic tone of voice）一直存在争议（Woodland & Voyer，2011：228；Bryant，2011：294），但是学者们普遍认同反讽语调有助于揭示隐含的反讽意图，因而经常被用作理解言语反讽的语境线索（Gibbs，1994：379；Kreuz & Roberts，1995：22ff；Wilson，2014a；Yus，forthcoming）。以平淡或不带感情色彩的语调、强重音、低音质和慢速率为主要特征的反讽语调(Ackerman，1983；Rockwell，2000；Bryant & Fox Tree，2002；Bryant，2010）通常被视作是说话人表达嘲弄、讥笑或轻蔑态度的线索。例如：通过使用特定语调实现的夸张可有效传达讽刺意图。(Kreuz & Roberts，1995）Creusere（1999）解释说，这是由于夸张语调减弱了话语的真实性，从而突显了反讽意图。Rockwell(2000：485）进一步指出表达讽刺的语音线索与蔑视、厌恶态度紧密相连。总之，反讽的非言语线索表达了反讽者与她所回声思想之间的关系：不论字面内容是肯定的还是否定的，也不论意图是表扬还是批评，反讽者对她所回声的思想都持不赞同态度。

在小说交际中，为了让读者能够“看得见”“听得着”这些与反讽有关的非言语行为线索，作者会通过叙述者叙述出来，有时还会借助一些书写机制（如引号、斜体、脚注等）来传达他们的反讽意图。叙述者和人物使用语言时的这些相关语境信息可以增加作家的反讽意图与反讽对象的意图之间的距离，从而促进反讽的识解。

例如：在《红楼梦》第七十五回，贾府中秋赏月，贾赦借孝顺儿子偏心婆的笑话暗讽贾母偏爱贾政：

> (25)（贾赦）因说道："一家子，一个儿子最孝顺。偏生母亲病了，各处求医不得，便请了一个针灸的婆子来。这婆子原不知道脉理，只说是心火，如今用针灸之法，针灸针灸就好了。这儿子慌了，便问：'心见铁即死，如何针得?'婆子道：'不用针心，只针肋条就是了。'儿子道：'肋条离心甚远，怎么就能好呢?'婆子道：'不妨事。你可知天下父母心偏的多呢'。"众人听说，都笑起来。贾母也只得吃半杯酒，半日笑道："我也得这个婆子针一针就好了。"
>
> （第七十五回，2006：789-790）

贾赦的反讽意图是通过双关实现的，我们将在第6章《红楼梦》反讽诗学效果的实现方式中详细分析（见§6.3修辞——以双关为例），在此不作论述。这里，我们重点研究的是贾母的反应。由于贾赦的反讽意图表达得非常含蓄，所以局外人并没有听出他话里有话，但对于意欲反讽对象贾母来说，却立即领悟了贾赦对自己偏爱贾政的讽刺，并相应地作出了回击——"贾母也只得吃半杯酒，半日笑道：'我也得这个婆子针一针就好了。'"贾母同样是在实施一个反讽言语行为。作家巧妙地将众人的反应与贾母的反应作对比，并以十字白描逼真地刻画出贾母实施反讽言语行为时的神态和表情，清晰地揭示了反讽者对回声思想所持的贬抑态度，成为我们识别反讽的重要线索："也"字表明贾母附和众人、识大体，与"只得"搭配却流露出她心中的不满却又无可奈何，附和得甚是勉强；"半日"是略带夸张的时间表达方式，与前面的勉强心态相契合，却与后面的“笑道”不协调，从而造成受话人产生逆期待性失匹配感受，为态度明朗却表达含蓄的反击作好了语境铺垫。从这个例子我们可以看出《红楼梦》描写艺术的一个特色：《红楼梦》以描写细致见长，但并不是所有的描写都是细腻入微的，有时是在行文中一笔带过的寥寥数语，却表达出丰富的心理内容。如果单纯理解贾母这句话，受话人很难判断出贾母通过话语所表达的交际意图，但配合着她发话时具有标记性的非言语行为“也只得吃半杯酒”“半日笑道”，受话人可以快速探察到话语命题与语境信息之间的不相容性，从而识别贾母的反讽意图。表面上平平淡淡一句话，却在意欲反讽对象贾赦身上立即产生讽刺效力——贾赦知自己出言冲撞，贾母疑心，于是“忙起身笑与贾母把盏，以别言解释”（曹雪芹，2006：790）。该例也充分表达不同的意义，传递不同类型、不同程度的态度。贾母的笑只有置于“也只得吃半杯酒，半日”所营造的对立语境中，才能揭示贾母话语的非字面性、隐含回应的攻击力度和贾母思考权衡的整个心理发展过程。微妙的讽刺性诗学效果借助非言语行为表达得如此含蓄，因而也只有贾赦能够听得出，读者能够品得出，而在场的其他人却未能悟出，这恰恰体现出小说反讽交际的多层面性。

4.3 语言语境

与小说反讽交际有关的语言语境是指储存在短时记忆中的与反讽交际有关的上下文和语言线索所提供的语境信息。

4.3.1 上下文

小说交际中的上下文知识在宏观层面上是指作者和读者具备的在既定语言和事实之前或之后的相关人物语言、叙述语言和故事情节等方面的知识，在微观层面上主要指来自同一会话或先前会话中的前序话语所提供的信息。与日常自发交际相同的是，小说交际处于动态的、不断发展的过程中。在交际过程中，每一段话语都和前面已经出现过的话语或后面即将出现的话语存在联系，既有词汇句法上的联系，也有语义语用上的联系，了解与上下文的联系，对理解一段话语来说是必要的。与日常交际不同的是，由于作者和读者不受自发交际所存在的时空限制，因此他们可以充分利用上下文提供的信息来扩大认知语境进行推理。这既是小说交际的特点，也是促使交际成功的优势。目前，学者普遍认为，外显回应标记可通过促进受话人对反讽者态度、信念等的理解来促进其反讽认知。（参见 Jorgensen，Miller & Sperber，1984；Gibbs，1986a；Kreuz & Glucksberg，1989）如果发话人的思想已在前序话语中得以表达，那么意欲的反讽意义更容易被受话人理解。（Wilson，2009：197）

在《红楼梦》第十九回，宝玉闻到黛玉袖中的一股幽香，问黛玉是什么奇香，从何处来。黛玉冷笑道：

（26）a.“难道我也有什么罗汉真人给我些奇香不成？便是得了奇香，也没有亲哥哥亲兄弟弄了花儿、朵儿、霜儿、雪儿替我炮制，我有的是那些俗香罢了。”

随后，黛玉又补了一句：

b.“我有奇香，你有暖香没有？”

宝玉一时间未反应过来，问：“什么暖香？”黛玉点头叹笑道：

c.“蠢才，蠢才！你有玉，人家就有金来配你。人家有冷香，你就没有暖香去配？”

（第十九回，2006：188-189）

正如 Sperber 和 Wilson 所认为的，理解前序话语过程中所产生的假设是理解后序话语的初始语境的一部分。（1986：139-140）它在解读言语反讽中是有用的语境信源。在这段对话中，黛玉连用三句反讽，充分反映了上下文在小说反讽交际中所发挥的重要作用。要理解话语（26）a，我们只有激活第七回中宝钗讲述如何配制“冷香丸”的相关情节，才能准确定位黛玉话语中“罗汉真人”“花儿、朵儿、霜儿、雪儿”的回声源，捕捉她冷冷的嘲讽中流露出的嫉妒和失落，借此而言他，委婉地将宝钗冷香丸的扭捏穿凿饶有兴味地奚落了一番。接着，在话语（26）b中，黛玉回声前文“奇香”的同时，将理解前序话语（26）a过程中所依赖的“冷香丸”的语境假设作为构建当前话语（26）b的初始语境的一部分，运用修辞上的仿词手法，利用“冷”与“暖”之间的反向关联，承接上文，根据“冷香”临时仿造出“暖香”，形成意义上的对立，从而突显了黛玉对回声话语所持的贬抑态度。然而这一思维上的跨越幅度有些过大，使得宝玉一时解不来。见此情景，黛玉随即用戏语（26）c加以解释。所以，下文这句释语对理解话语（26）b同样重要。而释语（26）c本身也是反讽话语。“你有玉，人家就有金来配你”，这是在回声第八回中的“金玉良缘”之说，同时又以揶揄嘲讽的方式解释了她在话语（26）b中所运用的“衍义析字法”（陈望道，2008）。三句反讽话语环环相扣，为推导黛玉的交际意图提供了外显回声标记，使理解上下文所产生的假设与当前话语所提供的信息之间明显不相容，从而突显了黛玉灵心慧舌的性格特征，揶揄之中的言语机锋，讽刺态度表达得含蓄而有兴味。“由于宝、黛爱情时时受到‘金玉良缘’的冲击和威胁，加上少女的矜持，故而黛玉在爱情试探中，总是不敢直言告白，而是寓情于戏谑之中。”（梁扬、谢仁敏，2006：423）正是依据上文“冷香丸”和“金玉良缘”的语境知识以及下文宝、黛一再围绕“金玉良缘”之说发生口角的故事情节，作者才能有效地将这三句反讽话语贯穿起来，读者才能真正从中体味到黛玉话语中的机趣和深长意味。

下面这个例子通过不同版本之间的对比可以更加充分地证明：外显回应标记（回应前序话语）可显著提高受话人识别反讽的可能性。第七十四回抄检大观园，当搜到晴雯的箱子时，多数版本（如庚辰本和周汝昌校订版）只对晴雯作了动作描写。

（27）a. （王善保家的搜检）到了晴雯的箱子，因问："这一个是谁的？怎么不开开让搜？"袭人等方欲代晴雯开时，只见晴雯挽着头发闯进来，豁一声，将箱子掀开，两手端着底子朝天，往地下尽情一倒，将所有之物尽都倒出。王善保家的也觉没趣，看了一看，也没有什么私弊之物。回了凤姐，往别处去。

（转引自周中明，2007：115）

一百二十回程甲本，在描写了晴雯翻倒箱子那个怒气冲冲的行动之后，增加了一段王善保家的与晴雯的言语交锋：

b. ……王善保家的也觉没趣儿，便紫涨了脸说道："姑娘，你别生气。我们并非私自就来的，原是奉太太的命来搜察。你们叫翻呢，我们就翻一翻，不叫翻，我们还许回太太去呢。那用急的这个样子！"晴雯听了这话，越发火上浇油，便指着他的脸说道："你说你是太太打发来的，我还是老太太打发来的呢！太太那边的人我也都见过，就只没看见你这么个有头有脸大管事的奶奶！"

（转引自周中明，2007：115）

程甲本增加的这段对话描写，其艺术效果较之其他版本大为不同，特别是晴雯的话语呈现出极强的讽刺性和攻击性。其关键在于晴雯的话语突显了回声源——王善保媳妇的前序话语"奉太太的命"，并以牙还牙"我还是老太太打发来的"，鲜明地表现出自己对王善保媳妇仗势欺人的做法持贬抑态度。两人的矛盾冲突骤然升级。因此，理解王善保媳妇前序话语所产生的假设与晴雯后序话语所提供的信息之间产生了明显的对立，从而对王善保媳妇那种狐假虎威的奴才嘴脸予以反击，以辛辣的讽刺和羞辱把王善保媳妇气焰压倒。另外，晴雯接下来的话语"太太那边的人我也都见过，就只没看见你这么个有头有脸大管事的奶奶！"中所运用的语言线索，如极端正面形容词"有头有脸""大管事的"和过分礼貌的称呼"奶奶"，进一步强化了讽刺性诗学效果，搞得王善保媳妇也只能暂时忍气吞声，尴尬撤退。

Booth（1974）认为，客观反讽（objective irony）中有一类反讽叫对立反讽，是指说话人说出与前序话语相反的话语从而产生对立。这类反讽便是以话语命题与上下文所产生的语境假设之间的不相容性作为识解反讽的主导语境信息。下面便是一例：

> （28）宝钗笑道："原来是宝兄弟，怨不得他肚子里古典原多，只是可惜一件，凡该用古典之时，他偏就忘了。有今日记得的，前儿夜里的芭蕉诗就该记得，眼面前的到想不起来了。别人冷的那样，你急的只出汗。这会子偏又有记性了。"
>
> （第十九回，2006：190）

当时宝玉为了给黛玉解闷，杜撰出个"香芋（玉）"的故事逗她，还声称是因为闻到香气"忽然想起这个故典来"（曹雪芹，2006：190）。然而先前在元妃省亲作诗时宝玉却因一时想不出"绿蜡"出自何典而急得出汗。在这里，宝钗先是回声宝玉的前序话语，说"原来是宝兄弟，怨不得他肚子里古典原多"，然后忽然话锋急转，揭了宝玉这个短，说"只是可惜一件，凡该用古典之时，他偏就忘了"。可见，关于宝玉杜撰"香芋（玉）"典故的前序话语，再配合宝玉先前想不出"绿蜡"出自何典这一互知信息，是高度可及的语境知识，与宝钗话语的明说意义——宝玉肚子里的故典多——产生逆期待性失匹配，突显了宝钗对宝玉造典行为的反讽态度，从而表达出讽刺性幽默的诗学效果。

4.3.2 语言线索

反讽的语言线索是指与言语反讽交际有关的、大多已被语法化或规约化的典型的词汇选择、句法结构和文体特征。这些语言经验和语言学知识几乎是作为语块被自动提取的，因而在许多反讽案例中是默认的。Lazar（1989）、Dyer et al.（2000）和盖笑松（2003）等学者通过心理学实验研究语言知识与经验对儿童反讽认知的影响。研究表明，由于反讽是一种复杂的语言现象，儿童缺乏语言知识和经验至少在一定程度上造成儿童反讽认知困难。而儿童对与反讽有关的语言知识和经验的欠缺恰恰说明语言线索对反讽交际，特别是小说反讽交际有重要影响。作为小说反讽交际的主要媒介，作者和读者具备足够的语言知识是使小说反讽交际取得成功的重要条件。在言语反讽中，话语命题与真理之间明显不相宜。“反讽命题的不相宜体现在参照相关语境中的‘正则形态’或常规关系引发的心理期待所表现出的语码、语体和风格；或一种非正常的编码顺序，使话语与事物的事理逻辑发展顺序相悖。”（涂靖，2002：78）这种不协调是作者为表明对话语命题所作评价而采取的语用策略，体现这一策略的特异的语言机制成为反讽评价的触发器，不但反映了作者对读者语境信源的评估，而且引导读者进行语用推理，并促使他对命题作出适宜解释，使话语失匹配评价与自己已有的认知评价体系达成最佳平衡。这不仅表现在某些已被语法化的词汇选择，比如：最高级、极端正面形容词（如“brilliant”）或规约化的语法结构，诸如“a fine friend”，还表现在反讽命题常常违反“选择限制”（Leech & Short，1981），即构成命题结构的主要义素之间存在明显的不相容性，读者无需借助其他语言外因素就能判断出话语隐含的反讽意图。一般说来，这些语言线索需要借助其他语境信源的辅助，特别是有标记的语调类型，因为许多语言结构除了反讽用法外还可用于非反讽交际中。Sperber 和 Wilson 指出，“‘反讽’解释已被语法化，以至于很难想象这些话语在传达更加常规的‘字面’意义……它起初是名副其实的反讽，与自动的理解路径相联系从而产生的是标准的、但贫乏的理解。因此，它失去了原有的回声性和反讽力。然而，一旦原始动机明朗化，[这一表达] 就会在一个适当语境中或在有意识的分析中复活”（1998：268），有效减少受话人在反讽交际中所付出的认知努力。

从词汇—语法角度看，副词和极端正面形容词的结合是表达反讽意图的“标准结构”，被 Kreuz 和 Roberts 称为“随意反讽发生器”（random irony generator）（1995：24）。下面这段对话便是极好的例证：

袭人经常去王夫人那里打小报告，最终王夫人将晴雯等四人赶出了大观园。宝玉怀疑是袭人在“犯舌”（曹雪芹，2006：808），于是：

> （29）宝玉道：“怎么人人的不是，太太都知道，单不挑出你和麝月、秋纹来？”袭人听了这话，心内一动，低头半日，无可回答，因便笑道：“正是呢，若论我们，也有玩笑不留心的孟浪去处，怎么太太竟忘了？想是还有别事，等完了，再发放我们，也未可知。”宝玉哭道：“你是头一个出了名的至善至贤之人，他两个又是你陶冶教育的，焉得还有孟浪该罚之处！”
>
> （第七十七回，2006：809）

正如《又副册判词之二》（曹雪芹，2006：49）所言，袭人一向以“温柔和顺”的姿态去博得主子们的好感，看似合乎当时的妇道标准和礼法对奴婢的要求，表面看，还真是个“出了名的贤人”（曹雪芹，2006：810）。然而，袭人为了除去“心上第一等人”（曹雪芹，2006：808），经常去王夫人那里陷害晴雯等人勾引宝玉，致使王夫人将晴雯等四人赶出了大观园。话语命题与事实情况明显对立。为了突出这种不相容性，宝玉将副词“头一个”和极端正面形容词“出了名的”“至善至贤”搭配，用来形容袭人，其贬抑态度显而易见。除了运用最高级结构外，他还使用了极富褒义色彩的词语“陶冶教育的”以及反问句式“焉得还有……”。这些语言线索足以传达宝玉对回声命题的贬抑态度，因而是理解该反讽话语的主导语境信息。另外，宝玉说话时使用了与这句赞扬话明显不匹配的身势语言“哭道”，突显了该反讽言语的机锋，从而确保宝玉的反讽意图能够被受话人快速、有效地识别出来，愤慨讽刺的诗学效果表达得非常强烈。

当修辞格被用于明显不适切的语境中时，它们便成为实施反讽言语行为的有效语言手段。在《红楼梦》中，逆期待性不相容经常依赖于细致入微的修辞手法，例如仿词、双关、飞白等。本书第6章将系统探讨实现反讽诗学效果的语言机制。在此，我们选择一个典型案例，运用语境激活模式证明语言线索在反讽理解中的重要作用。

(30) 鸳鸯："……我是横了心的，当着众人在这里，我这一倍子别说是宝玉，便是宝金、宝银、宝天王、宝皇帝，横竖不嫁人就完了。"

（第四十六回，2006：465）

这是《红楼梦》中运用仿词手法实现反讽意图的经典案例之一。贾赦欲强纳鸳鸯为妾，遭到鸳鸯拒绝后，气急败坏，说鸳鸯恋着宝玉。鸳鸯便在回声贾赦前序话语的同时，一连用了四个仿词——"宝金、宝银、宝天王、宝皇帝"来表达自己抗婚的决心。从话语的明示信息我们注意到，这四个仿词与回声源"宝玉"存在字面上的仿照关系，但根据常识，我们知道，"宝玉"在《红楼梦》中确有其人，"金、银、天王、皇帝"在字面上也讲得通，但是与"宝"字搭配成"宝金、宝银、宝天王、宝皇帝"却无法找到具体的指称对象。因此，话语明示信息与话语所描绘的现实事态之间明显不相容。对不相容性的感知促使受话人从认知环境中选择相关语境假设，对明示信息提供的初始语境进行扩展。在语境重构过程中，最可及的语境假设便是四个仿词与"宝玉"之间存在不同程度的类比关系："金、银"和"玉"均属贵重之物，它们之间存在关联程度较强的类比关系；而"天王、皇帝"虽同样是尊贵的象征，但与"玉"并非隶属同一范畴，因而只存在关联程度较弱的类比关系。在此基础之上加以顺延，造出宽泛仿词"宝天王""宝皇帝"。其目的是要加强对贾赦之流荒淫无耻行径的讽刺力度，表明自己誓绝一切婚配的决心。正是鸳鸯运用仿词制造的逆期待性不相容触发读者或听者在特定语境中找到最佳关联，从而推导出反讽者的真正意图。如果与鸳鸯话语的简单释义"不管是谁，横竖不嫁人就完了”加以比照，我们更能体会到反讽话语所创造出的讽刺性复调效果和鸳鸯不畏强权、斗争到底的刚毅性格。可见，反讽意义的重构和讽刺性幽默诗学效果的品读实际上是认知语境参与的语用过程，是理解中不断选择最佳语境假设的结果。

至于标志反讽意义的句法线索，Seto（1998：246f）认为，文体线索与韵律标记相结合，经常被反讽者用来传达反讽意图。例如：

（31）Could you do me the favour of shutting up?

“Could you do me the favour of”这种程度极高的正面礼貌策略与“shut up”这样的指令性言语行为搭配使用明显违反“选择限制”，通常会被认为是含有反讽意味。

《红楼梦》中偶然用些文言句式，为表明人物的身份，刻画人物的性格服务，其中不乏反讽案例。最典型的例子是元春归省时，贾政在帘外问安的话语：

> （32）臣草莽寒门，鸠群雅①属之中，岂意得征凤鸾之瑞。今贵人上赐天恩，下昭祖德，此皆山川日月之精奇，祖宗之远德钟于一人，幸及政夫妇。且今上启天地生物之大德，垂古今未有之旷恩，虽肝脑涂地，臣子岂能得报于万一！惟朝乾夕惕，忠于厥职外，愿吾君万寿千秋，乃天下苍生之同幸也。
>
> （第十八回，2006：172）

语用理解模式不仅可以用以分析人物间的对话，还可以用来分析作者向读者传递信息的方式。有时作者会直接言明其用意，而有时则是通过人物间的互动间接表达。不论何种情况，读者都要选择相关的语境假设，使用适当的语用策略推导出话语的隐含意义。贾政这段问安语便是作者曹雪芹通过人物使用特殊的文体

① 雅，古“鸦”字。是曹雪芹原笔。

风格来与读者进行对话。通读整部小说，我们感到《红楼梦》的人物语言以口语化、大众化为主要特色，在通俗、流畅的白话句式中安排贾政的这段全文言句式，造成小说中白话句式业已建立的使用情景与贾政问安时的文言句式所建立的情景之间失匹配，语体格调显得极不相容。另外，根据父女相见的图示知识，读者期待自然、亲切的语体风格，贾政像背台词似的文言句式与该期待明显相悖。对逆期待性失匹配的感知是读者识别作家反讽意图的关键，由此读者可以立即作出判断：曹雪芹为贾政安排这陈腐刻板的问安语，必有特殊的交际意图，需要结合当时的会话语境推导出作家的真正用意。当时元春刚刚晋升贤德妃，使得贾政的身份具有双重性：既是元春的父亲，同时也是臣子。曹雪芹正是利用了文言句式与白话句式的矛盾，巧妙、艺术地发挥了这两类句式的修辞功能，讽刺了贾政古板无情、虚伪可笑的性格特征，显示出独特的讽刺幽默的诗学效果。

以上反讽案例分析充分证明：词汇选择、修辞手法和句法结构等语言线索突显了话语命题与语境信息之间的不相容性，表明发话人通过运用标记性语言机制对事态或人物作出评价，这种评价并非命题内容的字面评价，而是超越受话人期待的批评性隐含评价。

4.4 本章小结

上述八类与小说反讽交际有关的语境信源均可以从《红楼梦》中找到有力例证。这表明在反讽理解过程中，来自上述八类语境信源的（一项、多项或全部）信息与话语的明说意义不相容，从而触发受话人对发话人隐含的反讽态度的探察。“反讽的认知机制是命题意义与语境间的不对称映射关系”（涂靖，2005：155），即不相容关系。可见，反讽必然蕴含对证明明说意义无效的语境信息的激活。因此，这八类语境信源在小说反讽交际中对于正确识解反讽意图发挥重要作用。在《红楼梦》的 138 例言语反讽中，有 44 例反讽在理解中以百科事实信息为主导语境信息，有 5 例反讽在理解中以有关发话人的生平资料为主导语境信息，有 4 例反讽在理解中以互文知识为主导语境信息，有 8 例反讽在理解中以相互知信为主导语境信息，有 4 例反讽在理解中以互显的客观环境为主导语境信息，有 1 例反讽在理解中以发话人的非言语行为为主导语境信息，有 13 例反讽在理解中以上下文为主导语境信息，有 59 例反讽在理解中以语言线索为主导语境信息。从比率来看，理解中以百科事实信息为主导语境信息的言语反讽占 32%，以发话人的生平资料为主导语境信息的言语反讽占 4%，以互文知识为主导语境信息的言语反讽占 3%，以相互知信为主导语境信息的言语反讽占 6%，以互显的客观环境为主导语境信息的言语反讽占 3%，以发话人的非言语行为为主导语境信息的言语反讽占 1%，以上下文为主导语境信息的言语反讽占 9%，以语言线索为主导语境信息的言语反讽占 43%。表 4-1 清楚地显示了该数据统计的结果：

表 4-1　　《红楼梦》中反讽理解的语境激活

主导语境信息		反讽实例的数量	所占比率	合计
知识语境	a. 百科事实信息	44	32%	61（44%）
	b. 生平资料	5	4%	
	c. 互文知识	4	3%	
	d. 相互知信	8	6%	
物理语境	e. 客观环境	4	3%	5（4%）
	f. 非言语行为	1	1%	
语言语境	g. 上下文	13	9%	72（52%）
	h. 语言线索	59	43%	

如表 4-1 所示，在帮助受话人识别反讽意图的语境信源中，以语言语境作为主导语境信源的反讽最多，共有 72 例，占总数的 52％；其次是知识语境，共有 61 例，占总数的 44％；再次是物理语境，共有 5 例，占总数的 4％。具体地讲，以语言语境中语言线索作为主导语境的反讽最多，其次是知识语境中的百科事实信息，再次是语言语境中的上下文。而以非言语行为为主导语境的反讽最少。这说明，与先前的反讽理论相比，反讽理解的认知语用阐释框架有其优势。先前社会语言学倾向的反讽观，如 Grice 的反讽观、Leech 的反讽观、Brown 和 Levinson 的反讽观，都是从人际互动的角度认为文学文本与其他交际形式无本质差异，在此基础上证明它们的反讽观在文学解读中的可行性。本研究不但证明反讽的认知语用阐释框架同样可以被用来分析文学作品中的反讽话语，而且展现了语境与反讽认知的双向互动关系以及小说反讽交际的独特特征。一方面，语境在反讽话语的含义分析中起着十分重要的作用，是使用反讽话语时思维的背景依托，它不仅与语言因素（如上下文、语言线索）有关，而且也与发话人的态度以及其他语言外因素有密切关系。受话人只有激活反讽语境线索才能识别并理解反讽。另一方面，语境本身也需要满足一定条件才能对反讽理解施加语用制约。既然反讽意图的识别取决于相关语境信源的激活，发话人在决定其话语的明晰程度或含蓄程度时必须对受话人的语境资源作出正确估计。如果发话人希望话语能以自己所期待的方式被理解，其话语除了符合关联原则外，发话人必须设想相关的语境假设能立即为受话人所激活和理解，而且他还须有充分的理由预计受话人拥有并能够激活可以重构这种理解的语境信源，否则将导致受话人对话语的误解。作为一种复杂的对话形式，小说反讽交际是“主体—主体”之间的相互作用，是认知主体间的理解行为，是一种多参与者、多途径、多声部、复调的文学交际形式。由于文学交际具有五大语篇特征——非面对面、非一对一、非同时发生、无法监控和可以间断，因此小说反讽交际的读者缺乏许多面对面互动中能够帮助听话人获得反讽理解的语境信息，包括客观场景、对发话人生平资料的了解和发话人的非言语行为。作者主要依靠一些书面途径来传达反讽意图。在许多情况下，作者会依靠读者的百科事实信息或上下文来识别所回声思想或观点的荒谬性。在多数情况下，作者会选择与情境明显不适合的语言线索来传达他的反讽意图。这些线索指引并限制交际双方对互知性的搜寻和建构，以便最终实现作者与读者之间的谋和。虽然小说反讽交际中的语境激活呈现出一定的特殊性，但是它同样反映出人类认知的基本规律——人类认知倾向于努力最小化。它支配所有语境信源的激活和运作过程。读者对反讽话语进行语用推理时会从真正能加速反讽理解的信源中提取信息，实现反讽交际效果与认知努力之间的最佳平衡。综上所述，本研究不但在一般交际层面上证明反讽理解的认知语用阐释框架的可行性，而且在文学交际层面上深化了研究，对我们整个文学解读观有所启示。

第 5 章　《红楼梦》反讽识解的认知评价标准

第 4 章的研究表明，在小说反讽交际中，反讽语境线索的激活对于识别话语的回声性和反讽者对回声命题所持的贬抑态度发挥着重要作用。系统的案例分析也充分说明，虽然小说反讽交际的受话人只需激活一项语境信源（主导语境信源）并探察到由该语境信源提供的信息与话语命题内容之间的不相容性便可识别发话人的反讽态度，但是交际双方也可以运用从其他语境信源（辅助语境信源）中探察到的不相容性来充实认知语境，这样必然会节省加工话语反讽意义所需要付出的努力。在第 5 章我们将进一步探讨与小说反讽交际有关的语境信源是如何在反讽理解中相互结合并交互作用的。根据反讽理解的最佳可及性标准（Yus，2000a，2009，forthcoming），理解反讽话语所需要的加工努力会随着（受话人所探察的）由（同时或依次）激活的语境信源所提供的信息与话语提供的明说信息之间的不相容性的数量和质量的增加而降低。因此，我们对小说反讽交际的认知语用研究着重从多源语境激活的角度阐释受话人对反讽意图的识别和反讽加工所付出的认知努力。小说交际中反讽话语的理解是命题内容的解码、隐含前提与隐含结论的派生、语境信息的提取之间的相互平行调节（mutual parallel adjustment）。在该调节过程中，由主导语境信源所提供的（高度突显的）不相容性足以启动反讽触发语，但它的提取也会因其他辅助语境信息所产生的不相容性而加快。“这种语境充实（contextual saturation）事实上有助于以更加有效、更加省力的方式理解反讽。”（Yus，forthcoming）因此，探察反讽话语关键因素（话语的回声性和发话人的贬抑态度）的难易程度取决于所激活的反讽语境信源的数量和突显程度。如果语境信源所提供的信息支持程度足够高，它们与话语命题内容之间的不相容性达到一定冗余程度，那么受话人无需付出太多努力便可快速推知发话人对命题所持的贬抑态度（典型情况一）。如果受话人所探察到的不相容性比较少，那么识别反讽意图的难度就会增加，相应地，反讽加工的速度会随之减慢（典型情况二）。如果话语命题与受话人所具备的认知语境假设没有产生任何不相容性，受话人会对反讽话语产生误解，导致反讽交际失败（典型情况三）。

下面，我们运用反讽理解的最佳可及性标准对三种典型情况的阐释来系统地、深入地研究《红楼梦》中的反讽交际。最后，对《红楼梦》中的系列反讽进行综合的认知语用研究。

5.1 典型情况一：反讽意图被快速识别

在第 3 章的讨论中，我们曾指出：典型情况一是指同时激活的多项（主导和辅助）语境信源提供了高度显现的信息，使得听话人无需付出太多心智努力便可识别语境信息与话语命题失匹配，从而快速理解说话人通过话语所表达的反讽意图。（Yus，2000a：53）在小说反讽交际中，发话人期待受话人能够提供作出意欲反讽理解所需要的语境，因为“说话人所设想的语境与听话人实际使用的语境之间失匹配会导致交际双方产生误解”（Sperber & Wilson，1986：16）。为此，发话人总是提供最佳相关的假设，帮助受话人以最少的认知努力推断出发话人对话语命题所持的贬抑态度（Zhao，2007，2011：177；赵虹，2008：173），以便确保反讽意图能被准确识解。通常情况下，会有多项语境信源在反讽理解进程中高度可及并被受话人激活。由于充足的语境支持确保反讽理解成为与关联原则相一致的理解，即与受话人最佳相关的唯一理解，因此，受话人可以快速识别发话人对话语命题所持的贬抑态度，进而轻而易举地获得发话人意欲的反讽理解。

在本章我们将会证明，《红楼梦》中绝大多数反讽实例都属于典型情况一。为了使讨论更加系统，我们将《红楼梦》中的反讽实例分为两大类，它们是：小说人物的反讽言语和叙述者的反讽叙述语式。

5.1.1 人物对话中的言语反讽

为了更加清楚地阐明语境信源的激活数量与反讽识解的难易程度之间的关系，我们将语境信源的激活分为五种情况：与小说反讽交际有关的所有语境信源全部被激活（8 项）、大多数语境信源被激活（6～7 项）、部分语境信源被激活（3～5 项）、少数语境信源被激活（1～2 项）、无语境信源被激活（0 项）。其中，前三种情况将在本节（§5.1.1 人物对话中的言语反讽）进行实例分析，第四种和第五种情况则分别在§5.2（典型情况二：反讽意图的识别被推迟）和§5.3（典型情况三：反讽意图未被识别）中进行论述。

5.1.1.1 全部语境信源被激活

多源语境支持最典型的反讽例证便是在《红楼梦》第三十回中宝钗有关“负荆请罪”的双关语：在第二十九回，宝玉和黛玉发生激烈口角，事后宝玉主动赔罪，两人和好如初，被凤姐拉着去见贾母。在贾母那里，宝玉于无意中奚落宝钗体丰怯热像杨妃，黛玉听了，面上有得意之态。宝钗看在眼里，怒在心里。这时，正好黛玉问：“宝姐姐，你听了两出什么戏？”

> (1)（宝钗）便笑道：“我看的是李逵骂了宋江，后来又赔不是。”宝玉便笑道：“姐姐博古通今，色色都知道，怎么连这一出戏的名子都不知道，就说了这么一串子。这叫负荆请罪。”宝钗笑道：“<u>这叫负荆请罪么？你们通今博古，才知负荆请罪，我不知道什么是负荆请罪。</u>”一句未说完，宝玉、黛玉二人心里有病，听了这话，早把脸羞红了。
>
> （第三十回，2006：299）

宝钗最后这句话明说的是戏的名字，实际上影射了先前宝、黛二人争执，宝玉主动赔不是一事。可见，宝钗不但知道《负荆请罪》的戏名，而且对戏的内容非常熟悉，这与她话语所表达的命题明显不相容。受话人在理解该反讽话语的过程中，必须激活有关宝玉主动向黛玉赔不是的事实信息以及有关戏曲《负荆请罪》的百科知识，才能通过推理作出最佳相关的假设，从而识别宝钗的贬抑讽刺态度。因此，百科事实信息是该反讽复调意义重构过程的主导语境信源。此外，还同时存在多项可以使听者探察到不相容性的辅助语境信源，其语境支持在会话过程中促进了对宝钗话语的反讽理解。Haverkate 认为："反讽是非真诚性的有意识的表达。"（Haverkate，1990：104）不难看出，说话人有意识的非真诚性是反讽话语的必要条件之一，是判断话语是否具有反讽意味的主要标尺。宝钗博学多才，绝不会连《负荆请罪》这出戏的名字也不知道（有关发话人的生平资料）。受话人可以从话语命题与事实语境明显不相宜中轻松地判断出说话人一方缺乏诚意，从而体会出宝钗是在制造反讽；交际双方都知道宝、黛吵架，而后宝玉向黛玉赔不是一事（相互知信）；宝钗因宝玉奚落她体丰怯热，已大为不快，又看到黛玉面露得意之态，心里更是不爽，因此，她借黛玉问她看了什么戏这一话头（客观场景）借力打力，引用《负荆请罪》这一著名戏剧的名字和内容（互文知识），一语双关（语言线索）讽刺宝、黛二人。而接下来宝玉纠错，却正中宝钗圈套，宝钗顺势进一步加以嘲讽更印证了 Sperber 和 Wilson 有关言语反讽的主张——为了理解该话语的反讽含义，发话人期待受话人识别她是在对所贬抑的话语进行回声。宝钗巧妙地回声宝玉先前那句纠错话语（前序话语，即上下文），又反复强调"负荆请罪"（语言线索），在明显具有反讽标记的副语言"笑道"的掩护下（非言语行为）揭了宝、黛二人的旧疤。所有这一切都表明反讽理解中多源语境激活的重要作用，总结如下：

语境信源：

百科事实信息（是，主导）

生平资料（是）

互文知识（是）

相互知信（是）

客观场景（是）

非言语行为（是）

上下文（是）

语言线索（是）

可见，语境信息排除了一切认为说者想通过话语命题表达明说意义的可能性。做出反讽理解只需付出最小的认知努力便可提供相关的信息。因此，该例属于反讽理解的第一种典型情况，其讽刺性诗学效果表达得含蓄而又丰富。作为当事人的宝玉和黛玉立即识解了宝钗反讽话语的交际意图，因而“把脸羞红”却也无可辩解，“可谓言者有意，听者有心，字字珠玑，却又暗含玄机，余韵无穷。”（梁扬、谢仁敏，2006：459）交际双方认知语境假设的趋同过程收到了最佳语境效果，就连作为读者的我们也不得不为宝钗成功实施的这一反讽交际而点赞。

5.1.1.2 大多数语境信源被激活

这一类反讽交际指有6～7项与小说反讽交际有关的语境信源被激活，并在反讽理解中发挥重要作用。究竟在多大程度上显明贬抑态度，并在多大程度上引导受话人对话语作出最佳理解，这取决于反讽者。在《红楼梦》的反讽交际中，为了突显反讽者的主观态度与实际话语所隐含的态度之间的对立，作家曹雪芹会提供多项高度可及的语境线索以增强受话人对不相容性的感知。例如：在例（1）发生之前，宝钗的另一句反讽话语：

（2）……（宝玉）只得又搭赸笑道：“怪不得他们拿姐姐比杨妃，原也体丰怯热。”宝钗听说，不由大怒，待要怎样，又不好怎样。回思一回，脸红起来，便冷笑了两声，说道："我到像杨妃，只没有个好哥哥好兄弟可以作得杨国忠的！"

（第三十回，2006：298）

该例符合典型情况一的特征，因为同时激活的多项语境信源所提供的高度显现的信息使听者快速识别语境信息与话语命题之间的逆期待性不匹配，从而不用付出太多心理努力便突显出反讽话语的回声性及说者对回声话语所持的贬抑态度：

语境信源：

百科事实信息（是，主导）

生平资料（是）

互文知识（否）

相互知信（是）

客观场景（是）

非言语行为（是）

上下文（是）

语言线索（是）

在这些语境信源中，主导语境信息是有关杨贵妃的历史文化知识——唐朝的杨贵妃因其美貌无双而得到唐玄宗宠幸，其兄杨国忠依仗特殊身份胡作非为；杨贵妃也因此成了红颜祸水的代名词（百科事实信息，同时参见§4.1.1.1宏观社会规范）。该现实世界的背景知识所提供的信息与话语命题之间的不相容性达到了一定的冗余程度，足以引导受话人对言语反讽的搜寻过程。其他同时激活的辅助语境信息进一步充实了语境，从而使说话人对话语命题所持的贬抑态度更加容易被识别。这些辅助语境信息包括：面对宝玉的奚落，城府极深的宝钗虽心内暗怒，却不好直接发作（有关发话人的生平资料）；交际双方都知道宝玉之长姐元春是真正的皇妃（相互知信）；结合当时的具体情景：宝玉将宝钗比作杨妃，无意中惹怒了宝钗（客观场景）以及宝钗说话时配有明显表示贬抑态度的副语言"回思一回""脸红起来"和"冷笑了两声"

（非言语行为），这些非言语交际与典型伴随表达性言语的正常的非言语行为不相容。宝钗回声宝玉将自己比杨妃的那句前序话语，话锋一转表达自己的贬抑态度（上下文）。这样，宝钗一语双关，话中有话，再辅之以“到……只……！”这些明显具有语义转折的表达方式来加强讽刺性语气（语言线索）。可见，该例的话语命题和七项与反讽有关的语境信息都产生了不相容性，突显了反讽者主观态度（我还算不得皇妃，可你却是正宗的皇妃兄弟）和实际话语所隐含的态度（你奚落我拿我比杨妃，还不如把你自己比作杨国忠）之间的对立，由此，我们可以跟宝玉一起快速识别宝钗话语的反讽意图——你们贾家仗着元春“一人得道，鸡犬升天”！

在凤姐迎接贾琏的家宴上，贾琏的奶母赵嬷嬷为自己的两个儿子求事做。凤姐当着贾琏的面与她攀谈起来。

> （3）凤姐笑道：“妈妈你放心，两个奶哥哥都交给我。你从小儿奶的儿子，你还有什么不知他那脾气的？拿着皮肉到往那不相干的外人身上贴。可是现放着嬷嬷哥哥，那一个不比人强？你疼顾照看他们，谁敢说个不字儿？没的白便宜了外人。我这话也说错了。<u>我们看着是‘外人’，你[①]却看着‘内人’一样呢！”</u>
>
> （转引自林兴仁，1984：74）

这个例子篇幅短小简洁，是言语反讽的经典案例。借助该例，我们可以对小说反讽交际的多源语境激活进行深入分析。

首先，该例中代词“你”临时变通指代“他”（贾琏），充分体现了小说交际的多维多边性（详见§3.3.2小说交际的认知语用阐释）。凤姐与直接受话人赵嬷嬷之间的交际是自发的、互动的；与旁听者贾琏之间的交际则是自发的，却是非互动的。正是由于小说反讽交际的实现途径是多层面的，所以，要想对该反讽作出

① 在《红楼梦》（周汝昌校订，2006）中，使用的是代词“他”。但笔者更认同林兴仁（1984）的引证，使用代词“你”更能体现出作者对语辞的推敲和琢磨。

正确理解就需要激活多项语境信息来进行最佳相关的推理。除了前文所详述的有关代词“你”的变通用法外，凤姐对“内人”“外人”这对关系反义词的运用也非常突显。在汉语中，“内人”和“外人”二词客观存在：内人指“对人称自己的妻子”（《现代汉语辞典》第5版，2007：988）；外人指“没有亲友关系的人”或“某个范围或组织以外的人”（《现代汉语辞典》第5版，2007：1399）。二词在字面上本无多大关联，但凤姐却人为地将其并列，临时赋予它们仿词功效，造成“客观的认知环境与主观的语用—心理语境之间的冲突”（曾衍桃，2006：54），其目的是以含蓄、诙谐的方式敲打贾琏在外面惹草拈花。可见，语言线索是理解该反讽话语的主导语境信息，与话语命题之间的不相容性已达到了一定的冗余程度。

虽然单一语境信源足以引导对言语反讽的搜寻过程，但是并不排除下面这种可能性，那就是辅助信息充实语境，从而使说者对话语命题所持的贬抑态度更容易被识别，加速了反讽理解的过程。它们是：

（a）**上下文**：上文说贾琏“拿着皮肉到往那不相干的外人身上贴”，下文说“可不是呢，有内人求的，他才慈软呢，他在咱们娘儿们跟前才是硬着呢！”（2006：150）前后呼应，说明“内人”“外人”有隐含意义。

（b）**客观场景**：当时谈话主题——在凤姐迎接贾琏的家宴上，赵嬷嬷为两个儿子求事做——交际者之间的关系在这三个主要人物中，凤姐是贾琏的妻子，赵嬷嬷是贾琏的奶母，她的两个儿子就是贾琏的“奶哥哥”。按常理，他们都是贾琏的“内人”。

（c）**百科事实信息**：依据常识，有血缘关系或抚养关系的才算是内人；对“内人”自然要比对外人更关照一些。

（d）**相互知信**：在场的人都知道，贾琏是个地地道道的花花公子，生活作风极不检点。

(e) **受话人有关发话人的生平资料**：凤姐是有名的醋缸，容不得贾琏在外面拈花惹草。

(f) **非言语行为**：凤姐说这句话时配以具有反讽标志的副语言“笑道”；说后在场人的反应——“说的满屋里人都笑了。赵嬷嬷也笑个不住。”“贾琏此时没好意思，只是赸笑吃酒，说‘胡说’二字。”(2006：150) 这些非言语交际与典型伴随断言性言语的正常非言语行为不相容，进一步帮助读者解读凤姐的这句反讽话语。

所有这些语境信息均与话语命题产生了不相容性，从而清楚表明反讽理解中多源语境激活的重要作用。与该反讽理解有关的语境信息总结如下：

语境信源：

百科事实信息（是）

生平资料（是）

互文知识（否）

相互知信（是）

客观场景（是）

非言语行为（是）

上下文（是）

语言线索（是，主导）

我们可以预测：该反讽理解过程无需付出太多认知努力。大量与凤姐话语命题产生不相容性的语境信息会帮助我们以最佳相关的方式推导出发话人的反讽意图和应运而生的讽刺幽默诗学效果：表面上，凤姐的话语说得诙谐、俏皮，其中蕴含的却是满满的讽刺和醋意。

再让我们回顾一下《红楼梦》第三十一回“因麒麟伏白首双星”中的一例反讽：

(4) ……众人听了都笑道：“果然明白。”宝玉笑道：“还是这么会说话，不让人。”林黛玉听了，便冷笑道：“他不会说话，他的金麒麟也会说话。”一面说着，便起身走了。幸

> 而诸人都不曾听见，只有薛宝钗抿嘴一笑。宝玉听见了，到自己后悔又说错了话，忽见宝钗一笑，由不得也笑了。宝钗见宝玉笑了，忙起身走开，找了林黛玉去说笑。
>
> （转引自周中明，2007：183）

小小一例反讽，我们可以从不同层面进行分析，从中得到诸多启示和乐趣：在第4章中我们分析它，为的是说明主导语境信源的激活是反讽交际成功的关键（详见§4.1.4相互知信）。在第5章中我们分析它，为的是印证在最佳可及性标准指导下的反讽理解中，多源语境激活有助于反讽意图的识别；在第7章中我们还会分析它，旨在对不同版本进行比较，从而展现该反讽交际的语言艺术魅力。我们所作的分析是层层递进、相辅相成的。而这种层进性同样体现在此处对多源语境激活的剖析中。要理解黛玉这句反讽话语，首先，话语命题与交际双方所享有的互知信息不相容——局内人都知道宝玉将金麒麟留下，欲赠给湘云使得黛玉大为不满（相互知信）；其次，话语命题与我们有关金麒麟的常识不相容——金麒麟乃物非人，显然是不会说话的（百科事实信息）；此外，我们还必须考虑到黛玉那因爱生妒而又不好言明的人物性格（生平资料）；话语命题与当时讨论送戒指的话题不合拍，与众人赞赏湘云心细的氛围不和谐（客观场景）。黛玉话语中的“会说话”“不会说话”是在回声宝玉前序话语“还是这么会说话”（上下文），与此同时表达出自己对话语命题的不赞成态度。而她对不赞成态度的表达是通过使用与一般断言不同的修辞手法——以物拟人——来实现的（语言线索）。读者必定能理解黛玉的反讽言语行为，不仅仅因为激活了上述语境信息，还因为黛玉说话时配有明显表达反讽态度的身势语言“冷笑”（非言语行为），该非言语交际与伴随断言性言语的典型的非言语行为不相容。所有这些不相容性都在反讽交际中起到促进作用，确保黛玉的反讽意图被有效识别出来：

语境信源：

百科事实信息（是）

生平资料（是）

互文知识（否）

相互知信（是，主导）

客观场景（是）

非言语行为（是）

上下文（是）

语言线索（是）

由此可见，凭借多项语境信息，嘲讽的诗学效果和人物曲折隐蔽的内心世界通过短短一句反讽便可淋漓尽致地表现出来。

为了突显语境信息与话语命题之间的不相容性，反讽者可以将她前认知（prior cognition）投射到一种语言形式或者使用更加巧妙的变化方式。在《红楼梦》中，有多例反讽交际就是运用代词的变通用法来突显反讽话语的回声性和说者对回声话语所持的贬抑态度。例如下面这段晴雯反驳袭人的话语：

> （5）晴雯听了冷笑道："姐姐既知道，就该早来，也省了爷生气！自古以来就是你一个人伏侍爷的，我们原未伏侍过。因为你伏侍的好，昨儿才挨窝心脚；我们不会伏侍的，明儿还不知是个什么罪呢！"
>
> （第三十一回，2006：305-306）

正如张弓所认为的："代词的本来指代和变通指代两类平行结构就属于同一形式。"（张弓，1963：39）"我们"通常是用作第一人称复数的排除式用法，即不包括听话人。在该例的特定语境中，代词"我们"却是晴雯自指。晴雯没有使用本来指代的"我"，而使用变通指代的"我们"，其目的主要是将"你"与"我"之间的矛盾扩大化，把袭人放在"我们"一批人的对立面上，在话语语境中表达出不一致性，以实现讽刺挖苦的交际意图。而晴雯连续两次将"你"与"我们"对立，是突显该话语反讽意图的语言信号，进一步加强了说话人的讽刺力度。可见，代词“我们”的变通用法是理解晴雯这句反讽话语的主导语境信息，与话语命题之间所产生的不相容性足以引导受话人识别晴雯话语的反讽含义。此外，话语反讽意图可被受话人快速识别的原因还在于有多项辅助语境信息也与话语命题产生了明显的不相容性：

语境信源：

百科事实信息（是）

生平资料（是）

互文知识（否）

相互知信（是）

客观场景（是）

非言语行为（是）

上下文（是）

语言线索（是，主导）

袭人、晴雯都是伏侍宝玉的大丫鬟，这一事实与“我们原未伏侍过”不相容（百科事实信息）；晴雯对袭人的地位略高于自己心有不服，并且对袭人和宝玉之间的暧昧关系怀有醋意（有关说话人的生平资料）；对话双方都知道，一直尽心尽力伏侍宝玉的袭人前不久刚刚挨了宝玉的窝心脚（相互知信）；结合当时的情景语境——晴雯失手跌了扇子，受到宝玉的责备（客观场景）以及晴雯说话时明显表明不赞同态度的身势语言“冷笑道”（非言语行为）受话人必定能识别晴雯的反讽意图。另外，上下文知识也在理解中发挥着重要作用：上文中袭人说：“可是我说的，一时我不到，就有事故了。”（曹雪芹，2006：305）显然以一个女管家的身份自居，晴雯以“你”来回应袭人的“我”并以“我们”一批人与袭人对立，同时也与下文中袭人用的“我们”和晴雯反击时用的“你们”暗合针对（上下文），嘲讽意味极强。这些辅助语境信源的激活使话语命题与语言线索所提供的信息之间的不相容性更加突显，讽刺性诗学效果极为强烈，给袭人以有力一击。所有这一切都表明反讽理解中多源语境激活的重要作用。

此外，文中还有一处细节也值得探究。在周汝昌先生校订版（2006：305）中，“也省了爷生气”一句在通行本中为“省了我们惹的生气”（通行本，第三十一回）。两个版本各有优势。如果用“我们”，则与下文中的“我们原未伏侍过”和“我们不会伏侍的”形成反复，加强了反讽语气。若用“爷”则利用了代词在社会指示方面的百科知识：晴雯使用“爷”这一明显标志阶级等级差别的称呼语，表面上反映出晴雯与宝玉之间的主仆差距，是无标记用法，而放在晴雯话语语境中，却赋予了标记性的隐含意义，带有些许的讽刺味道。不同版本在处理方式上的差异反映了校订者作为读者在解读该代词用法方面的差异，从而进一步说明了代词的巧妙运用在该反讽理解中所起的主导作用。

薛蟠在《红楼梦》中算是个反面人物，带有几分喜剧色彩。作者常常会利用小说反讽交际的多维多边性和丰富的语境信源来创造多层面的逆期待性不匹配，从而使这个小丑形象变得更加丰满。下面一例反讽便是很好的印证：

> （6）薛蟠笑道：“你题画儿，我才想起来了。昨日看见人家一卷春宫，画的着实好，上面还有许多字，我也没细看，只看落的款，原来是<u>庚黄</u>画的。真真好的了不得！”宝玉听说，心下猜疑道：“古今字画也都见过些，那里有个庚黄？”想了半天，不觉笑将起来，命人取过笔来，在手心里写下了两个字，又问薛蟠道：“你看真了是庚黄？”薛蟠道：“怎么看不真？”宝玉将手一撒与他看道：“别是这两个字罢？其实与庚黄相去不远。”众人都看时，原来是“<u>唐寅</u>”两个字，都笑道：“想必是这两个字，大爷一时眼花了也未可知。”薛蟠只觉不好意思，笑道：“谁知他<u>糖银果银</u>的！”
>
> （第二十六回，2006：257-258）

小说交际的多维多边性是成就此处言语反讽的重要环节。作者曹雪芹通过小说中人物的言行成功地实施了反讽言语行为。其中反讽者是作者曹雪芹，受话人是读者，而反讽对象是薛蟠。这是由多个参与者通过激活多项语境信息而实现的多层面的小说反讽交际。作者与读者的交际包含了作者借助反讽对象实现的表达交际以及读者透过反讽对象实现的解读交际。这就需要读者激活最佳相关的语境假设，与话语命题所提供的明示信息相结合，在关联原则的支配下推导出作者的反讽意图。理解该反讽交际的关键在于领会两处修辞格的巧妙运用。一处是飞白用法“庚黄”，另一处是合仿用法“糖银果银”。具体地说，第一，飞白指“明知其错，故意记录、援用或运用白字的修辞手法”（林兴仁，1984：150)，不仅包括写错别字，还包括念错读音。正如 Hamamoto 所指出的，“是使用常规反讽还是更加温和、更加巧妙的变化形式来传递不赞成的情感，这取决于说者”（1998：267)。曹雪芹故意通过薛蟠将明代著名文人唐伯虎的署名“唐寅”错看成“庚黄”这一闹剧行为来突显表征与它所表征的现实事态之间的冲突，从而含蓄而幽默地嘲讽这位纨绔子弟的愚蠢和无知。脂砚斋也给予此处的飞白用法以“奇文”的高度评价，并说：“闲事顺笔，骂死不学之纨绔，叹叹！”第二，合仿通常指以音仿为基础，再加上类仿或反仿构成的综合仿词，属于音义关联的结合。（陈科芳，2006：80）薛蟠解嘲话语中的“糖银果银”便是一例经典的合仿用法。先利用“唐”“寅”分别与“糖”“银”谐音关联，然后再加上“糖”“果”语义上的类比关联，临时创造新词“果银”，借助明说层面的关联性来揭示回声命题与客观事实间的不相容性。总之，曹雪芹巧妙、机趣地综合运用飞白、仿词修辞手法，前呼后应，表达反讽交际意图。这些语言线索是该例的主导语境信息，足以使读者识别作者对薛蟠这个人物形象所持的贬抑态度和调侃意味。除此之外，还有多项辅助语境信息也被同时激活，促进了该言语反讽的理解过程。因此，该例属于反讽理解的第一种典型情况。

语境信源：

百科事实信息（是）

生平资料（是）

互文知识（否）

相互知信（是）

客观场景（否）

非言语行为（是）

上下文（是）

语言线索（是，主导）

历史上在字画方面有造诣的人物中从未有叫“庚黄”的，而且世上也从未有“糖银果银”之类的东西。显然，薛蟠的话语与我们的百科信息不相容（百科事实信息）。通读小说，我们（读者）知道作家曹雪芹对薛蟠基本上持一种贬抑态度，一直是把他作为负面形象来进行塑造（受话人有关发话人的生平资料）。薛蟠不学无术，斗大的字认不了几个，从他的嘴里读出别字来应在情理之中。作者假定这一信息必定与读者共享（相互知信）；曹雪芹在叙述中多次使用标记性的身势语言，如：“宝玉……不觉笑将起来”“众人都看时……都笑道”“薛蟠只觉不好意思，笑道”（非言语行为）。这些非言语行为与伴随断言性言语的典型的非言语行为不相容，为有效识别作者的反讽意图提供进一步的信息支持。“唐寅”承接上文的飞白用法“庚黄”，同时又是下文合仿用法“糖银果银”的造词基础（上下文）。而下文宝玉的订正话语“别是这两个字（指‘唐寅’）罢？其实与庚黄相去不远”（上下文）进一步印证了读者的推理。这些同时激活的多项语境信源与话语命题之间不匹配，从而不用付出太多心理努力便突显出该反讽话语理解所基于的回声性和贬抑态度。作为读者的我们此时似乎与作家曹雪芹达成了某种默契，眼前展现出薛蟠起先手舞足蹈而后尴尬窘迫的神情态度，让我们不禁会心一笑。

在《红楼梦》诸多人物中，若说善于调用多项信源造成话语命题与语境假设之间不相容来实现反讽意图的，当首推林黛玉。围绕着那令她恨之入骨的“金玉之说”，黛玉实施的反讽交际不胜枚举。下面，我们从中选取两例来牛刀小试。

(7) 宝玉道:"……等我回去问是谁,教训教训他们就是了。"林黛玉道:"你的那些姑娘们也该教训教训。只是论理我不该说,今儿得罪了我的事小,倘或明日宝姑娘来,什么贝姑娘来,也得罪了,事情岂不大了?"说着便抿嘴笑。宝玉听了,又是咬牙,又是笑。

(第二十八回,2006:272)

林黛玉因前一晚上去怡红院看望宝玉,吃了闭门羹,心里很不高兴;随后又见宝钗有说有笑地从怡红院里出来,心中更是错怪了宝玉。经过宝玉的解释,二人的矛盾得以化解。在这种情境下,黛玉说出了上述反讽话语"今儿得罪了我的事小,倘或明日宝姑娘来,什么贝姑娘来,也得罪了,事情岂不大了?"受话人首先感到有两项语境信息与话语命题产生明显的不相容性:一是黛玉的前半句话"今儿得罪了我的事小",显然与当时言语交际的话题——黛玉因感觉自己受了冷遇而苛责宝玉——相冲突(互显的客观场景);二是黛玉的后半句话通过巧妙运用仿词手法而违反"选择限制"(Leech & Short,1981),造成语言表达上的前景化效果(语言线索)。在此处,黛玉利用"宝贝"一词中两个词素之间的关联性,以"贝"替换"宝",仿"宝姑娘"临时造出"贝姑娘",以嘲笑宝玉在乎宝钗,显示了黛玉言语的机锋,表达了一种委婉而含蓄的讽刺意味。这句话的反讽意图的可及程度非常高,受话人可以轻而易举地对话语的反讽意义作出有效理解,因为语境信息排除了一切认为发话者想通过话语命题表达明说意义的可能性。因此受话人只需付出最小的认知努力便可作出最佳相关的理解。除了上面提到的客观场景和语言线索外,话语命题还与其他多项语境信息相冲突,比如:话语命题与小说世界的客观事实不相容,因为《红楼梦》中有个宝姑娘——薛宝钗不假,可怎么又跑出个"贝姑娘"来了呢,可见说者一方缺乏诚意(百科事实信息),由此我们可以推断黛玉是在制造反讽。受话人还需要在他的认知环境中激活有关黛玉的背景知识,否则他是无法快速识别黛玉话语中所表达的强烈的反讽意味的。诸如：黛玉一直对宝玉“见了姐姐就忘了妹妹”的做法心存妒意（有关发话人的生平资料）；《红楼梦》因有个“金玉良缘”和“木石前盟”的矛盾，林黛玉时常以此敲打宝玉，所以她多次说出这类富有机锋的言语（相互知信）。因此，话语命题也与生平资料和相互知信产生了不相容性。另外，黛玉说话时还配合具有标记性的面部表情——“说着便抿嘴笑”（非言语行为），这也是我们识解话语反讽意图的线索之一。所有这一切都表明反讽理解中多源语境激活的重要作用，总结如下。

语境信源：

百科事实信息（是）

生平资料（是）

互文知识（否）

相互知信（是）

客观场景（是）

非言语行为（是）

上下文（否）

语言线索（是，主导）

在这些语境信源中，仿词语言线索是理解黛玉反讽话语的主导语境信息，它本身与话语命题之间产生的不相容性足以引导受话人识别黛玉对命题内容所持的贬抑态度，而其他辅助语境信息与话语命题之间的不相容性会进一步加速反讽理解进程，使受话人快速而有效地推断出黛玉的反讽意图。这一点也可以从宝玉的反应（“宝玉听了，又是咬牙，又是笑”）中得到进一步印证，因而该例完全符合典型情况一的特点。虽然“金玉良缘”和“木石前盟”的矛盾经常引得黛玉和宝玉之间发生口角，但这句反讽话语也含有会心的微笑，富有幽默的色彩，其反讽诗学效果非常丰富。

黛玉本就因宝玉去找宝钗玩儿要小性儿，没想到宝钗突然冒出来推走了宝玉，把个黛玉晾在那儿生闷气。因为心里放不下黛玉，宝玉匆匆赶回来想劝慰“抽抽噎噎的哭个不住”的黛玉——

(8) 不料自己未张口，只见黛玉先说道：“你又来作什么？横竖如今有人和你顽，比我又会念，又会作，又会写，又会说笑，又怕你生气，拉了你去，你又作什么来？死活凭我去罢了。”

（第二十回，2006：196-197）

黛玉的这句反讽话语可及程度极高，因为话语命题与七项语境信息都产生了明显的不相容性，因此，该例符合反讽理解的第一种典型情况——快速识别反讽意图。其中，最突显的语境信息是语言线索。一方面，Seto 认为一些（与某些韵律标记搭配使用的词汇、句法、或文体）语言信号多被反讽者用来传递反讽意义（也可参见 Kreuz et al.，1999）。例如：“You are an absolute genius.”中的强调性修饰语“absolute”就明显地表达出反讽的意味。在黛玉这句反讽话语的前半部分，“横竖”一词赋予“顽”字以隐含意义，表明反讽者的主观态度与实际话语所隐含的态度之间存在不相容性，讽刺意味蕴含其中。另一方面，Yamanashi (1998：227) 认为，不必要的反复很可能表明说话人对她的话语命题持批评态度。黛玉用四个“又会”反复将宝钗与自己作比较，明说的是宝钗有能耐，样样都比自己强，暗含的却是对宝玉在乎宝钗、慢待自己的强烈不满。这些语言线索与话语命题产生的不相容性足以使受话人识别黛玉的贬抑态度，因而是主导语境信息。此外，与命题不相容的辅助语境信息进一步充实了语境，从而使黛玉对话语命题所持的贬抑态度更加容易被识别。

语境信源：

百科事实信息（是）

生平资料（是）

互文知识（否）

相互知信（是）

客观场景（是）

非言语行为（是）

上下文（是）

语言线索（是，主导）

黛玉说这句话时正在为宝钗拉走了宝玉，把自己晾在一旁生闷气。显然，这与赞扬的命题内容不相容（客观场景）。作为受话人的宝玉和读者，对黛玉的心事已有了比较深刻的了解：黛玉因"金玉良缘"和"木石前盟"的矛盾，一直对宝玉、宝钗的亲密关系难以释怀（有关发话人的生平资料）。对话双方乃至作家曹雪芹和读者们都明白，在这"念""作""写""说""笑"五大功夫上，黛玉绝不比宝钗逊色。前三项自不必说，就是"会说话"这一点，也是得到宝玉的充分认可："若说是会说话的可疼，这些姊妹里头，也只是凤姐姐和林妹妹可疼了"（宝玉语，2006：345）。因此，话语的字面意义与双方的共享信息不相容（相互知信），也与小说世界的客观事实不相容（百科事实信息）。另外，黛玉前半句是在回声上文中宝玉的前序话语"只许同你玩，替你解闷儿？"（曹雪芹，2006：196）同时表达自己的贬抑态度（上下文）。再配合着黛玉说话时的神情"抽抽噎噎的哭个不住"（曹雪芹，2006：196）（非言语行为），受话人必定能理解黛玉的反讽言语行为，因为她这一非言语行为与典型伴随赞扬性言语的正常非言语行为明显不相容。所有这些语境信息都帮助受话人不费吹灰之力便可识别黛玉的字面评价与现实事实之间的明显冲突，从而推导出黛玉的反讽意图：讽的是宝钗巧言令色、取悦于人；刺的是宝玉用情不专，定力不够。

以上七例反讽交际的认知语用分析从不同角度证明，无论是较为直接的常规反讽还是相对间接、更为细致的反讽交际，大多数与小说反讽交际有关的语境信源的激活有助于受话人对逆期待性失匹配的感知，引导他超越话语命题的字面评价进行语用加工，快速获得反讽者意欲实现的隐含评价。

5.1.1.3 部分语境信源被激活

与上面的例子相比，下面各例反讽所激活的语境信源的数量要少一些（3～5 项）。尽管如此，由于与小说反讽交际有关的主导语境信源被激活，并且所激活的多项语境信息与话语命题内容之间的不相容性已达到了足够的冗余程度，可以触发受话人搜寻话语的回声性和发话人对回声命题所持的贬抑态度，因此，受话人仍然可以较快地透过话语的明说意义，推导出发话人的反讽交际意图。

就拿黛玉“粧疯”和“借口手炉，语带双关”二例来说，可以算得上是《红楼梦》反讽艺术中的经典。之所以成为经典，原因是多方面的。下面，我们具体研究一下这两例反讽识解过程中的多源语境激活。

《红楼梦》第十二回中，在贾府看戏时，宝钗向宝玉细细解释《鲁智深醉闹五台山》一出戏的妙处。宝玉听后对宝钗的精彩解说和博学多才大加称赞。这时：

(9) 林黛玉道：“安静看戏罢。还没唱《山门》，你到《粧疯》了！”说的湘云也笑了。

（第十二回，2006：209）

《山门》与《粧疯》两出剧原本互不关联，黛玉为何把它们串联起来？湘云听后又为何笑了？话语的明示信息仅为交际意图的推导提供了初始语境，受话人对逆期待性失匹配的感知促使他从认知环境中选择相关语境假设，对该初始语境进行扩展。在语境重构过程中，最可及的语境假设便是“粧疯”与“装疯”谐音双关。该语言线索所提供的信息与话语所表达的命题反向关联，它们之间的不相容性达到了一定的冗余程度，因而是理解黛玉反讽话语的主导语境信息，与新信息相互作用，足以使受话人以较小的认知努力便可推导出黛玉的暗含意义：黛玉把两出戏目巧妙串联，字面意义是批评宝玉疯疯癫癫不沉稳，深层含义却是对宝玉称赞宝钗表达不满。

虽然该单一语境信源足以引导对言语反讽的探寻过程，但是并不排除下面这种可能，那就是辅助语境信息充实语境，从而使说话者对话语命题所持的贬抑态度更容易被识别。在该例中，除了语言线索（主导语境信息）提供的高度突显的语境信息与话语命题产生明显的不相容性之外，其他同时激活的辅助语境信息有助于反讽意图的识别。这些辅助语境信息包括：当时众人正在看戏，宝玉大加称赞宝钗对戏的解释和博学，黛玉的发难显然与这一氛围不协调（客观场景）；依据常识，《粧疯》和《山门》是互不相干的两出戏（百科知识）被放在了一起，明显违反选择限制，会引发逆期待性不匹配。黛玉心里眼里只有宝玉，岂能容忍他去盛赞别人？（有关发话人的生平资料）另外，在场人作出了有标记的反应——“说的湘云也笑了”（非言语行为）。这一笔带过的描述从侧面证明黛玉的话语并非简单的字面意义的交际，话中必有深意。就连局外人湘云都识别出黛玉话语中的反讽意图，更何况当事人呢？所有这一切都表明反讽理解中多源语境激活的重要作用，总结如下。

语境信源：

百科事实信息（是）

生平资料（是）

互文知识（否）

相互知信（否）

客观场景（是）

非言语行为（是）

上下文（否）

语言线索（是，主导）

可见，同时激活的多项语境信息促使受话人快速识别语境信息与话语命题之间的不匹配，从而为反讽理解提供了更高程度的信息支持，不但确证了黛玉这一双关的反讽意图，而且可以使受话人体味该讽刺性幽默话语的丰富的诗学效果——黛玉讽刺得虽然有些犀利，其中却夹杂着嫉妒的酸楚。反讽意义的重构和复调性诗学效果的领悟都离不开认知语境的参与，是受话人选择并激活相关语境信源、寻求最佳关联的认知过程。

《红楼梦》第八回中，宝、黛二人在薛姨妈家吃酒，宝钗劝宝玉不要喝冷酒，宝玉言听计从。这一情形引起黛玉的嫉妒，于是她便借小丫鬟雪雁来给她送手炉的机会，借题发挥，实施了绝妙的一例反讽交际：

> (10) 黛玉因含笑问他说："谁叫你送来的？难为他费心，那里就冻死我了！"……黛玉一面接了抱在怀中，笑道："也亏你到听他说，我平日和你说的全当耳傍风，怎么他说了你就依，比圣旨还信些！"
>
> （第八回，2006：85）

这便是黛玉著名的"借口手炉，语带双关"。黛玉借眼前雪雁遵从紫鹃吩咐送手炉之事来讽刺刚刚宝玉听从宝钗规劝不喝冷酒一事。而明说提供的信息仅仅是推理的前提，推理的关键在于结合故事情节的发展、提取人物会话时的情景语境信息来拓展认知语境。只有深入情景语境内部才能真正领悟借题发挥、指桑骂槐中的真正含义。正如万有文库《石头记》上明斋主人总评说，读《红楼梦》"总须领略其笔外之神情，言时之景状"[①]。因此，互显的客观场景是理解该反讽交际的关键，促使受话人主动进行语境化过程，在关联原则指导下进行推理，从而获得黛玉反讽交际的隐含意义：看到宝玉对宝钗如此地言听计从，黛玉心里甚为嫉妒，但她却按兵不动，静观其变。雪雁来送手炉本是巧合，却成了黛玉实施反讽言语行为的良机，于是她含沙射影地将宝玉、宝钗二人奚落了一番，既不显山，也不露水，难怪甲戌本在本回双关旁侧批："吾实不知何为心，何为齿、口舌"[②]，对黛玉的机敏聪慧、攻击的含蓄巧妙称赞不已。

该例属于反讽理解的第一种典型情况，不但证明多源语境激活是反讽理解的关键，可以使受话人（包括宝玉、宝钗以及读者）

---

① 转引自周中明（2007：185-186）。

② 转引自林兴仁（1984：182）。

以较少的认知努力获得最佳的语境效果，而且展示出主导语境信源与辅助语境信源之间的互动在小说反讽交际中发挥着重要作用。在该例中，促进反讽理解的辅助语境信源包括交际双方（黛玉—宝玉、宝钗）都明白，宝玉对宝钗言听计从，使得黛玉心中大为不爽（相互知信）。其实，黛玉对宝玉、宝钗之间的关系过于敏感，她的敏感造成她多心，而她的多心是她在处理宝、黛、钗三人关系中多用反讽的主要原因（有关发话人的生平资料）。为了实现她反讽的复调意义，黛玉除了配以使用反讽言语行为通常伴随的“笑道”（非言语行为）之外，更重要的是黛玉运用了两项突显反讽意图的语言线索：双关和挑空儿。

首先，言语反讽所具备的现象与现实之间的对立本质，具体到黛玉“借口手炉，语带双关”这个例子，就表现为借眼前的客观事物或事态来讲述另一个意思，使这一意义兼指明暗两件事，即所谓的指桑骂槐。让我们具体分析一下黛玉的这几句话语（参见林兴仁，1984：181）：“难为他费心”，明说意义是难为紫鹃费心，暗含的却是讥讽宝钗费心劝宝玉；“那里就冻死我了”，明说意义是不用手炉也不冷，暗含意义是喝点冷酒也不至于冻死；“也亏你到听他说”，明说意义是雪雁听紫鹃的话，其实是在讽刺宝玉听宝钗的话；“怎么他说了你就依”，明说意义是紫鹃说了雪雁就依，双关到的却是宝钗说了宝玉就依。这一明一暗两层信息，须得依靠互显的客观场景（主导语境信息）通过推理来愈合。其次，该例的挑空儿也是黛玉实现她反讽意图的重要手段。所谓“挑空儿”是指通过针尖对麦芒般的对话冲突，使话语命题与语境信息之间的不相容性更加突显，在尖锐的言语交锋中突出人物语言的性格化特征，创造出讽刺、抨击的强烈反讽诗学效果。借助挑空儿实现反讽意图的要义在于将对方的言或行作为回声源，鲜明地表达出对回声内容的贬抑态度。这里，黛玉就是将宝玉听从宝钗规劝不喝冷酒这一言行事件作为回声源，挑出此空儿，借数落雪雁送手炉来回声这个空儿，并对宝玉的乖顺听话加以贬抑，从而创造出一击二鸣的复调效果，“不仅语言高度性格化，而且使人物形象生动有趣至极”（周中明，2007：128）。

与该反讽识解相关的语境信源总结如下：

语境信源：

百科事实信息（否）

生平资料（是）

互文知识（否）

相互知信（是）

客观场景（是，主导）

非言语行为（是）

上下文（否）

语言线索（是）

对小说反讽交际中多源语境激活过程的剖析充分表明：反讽意义的重构过程实际上是认知语境的趋同过程，激活的相关语境信源所提供的信息支持，使得发话人所传递的话语信息与受话人理解之间实现“最大相似性”（冉永平，2000）。

最后值得一提的是，作为非言语交际的组成部分，受话人的反应在该反讽理解中所起的作用不容忽视。分析受话人的不同反应对于赏析该反讽话语的诗学效果以及研究小说反讽交际的独特性都是非常有价值的。先让我们回顾一下该例后半部分对受话人反应的生动描写：

……宝玉听这话，知黛玉借此奚落他，也无回护之词，只嘻嘻的笑了两阵罢了。宝钗素知黛玉是如此惯了的，也不去採他。薛姨妈因道：“你素日身子弱，禁不得冷的，他们记挂着你到不好？”黛玉笑道：“姨娘不知道。幸亏是姨娘这里，倘或在别人家里，人家岂不要恼？好说就看的人家连个手炉也没有，爬爬的从家里送个来。不说丫头们太小心过余，还只当我素日是这等狂惯了呢。”薛姨妈道：“你是个多心的，有这想，我就没这心了。”

（第八回，2006：85）

该例充分表明小说反讽交际的多维多边性特征和主导语境信源与辅助语境信源的交互作用。整个反讽交际涉及多个参与者，其交际是通过多种途径得以实现的：雪雁是黛玉话语的明说对象，她们之间的交际是直接的、互动的，但由于不平等的社会地位和特定的主仆关系，雪雁并没有发言权；黛玉的意欲发话对象是作为旁观者的宝玉和宝钗，他们之间的交际是间接的、非互动的。黛玉利用互显的情景事件（主导语境信源：客观场景）冷嘲宝玉、热讽宝钗。他们二人均立即识解了黛玉的言外之意，作出的反应却有所不同：受到冷嘲的宝玉，因无回护之词只好嘻嘻地赳笑；遭到热讽的宝钗，由于藏愚守拙的性格特质而保持沉默。只有局外人薛姨妈，由于缺乏必要语境信息的支持，没能领会黛玉反讽话语中的门道，因而将其作字面理解。局内人和局外人的不同表现恰恰反衬出黛玉敏捷的反应和锋利的言辞，信手拈来，使得讽刺揶揄的诗学效果呈现出复调性和多层次性。

总之，对黛玉“借口手炉，语带双关”的认知语用分析一方面表明主导语境信源的激活是小说反讽交际成功的关键；另一方面说明主导语境信源与其他辅助语境信源的交互作用可以大大加速反讽加工的进程，营造出非同凡响的诗学效果——“叫人恼不是，喜又不是”（宝钗语，2006：86），这句话恰如其分地对黛玉言辞的尖刻而又无懈可击作出了精准的点评。

通过对上面两个例子的分析我们可以得到一个重要启示，那就是我们在运用小说反讽交际的认知语用阐释框架来研究反讽理解的多源语境激活时，不应忽视受话人对反讽言语行为所作出的反应。它作为非言语行为线索与其他语境信源一起在反讽识解过程中发挥着引导的作用。下面一例能够更加有效地阐明这一论点。

(11) 宝玉笑道：“咱们明儿下一社又有题目了，就咏水仙、腊梅。”黛玉听了，笑道：“罢罢，我再不敢作诗了，作一回罚一回，没的怪羞的。”说着，便把两手握起脸来。宝玉笑道："何苦来，又奚落我作什么？我还不怕燥呢！你到握起脸来了。"

（第五十二回，2006：527）

为了理解该话语的反讽含义，说者期待听者识别她是在反讽地回声一个描述性语境中发出的话语。确实，我们可以轻而易举地对话语的反讽意义作出有效的理解，因为语境信息排除了一切认为说者想通过话语命题表达明说意义的可能性。因此受话人只需要付出最小的认知努力便可实现该反讽交际的成功。毫无疑问，识别话语的回声性仅仅是受话人在众多语境信源中同时探察到的多重不相容性之一，其语境支持在会话过程中触发了反讽理解。如下面所展示的，该例中有多项语境信源与话语表达的命题产生了不相容性，属于反讽理解的第一种典型情况。

语境信源：

百科事实信息（是，主导）

生平资料（是）

互文知识（否）

相互知信（是）

客观场景（是）

非言语行为（是）

上下文（否）

语言线索（否）

在该例中，话语命题与我们有关黛玉诗才出众的具体情景期待之间存在不相容性（详见§4.1.1.3 微观社会情景期待）。所以，说者一方缺乏诚意。由此我们可以得出结论：黛玉是在制造反讽。另外，其他辅助语境信息的激活加速了反讽理解的过程。它们是：受话人知道，黛玉聪慧过人，喜欢并善于抓住稍纵即逝的机会进行反讽（受话人有关发话人的生平资料）；当时，宝玉前面说下一社又有了新诗题，按照常规黛玉仅给予肯定或否定的回答即可，可她却将话题一转，说自己再不敢作诗，因为屡屡受罚。显然，她的话语多多少少与宝玉谈论定诗题的话题不搭调，她这是在有意违反相关原则（客观场景）；其实她哪里是在说自己，而是在奚落宝玉，因为宝玉在诗社作诗时总是发挥不佳，常常受罚，这是宝、黛以及在场的其他人都知道的（相互知信）。该互知信息在宝玉的回应中也得到了充分地印证——“宝玉笑道：‘何苦来，又奚落我作什么？我还不怕燥呢！你到握起脸来了。’”（曹雪芹，2006：527）。此外，叙述语言明示出黛玉说话时配有的副语言“笑道”“说着，便把两手握起脸来”（非言语行为），也进一步突显了话语的反讽意义。黛玉这一故作害羞状的非言语交际与真正羞愧时伴随的典型的非言语行为不相容，必定能够帮助受话人识别话语所表达的反讽意图。所有这些语境信息与话语产生的不相容性使受话人快速识别黛玉的贬抑态度以及应运而生的快乐真诚的诗学效果。

在小说反讽交际中，如果只有部分语境信息被激活，反讽意图却能被快速识别，那么交际成功的关键是主导语境信源被立即激活并与话语命题产生明显的不相容性。虽然其他辅助语境信源不算多，但是，受话人在逆期待性失匹配的激发下会迅速激活相关语境信息进行推理，从而作出最佳相关的理解。客观地说，平儿和探春很少实施反讽行为，但下面两例却展现出她二人时而语言犀利的一面。

(12) 平儿咬牙骂道：“都是那贾雨村什么风村，什么半路途中那里来的个饿不死的野杂种。”

（第四十八回，东麓书社 1993 年版）

在东麓书社 1993 年出版的《红楼梦》中，平儿这句话明显表达了反讽意图。《红楼梦》中有“雨村”（指贾雨村），却没有“风村”。显然，话语命题与小说世界的客观事实不相容（百科事实信息）。其实，作者这里是利用“雨”和“风”的强关联，由“雨村”临时类仿出“风村”，表达了平儿对贾雨村的反感。这一仿词手法的运用足以使受话人识别平儿的反讽意图，因而语言线索是该反讽理解的主导语境信息。但是要想进一步推导出平儿话语的隐含意义，则需要结合上下文所提供的相关事件的来龙去脉以及其他几项同时被激活的辅助语境信息：贾雨村讨好贾赦，为了几把扇子将扇主迫害致死并将充公的扇子献于贾赦。贾琏看不惯驳了几句，因而遭到贾赦毒打。平儿因此对贾雨村愤愤不平（有关发话人的生平资料）；平儿、宝钗都知道贾雨村是个投机逢迎的小人（相互知信）；再加上平儿说话时特殊的副语言“咬牙骂道”（非言语行为），明显表现出说话人的贬抑态度。这些辅助语境信息的激活加速了受话人识别平儿反讽意图的进程，因此该例属于反讽理解的第一种典型情况。多源语境信息的激活使得话语讽刺性诗学效果表现得极为强烈，表明平儿对贾雨村用不正当手段巴结贾赦的卑劣行径感到愤慨。

语境信源：

百科事实信息（是）
生平资料（是）
互文知识（否）
相互知信（是）
客观场景（否）
非言语行为（是）
上下文（否）
语言线索（是，主导）

通过分析可以看出，东麓书社出版的这个版本对平儿这句话的处理是得当的，为小说的语言表达增色不少。

（13）探春笑道：“你办事办老了的，还记不得，倒来难我们！你素日回你二奶奶，也现查帐去？”

（第五十五回，转引自林兴仁，1984：67）

在《红楼梦》中，有的形容词，加上了作者或说话者的主观评价色彩，可以鲜明地表达发话人对话语命题所持的评价性态度。在该例中，“老”字除了指年岁大之外还指办事时间长、富有经验，附带有一定的情感色彩。如果作褒义词，我们通常有“老练”“老到”等表达，如果作贬义词，我们有“老辣”“老于事故”“老油条”等表达方式。在这里，探春显然是在反话正说，以一“老”字来形容吴新登媳妇的办事能力，批评她故意办事不周，为难探春等人，带有讽刺的色彩。这一“老”字足以引起受话人的注意，探察出话语命题与语境假设之间的不相容性，从而识别话语的回声性以及说者对回声命题所持有的贬抑态度，因而是理解该反讽话语的主导语境信息。此外，还有四项辅助语境信息被激活加速了反讽识解的过程。它们是：赵姨娘的兄弟赵国基死了，到底要赏几两银子，吴新登家的谎称记不得，有意刁难探春，这与“老”字的本义（有经验）不相容（客观场景）；吴新登家的之所以这样做是因为她“藐视李纨老实，探春是年轻的姑娘……试他二人有何主见”（曹雪芹，2006：560），对这一点，对话双方都心知肚明（相互知信）。从书中我们了解到，探春为人精明、秉性刚强，决不容许他人歧视。因此，面对吴新登媳妇的刁难必然会予以反击（有关说话人的生平资料）。另外，探春说话时伴随的面部表情“笑”，与话语略带责备的语气相搭配明显不相容，突出了说话人对回声意义所持的不赞成态度（非言语行为）。该例中与话语命题不相容的多源语境信息总结如下：

语境信源：

百科事实信息（否）

生平资料（是）

互文知识（否）

相互知信（是）

客观场景（是）

非言语行为（是）

上下文（否）

语言线索（是，主导）

凭借这些语境信息，读者可以快速地从“老”字的本义、附加义和附加色彩中推断出话语隐含的反讽含义及应运而生的讽刺性诗学效果：精明的探春态度鲜明地表达出对“吴姐姐这个办老了事的”管家婆的不满和讽刺。

晴雯虽“身为下贱”，却“心比天高”①。桀骜不驯的她在实施反讽言语行为时语言表现为锋芒毕露、疾恶如仇。作家曹雪芹通过突显话语命题与多项语境信息之间的不相容性来呈现晴雯独特的反讽言语风格。请看下面这段对话：

(14) 晴雯笑道：“我偏取这一遭儿去，是巧宗儿你们都得了，难道不许我得一遭儿。”麝月笑道：“通共秋丫头得了一遭儿衣裳，那里今儿又巧，你也遇见找衣裳不成？”晴雯冷笑道：“虽然碰不见衣裳，或者太太看见我勤谨，一个月也把太太公费里分出二两银子来给我，也定不得。”说着又笑道：“你们别和我粧神弄鬼的，什么事我不知道。”说着，往外跑了。

（第三十七回，2006：370）

在《红楼梦》第三十七回中，袭人、秋纹讨好主子，先后受赏。晴雯看不惯，明嘲秋纹、暗讽袭人。袭人自然明白晴雯对她的讽刺，本想通过支使人去探春、王夫人处取物件来转移目标，没想到晴雯却“宜将剩勇追穷寇”故意争着要去（客观场景）。晴雯的话语“虽然碰不见衣裳，或者太太看见我勤谨，一个月也把太太公费里分出二两银子来给我，也定不得”不仅是对先前情境事态的回声，而且也与几项语境信源提供的信息产生了不相容性，从而触发了反讽识解过程。

语境信源：

百科事实信息（否）

生平资料（是）

互文知识（否）

相互知信（是，主导）

客观场景（是）

① 太虚幻境薄命司中对晴雯的评语（曹雪芹，2006：49）。

非言语行为（是）

上下文（否）

语言线索（是）

晴雯平生最恨的就是那种奴颜媚骨的行径，她刚直不阿、绝不会趋炎附势，对袭人等人的奴才行为，她常常通过冷嘲热讽，表达自己的反感和鄙视（有关发话人的生平资料）。在场的人都知道，袭人竭力博得王夫人的欢心和信任，是王夫人安插在怡红院里的“哈巴狗”。作为奖赏，王夫人每月从自己的份例中拿出二两银子给袭人（相互知信）。受话人能理解晴雯的反讽言语行为，与晴雯说话时配合了具有反讽标志的非言语行为“笑道”“冷笑道”是分不开的。这些副语言进一步突显了她对回声话语的贬抑态度。在语辞方面，“一遭儿”和“巧宗儿”这两个儿化韵使晴雯的话语带有几分灵动性，在一定程度上增强了嘲讽的力度（语言线索）。在这些语境信源中，互知信息最有可能成为主导语境信息，它本身足以引导受话人识别晴雯在话语中对秋纹和袭人微微的讽刺。同时，在其他语境信息的辅助下，该理解过程并不会耗费受话人太多的认知努力。因此，该例属于反讽理解的第一种典型情况。通过这一反讽，作家成功地塑造出晴雯刚直不阿、直来直去的性格特征。可以说，这是一例成功的反讽交际。

(15) 五儿急的便说：“原是宝二爷屋里芳官给我的。”林之孝家的便说：“不管你方官圆官，现有赃证，我自呈报，凭你主子前辩去。”

（第六十一回，2006：627）

(16) 鸳鸯红了脸，向平儿冷笑道：“……别说大老爷要我作小老婆，就是大太太这会子死了，他三媒六聘的娶我去作大老婆，我也不能去。”

（第四十六回，2006：460）

这两例反讽有一个共同特点：发话人通过运用仿词手法使话语命题与语言线索所提供的信息之间产生明显的不相容性。尽管所激活的语境信源不多，但所产生的不相容性的冗余程度已达到了反讽理解的下限。因此，受话人能够快速地对发话人的反讽意图作出最佳相关的理解。具体来说，例（15）发生的背景是：王夫人房里丢了玫瑰露，正在查找，碰巧芳官送给五儿一瓶玫瑰露，被林之孝家的发现，因而怀疑是五儿偷了王夫人房里的露。在《红楼梦》的小说世界中从来没有方官圆官这样的人物。显然话语命题与小说世界的客观事实不相容（百科事实信息）。其实，说话人是在利用合仿表达自己的反讽意图——先根据“芳官”的“芳”与“方”谐音，音仿出“方官”，在此基础之上，利用“方”与“圆”在意义上的强关联性，由“方官”类仿出“圆官”（语言线索）。该语言线索是实现反讽理解的主导语境信息，足以使受话人识别其反讽意图——林之孝家的用这个仿词来说明不管是谁都要呈报，口气强硬蛮横。另外，受话人知道，林之孝家的因为和五儿的母亲柳家的结了怨，正想找机会报复她而玫瑰露事件恰巧给了她可乘之机（有关发话人的生平资料）；因此她承接上文五儿的话语“原是宝二爷屋里芳官给我的”（上下文），先谐音后临时仿造新词。与该反讽理解有关的语境信源总结如下：

语境信源：

百科事实信息（是）

生平资料（是）

互文知识（否）

相互知信（否）

客观场景（否）

非言语行为（否）

上下文（是）

语言线索（是，主导）

例（16）发生在平儿、鸳鸯正在谈论贾赦欲强纳鸳鸯为妾一事时。在这样的特定环境下，鸳鸯的话语所蕴含的反讽意图极易识别，因为有三项与反讽有关的语境信息被激活，并与话语命题之间产生不相容性，从而使受话人不用付出太多心理努力便可识别反讽话语的回声性及说者对回声话语所持的贬抑态度。其中，主导语境信息是反仿修辞手法的运用（语言线索）：“大老婆”“小老婆”在字面意义上构成严格的反向关联，鸳鸯将两词连用，使其产生仿词效应，强烈地表达出绝不做贾赦之妾的决心，对贾赦荒淫无道的好色本性加以抨击。在此基础上，受话人进一步激活相关的辅助语境信息充实认知语境，从而加速了反讽理解的过程。比如：正像本回目“鸳鸯女誓绝鸳鸯偶”所点明的，鸳鸯坚决不同意嫁给贾赦（有关发话人的生平资料）；鸳鸯发话时，明显具有反讽标志的副语言“红了脸”“冷笑道”（非言语行为）也进一步强化了她对话语命题所持的贬抑态度。

语境信源：

百科事实信息（否）

生平资料（是）

互文知识（否）

相互知信（否）

客观场景（否）

非言语行为（是）

上下文（否）

语言线索（是，主导）

综上所述，这两例反讽均属于反讽理解的第一种典型情况，表达出强烈而鲜明的讽刺性诗学效果。

在本节，我们探讨了当3～5项与小说反讽交际有关的语境信源被激活时，受话人可以快速识解发话人的反讽意图。正如我们对八例代表性反讽交际的分析所展示的，主导语境信息的激活是确保受话人启动反讽加工的关键，它们所提供的语境信息与话语命题之间的不相容性以及它与若干辅助语境信源的交互作用足以使受话人发现话语命题中所隐含的失匹配性，并意识到这种失匹配与话语的字面期待相冲突。换句话说，由多源语境激活所触发的逆期待性失匹配是受话人快速反讽加工的要义。

5.1.2 叙述者叙述中的言语反讽

在《红楼梦》的言语反讽交际中，作家的反讽意图除了通过人物之间的反讽对话来实现，还借助叙述者的叙述语言传递给读者。叙述者以貌似客观、公允的口吻对小说中的人物、事件或事态进行评述，但客观实情往往与之相冲突，从而“造成叙事内容与述说语调之间的矛盾，显示反讽意图，表达作者的真实情感和评价倾向”（刘上生，2002：416）。在小说叙事研究中，这种反讽性的叙事言语被称为“评述型反讽语式”（梁扬、谢仁敏，2006：187）。运用我们所构建的小说反讽交际的认知语用理论框架加以阐释，评述型反讽语式就是叙述者的评述命题与所评述对象的客观事实之间明显不相容，以此实现叙述者（进而作家）对评述命题的批评性隐性评价。这一点在《红楼梦》中是通过作家与叙述者分离（应必诚，1995）来实现的。作家将叙述任务从“超层叙述者”[①] 那里“收回”，转而委托故事的旁观者“石兄”（主层叙述者）或小说世界中的某个人物（次层叙述者）进行评述，这样，作家就有机会使自己的思想题旨、价值判断和态度评价与叙述者的评述相异甚至相悖。而评述型反讽语式正是利用这种不一致诱发读者的逆期待性失匹配感受。读者在逆期待感受的触发下激活相关语境信源，根据评述命题与语境假设之间的对立效应，判断叙述者的评述不可靠，付出认知努力深思其产生的原因，推导双层语义背离关系所隐含的深层意义，最终对作家真正的批评性态度评价作出最佳相关的理解。可见，通过多源激活探察评述命题的语境不相容性并凭借认知语用推理获得作家的隐性评价是识解评述型反讽语式的关键。下面，我们通过对典型案例的分析，从

① 梁扬、谢仁敏（2006：189-190）将《红楼梦》的叙述者划分为三个层次：超层叙述者、主层叙述者和次层叙述者。其中，主层叙述者石兄是本节探讨“评述型反讽语式”的重点关注对象。在认知语用阐述中，我们适当引入梁扬、谢仁敏（2006）有关叙述者三分说的理念。

认知语用角度探究评述型反讽语式的认知运作机制。

(17) 王夫人固然是个宽仁慈厚的人，从来不曾打过丫头们一下，今忽见金钏儿行此无耻之事，此乃平生最恨者，故气忿不过，打了一下，骂了几句。

（《脂砚斋全评石头记》，第三十回：392；转引自梁扬、谢仁敏，2006：193）

例（17）是作家通过主层叙述者石兄实现的一例评述型反讽语式。通过对该例的分析，我们可以梳理出评述型反讽语式运作过程中的三个基本特征。

第一，作家对石兄限知视角的操纵是实现评述型反讽语式的必要前提。“叙述最能反映出叙述者的思想特点，它不仅可以直接通过议论等表达叙述主体的观点看法，而且能够通过叙述语调来表现叙述主体的情感评价。”（李荣启，2005：162）石兄叙述兼顾超层叙述者全知叙述视角和次层叙述者限知叙述视角的双重优势，可以被作家灵活操纵，为实现作家的反讽意旨服务。为了达到反讽目的，作家将石兄无标记的全知叙述视角调整为标记性的限知视角，这样便可造成石兄评述所呈现的态度评价与作家真正的立场观点背离并且对立，为评述型反讽语式的成功实施作好了必要准备。

第二，受述者的客观实情是造成评述命题语境不相容性的首要参照。这一点在例（17）中是通过激活多项语境信源来提取证据的。首先，引发石兄述评的前因是宝玉趁他母亲午睡时与其贴身丫头金钏儿嬉闹，被王夫人抓住，并责打了金钏儿。这一微观情景期待（属百科事实信息）与王夫人从来不曾打过丫头的评述命题明显不符，是理解该言语反讽的直接线索。其次，评述命题与当时的客观情形不相容——如果说宝玉与金钏儿戏言应当受罚，也该各打“五十大板”。可王夫人却偏袒宝玉，严惩金钏儿（客观场景）。另外，倘若进一步联系下文中人物语言或叙述语言对王夫人凶残行径的描述，读者同样可以探察到评述命题的语境不相容性。比如：通过下文的叙述，我们了解到金钏儿事件的直接后果是王夫人不念多年的主仆情意，无视金钏儿的苦苦哀求，硬是辞退金钏儿，导致金钏儿含辱而死（第三十回）；王夫人带人清理宝玉的怡红院，无情地处置了晴雯、四儿等人（第七十四回）。其实，无论是微观情景期待，还是客观场景，或是上下文语境，归总起来，都属于叙述者使用语言的情境知识。作家通过人物语言或叙事语言讲述小说故事的情境，使情境知识所提供的语境假设与评述命题的字面褒奖明显冲突，从而实现对评述命题所表达观点的负面隐性评价。读者需要全面考察与当前反讽语式相关联的人物语言和叙事语言所讲述的故事情节，捕捉其中多项语境不一致性。只有这样才能推导出反讽语式所隐藏的贬责意味，快速识别作家对王夫人的讽刺抨击态度。

语境信源：

百科事实信息（是，主导）
生平资料（否）
互文知识（否）
相互知信（否）
客观场景（是）
非言语行为（否）
上下文（是）
语言线索（是）

第三，标记性的语言线索是识解作家批评性隐性评价的触发器。虽然作家通过操纵叙述者的限知视角使自己的观点立场与叙述者的态度评价分离，但是为了反讽交际的成功实施，作家往往使叙述者以褒奖、赞赏等正面辞令进行评述的同时配合标记性的语言线索，以便强化评述命题与语境信息之间的高反差，进而实现双层语义的背离关系，为确保读者识解作家的反讽交际意图提供强有力的证据。例（17）中的拆词镶嵌用法“宽仁慈厚”便是典型的反讽语言线索。“宽厚”和“仁慈”是两个无标记的语言表达方式。作家故意将这两个双音节词拆开，变成四个单音节词，并交叉镶嵌，组合成一个标记性的新词“宽仁慈厚”，其显明程度极高，强化了讽刺意味的表达。倘若说成“宽厚仁慈”（如周汝昌校订版，2006：300），其反讽修辞效果就会大大削弱。由于作为次层叙述者的小说人物进行评述时带有鲜明的个性底色，所以读者不用付出太多努力便可将作家的观点与人物的观点剥离开来。主层叙述者的情况则复杂得多。因为石兄的叙述视角既可以是全知的，也可以是限知的，而且在多数情况中是以全知视角呈现，所以作家态度评价的传递具有更高程度的间接性，读者识解的难度会随之增加。为了节省读者在识解时所付出的认知努力，获得最佳理解效果，作家更有可能使用标记性的语言线索来突显其反讽意图。例如：

（18）王夫人原是天真烂熳之人，喜怒出于心臆，不比那些饰词掩意之人，今既真怒攻心，又勾起往事……

（第七十四回，2006：770）

这是王夫人找茬儿整治晴雯时，主层叙述者所作的评论。如果与书中由次层叙述者实现的评述型反讽语式——宝钗说“姨妈是慈善人”（曹雪芹，2006：32 1）——相比照，我们可以更加强烈地感受到标记性语言线索对于识解评述性反讽语式所发挥的重要作用：为了突出述说内容与客观实际之间的背离，作者通过使用极端正面形容词“天真烂熳”修饰王夫人，再配之以副词“原”，产生了“随意反讽触发器”（random irony generator，Kreuz & Roberts，1995：24），引导读者探察到由背离关系所产生的逆期待性失匹配。该例同样是通过多源语境激活突显评述命题的不可信性，使读者以较少认知努力便可识解作家对评述命题的负面隐性评价，其认知运作过程与例（17）无本质差别，在此，我们不再赘述，仅将激活的多源语境信源简要罗列如下：

语境信源：

百科事实信息（是，主导）

生平资料（否）

互文知识（否）

相互知信（否）

客观场景（是）

非言语行为（否）

上下文（是）

语言线索（是）

可见，语境拓展激活对评述型反讽语式的运作至关重要。除了上面两例分析中着重强调的事实信息和语言线索外，其他语境信源对于理解反讽语式也起到有效的辅助和促进作用，特别是上下文的作用不可或缺，因为读者对受述者客观实情的了解和对作家立场观点、审美态度的洞察大部分是从上下文中获得的。这一部分信息在理解过程中会进一步充实语境，促进读者对作家真正反讽意图的推导。下面，我们通过分析针对贾雨村的一例评述型反讽语式进一步阐明语境拓展激活对识解反讽语式的重要作用。

(19) 这日，那甄家的大丫嬛在门前买线，忽听得街上喝道之声。众人都说："新太爷到任了。"丫嬛于是隐在门内看时，只见军牢快手一对一对的过去，俄而大轿内抬着一个乌帽猩袍的官府过去了。丫嬛到发个怔，自思："这官好面善，到像在那里见过的。"于是进入房中，也就丢过不在心上。

（第一回，2006：13）

在该反讽语式中，有一项非常突显的语言线索，那就是标记性动词"隐"字的运用。这一语言线索激活了一项高度可及的语境信息：按照当时的礼仪规范，女子大门不出，二门不入，遇到如此嘈杂的人流隐于门内是合乎规范要求的，但对于贾雨村来说，作为新到任的地方官，按常规关心的应该是民生民情，可他却一眼看到了隐在门内的娇杏，实在是有违常理（百科事实信息）。这是理解该反讽叙述的关键。通读全书，读者知道《红楼梦》的作者对贾雨村这个人物持贬大于褒的态度（有关发话人的生平资料)。作为交际双方的作者和读者都应明白：一个人若是在喧闹的人群中一眼就认出隐在门里的女子，该人的心思可见用在了何处，该人的品行可想而知（相互知信）。另外，上下文的相关信息也为读者有效地作出反讽推理提供进一步理据：前文说贾雨村初遇娇杏时便“看得呆了”，见娇杏回头看他，“更狂喜不禁”（第一回，2006：8)，后文又说贾雨村娶了娇杏作二房（第二回，2006：15)。所有这一切都表明反讽叙述语式理解中多源语境激活所发挥的重要作用。

语境信源：

百科事实信息（是，主导）

生平资料（是）

互文知识（否）

相互知信（是）

客观场景（否）

非言语行为（否）

上下文（是）

语言线索（是）

通过语境的拓展激活，读者只需付出较少的处理努力便可快速识别“隐”字背后所蕴含的反讽意图——作家以娇杏的规矩守礼反向挤压贾雨村的淫邪无礼，讥讽贬责之意凝聚在动词“隐”字当中，创造出讽刺性幽默的复调效果。

如果我们细读《红楼梦》，就会发现，作家寓贬责于动词之中的反讽叙事手法并不仅仅用来刻画小人物、负面人物，像宝钗这个《红楼梦》的女二号，曹雪芹在塑造其人物形象时也使用了类似的手法，隐含传达出作家对不同受述者的情感态度评价。我们选取两个典型案例进行比照分析，以阐释在评述型反讽语式运作过程中语境激活和隐性评价之间的交互作用。

(20) 黛玉听了，方洒泪拜别，遂同奶娘及荣府中几个老妇人登舟而去。雨村另有一只船，带两个小童，<u>依附</u>

黛玉而行。

（第三回，2006：24）

（21）罕言寡语，人谓藏愚；
安分随时，自云守拙。

（第八回，2006：81）

通过对比这两个例子，我们发现它们虽然用来评述截然不同的两个人物形象，却有以下两个共同点。首先，原本中性的普通动词，当被置于叙述者使用语言的特定语境时，立即被赋予鲜明的评价趋向，丰富的褒贬情感寓于字词当中，体现出作家锻词的深厚功底。在例（20）中，动词“依附”在字面上描述的是贾雨村所乘小船行使的状态，作家借此影射受述者依仗黛玉老师的身份借贾府之力谋得官运和富贵。倘若我们用“依附”的近义词如“跟随”“依傍”加以替换，我们发现这些近义词皆无法如此贴切地刻画出贾雨村试图攀高附上、投机钻营的卑躬心态和屈膝形象。在例（21）中，“藏”和“守”两个动词分别来自他人对宝钗的评价和宝钗的自评。作家借此暗讽了宝钗世故圆滑、虚伪深沉的性格特征。若想真正理解作家通过锻词所表达的隐性评价，读者不仅要激活小说世界相关的事实信息，而且要调用图式化的百科知识、参照根深蒂固的社会规约。与此同时，读者也要对作家的人生经历、立场态度等背景知识有所了解。这就关涉到我们接下来要谈的第二个共同点——作家隐性评价的显明程度与语境拓展激活的数量和质量相关联。在理解例（20）的过程中，读者除语言线索（“依附”）外，还需要激活另外两项语境信源：(a) 客观场景：贾雨村的船跟随黛玉前往，表面上是护送黛玉进京，更重要的是想借贾府之力寻找复官的机遇。(b) 事实信息：在《红楼梦》中，贾雨村是一个见利忘义、攀附权贵的负面人物。在理解（21）时，读者在语言线索（“藏”“守”）的指引下，需结合宝钗这一人物的客观事实——她既不愚也不拙，这与评述型命题明显不符（事实假设）；以及作家对宝钗内敛虚伪性格本质的暗讽立场（有关发话人的生平资料）。这两例所激活的语境信源依次罗列如下。

语境信源［例（20）］：

百科事实信息（是，主导）
生平资料（否）
互文知识（否）
相互知信（否）
客观场景（是）
非言语行为（否）
上下文（否）
语言线索（是）

语境信源［例（21）］：

百科事实信息（是，主导）
生平资料（是）
互文知识（否）
相互知信（否）
客观场景（否）
非言语行为（否）
上下文（否）
语言线索（是）

相对而言，这两例所激活的语境信息（均激活 3 项）比例（17）和例（18）要少一些，相应地，作家通过评述型反讽语式所表达的负面态度评价更为间接，需要读者付出较多认知努力细细品味。尽管如此，由于评述命题与受述者的客观现实明显对立，作家的反讽意图仍然可及，读者可以透过明示信息领悟其中的贬抑态度和应运而生的讽刺性诗学效果。

通过对评述型反讽语式的理论诠释和案例分析，我们可以从认知语用角度深入理解评述型反讽语式的认知本质。第一，作家通过灵活操纵不可信叙述者（主层叙述者和次层叙述者）的限知视角，实现作家、叙述者、小说人物和读者的多重对话关系，从而将叙述者的显性评述与作家的隐性评价运筹于帷幄之中。第二，作家运用语言或非语言信号突显评述命题与客观现实之间的高度反差，诱发读者进行语境的拓展激活，用对立统一的视角对反讽语式的显性评述和隐性评价作出推理和评判，进而揭示作家真正的创作意图。第三，反讽语式通过评述命题与语境信源之间产生的逆期待性失匹配使价值评价更富有张力。与其他叙事语式（如宣讲语式、自白语式）[①] 相比，评述型反讽语式能引导人们用辩证的眼光看待客观世界，因而“更富有魅力，逗人深思”（梁扬、谢仁敏，2006：198）。

5.2 典型情况二：反讽意图的识别被推迟

当仅有很少的（3 项以下）与小说反讽交际相关的语境信源被激活时，所提供的语境信息与话语命题内容之间只产生了极小的不相容性，无法立即推翻明说理解，因而受话人一时难以确定发话人对话语命题究竟是持支持态度还是贬抑态度，为了获得发话人真正传递的交际意图，他需要经历一个耗费心智努力的明说—隐含加工序列，因而造成反讽意图的识别被推迟。“花园小径反讽”（garden-path irony）便是典型例证。[②] 受话人最初由于没有识别反讽意图标记，而仅对话语作字面理解。随着会话进程的推进，在理解的某个阶段，新证据使他意识到字面理解是不相关的，所得结论是不正确的甚至是荒谬的，他会激活相关语境信源来调整并重构自己的认知语境，转而选择反讽理解。这一语境化过程是迂回曲折的，就如同在花园中散步，发现误入歧途了，可以折返回来寻找更加合适的路径。

在小说反讽交际中，作家为了实现特殊的反讽诗学效果而故

---

① 梁扬、谢仁敏（2006）将叙述语式分为三种类型：宣讲语式、自白语式和反讽语式。详细内容可参见梁扬、谢仁敏（2006：165-198）。

② 参见 Sperber & Wilson（1986：242）、Zhao（2007，2011：179）、赵虹（2008：214）。

意增加说者态度的隐晦性：作家利用反讽说话人的“有意歧义”（intentional ambiguity）来展示该人物特殊的交际意图、独特的性格特征或对话双方微妙的人际关系；或者作家出于特殊考虑（如规避社会压力）而运用反讽的第二种典型情况来故意增加交际意图的含蓄性和间接性。针对这种情况，受话人（主要是读者）在认知上可以意识到字面/非字面序列性[①]。他愿意并有能力重构认知语境来探察隐含于话语中的失匹配从而识别反讽意图。但是，我们知道，语境的扩展会耗费处理努力。那么，为什么受话人还要这么做呢？那是因为语境（虽然很弱）提供了足够的能与话语命题之间不相容的信息支持，使得受话人为了寻求关联而值得付出努力去扩展语境。换言之，尽管语境支持比较弱，但是能够引导受话人作出这样的假定：发话人的态度可能是贬抑的，而话语的关联性恰恰表现在这一态度上。（Yus，2000a：56）与此同时，受话人也坚信，他在明说—暗含加工序列中所付出的大量认知努力会得到更加丰厚的回报，即我们所说的更加丰富的诗学效果。这便是在明说交际中难以探寻的反讽者的隐性评价和态度情感[②]——或悲苦、或生气、或讽刺、或调侃、或兼而有之（Pilkington，个人交流）。

在本节中，我们选取两例典型案例进行细致分析，以展示我们所构建的小说反讽交际的认知语用框架对反讽理解第二种典型情况的阐释力。

有一次，贾母的丫头来喊宝黛二人去贾母那里吃饭，黛玉先行在前，可宝玉却说要留下来陪着他母亲吃素斋。

（22）a. 宝钗因笑道：“你正紧去罢，吃不吃陪着林姑娘走一盪，他心里打紧的不自在呢。”宝玉道：“理他呢，过一会子就好了。”

（第二十八回，2006：274）

---

① 参见 Gibbs & O'Brien（1991）、Littman & Mey（1991）、Dews & Winner（1999）关于处理言语反讽中字面/非字面意义的相关论述。

② 参见 Pilkington（1992，2000）关于诗学效果的论述。

虽是这么说，可宝玉心里还是记挂着黛玉，所以匆匆吃过饭赶来找黛玉，只见黛玉正在贾母屋里裁剪什么。

b. 有一个丫头说道："那块绸子角儿还不好呢，再熨他一熨。"黛玉把剪子一撂，说道："理他呢，过一会子就好了。"宝玉听了，只是纳闷。

（第二十八回，2006：275）

黛玉通过对上下文的回声，含蓄地表达自己的反讽意图。黛玉的话语"理他呢，过一会子就好了。"与宝玉的原话只字不差，具有标记性。表面上，她是在回应直接听话人小丫头的话语"那块绸子角儿还不好呢，再熨他一熨。"其实，她意欲的交际对象是旁观者宝玉。黛玉在严格回声宝玉前序话语的基础上暗合针对，表达讥讽态度——既然你在宝钗面前说不理我，那么我也不理你。因此，上下文是理解黛玉本次反讽交际的主导语境信息。然而，宝玉听后感到纳闷说明该例不同于上面属于第一种典型情况的反讽话语，因为听话人宝玉没能快速识别黛玉话语的反讽意图。该例属于第二种典型情况——反讽意图的识别被推迟。宝玉认知语境中的百科知识、有关说者的生平资料和互文知识无法为他的推理提供信息支持。此外，发话时的客观环境和说者发话时的非言语行为与话语命题之间也不存在明显的不相容性。同时，黛玉说话中未出现明显标记反讽意图的语言线索。与该反讽话语的理解相关的语境信源总结如下。

语境信源：

百科事实信息（否）

生平资料（否）

互文知识（否）

相互知信（否）

客观场景（否）

非言语行为（否）

上下文（是，主导）

语言线索（否）

虽然听话人（宝玉）仍然按照典型情况一的程序进行推理，但由于缺乏语境支持，受话人很难快速断定说话人对命题究竟是持贬抑态度还是持支持态度。他需要付出更多认知努力对说话人是否所言即所意作出假设。在语境信息的基础上，受话人很有可能得出这样的结论：反讽理解，而非表达的命题，才是真正意欲表达的理解。

该例说明，在典型情况二中，受话人对发话人的态度产生了怀疑，不得不在明说与隐含中选择说话人意欲表达的含义。这是因为明说意义和隐含意义都与受话人有关。这种歧义是为了获得某种语境效果有意而为，其反讽理解的速度会大大减慢，宝玉的纳闷便是他经历明说—暗含加工序列的证据。最终，来自上文宝玉前序话语的信息支持使受话人产生逆期待性失匹配，并促使他作进一步思考：宝玉在纳闷什么？作为反讽交际的直接对象，宝玉纳闷的是他原先对宝钗说的话是怎么被早已出门的黛玉知道的？为了寻求合理的、最佳相关的解释，受话人会进一步付出心理努力推导出反讽话语丰富的诗学效果——作家曹雪芹以曲笔的方式惟妙惟肖地再现了黛玉那痴心等候宝玉的神情滋味。当时黛玉出门后本想等着宝玉一同走，可听到的却是宝玉对宝钗说不理她的话，她这才赌气独自离开的。如果作家是以直白的手法来处理这一插曲的话，不但原本的韵味丧失殆尽，而且黛玉话语所创造的讽刺性诗学效果也就荡然无存了。

> (23) 贾政问道："袭人是何人？"王夫人道："是个丫头。"贾政道："丫头不管叫个什么罢了，是谁这样刁钻，起个这样名字？"王夫人见贾政不自在了，便替宝玉掩饰道："是老太太起的。"贾政道："老太太如何知道这样的话，一定是宝玉。"宝玉见瞒不过，只得起身回道："因素日读书，曾记古人有一句诗云：'花气袭人知昼暖。'因这个丫头姓花，便随口起了这个名字。"
>
> （第二十三回，2006：221）

宝玉明引陆游《村居书喜》中的名句释解袭人的名字。倘若读者的推理仅停留在该明示层面，那就大大辜负了作家曹雪芹的深刻用意。其实，该例是反讽理解典型情况二的极好例证。

语境信源：

百科事实信息（是）

生平资料（否）

互文知识（是，主导）

相互知信（否）

客观场景（否）

非言语行为（否）

上下文（否）

语言线索（否）

作家借宝玉之口点明明引来源——陆游的《村居书喜》中的著名诗句“花气袭人知骤暖，鹊声穿树喜新晴”。启用我们关于该诗的互文知识，我们知道，这首诗主要描写的是初春时节的骤暖和新晴，所产生的字面期待应当是鲜亮、清新的。然而，该期待却与贾政的评价——此名刁钻——相冲突。逆期待性促使读者挖掘明引法的暗含意义。通过进一步激活互文知识，我们发现，作家在此处还同时运用了暗用法——引自初唐卢照邻的《长安古意》中的诗句“独有南山桂花发，飞来飞去袭人裾”，因为“桂花”是袭人的象征，“飞来飞去袭人裾”也与袭人的性格特征和命运归宿相契合。只有具备了这些互文知识和事实信息的读者此时此刻才真正找到了通关密语：曹雪芹不但对以袭人为代表的趋炎附势的奴才进行讽刺，而且以诗中描写的豪贵的盛衰迷途来影射贾府及贾府所象征的当时政权的命运，抨击朝政的黑暗及其毁灭下场。可见，互文知识是该反讽交际的主导语境信源。受话人（主要是读者）仍然按照典型情况一的程序进行推理，然而除了互文知识和事实信息外，再没有感觉到其他的语境假设与该例的命题内容不相容。由于缺乏语境信息的支持，读者会付出大量认知努力来推导作家的反讽意图，其反讽理解的速度会大大减慢。客观地说，该反讽交际存在很大风险，并非所有的读者都能识别作家的真正意图。因为读者需要具备充足的互文知识，并付出相当多的努力来进行明说—暗含的语用加工序列。那么，作家曹雪芹为什么选择如此隐晦的方式来表达反讽意图呢？在小说反讽交际中，作家力图传递自己的反讽交际意图，这是小说反讽交际所表达的“首要语用—心理含义”（primary pragma-psychological implications）（曾衍桃，2006：56），另外，作家还选择适当的交际形式，试图实现“次要语用—心理含义”（secondary pragma-psychological implications）（曾衍桃，2006：56），即反讽者在心理上增强与同盟者的谋和程度，同时疏远与反讽对象的心理距离。这种心理上的分化（polarization）必然涉及交际双方的面子。换句话说，反讽者在明说层面上遵循礼貌原则，但在隐含层面上却威胁到反讽对象的面子，它是“戴了面纱的”威胁面子的言语行为（veiled FTAs）（Brown & Levinson，1987）。鉴于此，作家利用反讽理解的第二种典型情况，有意制造语义歧义，以便增加反讽交际的隐含性，委婉地进行攻击而不引起冲突，让读者“间接地领会言辞中的锋芒”（Leech，1983：82）。与此同时，作家会启用相关反讽语境线索，制造评价表征与现实事态之间、主观语用—心理语境与客观认知环境之间以及反讽者的主观态度与话语所隐含的态度之间的反讽对立，以便诱发受话人产生不相容感受，鼓励他付出认知努力推导出反讽者意欲表达的隐性反讽评价，创造出独特的反讽诗学效果。考虑到作家曹雪芹写作的历史背景和社会环境——朝廷腐败，政治黑暗，没有言论自由，读者就不难理解作家采用间接方式表达反讽意图的苦衷。一方面，曹雪芹想要抒发对黑暗朝廷及其奴才的讽刺和不满；另一方面，又要保全自己，使得这部巨著能够存活下来。因此，曹雪芹有意使用这一含糊的反讽来隐含地提出批评和抨击。

综上所述，小说反讽交际的第二种典型情况的要义在于作家谋篇的意图性、言语表达的含蓄性和读者推理的曲折性。由反讽语境信源（虽然很少）提供的不相容性是通达交际成功的金钥匙。

凭借它，读者不但可以推导出作家意欲表达的反讽意图，而且可以捕捉到作家细微流露的态度、情感和心态。

5.3 典型情况三：反讽意图未被识别

在反讽交际的第三种典型情况中，由于欠缺语境支持(contextual support)，受话人没有产生逆期待性失匹配感受，因此，他既没有探察到话语的回声性，也没有识别出反讽者对回声命题所持的贬抑态度。相反，受话人认为话语的字面意义已与他足够相关，因而仅在明说层面上加工话语命题便终止了他的理解过程。如此一来，受话人的理解与发话人的意图相悖，反讽交际以失败告终。

在小说反讽交际中，微观层面（人物—人物）反讽交际的失败被作家所操纵，成为实现宏观层面（作者—读者）反讽交际的一种特殊途径。凭借有关小说世界的事实信息和上下文等语境线索，作家向读者暗示反讽说话人物的主观评价与话语所隐含的意欲评价之间不相容，从而诱发读者的逆期待性失匹配感受，进而通过语用推理识解作家对反讽听话人物所持的贬抑态度。借助对故事情节的了解和对语言语境线索的敏锐洞察，读者有能力激活相关语境信源拓展认知语境，推测出造成人物间反讽交际失败的原因：由于反讽对象（反讽听话人物）的认知语境中缺乏必要的语境支持，与话语命题未能产生不相容性，所以他自然而然地对话语作出非反讽理解，认为说话人支持所表达的命题内容，意欲以明说方式表达该命题。而反讽对象对语境信息的缺失正是作家攻击他的“软肋”，据此表达出从抨击批评到揶揄调侃不同程度的态度评价，创造出或讽刺、或幽默、或警醒、或逗趣不同类型的诗学效果。

在《红楼梦》中，尽管作家利用反讽交际失败实现交际意图的情况并不多，但是具有一定代表性。下面，我们选择典型案例进行认知语用分析。

（24）凤姐笑道："到底是太太有智谋，这是千妥万妥的。别说是鸳鸯，凭他是谁，那个不想巴高望上，不想出头的？这半个主子不作，到愿意作奴才丫头，将来配个小子，就完了！"

（第四十六回，2006：457）

贾赦欲纳鸳鸯为妾，叫邢夫人去向贾母讨。邢夫人先自同凤姐商量。凤姐认为这是"拿草棍戳老虎的鼻子眼儿"（曹雪芹，2006：456），劝邢夫人"别碰这个钉子"（曹雪芹，2006：456）。其实，凤姐的建议是正确的，但邢夫人却听不进去，反而对凤姐大为不满。凤姐见劝了也不中用，便立即调转方向，顺着邢夫人的话说"到底是太太有智谋，这是千妥万妥的"，其意义与《红楼梦》客观情况不相容，因为小说世界的事实信息告诉我们，邢夫人禀性愚强、一意孤行，对丈夫言听计从。作为儿媳的凤姐对此自然心知肚明。但是考虑到对话双方的人际关系（邢夫人为长辈，凤姐为晚辈），也是为了遵守礼貌原则（Politeness Principle，Leech，1983：132）中赞扬准则（尽力缩小对他人的贬损）和赞同准则（尽力缩小自身与他人之间的分歧），凤姐采用反讽这种隐性评价方式来表达她对邢夫人的嘲笑和不赞同。她故意判断性错用事态通常的合理评价标准，使用极端正面语辞"有智谋"和"千妥万妥的"来表达自己的反讽意图。可见，凤姐这句表达性话语的命题内容缺乏真诚性。通过激活上述知识语境线索和语言语境线索，读者可以推导出凤姐实施反讽言语行为所隐含的交际意图：凤姐反话正说，取笑邢夫人愚笨、顽固。

然而，在反讽对象邢夫人的认知语境中却不存在任何与该反讽交际相关的语境信源，因而也就无法提供反讽理解所必需的不相容性。其结果是她根本没有识解凤姐话语隐含表达的反讽评价，而是将凤姐的字面评价"有智谋""千妥万妥的"视作凤姐对她的真心称赞。这不仅印证了她愚强的禀性，而且进一步增添了讽刺的味道、营造出幽默的氛围。"幽默是一种智力上的创造活动，缺乏必要的洞察力、理解力，便很难真正地感受到幽默。”（胡范铸，1987：82）虽然凤姐对话语命题表达了贬抑态度，但由于邢夫人缺乏必要的语境支持，凤姐的反讽交际没有取得成功。其原因在于对话双方在认知环境上的差距和认知能力上的悬殊。正如小说对她二人或直接或间接的评价：

> ……邢夫人禀性愚强，只知承顺贾赦以自保，次则婪聚财货为自得，家下一应大小事务，俱由贾赦摆布。凡出入银钱事务一经他手，便克啬异常。以为贾赦浪费，须得我就中俭省，方可偿补。儿女奴仆，一人不靠，一言不听的。
>
> （第四十六回，2006：457）
>
> “……这位凤姑娘年纪虽小，行事却比世人都大呢！如今出挑的美人一样的模样儿，少说些有一万个心眼子。再要赌口齿，十个会说话的男人也说他不过……”（周瑞媳妇语）
>
> （第六回，2006：62-63）

作家运用微观反讽交际的失败成功实现宏观反讽交际。是最佳关联假设使得读者激活相关的语境信息，从而获得最佳语境效果：在该言语反讽的帮助下，邢夫人的愚强固执和凤姐的精明善变跃然纸上。经过反讽加工，读者可以充分体悟凤姐的恭维所产生的讽刺性幽默诗学效果，这会大大提高他的阅读兴趣。

语境信源（对于邢夫人）：

百科事实信息（否）
生平资料（否）
互文知识（否）
相互知信（否）
客观场景（否）
非言语行为（否）
上下文（否）
语言线索（否）

5.4 系列反讽的认知语用阐释

在《红楼梦》的言语反讽交际中还存在一种现象非常引人注目，那就是几句反讽连成一体，呈现出逐层递进的奇特布局。作家曹雪芹充分利用上下文在反讽交际中发挥的重要作用，突显话语的回声性，并在话轮推进的过程中逐步展现对回声内容的贬抑态度。与此同时，他还借助小说世界的客观现实、有关发话人物的生平资料、相互知信，甚至通过叙述语言描绘的对话双方的非言语行为为反讽意图的识别提供必要的信息支持。因此，《红楼梦》中的系列反讽交际具有独特的诗学效果：读者基于初始语境信息与话语命题内容之间的逆期待性失匹配调整、顺应、拓展甚至重构认知语境，在始终追求最佳关联的认知过程当中，不但识解了作家的首要语用—心理含义——作家在多个话轮递进过程中由浅及深地实现隐性反讽评价，而且领悟出作家精心设计的次要语用—心理含义——读者与作家的谋和程度逐渐增加，循序渐进地成为作家实施反讽行为的“同盟军”。下面，我们运用所构建的反讽理解的认知语用理解框架对宝、黛之间的一例系列反讽交际作出有效阐释。

> (25) 宝玉……只闻得一股幽香，却是从黛玉袖中发出，闻之令人醉魂酥骨。宝玉一把将黛玉的袖子拉住，要瞧笼着何物。……宝玉摇头道：“未必，这香的气味奇怪，不是那些香饼子、香毬子、香袋子的香。”黛玉冷笑道：“难道我也有什么罗汉真人给我些奇香不成？便是得了奇香，也没有亲哥哥亲兄弟弄了花儿、朵儿、霜儿、雪儿替我炮制，我有的是那些俗香罢了。”……（黛玉）一面理鬓，笑道：“我有奇香，你有暖香没有？”宝玉见问，一时解不来，因问：“什么暖香？”黛玉点头叹笑道：“蠢才，蠢才！你有玉，人家就有金来配你。人家有冷香，你就没有暖香去配？”宝玉方听出来，笑道：“方才求饶，如今更说狠了。”
>
> （第十九回，2006：188-189）

在第4章，我们曾经分析过，在这段对话中有三句言语反讽，它们分别是：(25) a. 黛玉冷笑道："难道我也有什么罗汉真人给我些奇香不成？便是得了奇香，也没有亲哥哥亲兄弟弄了花儿、朵儿、霜儿、雪儿替我炮制，我有的是那些俗香罢了。"(25) b. 黛玉……一面理鬓，笑道："我有奇香，你有暖香没有？"(25) c. 黛玉点头叹笑道："蠢才，蠢才！你有玉，人家就有金来配你。人家有冷香，你就没有暖香去配？"

这三句反讽话语从总体上体现出上下文在反讽理解中所起的重要作用（详见§4.3.1上下文）。然而语境信源的激活在这三句反讽话语中所起的作用却各不相同，因而受话人（听话人物和读者）对发话人（说话人物和作者）的反讽意图识别的难易程度也存在差异。下面我们就运用多源语境激活视角分别从作者—读者层和人物—人物层对这三句反讽话语进行多维多边性分析。

反讽1（25）a

就作者—读者之间的宏观交际而言，反讽1存在多项读者可以同时探察到的提供多维不相容性的语境信源，其语境支持在会话过程中触发了对话语的反讽理解。它们是：黛玉聪慧孤傲的性格和她悲苦寄居的身世造就了她经常使用反讽的语言风格（有关发话人的生平资料）。交际双方都知道，在第八回中，薛宝钗说是一个癞头和尚给了她治喘嗽的海上方儿，需应时应景的材料配制而成（相互知信）。黛玉回声上文宝玉的话语"这香的气味奇怪"（即奇香），同时表达了自己对该回声话语的贬抑态度（前序话语）。再加上黛玉说话时配以副语言"冷笑道"（非言语行为），该非言语行为与伴随断言性言语的典型的非言语行为不相容，具有反讽标记，使得黛玉的贬抑态度更加明显。另外，黛玉话语中还有多项标记性的语言线索，如：黛玉利用"和尚"和"罗汉"的正向关联，仿"和尚"生成类仿词"罗汉""真人"；利用"奇"与"俗"的反向关联，仿"奇香"生成反仿词"俗香"；利用北京方言中的卷舌音，仿"花儿"生成音仿词"朵儿""霜儿""雪儿"；以及带有反讽意味的反诘问句"难道……不成？"

［例（25）a宏］语境信源（作者—读者层）：
百科事实信息（否）
生平资料（是）
互文知识（否）
相互知信（是，主导）
客观场景（否）
非言语行为（是）
上下文（是）
语言线索（是）

在宏观反讽交际层面，由于读者的认知环境中具备充足的与该反讽交际相关的语境信源，所以他可以较为省力地探察到话语明说的字面评价与发话人隐含的意欲评价之间的不相容性（典型情况一），推导出黛玉（反讽说话人物）的交际意图——黛玉对宝钗炮制的“冷香丸”之说表示不屑，并在此基础上揣测作家设计该反讽交际的用意——“金玉良缘”成了黛玉的心病，因而对与之相关的“冷香丸”事件也倍加敏感，由此制造出本轮系列反讽交际的由头。

虽然宝玉听后和黛玉嬉戏，但从后文宝玉问“什么暖香?”来看，此时的宝玉并没有完全领会黛玉的反讽意图。所以，从人物—人物的微观交际层面看，这句话属于反讽理解的第二种典型情况。因为此时仅有三项语境信息对宝玉来说是显现的，并且与话语命题产生了不相容性，它们是：非言语行为、上下文和语言线索。

［例（25）a微］语境信源（人物—人物层）：
百科事实信息（否）
生平资料（否）
互文知识（否）
相互知信（否）
客观场景（否）
非言语行为（是）

上下文（是）

语言线索（是）

对黛玉来说，她认为这些不相容性应该可以促使宝玉对话语的真诚性产生怀疑，引导他进行最佳相关的假设，从而识别自己的反讽意图。然而对于反讽对象宝玉来说，尽管他激活的相关语境信源的数量（3 项）勉强可以达到快速识别反讽意图所需要的信源数量的下限，但是此时的他还没有把黛玉的这句反讽话语与前文有关宝钗冷香丸的背景知识（第八回）联系起来。该关键的反讽语境信息未能实现互明必然会增加宝玉识解黛玉反讽意图的难度，影响反讽理解的进程。若期待实现话语理解的最佳关联性，他需要付出更多的认知努力进行推理，因此，宝玉没能立即识别黛玉的反讽意图虽有些出乎黛玉的预料，倒也在情理之中。作为读者的我们则可以透过反讽意图的识解进程被推迟这一表象，体悟出作家设计该反讽交际的第二个用意——为黛玉深化反讽交际过程设置悬念，为接下来的反讽言语行为作好铺垫。

反讽 2（25）b

在作者—读者之间宏观交际层面，有 5 项（主导和辅助）反讽语境信源被激活，确保读者准确、迅速地识别黛玉的反讽意图。

［例（25）b 宏］语境信源（作者—读者层面）：

百科事实信息（是）

生平资料（否）

互文知识（否）

相互知信（是，主导）

客观场景（否）

非言语行为（是）

上下文（是）

语言线索（是）

“奇香”和“冷香”都可以在小说世界中找到对应的指称对象：“奇香”是宝玉在前序话轮中所说的黛玉身上的奇特香味；“冷香”则来自宝钗的“冷香丸”。而“暖香”却在字面上无法找到出处。显然，这与我们的百科知识不匹配，也与小说世界的事实不相容（百科事实信息）。其实黛玉这是在回声上文“奇香”一词的基础上（上下文），利用反义词对“冷—暖”的对应效应(contrast effect)，由“冷香”生成反仿词“暖香”（语言线索），从而达到语言讽刺性幽默的效果。而填充“奇香”与“暖香”之间空位的关键在于交际双方共享有关薛宝钗吃的药“冷香丸”的语境信息（相互知信）。因此，这一互知信息是理解该言语反讽的主导语境信息，足以诱发读者产生逆期待性失匹配感受来进行反讽加工。另外黛玉说话时的“笑道”并非是实施询问性的言语行为通常伴随的身势语言（非言语行为），这进一步突显了黛玉话语中评价表征与所表征的现实事态之间的冲突。

然而，宝玉的“一时解不来”说明在人物—人物的微观层面，该反讽交际并未获得成功。如果站在当事人宝玉的立场上推究原因，大概是因为“奇香”和“暖香”在明说层面上不存在直接关联，所以，宝玉若想对话语作出最佳关联的解释就必须付出认知努力激活相关的语境假设来拓展他的认知语境，起码要调用“宝钗有冷香丸”这一语境信息。但该主导语境信息在当时没能从宝玉的认知环境中突显出来帮助宝玉进行言语加工，相应地，本该能够辅助反讽识解的其他语境信源，如语言线索和上下文，也没有被激活。如此一来，宝玉的客观认知环境在当时无法为他的言语理解提供任何语境支持促使他产生不相容性感受。

[例（25）b 微] 语境信源（人物—人物层面）：

百科事实信息（否）
生平资料（否）
互文知识（否）
相互知信（否）
客观场景（否）
非言语行为（否）
上下文（否）
语言线索（否）

必要语境支持的缺失导致宝玉没有成功通达黛玉意欲表达的反讽含义。虽然他想通过进一步追问“什么暖香?”试图从对方那里获得明示信息的支持，但是他的这一努力恰恰表明宝玉在本轮言语识解中没有再付出认知努力对“暖香”的隐含意义进行语用推理，而是将话语的字面意义视为最佳相关的唯一理解，并就此终止了言语加工过程。

黛玉本次反讽交际的失败体现出作家的独具匠心。说话人物所设想的语境与听话人物所激活的语境不匹配，创造出奇特的诗学效果。通过该言语反讽，黛玉的敏感、醋意和宝玉的憨厚、老实跃然纸上。借助语境的激活和最佳关联的寻求，作家与读者实现谋和，该反讽话语不但实现了意念功能和人际功能，而且也起到了承上启下的连贯作用，成功实现其语篇功能。

反讽 3（25）c

黛玉的释语表达的反讽意图显而易见。无论是从作者—读者的宏观交际层面来看，还是从人物—人物的微观交际层面来看，该例符合反讽理解的第一种典型情况。多源语境激活和语境所提供的多维不相容性是成功实施该轮反讽交际的关键：

［例（25）c 宏/微］语境信源：

百科事实信息（是）
生平资料（是）
互文知识（否）
相互知信（是）
客观场景（是）
非言语行为（是）
上下文（是）
语言线索（是，主导）

前文我们提到，“暖香”所关涉的命题内容与我们所具备的百科事实信息不相容。另外，上下文所提供的语境支持在该系列反讽交际中一以贯之。除此之外，下列语境信源也与话语命题产生了逆期待性不匹配。“你有玉，人家就有金来配你”是指《红楼梦》中的金玉良缘之说。这“金玉良缘”之说与正在谈论的“奇香”的话题并不相干，换句话说，话语命题与客观情景不相容（客观环境）。然而象征宝玉、宝钗姻缘的“金玉良缘”和代表宝玉、黛玉爱情的“木石姻缘”之间的冲突是始终贯穿《红楼梦》情感故事的主线，这是交际双方共享的信息（互知信息），作为受话人的宝玉和读者也知道，金玉之说一直是黛玉心中挥之不去却又不好言明的阴影，因此她常常使用富有机锋的反讽话语敲打宝玉不要“见了姐姐就把妹妹忘了”（有关发话人的生平资料）。因此，黛玉在回声前文中金玉之说以及象征宝钗的“冷香”的同时以开玩笑的方式解释了她所运用的反讽用法“冷香—暖香”，并在明说层面突显“冷”与“暖”的反向关联（语言线索）。该突显的语言线索再辅之以明显具有标记性的视觉非言语行为“点头叹笑道”会立即触发受话人的反讽加工。这一过程甚至可能发生在话语的剩余部分被解码和推理之前。因此，语言线索最有可能成为该轮反讽理解的主导语境信源，其他相关语境信源由于反讽触发器的启动也提供相应的辅助语境支持，进一步确证话语的反讽意图并加速反讽加工进程。主、辅语境信源的交互作用使受话人（宝玉和读者）产生强烈的不相容性感受，进而快速、准确地推导出黛玉话语的隐含意义：黛玉拐弯抹角地讥讽金玉之说和与之相关的冷香丸事件，调侃之中流露出她内心对金玉之说所带来的冲击感到不安。作为反讽交际的最后一个话轮，该言语反讽所创造的诗学意蕴是孤立反讽交际所难以实现的：宏观（作者—读者）和微观（人物—人物）两条交际路径在此轮反讽中得以交汇，作者不但实现了首要语用—心理含义，即他的反讽交际意图，而且实现了与读者最大程度的谋和。读者先前所付出的努力最终得到丰厚回报，不仅可以融入局内，随着反讽对象一起懵懂、疑惑、顿悟、逗趣，而且可以置身局外，品评反讽的成败和作家的良苦用心。

在本节，我们运用小说反讽交际的认知语用框架对《红楼梦》中系列反讽交际进行纵深分析。为了展现多源语境激活在反讽话语中的作用，我们逐一分析反讽语对，结合小说反讽交际的多维多边性，我们从作者—读者的宏观反讽交际层面和人物—人物的微观反讽交际层面对每个反讽话轮进行认知语用阐释。通过选取典型案例进行个案分析，我们发现，案例中所涉及的三句反讽话语不但环环相扣，结构紧凑，而且涵盖了反讽理解的三种典型情况，详见表 5-1。

表 5-1　《红楼梦》系列反讽典型案例分析

	反讽 1（25）a	反讽 2（25）b	反讽 3（25）c
作者—读者	典型情况一	典型情况一	典型情况一
人物—人物	典型情况二	典型情况三	典型情况一

在宏观反讽交际层面，作家为读者提供多项与反讽交际相关的语境信源以确保读者准确识解他逐层深入的交际意图。而在微观交际层面，作家凭借“故意歧义”“反讽交际暂时失败”以及“反讽交际最终成功”来实现“启动反讽→设置悬念→消解悬念”的巧妙设计意图。在该过程中，受话人的最佳关联假设为指导付出认知努力激活、拓展、顺应甚至重构认知语境，最终领悟系列反讽交际创造的珠联璧合、上承下接的独特诗学效果。归根结底，作者与读者是通过对反讽语境信源的操纵与控制实现宏观和微观交际层面的成功的。在第 6 章，我们将进一步探讨实现系列反讽交际的语用—语言机制（见 §6.4 谋篇——以“连环计”为例），以便综合鉴赏系列反讽交际所创造的奇特诗学意蕴。

5.5　本章小结

在第 5 章，我们运用最佳可及性标准分析小说反讽交际的三种典型情况：反讽意图被快速识别、反讽意图的识别被推迟和反讽意图未被识别（详见表 5-2），并在本章的表 5-3 中对《红楼梦》反讽理解典型情况中的语境激活加以总结。一方面，我们证明基于认知语用理论的语境激活模式对《红楼梦》中的反讽交际有很强的阐释力。另一方面，小说反讽交际的认知语用阐释框架有助于揭示作家曹雪芹在创作《红楼梦》反讽交际中独具匠心的设计意图。在小说的138例反讽交际中，有131例属于典型情况一（快速识别反讽意图）；有4例属于典型情况二（延迟识别反讽意图）；有3例属于典型情况三（无法识别反讽意图）。从所占比率来看，有95%的反讽属于典型情况一；有3%的反讽属于典型情况二；有2%的反讽属于典型情况三。表5-2清楚地展现了数据统计的结果。

表5-2　《红楼梦》中言语反讽的典型情况

典型情况	实例数量	所占比率
典型情况一	131	95%
典型情况二	4	3%
典型情况三	3	2%

统计结果表明，在《红楼梦》言语反讽交际中，绝大多数反讽案例属于第一种典型情况，受话人通过激活多项反讽语境信源为反讽理解提供了充足的语境支持，促使受话人快速消解语境信息与话语命题之间产生的多维不相容性，从而识解反讽者的交际意图。即使是在典型情况二和典型情况三中，作家曹雪芹也是通过操纵和控制微观反讽交际层面的语境激活的数量和质量造成故意歧义或交际失败，从而实现宏观反讽交际层面特殊的交际目的，比如揭示所回声观点或思想的荒谬与愚蠢。

由此可见，是快速识别反讽意图还是推迟反讽意图的识别，甚至是无法识别反讽意图，取决于主导语境信源是否被激活以及激活的反讽语境信源的数量和质量。主导语境信源的激活是实现反讽交际成功的认知先决条件，在此基础之上，所激活的语境信源数量越多，语境信息与话语命题之间的不相容性越突显，受话人的逆期待性失匹配感受越强烈，反讽意图的识别越省力，反讽加工的速度越快。反之，反讽加工的难度就会增加，受话人为了消解逆期待性失匹配感受需要付出较多认知努力推导反讽者的交际意图。如果听话人的认知语境中不存在与反讽交际相关的语境信息，听话人会因缺乏不相容感受而仅对话语进行字面加工，导致反讽交际的失败。从表5-3对《红楼梦》反讽典型情况的语境激活数据统计中可以看出，属于典型情况一（快速识别反讽意图）的反讽实例，所激活的语境信源均在3项（含3项）以上。相反，所激活的语境信源数量少于3[①]项的反讽交际中，发话人的反讽意图不太容易被识别（典型情况二），甚至无法被识别（典型情况三）。该结果与我们的理论观点完全吻合。

与第4章对《红楼梦》反讽理解的主导语境信息的统计不同（见第4章表4-1），表5-3是对《红楼梦》典型反讽理解的多源语境激活进行综合分析。结果显示，在《红楼梦》31例[②]典型反讽交际过程中，百科事实信息被激活20次，其中作为主导语境信息被激活8次；发话人的生平资料被激活20次，其中作为主导语境信息被激活0次；互文知识被激活2次，其中作为主导语境信息被激活1次；相互知信被激活17次，其中作为主导语境信息被激活4次；互显的客观环境被激活16次，其中作为主导语境信息被激活1次；发话人的非言语行为被激活19次，其中作为主导语境信息被激活0次；上下文被激活16次，其中作为主导语境信息被激活1次；语言线索被激活24次，其中作为主导语境信息被激活11次。这表明，在《红楼梦》反讽交际过程中，百科事实信息、有关发话人的生平资料、相互知信、发话人的非言语行为和语言线索这五类语境信息发挥着重要作用。或许它们并非是反讽理解过

① 从人物—人物的微观交际层面分析例（25）a时属特殊情况。虽然该反讽交际激活了3项语境信源（非言语行为、上下文和语言线索），但作为主导语境信源的互知信息未被激活，所以，该例反讽识解的进程被推迟。

② 在表5-3中，笔者将系列反讽例（25）中的三例反讽（25a，25b和25c）以及对例（25）的宏观（作者—读者）和微观（人物—人物）分析分别纳入统计中。“25a宏”“25b宏”表示宏观层面的分析，“25a微”“25b微”表示微观层面的分析。例（25）c从宏观和微观角度分析的结果相同，因而用“25c宏/微”表示。鉴于以上原因，表5-3中共有31例反讽。

程中的主导语境信息，如：发话人的生平资料和非言语行为作为主导语境信息被激活的次数均为零，但它们对《红楼梦》反讽意图的识别与理解起到了有效的辅助和促进作用。以非言语行为为例（详见表 5-4：《红楼梦》典型反讽伴随的非言语行为[①]）：在本章所援引的 31 例典型反讽中，非言语行为被激活 19 次。虽然它不是《红楼梦》反讽理解的必要条件（即不是主导语境信源），但发话人反讽意图的表达在多数情况下伴随着标记性的非言语行为，如“笑道”“冷笑道”“叹笑道”“抿着嘴笑”等。更具体地说，伴随“笑”（含“抿着嘴笑”）的有 9 例，伴随“冷笑”的有 8 例，伴随“叹笑”的有 1 例，合计 18 例，占所激活的非言语行为线索的 95%。该统计结果表明，在红楼梦反讽交际中，“笑”是明显标记反讽意图的非言语行为。除此之外，“哭”“叹”“骂”也可以辅助表达说话人对所回声话语持有的贬抑态度。上述分析表明，在《红楼梦》反讽交际中，作家曹雪芹通过主导语境信源与辅助语境信源的交互作用，实现与读者最大程度的谋和。不论读者是以较小努力识解反讽交际意图，还是付出大量认知努力推导作家隐含的反讽评价，都是通过语境激活追求最佳关联的过程。经过反讽加工，读者不但识解作家的反讽目的，获得首要语用—心理含义，而且在付出努力获得语境效果中逐渐加强与作家的亲密关系，领悟反讽交际的次要语用—心理含义。可见运用我们所构建的小说交际的认知语用阐释框架分析《红楼梦》的言语反讽，可以更加系统地剖析《红楼梦》反讽识解过程的认知语用制约机制。

---

① 评述型反讽（例 17～21）和属于典型情况三的反讽（例 24 和例 25b 微）在理解过程中没有非言语行为被激活，所以这两种情况未被列入表 5-4 中。另外，表中《红楼梦》引文多取自周汝昌先生于 2006 年对《红楼梦》前 80 回的校订版，取自其他版本的引文都在表 5-4 中明确标识。

表 5-3　《红楼梦》反讽理解典型情况中的语境激活①

语境信源 \ 典型情况的典型例证		典型情况一																								典型情况二			典型情况三		合计
		人物反讽对话																			评述型反讽										
		1	2	3	4	5	6	7	8	9	10	11	12	13	14	15	16	25a 宏	25b 宏	25c 宏/微	17	18	19	20	21	22	23	25a 微	24	25b 微	
知识语境	事实信息	**√**	**√**	√	√	√	√	√	√	√		**√**	√			√			√	√	**√**	**√**	**√**	**√**	**√**		√				20/8
	生平资料	√	√	√	√	√	√	√	√	√	√	√	√	√	√	√	√	√		√			√		√						20/0
	互文知识	√																									**√**				2/1
	相互知信	√	√	√	**√**	√	√	√	√		√	√	√	√	**√**			**√**	**√**	√			√								17/4
物理语境	客观场景	√	√	√	√	√		√	√	√	**√**	√		√	√					√	√	√		√							16/1
	非言语行为	√	√	√	√	√	√	√	√	√	√	√	√	√	√		√	√	√	√								√			19/0
语言语境	上下文	√	√	√	√	√	√		√							√		√	√	√	√	√	√			**√**		√			16/1
	语言线索	√	√	**√**	√	**√**	**√**	**√**	**√**	**√**	√		**√**	**√**	√	**√**	**√**	√	√	**√**	√	√	√	√	√			√			24/11
合计	8	8	7	7	7	7	6	6	7	5	5	5	5	5	5	4	3	5	5	7	4	4	5	3	3	1	2	3	0	0	

① “√”加粗代表主导语境信源；“20/8”代表该语境信源共激活 20 次，作为主导语境信源被激活 8 次，以下同。

表 5-4　　《红楼梦》典型反讽伴随的非言语行为

典型反讽		伴随的非言语行为
典型情况一（人物反讽对话）	1	“笑道”（2006：299）
	2	“回思一回，脸红起来，便冷笑了两声，说道”（2006：298）
	3	凤姐“笑道”（转引自林兴仁，1984：74） 说后在场人的反应——“说的满屋里人都笑了。赵嬷嬷也笑个不住”，“贾琏此时没好意思，只是赸笑吃酒，说‘胡说’二字”（2006：150）
	4	“冷笑道”（转引自周中明，2007：183）
	5	“冷笑道”（2006：305）
	6	“薛蟠只觉不好意思，笑道”（2006：257-258）
	7	黛玉“说着便抿嘴笑” “宝玉听了，又是咬牙，又是笑”（2006：272）
	8	“抽抽噎噎的哭个不住”（2006：196）
	9	“说的湘云也笑了”（2006：209）
	10	“黛玉因含笑问他说” “黛玉一面接了抱在怀中，笑道”（2006：85）
	11	“笑道”“说着，便把两手握起脸来”（2006：527）
	12	“咬牙骂道”（东麓书社 1993 年版，第四十八回）
	13	“笑道”（转引自林兴仁，1984：67）
	14	“笑道”“冷笑道”（2006：370）
	15	无
	16	“红了脸，向平儿冷笑道”（2006：460）
	25a 宏	“冷笑道”（2006：188）
	25b 宏	“笑道”（2006：189）
	25c 宏/微	“点头叹笑道”（2006：189）
典型情况二	22	无
	23	无
	25a 微	“冷笑道”（2006：188）

第6章 《红楼梦》反讽诗学效果及语用—语言机制

根据我们所构建的小说反讽交际的认知语用阐释框架，反讽诗学效果是指读者在构建与话语命题产生对立效应的认知语境过程中推理获得的大量语境假设的微增长。该概念可运用关联理论的隐含力度加以阐释：对于强隐含，受话人耗费最小的处理努力产生最小关联解读（minimally relevant interpretation）；而在小说反讽交际中，为了获得弱隐含，读者需要付出额外的处理努力，从而产生更加丰富的理解。这些诗学效果，在范围和数量上极大地补偿了小说反讽交际的阐释工作。该解读过程本身就是最佳关联的。在第4章和第5章中，我们对《红楼梦》中的言语反讽交际进行案例分析，充分证明语境激活在小说反讽交际中发挥着重要作用。作家（通过小说世界中的说话人物或叙述者）回声真实世界中人们的所思与所言，以隐含的方式呈现其荒谬性，并（站在自己的立场上）对所回声的观点表达贬抑态度。读者只有通过激活相关的反讽语境信源才能探察到人物看世界的方式与小说中呈现给我们的方式不一致。这种不一致是创造反讽诗学效果的关键。

为了从认知语用角度阐明小说反讽交际的诗学效果，我们需要将作为受话方的读者的理解程度与作为发话方的作家意图的显明程度相联系。小说反讽交际或多或少都是弱交际。作家通过语用—语言机制为她的意图提供证据，对可理解范围施加限制，并运用前景化的词汇、句法、修辞和语篇策略使话语命题与语境假设之间的不相容性更加显明、更加可及。读者根据作品中作家所提供的证据激活相关的反讽语境信源，在意欲范围内作出选择，构建并评价有关作家意图的假设。提取作家反讽意图的难度越大，读者所付出的认知努力越多，相应地，会承担更多的解读责任，交际越弱，反讽诗学效果越丰富。在创造小说反讽诗学效果的过程中所诱发的情感态度评价体现为大量细微的认知效果，它们中每一个都会通过使感知者提取假设来改变他的认知环境。对情感态度的认知属性的语用分析可以用来表明小说反讽交际是如何创造出更大范围、更强程度的诗学效果从而激发对情感态度的感知和情感属性的隐含评价的。

《红楼梦》作家曹雪芹选择和运用多个层面的语用—语言机制（包括词汇、句式、修辞方式和语篇策略）激活反讽语境信源，创造出多种类型的反讽诗学效果，如讽刺嘲弄、讽刺性幽默、逗趣诙谐、快乐热诚和警醒告诫。本章在文学语用学视角的观照下，运用我们所构建的反讽理解的认知语用阐释模式，深入而系统地分析《红楼梦》反讽交际中用以创造诗学效果的前景化语用—语言机制，从认知语用角度探讨其突显性（salience）和意图性，并依赖关联理论的显明概念和含意力度来阐释这些语用—语言机制所创造的反讽诗学效果是怎样顺应反讽交际的情感态度评价的需要，从而在更好地欣赏原著的同时进一步验证小说反讽交际的认知语用模式对研究《红楼梦》反讽艺术的有效性和可操作性。

6.1 锻词——以仿词为例

作为“修辞活动中最基本的内容”（冯庆华，2006：189），词语的选择和运用是实现小说反讽诗学效果的重要途径之一。反讽作家通过运用前景化的词汇修辞手段对可能理解的范围施加限制。在该过程中，作家操纵反讽环境，发挥语境的反向关联作用，从外部赋予词汇语言信号以新的意义，从而为其反讽意图的表达提供证据，增加意欲语境假设的可及程度，实现其批评性隐性态度评价。这一点在《红楼梦》反讽诗学效果的创造活动中表现得尤为突出。作家曹雪芹善于巧妙地运用仿词、拆词镶嵌、飞白以及实词手段，以最佳相关的方式突显话语命题的语境不相容性，引导读者将标记性词汇语言信号置于反讽环境当中，有机结合相关的人物事件、情节题旨，推导出炼字锤词艺术中蕴含的大量弱隐含，从而收到不同凡响的反讽艺术效果。

本节以仿词为例，着重探讨《红楼梦》言语反讽的锻词艺术，分析曹雪芹如何运用语辞手段以顺应反讽诗学创作的需要。

“为了滑稽嘲弄而故意仿拟特种既成形式的，名叫仿拟格。”（陈望道，2008：89）作为词汇层面的仿拟，仿词是仿拟辞格最典型的语言表达方式。它主要具有以下三个特征：第一，仿词的使用具有语境依存性，它是根据题旨情境和特定交际需要，临时“故意”仿造的言语行为。第二，本体与仿体之间存在语义相关性，“这种联系正是本体和仿体指称或表达的客观事物、现象、概念或判断之间的统一对立联系的反映”（武占坤，1990：252）。特别是用于反讽的仿词，其仿体和本体之间的这种关联性是通过突显话语命题与语境假设之间的不相容性来揭示所表达事物的内在矛盾的。第三，仿词的主要修辞功能是讽刺嘲弄和幽默诙谐。因此，仿词是实现反讽效果的主要词汇修辞手段。通过对《红楼梦》典型仿词案例进行分析，我们发现，这些典型仿词皆被用来实现反讽交际意图。曹雪芹巧妙运用仿词手法增强事物内部和事件之间相反相承辩证关系的显明程度，使含蓄的语言富有或嘲讽批评或机趣诙谐的诗学效果。运用我们所构建的小说反讽交际的认知语用框架，可以有效地阐释这一语用—语言机制。下面，我们将对其进行详述。

仿词（和更广义的仿拟）与反讽本无必然的联系。从语用功能上讲，用于实现反讽诗学效果的语用—语言机制很多，仿词是主要手段之一；仿词除了用于反讽目的外，还可以用以实现其他语用修辞效果，如映照对比。从深层认知机制来看，仿拟和反讽之间存在明显差异：在仿拟中，交际者模仿另一个（类）人的言语；在反讽中，交际者回声另一个（类）人的思想并隐含地表达对回声思想的贬抑态度。因此，Wilson 和 Sperber（2012）认为“仿拟与直接引语相关联，而反讽则与间接引语相关联”。这一观点不无道理。在这里，我们着重探讨的是用于反讽目的的仿词。该类仿词具有如下区别性特征：通过对语境不相容性的操纵使仿体消解，“挤压”（陈科芳，2006：81）、贬抑本体，从而对本体所表达的命题内容进行隐性评价。在仿词生成过程中，发话人通过模仿本体的形式来显明仿体的回声源。由于仿体与本体形态上高度相似，本体的结构和语义的显明性在得到强化的同时，存储本体的概念地址（conceptual address）中相关知识组块也会被强度激活，从而为受话人加工仿体提供了初始语境，也诱发受话人产生某种字面的、常规期待。由于仿词是发话人根据特定的题旨情境临时创造的，所以受话人需要在仿词的小语境（即仿词所在的上下文）和大语境（即与仿词相关的物理语境、心理语境和文化语境）中进行最佳相关的语境建构。这一点对理解仿词至关重要。在该语境化过程中，仿词的字面常规期待与现实语境假设强烈冲突，产生反向关联的语境效果，促使受话人在最佳关联假设的引导下进行语用推理，获得仿词的隐含意义——发话人利用仿体与本体形式上相似、语义上反向关联间接地对回声命题进行批评性评价。为探察发话人隐性评价而进行的语境拓展激活诱发一定程度的现象记忆（即情感态度），创造出发话人意欲的反讽诗学效果。可见，在运用仿词实施反讽交际的过程中，语境的反向干预[①]和态度的隐性评价是两大关键性因素。

6.1.1 语境的反向干预

通过仿词创造反讽诗学效果的过程是在最佳关联驱动下语境因素全程介入并实施反向干预的认知过程。首先，对仿词回声源

① 徐国珍（2003）在《仿拟研究》一书中提出“仿似生成中的语境干涉”（徐国珍，2003：94）。笔者从中受到启发，并从认知语用视角进一步阐释运用仿词实施反讽交际过程中的语境反向干预。

的探察离不开语境。由于仿体对本体具有依存性，所以，本体的典型性和显明性是决定反讽交际成败的基本前提。本体越典型，显明程度越高，衬托对照而生的仿体的语境不适切性就越强，仿体与本体之间反向关联的语境效果就越突显，仿词所创造的反讽诗学效果就越好。通常，本体是大众耳熟能详的，或是在上下文中一目了然的。（陈科芳，2006）受话人需要利用上下文的自然联系或百科事实等语境信息根据仿体的语言形式锁定作为回声源的本体。例如：贾环贪图小利，向芳官要蔷薇硝，芳官甚是反感，以茉莉粉搪塞他，却被赵姨娘看穿。二人争执起来：

(1) ……赵姨娘……手指芳官骂道："小淫妇，你是我银子钱买来学戏的，不过娼妇粉头之流，"……芳官那里禁得住这话，便着急骂道："……我便学戏，也没往外头唱去，我一个女孩子家，知道什么是粉头面头的？姨奶奶犯不着来骂我，我又不是姨奶奶家买的梅香，拜把子都是奴才呢！"

（第六十回，2006：615-616）

这本是二人对骂的一段粗话，其中却不乏仿词的经典案例。芳官虽为贾府家养的戏子，但性格倔强，绝不容忍他人的侮辱。当赵姨娘骂她"娼妇粉头"时，她在回声赵姨娘前序话语的同时，使用类仿[①]"粉头—面头"来表达对赵姨娘恶语伤人的强烈不满。作为本体的"粉头"在旧社会是"娼妓"的代名词，附带极浓的负面情感色彩。然而，芳官故意避开"粉头"一词的典型意义而从字面上转化为"面粉"的"粉"，并利用意义的类同联系，模仿"粉头"置换同类语素"面"，临时创造出中性词"面头"，不但消解了本体原先的负面色彩，而且从语义上对本体进行"挤压"，使本体诱发的常规期待与仿体创造的实际语义在语境干预下形成强

① 类仿指仿体与本体之间存在同义或近义关系。陈科芳（2006）以"关联"为统一标准对仿词进行分类。她认为仿词包括严格仿词和宽泛仿词两大类，其中严格仿词又可细分为音仿、类仿、反仿、合仿和形仿。笔者赞同这一分类方法，并在本书论述和数据统计中有所涉及。关于陈科芳的详细分类，请参见陈科芳（2006：79）。

烈反差，一方面对赵姨娘仗势欺人的做法给予强有力的挖苦、抨击，另一方面也巧妙地刻画芳官倔强不屈、绝不受辱的性格特征。该例表明，本体的典型性对于充分理解和欣赏仿词的精妙非常重要，本体在为当前交际提供回声源和初始参照语境的同时，其典型性突显了当前话语的语境不相容性，从而为交际者表达贬抑态度、作家创造反讽效果提供了证据。在《红楼梦》中，还有许多仿词，其典型程度不如“粉头-面头”一例强，但本体在上下文中具有极高的显明性，同样可以创造“新”“奇”的诗学效果。

> (2)“……小耗现形笑道：‘我说你们没见识面，只认得这果子是香芋，却不知盐课林老爷的小姐，才是真正香玉呢。’”
>
> （第十九回，2006：190）

该例是典型的谐音仿词，即仿体和本体存在语音上的强关联。其中，仿体对本体具有高度依附性，能充分体现出上下文语境的重要作用。本体所提供的回声源必定在前序话语中高度突显，成为当前仿词理解的触发器，帮助受话人探察当前话语的回声性并识解发话人对本体所回声命题进行的隐性评价，从而准确理解作家运用音仿的反讽交际意图。具体到例（2），这是宝玉通过讲故事的方式戏逗黛玉的反讽话语。虽然在表面上是小耗与众耗的对话，但实际上反讽交际的双方是宝玉和黛玉。在理解过程中，最可及的语境信息是音仿语言线索的运用——“香玉”（仿体）与前序话语中的“香芋”（本体）谐音相关，受话人首先利用上下文的自然联系找到“香玉”的同音词“香芋”，然后根据语言语境知识推导二者的语义关联——就价值而言，前者比后者贵重得多。在上下文知识和语言知识的协同干预下，仿体对本体进行语义挤压，反向突显仿体“香玉”所代表的黛玉的珍贵。这一认知效果外显为仿体明显的语境不相容性，使受话人不用付出多大努力便可识别发话人的反讽意图——“黛玉听了，番身爬起来，按着宝玉笑道：‘我把你烂了嘴的，我就知道你是编我呢。’”（曹雪芹，2006：

190）可见，该例通过运用音仿手法达到了逗趣诙谐的诗学效果，使得这段对话成为宝黛爱情故事中一个温馨的片段。通过分析该例的音仿运作机制我们发现，作家利用仿词不但可以实现讽刺攻击等消极诗学效果，而且可以实现幽默取乐的积极诗学效果。

在运用仿词创造反讽诗学效果的过程中，语境的反向干预不仅表现在本体的典型性和显明性方面，还突出表现在语境拓展激活中多项信源的交互效应方面。受话人不但要注意作为本体的相关语言形式的最佳相关性，还要激活知识语境、物理语境和语言语境中的相关假设，才能由本体类推出仿体的字面意义，并在仿体的命题内容与多项语境信息之间构建反向关联，据此进行最佳相关的认知语用推理，最终获得仿词的隐含意义和应运而生的诗学效果。语境拓展激活归根结底是多源语境信息相互扩展的意义建构过程。与仿词密切相关的语言知识和上下文知识不仅受到客观场景和社会文化语境的制约，而且也受到对说话人生平资料认知的影响。最佳相关的语境激活在运用仿词实现反讽诗学效果的过程中举足轻重，脱离了语境，仿词认知便失去了根本。

例如：在《红楼梦》第四十五回“风雨夕闷制风雨词”片段中，宝、黛二人曾有一段情趣盎然的对话场面：

> （3）黛玉不觉笑了，说：“那里来的渔翁！”……黛玉笑道：“我不要他。戴上那个，成个画儿上画的和戏上扮的渔婆了。”及说了出来，方想起话未忖度，与方才说宝玉的话相连，后悔不及，羞的满面飞红，便伏在桌上嗽个不住。
>
> （第四十五回，2006：453-454）[①]

黛玉的非言语行为“后悔不及，羞的满面飞红”所提供的物理语境信息促使我们快速地将文学解读的焦点放在黛玉这段话语上面，使仿体（“渔婆”）和本体（“渔翁”）之间的衬托对比关系

① 笔者一直认为蓝纯教授（1997：108）对这一对话的分析非常精彩，从中得到很多启发。在此向蓝纯教授表示敬意。

突显了出来，成为理解黛玉言语行为的主导语境信息。这是典型的一例反仿，即仿体与本体之间存在反义关系。语言语境的介入体现在作家不但要利用“翁—婆”这对关系反义词，仿“渔翁”生造出“渔婆”，而且需要借助上下文的自然联系将仿体与本体的映衬关系显明出来：黛玉上文说宝玉戴着箬笠，披着蓑衣像个渔翁，这里又说自己穿上这套雨具会像渔婆，从而为仿词提供了典型性极高的回声源。而语言语境只能为仿词认知提供前提和依据。若想理解黛玉反仿用法的深层含义，还需要拓展激活相关的知识语境信息。中国传统文化知识告诉我们，翁与婆恰成一对儿，用在此处暗示了宝、黛二人心向往之却不曾言明的爱情关系；而社会规约同时又提示我们，将这样的心思明说出来似乎有违封建社会对妇女三从四德的社会规范。可见，知识语境信源可以为仿词提供丰富的内涵。至此，我们似乎可以对黛玉的行为“后悔不及，羞的满面飞红”作出一个合理的解释：黛玉意识到她的话语好像在向宝玉暗示他们之间的亲密关系，这似有不妥。但如果我们进一步在心理层面（即对有关发话人生平资料的认知）深挖原因，我们发现，黛玉发出言与行时在很大程度上是不自觉的，而作家曹雪芹设计此反仿却是有意而为，通过黛玉幽默风趣的话语，作家向我们展现出处于恋爱阶段的黛玉面对真挚情感时的坦诚和羞涩。如果读者缺乏对上述多源语境知识的探察，忽视它们之间的交互作用，那么他很难在仿体与本体之间找到最佳关联，恐怕所获得的反讽效果和情趣意蕴会大打折扣。

总之，我们所构建的认知语用阐释框架，不仅可以兼顾发话人运用仿词实现反讽诗学效果的目的性和语境介入过程，而且可以突出受话人重构仿词意义的语境化过程。受话人需要付出适当的认知努力，探察仿词与语境假设之间的不相容性，进而识别仿体对本体的负面反作用，在追寻仿词与被仿词之间最佳关联的进程中达到理解和欣赏仿词的目的。

6.1.2 情感态度的隐含评价

用于反讽目的的仿词区别于一般仿词用法的第二个方面是它隐含传达发话人对仿词命题内容的情感态度评价。诱发情感态度是艺术创作的主要文学功能之一。从认知语用学角度进行阐释，情感是对某些感知的情景事件或事态的临时反应，涉及创造新的愿望或强化现有的愿望。(Furlong, 1996) 态度则是由针对具体目标的信念集合和部分地构成情感体验的现象状态的记忆构成，涉及长时记忆中对信念和/或现象状态的存储，它们附着在概念地址上，并根据语境因素而存在强弱程度的差异。(Furlong, 1996) 当某个刺激（如词）触发大脑中的相关概念时，概念中所包含的态度内容会同其他组成成分（如逻辑知识、百科知识和与感觉相关的现象记忆）一起被激活，参与到言语加工过程当中。因此，对反讽诗学效果的研究离不开对情感态度的分析，而诗学效果通常也会为澄清和分析相对复杂的态度提供更加广阔的语境。正如我们在阐述反讽诗学效果时所论证的（见 § 3.3.3 小说反讽交际的认知语用阐释），语言通常用于诱发对情景的常规情感期待，唤起储存在相关概念地址的典型的现象状态态度。而在小说反讽交际中，作家运用仿词恰恰是为了打破这种常规期待路径，利用仿体与本体映照对比的反向关联作用，通过语境拓展激活来创造仿词的语境不相容性，以诱发受话人的逆期待性失匹配感受，从而表达对仿词命题的批评性隐性评价。需要说明的是，我们这里所说的批评性评价是广义的，既包括负面评价，也包括正面评价。

> (4) “……你家去再和那赵二家的商量着治他（指凤姐儿）去罢。”说着众人都笑了。鸳鸯笑道：“鲍二家的，老祖宗又拉上赵二家的。”贾母也笑道：“可是，我那里记得抱着背着的！提起这些事来，不由我不生气。”
>
> （第四十七回，2006：470）

贾琏生活作风不检点，曾与鲍二家的私通，并合伙算计凤姐，令贾母极为不满。然而，贾母将“鲍二家的”错记成了“赵二家的”，闹了个笑话。贾母却将这个无意犯的小错顺势拿来，运用综合仿词成功实施了一次反讽言语行为。所谓综合仿词（简称合仿），是指仿词的生成过程分为两个阶段：首先根据语音的相同或相近进行谐音仿造（即音仿），在此基础之上，再依靠义同或义反进行语义仿造（即类仿和反仿）。一方面，由于合仿的整个生成过程始终保持强度关联，所以，合仿仍属于严格仿词；另一方面，合仿比单纯的音仿、类仿和反仿要更加复杂，受话人需要付出较多的认知努力进行推理，相应地，所获得的诗学效果会更加丰富。在该例中，贾母先是在回声上文“鲍二家的”基础之上，利用“抱”和“鲍”声音上的强关联音仿出“抱着”，然后通过类仿，将“抱”置换成同类语素“背”生成“背着”，使这两个原本中性的词语一下子被赋予鲜明的情感态度。交际者对情感态度的评价是在使用来自各种信源的语境中构建起来的。受话人对贾母仿词的理解至少要激活以下几项语境信息：有关贾琏事件的背景知识；有关贾母对贾琏事件所持的鲜明立场——贾母对此极为反感；有关合仿用法的语言语境知识，而这是理解该反讽话语的主导语境信息。读者可以快速推导出话语的反讽意图及应运而生的讽刺挖苦的意味。特别是谐音手法的巧妙运用是该合仿造词的关键。另外，还有为合仿提供回声源的上下文知识（“赵二家的”→“鲍二家的”）。语境的拓展激活在一定程度上诱发情感体验和态度评价，进而创造出该隐性评价相关联的反讽诗学效果。“抱着背着”看似信手拈来的偶发表达，却在语境的反向干预下贬低、挤压“鲍二家的”的重要性，既敲打、挖苦了无耻的贾琏，又透过合仿造词自然生动地刻画出贾母幽默、诙谐、含蓄的个性特征，创造出讽刺性幽默的诗学效果。

综合以上分析，我们可以对用于反讽目的的仿词认知作如下三点总结。第一，语境的反向干预是仿词认知的前提。在仿词的生成阶段，语境干预主要表现为本体的典型性和显明性，在仿词的识解阶段，语境的反向干预则更多地体现为多项语境信源的交互作用突显了仿体对本体的反向关联，为语用推理提供充足的隐含前提。受话人必须结合对仿体本身特点的掌握、对题旨情趣的把握、对客观场景的了解以及对发话人生平资料的认知才能推导出仿词特定的隐含意义。第二，关联驱动是仿词运作的原则。无论是语境的拓展激活、仿体对本体的贬抑挤压，还是反讽诗学效果的创造都以人类交际的最佳关联为向导，只有这样，才能在仿词运作过程中进行资源的最优化配置，实现最佳语境效果。第三，批评性隐性评价是仿词辞效的目标。“仿词的结构和意义会以或强或弱的程度，把自己的特点投射给原词”（薛玲，1998：66），并通过与语境假设明显冲突而贬抑挤压本体，间接表达交际者对仿词命题的批判性评价。仿词这种基于本体又反作用于本体的双向互动效应是选择运用仿词实现反讽诗学效果的关键因素。以上三点与我们构建的小说反讽交际的认知语用阐释框架相吻合，可以用来证明该理论模式的有效性和阐释力。根据陈科芳（2006）的统计，《红楼梦》中共出现 35 例仿词。笔者分析这些案例发现它们均被用于实现反讽诗学效果，可以运用我们的理论框架进行认知语用剖析。其中，通过类仿和反仿实现反讽意图的例子有 21 个（类仿有 11 例，反仿有 10 例）。它们在《红楼梦》的仿词用法中所占比重最大。另外音仿有 5 例，合仿有 6 例。我们从中各选取一个典型案例，从不同角度进行分析，以便以点带面，充分证明运用小说反讽交际认知语用阐释框架的可行性。由于《红楼梦》中没有形仿案例，所以我们未对此类仿词进行研究。除严格仿词外，《红楼梦》中还有 3 例宽仿（即宽泛仿词），其运作机制与严格仿词相同，差别在于在宽仿中，仿体与本体之间呈现出弱关联关系，“往往是在基本仿词的基础上，依据语境和语言需要，临时扩展开去”（陈科芳，2006：80）。所以，交际者在进行语境选择和语用推理时需要付出更多心智努力以换取额外认知效果的补偿。在此，我们不再赘述。仿词在《红楼梦》实现反讽交际的语用—语言机制中所占比重最大（占 25%），是作家曹雪芹实现反讽诗学效果的重要方式之一。曹雪芹对仿词手法的运用自然而精妙，新奇且富有意蕴，往往有助于揭示对立统一的客观规律，塑造典型的人物形象，刻画人物复杂的内心世界，使含蓄的语言富有讽刺、幽默的色彩。

6.2 炼句——以文言句式为例

为了实现反讽诗学效果，仅仅依靠锻词是不够的，因为人类言语交际的基本单位是语句。在《红楼梦》的反讽交际中，作家曹雪芹非常注重对语句的锤炼。作家根据语境的需要，通过对句式的推敲、对句法结构的驾驭和对语句类型的操纵更加准确地表达反讽交际意图，增强反讽话语的语用力度和诗学效果。

从认知语用角度加以阐释，炼句本质上是在句法层面上实现前景化的过程。如果某一句式结构自动触发受话人付出额外的心智努力，并确保他会获得更加丰富的认知效果作为回报，那么该句式结构就成功地实现了前景化。我们可以借助突显性和意图性进一步深入剖析通过炼句来创造反讽诗学效果的认知过程。作家通过选择和运用明显背离惯常造句活动的句式、句型或句法来提升特定言语交际的突显性，增强语句明示信息与相关语境假设之间的不协调程度。任何突显都是有意图的。作家突显语句的语境不相容性为的是诱发读者产生逆期待性失匹配感受，继而付出额外处理努力进行语境拓展激活，最终获得前景化句式的深层含义和反讽效应。相互知信对于读者解读小说反讽交际的炼句艺术具有特殊意义，是作家创造反讽诗学效果和读者识解作家交际意图的底线和平台。而小说反讽交际的非面对面、非互动的文学特性更加突显出读者在该过程中的能动作用。读者需要根据上下文了解发话人物的常规表达方式，通过阅读作家其他文学作品或其他非文学类文本掌握作家个性化的写作风格。这些信源会作为背景知识参与到前景化句式的加工过程当中，与句式的明示内容产生期待上的对立效应，使读者进一步付出努力将这些语境效果与文本所提供的其他证据加以整合，从而获得更加丰富、更大范围的弱隐含。

在《红楼梦》中，文言句式被突出地用来表达讽刺幽默的反讽诗学效果。本节就以文言句式为案例深入探讨作家是如何通过炼句来实现反讽意图的。根据关联理论，风格产生于作家为获得最佳交际关联而作出的努力，因而是寻求关联的途径。为了实现最佳交际效果（即作家力图让读者以较小的处理努力获得足够的语境效果），她会在生成话语时对读者的语境资源（contextual resources）和认知能力作出判断与推测，并相应地为交际意图的表达提供证据。句式便是作家信息传递方式的主要途径之一。“不同语篇之间的互文关联可以帮助人们参照熟悉的活动与熟悉的风格和形式对新的话语作出解释。”（Johnstone，2002：15）反讽作家也好，小说中的反讽发话人物也罢，惯常的言语活动特征、文体风格和言语形式为理解当前反讽交际提供了参照语境，该语境信源与反讽话语所表达的命题内容之间明显不匹配。这是创造小说反讽交际效果的关键环节。为了与作家进行成功的反讽交际，读者应当了解作家通常使用语言的基本特征，因为作家常常会偏离她使用语言的常规方式来表达特殊的反讽意义。

通读《红楼梦》，我们了解到整部小说主要使用通俗、明晰的白话句式，这是作家曹雪芹使用语言的基本特征。然而，如果我们详读小说就会发现，在白话句式的大背景下，有几处人物语言使用的是文言句式，其突显程度极高，使读者产生强烈的逆期待性失匹配感受。该突显的、有标记的文言句式会自动触发读者付出额外的处理努力，以求获得额外的认知效果，即作家使用前景化句式的交际意图。为了主动与作家进行对话，文学阐释的读者不仅会考虑《红楼梦》的整体风格（即大语境），也会通过人物语言、叙事语言洞悉作家的写作立场（即有关作家的生平资料）。比如：作为作家的代言人，主层叙述者石兄在第一回便鲜明地表达出对滥用文言的做法持贬抑态度——“且鬟婢开口即者也之乎，非文即理。故逐一看去，悉皆自相矛盾大不近情理之说。”（第一回，曹雪芹，2006：3）上述语境信息看似与作家偶尔使用的文言句式相冲突，从而引导读者进一步追问：作家为何在白话句式的大背景下使用前景化的文言句式呢？文学阐释的读者坚信，完全中立的文体是不存在的。前景化的语用—语言机制是为显明作家的反讽交际意图而设计。为了实现最佳关联，读者会拓展语境进行语用推理。其中，当前交际发生的具体场景（小语境）是他重点考察的语境信源。通过语境拓展激活，读者推知作者所运用的文言句式，既合情又合理：所谓合情，是指适合当前事件的情景语境；所谓合理，是指遵循人类追求关联性的认知规律。曹雪芹使个别文言句式与白话文背景相对立，恰恰是他追求最佳关联、实现反讽意图的途径，创造出既合乎情理又鲜明别致的反讽诗学效果。

在《红楼梦》中，最典型的案例便是贾政在元春省亲时那段台词似的问安语［第 4 章例（32）］。贾政冗长的文言问候与整部小说的白话背景不协调，与父女相见本应具有的亲切温馨氛围不相容，却与君臣礼束的特殊规约相顺应，与贾政本就循规蹈矩的性格特征相契合，不但创造出讽刺性幽默的反讽诗学效果，而且最佳相关地塑造出贾政刻板的人物形象，揭示了人间事态对立统一的基本规律。下面，我们将该例与另一个以文言句式实现反讽意图的案例作对比，从认知语用角度揭示对小说反讽交际进行文学阐释的独特之处。

> （5）黛玉笑道："那里找这一群花子去！罢了罢了。今日芦雪广遭劫，生生被云丫头作践了。<u>我为芦雪广一大哭。</u>"
>
> （第四十九回，2006：495）

半文言话语"我为芦雪广一大哭"出自本就生性清高而颇有才华的林黛玉之口。其前景化程度不如上例强。当面对前景化程度极高的语料（如贾政的问安语）时，文学阐释的读者和自发理解的读者都会在强烈的逆期待性失匹配感受的刺激下付出额外的心智努力以寻求意欲的语境效果。然而，当前景化语料不是十分明显［如例（5）］时，自发理解的读者可能会因没有花费获得诗学效果所需的努力而错过许多前景化的语用—语言机制。只有力图进行文学阐释的读者才会精确地关注和加工所有作家意欲突显的方面，因为他相信，作家为了保持较高程度的关联性必定会选择最恰当的语用—语言表达方式。在最佳关联假设的鼓励下，文学阐释的读者会以黛玉这句半文言话语为语境线索，逐层扩展语境：从湘云众人在大观园野餐吃鹿肉的故事情节（小说世界中的客观场景）到第四十九回回目所提供的上下文知识。读者通过语境拓展激活可以探察到语境不相容性所提供的语境暗示，比如：从回目中"割腥啖膻"与"脂粉香娃"所明示出的反差类推出湘云等人野炊鹿肉的行为与"白雪红梅"的客观场景之间的比照关系。经过语用推理，读者付出的认知努力得到回报——通过在口语化、大众化的白话句式中安排这半文言句式，黛玉将浅浅的揶揄意味风趣而含蓄地表达出来，其反讽修辞作用主要是在跟上下文的白话句式的不相容的格调中得以展现的，显示了文言句式与白话句式的矛盾，巧妙而艺术地发挥了这两类句式的修辞功能，表现出幽默的色彩和讽刺的意味。

我们运用认知语用视角深入研究了用于反讽目的的文言句式，将分析的落脚点放在前景化文言句式所诱发的逆期待性失匹配感受上。据笔者统计，在《红楼梦》中，通过选择和运用句式来实现反讽诗学效果的语用—语言机制有两类：文言句式和排比句式。两类句式共有 5 例反讽交际。其中使用文言句式实现的反讽交际占《红楼梦》所有反讽交际的 2%，使用排比句式实现的反讽交际占 1%。虽然它们所占比重不大，但两类句式的巧妙运用，既能展示作家曹雪芹运用前景化句式的独特性，又能充分发挥反讽语言的审美功能，是成功实现文学反讽交际不可缺少的艺术手段。

6.3 修辞——以双关为例

《红楼梦》的反讽交际所创造的诗学效果蕴含着丰富的情感体验和态度评价。"他［曹雪芹］要喜，文字也喜；他要怒，文字也怒；他有多少情感，文字也有多少情感。"（林兴仁，1984：149）这与曹雪芹运用多种修辞策略、巧妙操纵语与境的对立统一是密切相关的。我们这里所说的修辞策略是指曹雪芹对语音、语辞和语句的综合运用，它们以不同方式突显话语命题与语境假设之间的不相容性，为更好地表达反讽者的情感态度服务。其中，双关修辞的运用最为典型，共涉及10例反讽交际，在实现《红楼梦》反讽诗学效果的所有语用—语言机制中，位居第二位。下面，我们就以双关为例，从认知语用角度谈谈曹雪芹是如何通过选择、运用修辞策略来实现反讽诗学效果的。

双关是《红楼梦》中言语反讽艺术创作的常用辞格。该修辞方式是“用了一个语辞同时关顾着两种不同事物”（陈望道，2008：77），要么借助同音异义（homonymy），要么依靠多义（polysemy）来实现前景化的修辞效果。无论何种情况，都需要特定语境的刺激才能创造出显隐两层含义，以实现“指物借意”（陈望道，2008：83）的交际目的。例如：

(6) 宝玉听了，喜的拍膝画圈，称赏不绝，又赞宝钗无书不知。林黛玉道：“安静看戏罢。还没唱《山门》，你到《粧疯》了！”说的湘云也笑了。

（第二十二回，2006：209）

这是黛玉运用谐音双关实施的一例反讽交际，借助用作双关的“粧疯”（zhuāng fēng）与表达主旨的“装疯”（zhuāng fēng）声音上的等同关涉字面和隐含两层含义。在字面上，“粧疯”关顾的是前文“《山门》”，指的是传统戏目，外显的命题意义是《粧疯》与《山门》是两出戏剧。在隐含层面上，“粧疯”关涉的是客观场景中的语境信息——宝玉大加称赞宝钗对戏文的解释，指的是宝玉手舞足蹈、有些失态，隐含的语境意义是宝玉对宝钗的夸奖和称赞引起了黛玉的不满。语境对于理解黛玉话语的反讽效果发挥着触发、制约和推动的作用，表现在以下三个方面：第一，受话人只有具备了储存在长时记忆中的有关《山门》《粧疯》两出剧的百科知识，才能意识到黛玉将这两出毫不相干的剧名结合在一起，表面上看不符合语义逻辑，从而触发对黛玉话语的反讽加工。第二，受话人只有结合储存在短时记忆中的有关发话场景的情境知识才能为语用推理提供来自物理语境的隐含前提，推导出黛玉谐音双关的隐含意义。第三，如果读者能进一步从非言语线索“说的湘云也笑了”提取辅助语境支持，那么他不但可以快速确证“粧疯”和“装疯”谐音双关所表达的反讽主旨，而且可以更加深切地体会到黛玉当时那酸酸辣辣的复杂心情，从而真正实现对该反讽交际的文学阐释。

以上实例分析告诉我们，被用来实现反讽诗学效果的双关辞格必须具备以下两个认知特性：其一是双关生成和理解的语境依存性，其二是显隐两层含义所创造的复调性。前者是实现双关命题语境不相容性、传达发话人贬抑态度的先决条件和认知基础；后者则是作家运用双关进行反讽所追求的诗学语用（poetic-pragmatic）目标。下面，我们分别针对这两个方面进行深入的认知语用分析。

6.3.1 双关生成和理解的语境依存性

作家曹雪芹充分利用汉语言赋予语辞多义、形似、音同等优势，为反讽意图的显明提供证据。与此同时，作家会对隐含读者的语境资源和认知能力作出判断和推测，选择最佳相关的语境线索制造显、隐两层含义之间的对立，以此帮助读者识别双关命题的非真诚性和语境不适切性，触发他对隐含层面的认知与加工。为此，读者必须能提取可以识别作家意图所必需的假设，在激活相关语境信源时探察到双关明说命题与语境假设之间的冲突，进而对认知语境进行重构，推导出双关话语隐含的反讽意义。可见，在运用双关创造反讽诗学效果的过程中，语境的动态建构是关键，读者只有激活相关语境信源才能真正理解蕴含语境不相容性的双关效应。运用我们所构建的小说反讽交际的认知语用理论模式对《红楼梦》中的双关语进行分析，我们发现，读者主要从以下三个方面选择并激活主导语境信源：（a）百科知识；（b）上下文知识；（c）人物会话时的情景知识。据此，我们将《红楼梦》中用来实现反讽诗学效果的双关语划分为三种情况。下面，我们就分情况详细阐释作者是如何操纵双关认知中的动态语境来实现讽刺、挖苦、奚落、讥笑、幽默等反讽诗学效果的。

情况一：利用百科知识，话中有话

该情况的显著特征是话语中存在大量语义空白，需要受话人调用认知环境中相关的百科知识进行填补。在填补空白的过程中，受话人明显感到他所具备的根深蒂固的百科事实信息与话语的显性意义相冲突，从而推测发话人对话语命题的态度评价是贬抑的。在小说反讽交际中，空白不仅仅是显性意义和隐性意义的“接头之处”（伊瑟尔，1991：220），而且通过反向关联作用产生字面评价与隐性评价之间的心理落差，“触发读者方面的想象活动”（伊瑟尔，1991：220），即语境拓展激活的认知语用过程。反讽者正是利用双关语特有的语义空白来为图式化百科知识的反关联介入提供机会，从而实现字面意义与隐含意义之间的间接否定。读者需要激活相关的通用百科知识，或现实世界的社会历史文化知识，抑或专属小说世界的社会规约和行为规范，以最佳相关的方式对认知语境进行重构，推导出“一击二鸣”话语现象背后的首要语用含义——反讽意义。

> （7）林黛玉见他无精打彩的去了，又见脸上似有哭泣之状，大非往日可比，便在后面笑道：“姐姐自己保重些儿，就是哭出两缸眼泪来，也治不好棒疮。”
>
> （第三十四回，2006：340）

根据常识，可以与“眼泪”搭配的数量词一般有“两滴”“两行”。但黛玉将“两缸”与“眼泪”搭配使用，制造明显的语义空位。与此同时，发话人（作家与黛玉）相信，受话人（读者与宝钗）凭借百科事实信息完全可以识解“两缸”修饰“眼泪”在程度上过强，不可能表达说话人的真实意图。在该反讽交际的微观层面，黛玉话中有话，讥刺宝钗因宝玉受伤而哭泣；在宏观层面，作家一语双关，淋漓尽致地刻画出黛玉自己心里放不下宝玉，为情所困，却容不得宝钗牵挂宝玉的纠结心态。

情况二：关涉前言后语，暗合针对

该种情况的要义在于通过在上下文中使用完全/基本相同的语言表达形式以突显话语的回声性，从而实施“暗合”；与此同时，结合故事情节的发展和具体发话场景的需求创造回声命题的语境不适切效应，以此表达对回声命题的批评性隐性评价，以便实现“针对”。此类双关所创造的反讽诗学效果呈现出回旋作势的意蕴，充分体现出《红楼梦》“誓不写开门见山文字”[①] 的创作理念。读者可以不受自发交际的时空限制，通过再三回味前言后语所提供的信息，来扩展认知语境进行语用推理，填充并丰富暗合针对所创造的巨大的意象空间。下面，先让我们看一个典型案例。

在《红楼梦》第二十八回中，话语“理他呢，过一会子就好了。”以完全相同的命题形式在上下文中出现三次，其回声性以极高的程度突显了出来。第一次是宝玉回应宝钗的显性言语行为，其中的“他”是指黛玉，意思是：不用太过在意他（黛玉）的感受。后两次均是黛玉在回声宝玉前序话语的基础之上实施的反讽言语行为。相同的话语在不同的交际场合中，针对不同对象又表达出不同的双关含义。这三次言语交际分别是：

(8) a. ……宝钗因笑道：“你正紧去罢，吃不吃陪着林姑娘走一遭，他心里打紧的不自在呢。”宝玉道：“理他呢，过一会子就好了。”一时吃过饭，宝玉一则怕贾母记挂，二则也记挂着黛玉，忙忙的要茶漱口。

b. ……有一个丫头说道：“那块绸子角儿还不好呢，再熨他一熨。”黛玉把剪子一撂，说道：“理他呢，过一会子就好了。”宝玉听了，只是纳闷。

c. ……宝钗笑道：“我告诉你个笑话儿，才刚为那个药，我说了个不知道，宝兄弟就心里不受用了。”林黛玉

① 脂批，转引自周中明（2007：193）。

道："理他呢，过一会子就好了。"宝玉向宝钗道："老太太要抹骨牌，正没人，你抹骨牌去。"

（第二十八回，2006：274-276）

重复是典型的反讽触发语。在第一次暗合针对中，"他"字面上指绸子角儿，实际上是黛玉借回应小丫头的机会重复宝玉的前序话语，并隐含地针对宝玉刚才的慢待言语进行负面评价。但正如我们在第 5 章中曾分析过的（详见第 5 章）：宝玉由于缺乏足够的语境信息支持，没能立即识别黛玉第一次回声所表达的反讽意图，因而属于反讽理解的第二种典型情况（即反讽意图的识别被推迟）。黛玉的第二次暗合针对情况较为复杂。话语中的"他"字面上指宝玉，实际上黛玉抓住回应宝钗的契机，一箭双雕，针对宝玉、宝钗二人同时实施反讽行为。一则，宝钗一会儿当着宝玉的面说黛玉心里不自在，一会儿又当着黛玉的面说宝玉心里不受用。黛玉通过再次重复宝玉的原话，敲打宝钗的世故行为。二则，黛玉继续暗讽站在一旁的宝玉，以加强前一次反讽交际的语用力度。至此，黛玉使用重复性回声策略操纵上下文语境，成功实现以同一语辞关涉显隐两层含义的双关目的，最终创造出百面贯通的反讽诗学效果。原本还有些困惑的宝玉由于有前一次反讽交际作铺垫（虽然并不完全成功），黛玉反讽意图的可及程度极高，因此，他立即听出黛玉此话的双关意味，迅速转换话题，支开了宝钗。

可见，借助前言后语实现暗合针对的双关策略，只有在上下文语境中才能将相互关联却又不相融合的两种思想统一于一句话语当中，脱离了上下文，话语双关便成了话语"单关"，复调性的反讽效果也就无从产生了。

情况三：结合客观场景，指桑骂槐

此类双关强调借助眼前的具体事物暗指与之相关的另一事态，并表达对该事态的情感态度评价。与"暗合针对"型双关不同，利用客观场景实现的双关话语，其回声源并非一目了然地存在于上下文当中，读者必须紧密关联言语交际所关涉的故事情节和发话时特定的谈论主题、交际的时间和地点、交际者之间的社会关系甚至交际双方复杂的情感纠葛才能精确识解借题发挥、指桑骂槐中的反讽滋味，正所谓“领略笔外之神情，言时之景状”①。另外，此类双关所实现的反讽交际能够突出显隐两层含义在内容分量上的轻重差别，即“指桑”仅是双关话语传递的次要含义，而“骂槐”才是反讽者意欲表达的首要语用含义。例如：

(9) 宝钗道：“你又禁不得风吹，怎么又站在那风口里呢?”黛玉笑道：“何曾不是在屋里来，只因听见天上一声叫，出来瞧了瞧，原来是个獃雁。”宝钗道：“獃雁在那里？我也瞧瞧。”黛玉道：“我才来，他就忒儿一声飞了。”

（第二十八回，2006：283）

人类的情感体验和态度评价与所处的情景语境紧密关联。无论是小说交际中的反讽发话人物还是借助人物语言和叙述语言交际的反讽作家往往通过故事情节和交际所在的物理语境制约和操纵语辞的运用，在话语字面意义之外赋予它由特定语境而生发的弦外音。宝玉一时为宝钗的容貌迷住，又因金玉之说而困惑，不禁失了态，使交际的氛围暧昧且尴尬。可这一情形恰巧被黛玉撞个正着。联系这样富有戏剧性的故事情节和环境气氛，再来品味黛玉的双关话语，我们能够捕捉到“獃雁”语辞所展示出的丰富内涵和人物内心复杂的情感意念——是看到宝玉“移情别恋”的嫉妒，还是对内心失落的掩饰？是旁敲宝钗的智斗，还是侧击宝玉失态的戏谑？总之，正是因为黛玉的双关话语与特定情景语境相关联，才使得言外之意与字面意义构成间接否定关系，通过话语命题与语境假设之间的不适切反映交际双方的情感纠葛，进而诱发一系列态度情感的连续体。如果脱离了黛玉使用双关语言的具体情境，我们又怎能探究出这醇美的意蕴和丰饶的情趣？

① 这是万有文库《石头记》上明斋主人的总评，转引自周中明（2007：185-186）。

综合以上三种情况，我们发现：在运用双关实现的反讽交际中，作家不仅可以利用图式化的百科知识创造大量未定点，使话语展示出丰富的潜台词，也可以借助前言后语的暗合针对传达意欲的意旨评价，还可以通过话语与情境的结合另有所指，寄意承情。语与境的对立统一是双关实现反讽诗学效果的灵魂，显性意义蕴含大量弱隐含，并且使显隐两层含义呈现出评价性的反衬关系。双关正是在语与境唇齿相依的交互作用中创造出“超以象外”的反讽诗学效果的。

6.3.2 显隐两层含义所创造的复调性

在运用双关修辞实现的反讽交际中，作家曹雪芹巧妙地将语言因素与语境因素和认知因素相结合，创造出“兴发乎于此而义归于彼”[①] 的反讽复调效果。我们对该复调效果的解读并不仅仅拘泥于具体语言或与之相关的文体属性，而是深入到复调效果认知过程的内部，分析读者是如何识解显隐两层含义的，诠释读者所识解的作家意图，并追寻读者识解这些意图的兴趣和动机。

在小说艺术研究领域，“复调”概念指“文本除了字面表露出来的直接意义之外，还隐含着其他多重复杂的深层含义”（梁扬、谢仁敏，2006：451），即语辞表意包括两个层面：明确单一的字面意义（显性意义）和含蓄、不确定的语用意义（隐含意义）。早在刘勰的《文心雕龙》就给予语言的复调性以充分重视，以“隐秀”为篇名进行专篇论述。比如：“隐以复义为工”，“隐也者，文外之重旨者也。”都是耳熟能详的经典论断。在《红楼梦》中，用于实现反讽的双关修辞所创造的复调效果在表象上是现此而隐彼的，但在本质上却是言此而意彼的。双关语辞借助一套符码不仅传达显隐两层含义，更重要的是，显性意义和多层面的隐性含意在相互否定中交互作用。正如没有作用力就没有反作用力一样，它们之间的距离正是反讽所固有的价值判断的源泉。（Giora，

① 白居易：《与元九书》。转引自林兴仁（1984：180-181）。

1995）因此，语辞生发大量语义未定点和显隐两层含义的评价性反衬是曹雪芹运用双关修辞创造反讽复调效果的突出特征。现象美学家英加登认为：文学作品“只是一个具有各种未定点以及尚需对无数未定点予以确定的图式化结构。……在这些作品的阅读过程中，新的未定点则可能被不断地填充，并被读者的阅读投射赋予新的特征，实现未定点的完成。……每一部文学作品在原则上都是未完成的，总有待于进一步的补充”（英加登，1991：205）。英加登的阐述是针对文学作品的宏观论断，具体到当前所探讨的双关修辞上，我们从中可以获得三点极有价值的启示。第一，双关话语同时关顾显隐两个层面，是充满丰富未定点的图式化结构。结合我们对诗学效果的认知语用阐释，这是作家为显明其反讽交际意图而作出的最佳相关的明示选择，目的是调动读者作为接受主体的能动性，探察显隐含义之间评价性反衬关系。第二，读者根据认知环境中的资源储备对未定点进行充实，并启用高层元表征能力对显隐含义之间的评价性进行推断。双关语复调意义的解读过程是读者通过文本与作家主动“对话”、根据作家的明示信息进行语境拓展和语用推理的认知过程，实质上是再创造的过程。第三，由于丰富的未定点赋予读者宽松的解读空间，所以读者在语境假设的激活和语境效果的推导中承担更多责任。各异的生活经历和独特的心境体验决定了读者对双关复调意义的重构及其评价性程度的判断可能有所不同。读者每一次对双关复调效果的文学解读都是一次新的再创造过程。尽管如此，在重构双关复调意义的过程中，关联性是读者再创造的认知向导，其文学阐释遵循努力与效应之间力求取得最佳平衡的认知规律。

> （10）（贾赦）因说道：“一家子，一个儿子最孝顺。偏生母亲病了，各处求医不得，便请了一个针灸的婆子来。这婆子原不知道脉理，只说是心火，如今用针灸之法，针灸针灸就好了。这儿子慌了，便问：‘心见铁即死，如何针得？’婆子道：‘不用针心，只针肋条就是了。’儿子道：‘肋条离心

甚远，怎么就能好呢？’婆子道：‘不妨事。你可知天下父母心偏的多呢’。”

（第七十五回，2006：789-790）

在§4.2.2中，我们分析该例为的是呈现非言语行为在贾母实施反讽中的重要作用。在此，我们分析一下贾赦借助双关暗讽贾母，它充分表明双关创造的反讽复调效果的多层面性和显隐含义之间的评价性反衬关系。表层辞令“肋条离心甚远”，明说意义是肋条“偏心”，这恰巧与后文的父母“偏心”谐音，却与“偏心”的常规意义（即词典意义）——“偏向一方的心地”（《现代汉语辞典》第5版，2007：1042）在语义关联性上存在明显空位，从而鼓励读者激活相关语境信息填补空位，探索隐含的未定点。梯尼亚诺夫非常形象而贴切地将词语的意义比喻为“变色龙，其中每一次所产生的不仅是不同的意味，而且有时是不同的色泽”（梯尼亚诺夫，1989：41）。为了重构双关语的复调意义，读者需要结合故事情节和贾赦发话时的情景语境进行语用推理才能揭示“偏心”一词的真正色泽。虽然贾赦与贾政均为贾母所生，且是长子，却得不到贾母的偏爱，因而，虽袭得高官，在家中的地位却远远比不上贾政。这使得贾赦心有不平。因此他借中秋赏月讲笑话的机会以双关暗讽贾母，以抒心中不满。或许读者在填补未定点时会存在个体差异，但根据最佳可及性标准，读者通过语境拓展激活至少会获得以下首要语用含义——贾赦以肋条偏心映照父母偏心，在隐含层面影射贾母偏爱贾政，并对贾母的偏心作出负面评价。为了对贾赦双关话语进行文学解读，读者会进一步探析作家设计该双关修辞的交际意图——以双关多层面的复调效果解释贾赦与贾母之间复杂的矛盾纠葛。通过对双关语义的重构，读者使隐含的假设显明甚至更加显明，在与作家主动对话的过程中逐步使双关修辞创造的反讽复调效果得到最大程度的展现，相应地，促成读者认知环境中大量假设的微增长。这也正是解读者对文学经典阅读兴趣无限的原因所在。

语境依存性和显隐两层含义的复调性是运用双关修辞实现反讽目的的两个核心要素。它们在创造反讽诗学效果的过程中是密不可分的统一整体。所创造的复调效果是多层面的，我们可以利用“浅层意蕴”和“深层意蕴”（李荣启，2005：123）这对文学语言学概念加以深化阐释。所谓“意蕴”是文学作品里一种“内在的生气、情感、灵魂、风骨和精神”（黑格尔，1979：24-25），它以语言为载体，可以“灌注生气于外在形状”（黑格尔，1979：24-25）。在运用双关所实现的反讽交际中，作家通过显明的语言机制意欲传递的不仅包括因语辞而存在的、可以言传的浅层意蕴，还包括无法言传的深层意蕴，它无法从现象记忆中提取，而是需要通过激活与现象记忆相关联的语境信息构建起来。浅层意蕴是读者在一定程度的语境激活的基础上诱发的相对明确、较为具体的现象记忆，可以被用来进一步诱发更大范围的诗学效果。而深层意蕴则是追求文学阐释的读者进行更大范围的语境拓展激活所唤起的情感态度，“透视出人性的深层内涵、社会的深刻本质和刻骨铭心的审美体验”（黑格尔，1979：24-25）。以黛玉两次回声宝玉的前序话语“理他呢，过一会子就好了”为例，其浅层意蕴便是黛玉通过话语命题的语境不适切性而表达的对宝钗两面讨好的冷嘲和宝玉情感转移的热讽。通过分析与该反讽交际有关的语境信源并进行最佳相关的推理，该例的浅层意蕴便能比较容易地把握。而该反讽交际的魅力更在于它给作为读者的我们留下了巨大的想象空间。我们的脑海中情不自禁地浮现出黛玉那痴心等候宝玉直至听到他说出不理她的“无情话”而愤然离去的孤独身影，更感叹她竭力维护自己的人格尊严、绝不容许他人贬损践踏的倔强性格。正是因为这种“意蕴”的存在，读者才会心甘情愿地付出额外的处理努力去品味这言有尽而意无穷的反讽复调效果，读者在文学阐释过程中，才会逐步获得大量认知效果的微增长，从而生发出超越反讽交际本身有限意义的无限意蕴。

以上是我们从认知语用学角度对双关修辞所作的个案分析。笔者对《红楼梦》中用于反讽目的的修辞策略进行穷尽性搜寻和统计，发现作家曹雪芹主要运用6种修辞策略创造反讽效果，它们是双关、比拟、引用、借代、夸张和比喻，共涉及29例反讽交际，在《红楼梦》反讽交际总数中占21%。从所占比重来看其地位仅次于锻词，是曹雪芹创造反讽交际不可或缺的重要途径。在这6类修辞中，双关所占比重最大，其次是借代（有6例），排在第三位的是比拟和比喻（各有4例）。除此之外，还有3例引用，2例夸张。这些修辞策略以不同的方式突显表层辞令的语境不适切性，造成显性意义与隐性意蕴的评价性背离，从而鼓励读者进行语境激活和更大范围的拓展激活，推导复调性的发话人意义，进而识解作家的交际意图。在对复调意义进行重构的过程中，读者充分发挥语境建构的能动性，使自己的文学解读与作家的意欲理解最大程度地趋同，并诱发与修辞策略相关的独特的情感态度体验，通过自己的再创造让有限的语言生发出更加丰饶的诗学意蕴。

6.4 谋篇——以“连环计”为例

除了锻词、炼句和修辞以外，《红楼梦》作者曹雪芹还创造出独特的语篇布局来实现反讽诗学效果。其中有一种独特的语言手法，是作家根据小说反讽交际可再读的书面文本特性，设计一大段对话，让同一说话人一连使用多句反讽话语，充分利用上下文在反讽理解中的重要作用，使多个反讽话轮环环相扣，层层递进，创造出上递下接、珠联璧合的反讽诗学效果，我们将这种谋篇策略姑且称为“连环计”。在§5.4［详见第5章例（25）］中，我们从多源语境激活的角度系统分析了黛玉的“冷香-暖香”系列反讽案例。这便是运用“连环计”的经典案例之一。对该谋篇策略的研究，不但可以使我们更加全面、更加准确地推导作家通过多轮反讽共同表达的信息意图和交际意图，而且可以帮助我们从理论的层面回答小说反讽阐释的核心问题——何时、如何对反讽理解的可接受性作出评价。而对这一问题的回答也顺应对文学交际进行语言学阐释的趋势和要求。因此，在本节，我们结合 Furlong（1996）提出的文学阐释的三个标准，深入探讨"连环计"在创造小说反讽诗学效果过程中的认知语用机制和诗学语用功能。

Furlong（1996：196-197）提出读者进行文学阐释时遵循的三个评价标准，它们是穷尽性（Exhaustiveness）、可行性（Plausibility）和统一性（Unity）。概括地说，穷尽性标准确保文本的所有元素都被使用并且不会耗费读者额外的处理努力；可行性标准则从作家意图的显明性角度加以阐释，指读者应当确信文本和他所获得的其他证据可以确保他对文本进行文学阐释；统一性标准指读者付出相当大的努力来构建复杂的、大范围的语境，并使产生的效果交互作用从而对作品作出文学阐释。尽管 Furlong 所归纳的是读者阐释文学作品时所追求的三个目标，但对我们诠释"连环计"策略具有一定启发意义，也与我们所构建的小说反讽交际的认知语用阐释理念相吻合。为此，我们在 Furlong（1996）三个标准的基础之上，运用我们的认知语用模式探讨"连环计"。而我们的分析不但聚焦在"连环计"实现反讽效果的运作机制上，而且同时兼顾作家文学创作和读者文学阐释两个方面。

在运用"连环计"实现反讽效果的小说交际中，**可行性**突出了显明回声性的重要作用：作家通过在上下文中设计形式相同或语义强关联的话语突显回声源，为显明其反讽交际意图提供最佳相关的触发语；读者则根据最佳可及性标准提取上下文所提供的主导语境信息，立即锁定回声源并探察到该语境信源与当前话语命题之间的不相容性，从而开启反讽加工过程。**穷尽性**对于作家来说就是对隐含读者的语境资源和认知能力作出推断，在最佳关联的引导下尽量多提供能产生语境不相容性的语言和非语言证据以避免读者付出不必要的处理努力。为了实现文学阐释，读者会主动与作家对话，关注与当前交际相关的所有前景化语言机制，并在激活主导语境信源的基础上付出更多努力拓展认知语境，从而对语境不相容性作出更全面的理解。**统一性**是作家和读者通过"连环计"实现反讽交际的至高境界：作家通过上承下接的语言机制有效确保多轮反讽话语的连贯性，创造出百面贯通、回旋作势的整体关联效果；读者不会仅仅满足于对语境效果支离破碎的理解，而是将多项语境不相容效应与上下文提供的强关联证据加以整合，交互作用，最终获得对多个反讽话轮的最佳解读。可行性、穷尽性、统一性在“连环计”策略的运作中得到最大限度的呈现，它们有的放矢、相辅相成，共同创造出小说反讽交际所独有的欲擒故纵、回味无限的整体诗学意蕴。

以上理论阐述可以通过对《红楼梦》典型案例的分析得到进一步验证和深化。

(11) 此时宝钗正在这里，那林黛玉只一言不发，挨着贾母坐下，宝玉没甚说的，便向宝钗笑道：“大哥哥好日子，偏生我又不好了，没别的礼送，连个头也不得磕去。大哥哥不知我病，到像我托懒推故是的。倘或明儿问了，姐姐替我分辨分辨。”宝钗笑道：“这也多礼。你便要去，也不敢惊动，何况身上不好。弟兄们日日一处，要存这些心，到生分了。”宝玉又笑道：“姐姐知道体谅我就好了。”又道：“姐姐怎么不看戏去?”宝钗道：“我怕热。看了两出，热的狠，要走，客又不散，我少不得推身上不好，就来了。”宝玉听说，自己由不得脸上没意思，只得又搭赸笑道：“怪不得他们拿姐姐当杨妃，原也体丰怯热。”宝钗听说，不由大怒，待要怎样，又不好怎样。回思一回，脸红起来，便冷笑了两声，说道：“我到像[①]杨妃，只没有个好哥哥好兄弟可以作得杨国忠的!”

二人正说着，可巧小丫头靓儿因不见了扇子，向宝钗笑道：“必是宝姑娘藏了我的。好姑娘，赏我罢!”宝钗指他道：“你要仔细，我和你顽过? 你在意我! 和你素日嘻皮笑脸的那些姑娘们，你该问他们去!”说的个靓儿跑了。宝玉自知又把话说造次了，当着许多人，更比才在黛玉跟前更不好意思，

① 本书中所引《红楼梦》取自周汝昌校订版（2006），其中别字为原文，如“到像”（倒像）。

便即回身，又同别人搭赸去了。

（第三十回，2006：298-299）

这里节选的一段文本是作家运用“连环计”实现的一个完整的反讽交际，它由三个主要反讽话轮和一个辅助反讽话轮构成。我们先通过分析三个主要反讽话轮来阐释“连环计”策略的穷尽性，然后结合辅助反讽话轮综合呈现“连环计”的统一性。这三个主要反讽话轮是：

主要反讽话轮 1

［宝玉 1］宝玉……便向宝钗笑道：“大哥哥好日子，偏生我又不好了，没别的礼送，连个头也不得磕去。大哥哥不知我病，到像我托懒推故是的。倘或明儿问了，姐姐替我分辨分辨。”

［宝钗 1］宝钗笑道：“这也多礼。你便要去，也不敢惊动，何况身上不好。弟兄们日日一处，要存这些心，到生分了。”

主要反讽话轮 2

［宝玉 2］又道：“姐姐怎么不看戏去？”

［宝钗 2］宝钗道：“我怕热。看了两出，热的狠，要走，客又不散，我少不得推身上不好，就来了。”

主要反讽话轮 3

［宝玉 3］只得又搭赸笑道：“怪不得他们拿姐姐当杨妃，原也体丰怯热。”

［宝钗 3］宝钗听说，不由大怒，待要怎样，又不好怎样。回思一回，脸红起来，便冷笑了两声，说道：“我到像杨妃，只没有个好哥哥好兄弟可以作得杨国忠的！”

作者与读者宏观层面的交际是通过微观层面上宝玉与宝钗之间直接的言语互动实现的。由于交际途径相对简单，所以作家采用发话人物直接回声对方前序话语的方式突显回声源。表面上看，以上三个话轮均是你一言我一语的简单话轮，但我们却感到宝钗这三句话语的反讽力度逐层增强。原因是作家在以回声前序话语为其意图提供证据的同时，根据他对读者的语境资源和认知能力的推测，通过上下语篇的人物语言和叙述语言尽可能提供更多证据以实现交际的最佳关联。而读者则在语言语境线索的指引下，从知识语境和物理语境中提取最可及的信息拓展反讽交际的认知语境，以便对作品提供的所有证据作出解释，并获得在通篇显现的假设的基础上得以强化和拓展的理解。让我们看一下这三个反讽话轮分别激活了哪些语境信源。

反讽话轮 1

在宏观层面，所激活的语境信源包括：

[语言线索] 宝钗话语中的“不敢惊动”是一种有标记的表现形式，因为对于宝玉、宝钗这对姨表亲来说，在文体风格上过于礼貌，是明显标记反讽意图的语言线索，这是理解宝钗反讽话语 1 的主导语境信息。

[相互知信] 宝、黛二人因激烈争执，闹得全家上下无人不知无人不晓，就连薛蟠的生日宴会宝玉也没心情参加。这一信息为宝玉、宝钗乃至在场所有的人所共享。

可见，宝钗的话语命题仅与两项语境信源产生了明显的不相容性，它们可能会促使读者对话语命题的真诚性产生怀疑，引导他进行最佳相关的假设，从而识别宝钗的反讽意图——宝钗对宝玉假托生病感到不满。尽管如此，她为了顾全大局，不愿当面与之发生冲突，所以她选择间接方式来表达自己的贬抑态度。

然而，在微观层面，由于当时的宝玉缺乏必要语境信息的支持，宝钗的话语又极为含蓄，有前言后语作掩护，因而宝玉并没有立即推导出宝钗的反讽意图，反而实实在在地回了一句“姐姐知道体谅我就好了”。

反讽话轮 2

无论在宏观层面还是在微观层面，宝钗的反讽意图明显增强，因为有三项语境信源与话语命题不相容。它们是：

[前序话语] 宝钗回声宝玉推身上不好没去参加薛蟠生日派对的托辞，同时表明自己的贬抑态度。这是该间接反讽言语行为的主导语境信源。

［生平资料］宝钗前一反讽话语已流露出她对宝玉借口的不爽。

［相互知信］同反讽话轮1。

宝钗以其人之道还治其人之身，其反讽态度表达得仍然很含蓄，但讽刺性诗学效果却立即在宝玉身上产生了效应——正是由于宝玉识别出她隐含的讥刺味道，才会“脸上没意思”。

反讽话轮3

这是由于语境多源激活而快速识别反讽意图的典型案例，共有七项语境信息被激活，它们是：百科事实信息、生平资料、相互知信、客观场景、非言语行为、上下文和语言线索。在第5章中，我们已从多源语境激活的角度对该反讽话语进行了详细分析［详见第5章例（2）］，在此不再赘述。多源语境信息的共同作用使得宝钗的反讽意图高度可及，戏剧冲突达到了高潮，讽刺性诗学效果也得到了最佳程度的展现。

可见，为了对小说反讽交际作出穷尽性解读，读者会根据作家提供的所有前景化证据激活语境信源拓展认知语境，无论是言语的还是非言语的，不论是储存在长时记忆中的还是暂存于短时记忆中的。随着所激活的语境信源的数量逐渐增多，话语命题的语境不相容性逐步突显，反讽交际的力度随之增强，创造出愈加丰富的反讽诗学效果。

其实，在我们阐述该小说反讽交际穷尽性的过程中，作家运用“连环计”实现反讽效果的谋篇思路也已清晰可见，展示出“连环计”策略的统一性。三个反讽话轮在反讽交际中发挥着各自的谋篇功能。在第一轮对话中，宝玉认为宝钗想要表达的是话语的命题内容（即字面意义），从而结束了当前话轮，转而进入新的话轮——问宝钗为何不看戏去。从整体意义上说，这轮反讽交际虽然未取得成功，但是为下面的反讽交际作好了铺垫，是该系列反讽交际的初始阶段。反讽话轮2承接反讽话轮1，对故事情节和反讽交际效果都起到了有效的推动作用，是整个反讽交际的发展阶段。在前两轮反讽基础之上，反讽话轮3自然而然地将反讽交际推向高潮阶段，在作家-读者的宏观层面和宝玉-宝钗的微观层面都实现了最佳交际效果。前一轮反讽加工的语境激活为后一轮反讽加工的语境拓展做好了相关的知识储备，节省了读者为语境拓展激活而付出的心智努力，有助于从整体上实现资源的最优化配置。

另外，作家也利用受话人宝玉的言语反应（通过人物语言）和非言语反应（通过叙述语言）呈现出三轮反讽的连贯性：

[宝玉反应 1] 宝玉又笑道："姐姐知道体谅我就好了。"（言语反应）

[宝玉反应2] 宝玉听说，自己由不得脸上没意思。（非言语反应）

[宝玉反应 3] 宝玉未作出直接反应。

宝玉的这些反应也作为物理语境参与到读者反讽加工的过程中，对读者从整体上阐释反讽交际起到辅助作用。由此可见，"连环计"的统一性不仅表现在作家对谋篇布局的设计与驾驭方面，而且可以从他对细小环节的把握中流露出来。最后，让我们分析一下辅助反讽话轮对反讽交际的统一性所发挥的作用。

辅助反讽话轮

[靓儿]（小丫头靓儿）向宝钗笑道："必是宝姑娘藏了我的。好姑娘，赏我罢！"

[宝钗] 宝钗指他道："你要仔细，我和你顽过？你在意我！和你素日嘻皮笑脸的那些姑娘们，你该问他们去！"

这便是本回回目中所说的"宝钗借扇机带双敲"。宝钗的直接交际对象是靓儿，而意欲交际对象是宝玉，因此，与靓儿的交际是互动的，与宝玉的交际是非互动的。宝钗通过可责骂的对话人靓儿间接责问旁听人宝玉，回击他方才的奚落。但由于宝钗的指桑骂槐并非直接针对宝玉，所以在一定程度上使刚才已达到顶峰的戏剧冲突实现"软着陆"。"说的个靓儿跑了。宝玉自知又把话说造次了，当着许多人，更比才在黛玉跟前更不好意思，便即回身，又同别人搭赸去了。"（曹雪芹，2006：299）。故事情节得以推进，顺理成章地过渡到下一轮"负荆请罪"反讽言语交际的环节中去。至此，该系列反讽交际经历了初始—发展—高潮—缓冲的完整过程。读者将通篇突显的明示信息与反讽加工中激活的语境假设加以整合，产生的认知效果交互作用，在与作家的主动对话中实现系列反讽交际的整体关联，获得最佳相关的文学阐释效果。

(12) a. 宝钗因笑道："你正紧去罢，吃不吃陪着林姑娘走一盪，他心里打紧的不自在呢。"宝玉道："理他呢，过一会子就好了。"

宝玉敷衍了事地吃过饭，因心里记挂黛玉，便匆匆忙忙来至贾母这边，只见黛玉正在里头屋里做裁剪。

b. 有一个丫头说道："那块绸子角儿还不好呢，再熨他一熨。"黛玉便把剪子一撂，说道："理他呢，过一会子就好了。"宝玉听了，只是纳闷。只见宝钗、探春等也来了……宝钗笑道："我告诉你个笑话儿，才刚为那个药，我说了个不知道，宝兄弟就心里不受用了。"林黛玉道："理他呢，过一会子就好了。"

（第二十八回，2006：274-276）

在第 5 章中［详见第 5 章例（22）］，我们从语境激活和最佳可及性标准的角度分析了黛玉的第一轮反讽交际，又在§6.3 中透过双关探讨暗合针对所生发的丰富的反讽意蕴。此处，我们再次使用该系列反讽交际是为了阐明"连环计"策略的可行性问题。作家三次呈现完全相同的话语命题形式"理他呢，过一会子就好了"，为读者提供了突显程度极高的明示刺激。其中，第一句"理他呢，过一会子就好了"是由宝玉发出的，而后面两次均由黛玉发出。这是作品显现给读者的第一层面的证据——作家利用上下文语境为黛玉的两次反讽言语行为直接提供回声源。而作品显现的第二层面的证据是：后面两句"理他呢，过一会子就好了"虽然均出自黛玉之口，但是发话的时间、针对的受众以及受话人作出的回应各不相同。基于最佳关联假设，读者确信以上两个层面的证据必定是作家为实现隐含意图而选择的最佳相关的明示信息，应当成为他反讽加工的最可及的语境线索，为他选择可行的语用推理路径提供重要依据并以此为核心进行最佳相关的语境拓展。“解读者的作用，特别是在文学阐释中，经常是使弱显明的假设更加显现。”（Furlong，1996：101）以黛玉的第一次暗合针对为例，她的直接交际对象是小丫头，意欲的交际对象却是宝玉，因而，黛玉与小丫头之间的交际是直接的、互动的，与宝玉之间的交际却是间接的、非互动的。听到黛玉的回声话语后，作家通过叙述语言仅对宝玉的反应进行了刻画——“宝玉听了，只是纳闷”。对于读者来说，宝玉的纳闷应当作为物理语境线索参与到本轮反讽加工当中，因为宝玉的反应为解读黛玉暗合针对所产生的空白和未定点提供了辅助语境支持。透过宝玉的纳闷，读者至少可以推导出以下三项弱隐含：第一，我们体会到黛玉先前痴心等候宝玉一同走，之后听到他说“理他呢，过一会子就好了”而倍感失落的巨大心理反差；第二，深切感受到黛玉竭力维护人格尊严、绝不容许他人贬损的自尊心；第三，感叹黛玉（也是作家曹雪芹）对旁敲侧击的反讽技巧已运用得驾轻就熟、出神入化。这是我们在上下文显现的假设的基础上得以强化和拓展的理解。可见，显现在评论解读的可接受性方面发挥着重要作用。

以上是我们通过分析两例系列反讽，各有侧重地阐明了“连环计”策略的可行性、穷尽性和统一性，以及运用该策略所创造的反讽诗学效果。除了“连环计”以外，挑空儿也是作家实现反讽目的的主要谋篇策略。它与“连环计”都是通过多句反讽话语作为一个整体共同实现反讽诗学效果，其运作机制基本相同，区别在于挑空儿是交际双方互相实施的反讽策略，而“连环计”则是由发话人一方连续实施的反讽策略。在我们对实现反讽的语用—语言机制进行数据统计时，为了强调谋篇策略的整体性，每例系列反讽是作为一个案例被纳入到总数当中的，从表面看所占比重并不大（“连环计”有5例，挑空儿有2例，共占总数的5%）。但每例系列反讽中均包含多个反讽话轮，它们在小说反讽交际中发挥着不容忽视的作用。谋篇策略的巧妙运用，为《红楼梦》反讽交际构建起一道奇特的风景线。相应地，读者在解读此类反讽时更能体现出文学阐释与自发理解的不同。面对通过谋篇策略实现的小说反讽交际，意欲进行文学阐释的读者会投入更多的时间和心智努力，他会充分考虑作品上下文提供的所有相关证据，并期望对作家意欲突显的假设能作出穷尽性的理解。最终，读者所付出的一切都会得到意想不到的回报。当他对理解进行评价时，他会惊喜地发现：他对系列反讽的解读不仅是合理可行的，而且是具有整体关联性的、统一的文学阐释。

6.5 本章小结

我们通过锻词、炼句、修辞和谋篇四大板块对《红楼梦》言语反讽交际的诗学效果及实现方式进行穷尽性研究，在每一板块中，我们选取最典型（即数据统计中所占比重最大，详见表 6-1）的语用—语言机制进行个案分析，以便从认知语用角度深入剖析作家曹雪芹是如何选择和运用词汇、句式、修辞和语篇策略来隐含表达作家的情感态度评价的。研究发现，《红楼梦》反讽话语的命题内容与语境信息之间的不相容性是创造诗学语用效果（poetic-pragmatic effect）、进而激发情感态度体验和态度评价的关键环节，表现在语言运用的各个层面：通过超常的语辞配置或词类转换，操纵语言环境，发挥反讽语境的反向干预作用，实现其批评性隐性态度评价（§6.1 锻词）；借助文言句式与白话句式的映衬对照、排比句式的意象叠加来背离惯常文体风格，诱发逆期待性不相容效应（§6.2 炼句）；利用双关、比拟、引用、借代、夸张、比喻等辞格的语境依存性，突显明说层面的语境不相容性，营造隐含层面的复调性诗学意蕴（§6.3 修辞）；设计“连环计”和挑空儿两种语篇布局，凭借话轮内部与话轮之间的语义传递，实现具有可行性、穷尽性和统一性的新奇反讽艺术效果（§6.4 谋篇）。上述四个层面正是曹雪芹创造《红楼梦》反讽艺术的四个核心要素，它们并非孤立存在的，而是相辅相成的；它们也并非专属于某一语言手法，而是各有侧重地呈现于各种诗学语用策略当中。更重要的是，这些前景化的语用—语言要素交互作用，突显了反讽交际的本质属性——对立性，创造出《红楼梦》独特而丰富的反讽诗学效果。

表 6-1 详细呈现出曹雪芹为实现反讽诗学效果所运用的各种语言技巧和手法。在从小说选取的 139 个例子①中，通过词语的选择和运用来实现反讽诗学效果的有 64 例，通过句式的选择和运用来实现反讽诗学效果的有 5 例，通过修辞方式的选择和运用来实现反讽诗学效果的有 29 例，通过语篇策略的选择和运用来实现反讽诗学效果的有 7 例。从所占比率来看，通过词语的选择和运用来实现反讽诗学效果的例子占 46%，通过句式的选择和运用来实现反讽诗学效果的例子占 4%，通过修辞方式的选择和运用来实现反讽诗学效果的例子占 21%，通过语篇策略的选择和运用来实现反讽诗学效果的例子占 5%。由此可见，锻词是实现《红楼梦》反讽艺术的最主要的语言方式，修辞次之，语篇策略和炼句再次。对锻词和修辞两类策略的进一步统计分析表明：数据统计的结果与我们的理论观点相吻合。在锻词策略中，仿词、拆词镶嵌、飞白等语言手法都是通过超乎寻常的语辞搭配造成明示刺激所产生的常规期待与语境假设明显对立，从而产生逆期待效应。在修辞策略中，排在前三位的辞格分别是双关、借代和比拟/比喻。这些修辞手法有一共同特点：明里说一事物暗中却指示另一事物，造成显、隐两层面之间产生大量未定点，从而给读者留有巨大的解读空间。读者根据认知环境中的语境资源和各自的认知能力进行语境拓展激活，在作家意欲的范围内对明示证据作出不同程度的解读，创造出丰富的反讽诗学效果。

① 由于第 4、5、6 三章分别从“语境激活”“最佳可及性标准”和“反讽诗学效果及其实现方式”三个不同角度对《红楼梦》中的反讽交际进行分类和统计，所以统计的总数会稍有差别。在第 6 章统计中，有多例反讽交际是通过使用多种语言手段来实现反讽诗学效果的。在表 6-1 中，各例反讽交际中所使用的不同语言手段分别被纳入到各类语言机制当中。各部分相加之和为 139 例。

表 6-1　　《红楼梦》反讽诗学效果的实现方式

<table>
<tr><td rowspan="3"></td><td colspan="10">词语</td><td colspan="2">句式</td><td colspan="8">修辞方式</td><td colspan="2">语篇策略</td><td rowspan="3">无明显语言标记</td></tr>
<tr><td colspan="4">仿词</td><td rowspan="2">拆词镶嵌</td><td rowspan="2">飞白</td><td rowspan="2">名词</td><td rowspan="2">动词</td><td rowspan="2">形容词</td><td rowspan="2">代词</td><td rowspan="2">文言句式</td><td rowspan="2">排比句式</td><td colspan="3">双关</td><td rowspan="2">比拟</td><td rowspan="2">引用</td><td rowspan="2">借代</td><td rowspan="2">夸张</td><td rowspan="2">比喻</td><td rowspan="2">挑空儿</td><td rowspan="2">连环计</td></tr>
<tr><td>音仿</td><td>类仿反仿</td><td>合仿</td><td>宽仿</td><td>话中有话一语双关</td><td>暗合针对前言后语</td><td>言此意彼另有所指</td></tr>
<tr><td rowspan="2">数量</td><td>5</td><td>21</td><td>6</td><td>3</td><td rowspan="2">6</td><td rowspan="2">4</td><td rowspan="2">4</td><td rowspan="2">4</td><td rowspan="2">8</td><td rowspan="2">3</td><td rowspan="2">3</td><td rowspan="2">2</td><td>5</td><td>2</td><td>3</td><td rowspan="2">4</td><td rowspan="2">3</td><td rowspan="2">6</td><td rowspan="2">2</td><td rowspan="2">4</td><td rowspan="2">2</td><td rowspan="2">5</td><td rowspan="2">34</td></tr>
<tr><td colspan="4">35</td><td colspan="3">10</td></tr>
<tr><td rowspan="2">比率</td><td>4%</td><td>15%</td><td>4%</td><td>2%</td><td rowspan="2">4%</td><td rowspan="2">3%</td><td rowspan="2">3%</td><td rowspan="2">3%</td><td rowspan="2">6%</td><td rowspan="2">2%</td><td rowspan="2">2%</td><td rowspan="2">1%</td><td>4%</td><td>1%</td><td>2%</td><td rowspan="2">3%</td><td rowspan="2">2%</td><td rowspan="2">4%</td><td rowspan="2">1%</td><td rowspan="2">3%</td><td rowspan="2">1%</td><td rowspan="2">4%</td><td rowspan="2">24%</td></tr>
<tr><td colspan="4">25%</td><td colspan="3">7%</td></tr>
<tr><td>合计</td><td colspan="10">64(46%)</td><td colspan="2">5(4%)</td><td colspan="8">29(21%)</td><td colspan="2">7(5%)</td><td>34(24%)</td></tr>
</table>

如此多样化的实现途径所创造的诗学效果必然是绮丽多彩的。在《红楼梦》中，言语反讽主要产生了五种诗学效果：讽刺嘲弄诗学效果、讽刺性幽默诗学效果、逗趣诙谐诗学效果、快乐热诚诗学效果以及警醒告诫诗学效果。表 6-2[①] 展现出实现每类诗学效果的反讽数目以及在总数中所占比重。

表 6-2　　《红楼梦》中言语反讽的诗学效果

反讽诗学效果	例数（共 127 例）	所占比率
讽刺嘲弄诗学效果	47	37%
讽刺性幽默诗学效果	59	46%
逗趣诙谐诗学效果	16	13%
快乐热诚诗学效果	4	3%
警醒告诫诗学效果	1	1%

统计结果表明：实现讽刺性幽默诗学效果的反讽案例最多（有 59 例，占 46%），其次是讽刺嘲弄诗学效果（有 47 例，占 37%），两类相加，共涉及 106 例反讽交际，占总数的 83%。可见，讽刺色彩是《红楼梦》反讽艺术的主色调。而用来实现反讽诗学效果的语用—语言机制并非反讽交际所独有，但当被用于反讽目的时它们具有一项共同特征——表达反讽者对话语命题的批评性隐性评价。无论是用于讽刺嘲弄、讽刺性幽默的负面评价，还是用于逗趣诙谐、快乐热诚的正面评价，都会通过促使受话人认知环境的微增长而诱发其对情感态度的感知和对反讽理解可接受性的评估。

① 鉴于表 6-2 是对《红楼梦》反讽所创造的不同诗学效果进行统计，笔者对《红楼梦》反讽案例作如下两方面的特殊处理：一方面，《红楼梦》中有 6 例反讽交际使用多种语言手段实现反讽诗学效果，统计总数时每例反讽交际只作为 1 个例子以避免重复计算；另一方面，正如 § 6.3 所提及的，统计时每例系列反讽是作为 1 个例子纳入到总数之中的。这样一来，在表 6-2 中，《红楼梦》反讽实例总数为 127 例。

在系统分析了曹雪芹用以创造反讽诗学效果的特殊语言机制之后，我们再次落脚在反讽诗学效果的认知语用阐释上面，我们会对该议题有更深一层的诠释。无论是作家为显明反讽交际意图而选择语用—语言机制还是读者为消解逆期待性不相容感受而进行的语境拓展激活，都是寻求最佳关联的认知语用过程。作家对文体风格的选择并不是因为她想要取悦读者的审美欲求，而是因为她要为意欲创造的反讽效果提供最佳相关的证据。因此，只要她参与到交际中来，作者就和其他交际者一样，被认为已经创作出最佳关联假设。而读者有权期待他的处理努力会得到最佳语境效果的补偿。成功进行文学阐释的读者，不但会对作家意欲实现的反讽理解作出最佳相关的认知语用解释，而且会对理解的可接受性作出评价。就拿本书着重探讨的《红楼梦》反讽交际来说，我们透过反讽对话和反讽叙事语式所创造的多种诗学效果，不仅可以捕捉到作家通过曲笔手法对权威意识形态的隐含嘲讽和解构，而且我们也会在与作家的主动对话的过程中产生思想上的共鸣，这便是《红楼梦》的反讽所带来的笑效应。一方面，这种“笑构成一种居高临下的社会姿态”（涂靖，2005：135），从中折射出《红楼梦》反讽艺术所蕴含的精神内涵；另一方面，这种笑也增强了反讽否定意味的冲击力，“让人们看到诗意背后的尴尬而领略生活的锋芒”（涂靖，2005：135），从中感受到深刻的人生哲理。所以，我们要像品味一杯清茶一般去斟酌《红楼梦》的反讽艺术，只有这样才能充分体味那“念在嘴里倒像有几千斤重的一个橄榄”般的审美情蕴。

第7章 结语

本研究针对反讽理解的认知语境制约、认知语用机制和反讽创造的诗学效果及实现方式进行深入研究。我们以小说反讽交际作为研究的重点，在整合的语境激活模式的基础之上构建小说反讽交际的认知语用阐释框架，不仅深入探讨了小说反讽交际中多源语境信息的激活，澄清了语用因素和认知因素之间复杂的交互作用，特别是最佳可及性标准在小说反讽识解中的具体运作机制，而且还系统分析了实现小说反讽诗学效果的语用—语言途径。作为一个整合的理论框架，小说反讽交际的认知语用阐释模式将反讽生成和反讽理解有机地结合在一起。应用该模式对《红楼梦》中的言语反讽进行个案研究则进一步检验了该理论模式的阐释力和可操作性。希望我们所提供的认知语用阐释框架成为目前反讽研究理论和方法的有益补充。下面，我们首先总结本研究的主要发现，表明它的研究价值并指出其研究局限。针对研究局限我们尝试着对未来研究提出初步构思，以便使言语反讽研究不断拓展和深化。

本书结合小说交际的独特性，从"作者—文本—读者"的互动关系入手，整合出一个小说反讽交际的认知语用理论模式，把跟小说反讽交际密切相关的因素（关联因素、认知因素、语境因素和诗学因素）包括在内且各得其所，着重阐释小说反讽交际中的三个核心要素：多源语境激活所提供的不相容性、支配反讽识解全过程的最佳关联性和加工隐性评价过程中所获得的诗学效果。小说反讽交际本质上是指在小说交际语境中现象与现实"在经济原则与高反差原则下的并置”（盎伯，1988：2）。多源语境信息提供的假设与话语命题形成高反差，所产生的不相容性造成受话人产生逆期待性失匹配感受，启动反讽触发语，从而对话语进行反讽加工。最佳相关是整个反讽理解过程的认知制约机制：它引导受话人对失匹配的意欲性作出评价，引导受话人努力选择最佳可及的语境假设来顺应、构建、拓展反讽交际的认知语境，引导受话人进行语用推理以寻求话语与语境之间的最佳关联，最终引导受话人付出有效努力获得或幽默风趣或讽刺警策的反讽诗学效果。小说反讽交际的独特之处表现在两个方面。第一，在小说交际语境中的反讽加工主要涉及八类语境信源，它们是：（a）知识语境：百科事实信息、受话人具备的有关发话人的生平资料、互文知识和相互知信；（b）物理语境：互显的客观环境（场景）、发话人的非言语行为；（c）语言语境：上下文、语言线索。（赵虹，2013）多源语境信息的激活有助于反讽意图的识别，是小说反讽理解的认知前提。最佳关联存在于语境化的对立效应当中：小说世界的虚拟表征与真实世界的现实事态之间的对立；反讽者字面评价与隐含的意欲评价之间的对立；读者的心理期待与语境的逆期待性之间的对立。独特的对立效应促使读者愿意付出更多认知努力以便捕捉小说反讽交际隐含传达的态度评价、情感体验和诗学意蕴。

作为一个有机整体，我们构建的小说反讽交际的认知语用理论模式不仅可以有效探讨小说反讽交际是如何获得关联性、读者是如何识解反讽文本的言外之力并体味其言后之果的，而且可以揭示反讽者是如何创造丰富而微妙的反讽诗学效果，读者又是如何主动与作家对话、实现对反讽诗学效果的文学阐释的。小说反讽交际的诗学效果指反讽话语的语境不相容效应所诱发的读者认知环境中大量语境假设的“微增长”（marginal increase，Furlong，1996：109）。对反讽诗学效果的阐释需要与作家反讽意图的显明程度和读者通过拓展激活所获得的语境不相容效应结合起来。不同于其他非字面语言现象（如隐喻）所创造的诗学效果，小说反讽交际主要是传递作家对回声命题的批评性隐性评价。这是在大量增加语境不适切效应显明性的语境中构建的。反讽作家通过操纵最佳相关的语用—语言机制鼓励读者进行（更大范围的）语境拓展激活，诱发逆期待性失匹配感受，进而传递作家意欲的、与特殊情感相关联的态度评价。因此，任何将反讽作家意欲表达的反讽诗学效果固化为确定命题的企图都会破坏反讽作家文学创作的真正理念。进行文学解读的读者视所有探察到的前景化手段为显明作家反讽意图的有效证据，在作家意欲理解的范围内进行语境拓展激活以识解前景化手段所产生的诗学效果，并在此基础上对自己的反讽理解的可接受性作出高层评价，极大地丰富了反讽理解的整体关联性，从而实现资源最优化的认知目标，最终达成与作家的真正谋和。

本书在构建小说反讽交际的认知语用阐释框架的基础上对《红楼梦》进行个案研究。首先笔者根据小说反讽交际涉及的语境信源的认知分类研究《红楼梦》反讽理解的多源语境激活。研究显示：与小说反讽交际有关的语境信源均可以从《红楼梦》中找到有力例证。这表明小说反讽交际必然蕴含对证明明说意义无效的语境信源的激活。正是话语命题的语境不相容性触发了受话人对发话人隐含反讽态度的探察。统计结果进一步表明：在《红楼梦》反讽交际中，以语言语境中的语言线索为主导语境的反讽最多，其次是知识语境中的百科事实信息，再次是语言语境中的上下文。而以非言语行为为主导语境的反讽最少。这一研究结果不但证明反讽的认知语用阐释框架同样可以被用来分析文学作品中的反讽话语，而且展现了语境与反讽认知的双向互动关系以及小说反讽交际的独特特征。一方面，语境是使用反讽话语时思维的背景依托，受话人只有对反讽语境线索进行“语境化”过程才能识解反讽。另一方面，语境本身也需要满足一定条件才能对反讽理解施加语用制约。小说反讽交际的书面文本特征决定了作家与读者之间的交际是非面对面的、非一对一的、非同时发生且可以间断。这导致读者缺乏许多面对面互动中能够帮助听话人获得反讽理解的语境信息（如客观场景和发话人的非言语行为）。反讽作家在显明其交际意图时会充分考虑上述语境激活的独特性，着力借助语言语境（如前景化语言线索和上下文）和知识语境（如百科事实信息）来强化对立效应，以便指引并限制交际双方互知性的搜寻和建构，最终实现双方的谋和。这一认知语境理念会对整个文学解读观有所启示。

然后，本书运用最佳可及性标准分析小说反讽交际的三种典型情况：反讽意图被快速识别、反讽意图的识别被推迟和反讽意图未被识别，并对《红楼梦》反讽理解典型情况中的语境激活进行综合分析。为了增强理论分析的可操作性，以便更加清楚地阐明语境信源的激活数量与反讽识解的难易程度之间的关系，我们将语境信源分为五个等级：与小说反讽交际有关的所有语境信源全部被激活（8 项）、大多数语境信源被激活（6～7 项）、部分语境信源被激活（3～5 项）、少数语境信源被激活（1～2 项）、无语境信源被激活（0 项）。其中，前三等级属于典型情况一（反讽意图被快速识别），第四等级和第五等级则分别对应典型情况二（反讽意图的识别被推迟）和典型情况三（反讽意图未被识别）。统计结果表明，在《红楼梦》言语反讽交际中，绝大多数反讽案例属于第一种典型情况，受话人通过激活多项语境信源为反讽理解提供充足的语境支持，快速消解语境信息与话语命题之间产生的多维不相容性，从而识解反讽者的交际意图。即使是在典型情况二和典型情况三中，作家曹雪芹也是通过操纵和控制微观反讽交际层面的语境激活的数量和质量造成故意歧义或交际失败，从而实现宏观反讽交际层面特殊的交际目的。比如：揭示所回声观点或思想的荒谬与愚蠢。这一结果有力地印证了反讽理解的最佳可及性标准的核心理念（Yus，2000a，forthcoming；Zhao，2007，2011；赵虹，2008）：是快速识别反讽意图还是推迟反讽意图的识别，甚至是无法识别反讽意图，取决于主导语境信源是否被激活以及激活的反讽语境信源的数量和质量。主导语境信源的激活是实现反讽交际成功的认知先决条件，在此基础之上，所激活的语境信源数量越多，反讽加工的速度越快。反之，反讽加工的难度就会增加，甚至导致反讽交际的失败。综合分析《红楼梦》典型反讽理解的多源语境激活，我们发现：在《红楼梦》反讽交际过程中，百科事实信息、有关发话人的生平资料、相互知信、发话人的非言语行为和语言线索这五类语境信源发挥着重要作用。或许它们并非反讽理解过程中的主导语境信源，但它们对《红楼梦》反讽意图的识别与理解起到了有效的辅助和促进作用。可见，运用我们所构建的小说反讽交际的认知语用阐释框架分析《红楼梦》的言语反讽，一方面可以更加系统地剖析《红楼梦》反讽识解过程的认知语用机制，另一方面有助于揭示作家曹雪芹在创作《红楼梦》反讽交际中独具匠心的设计意图。

最后，本书通过锻词、炼句、修辞和谋篇四大板块对《红楼梦》言语反讽交际的诗学效果及实现方式进行穷尽性研究。研究发现，《红楼梦》反讽话语的命题内容与语境信息之间的不相容性是创造诗学语用效果、进而激发情感体验和态度评价的关键环节，表现在语言运用的各个层面：通过超常的语辞配置或词类转换，操纵语言环境，发挥反讽语境的反向干预作用，实现其批评性隐性态度评价（§6.1 锻词）；借助文言句式与白话句式的映衬对照、排比句式的意象叠加来背离惯常文体风格，诱发逆期待性不相容效应（§6.2 炼句）；利用双关、比拟、引用、借代、夸张、比喻等修辞的语境依存性，突显明说层面的语境不相容性，营造隐含层面的复调性诗学意蕴（§6.3 修辞）；设计“连环计”和挑空儿两种语篇布局，凭借话轮内部与话轮之间的语义传递，实现具有整体关联性的新奇反讽艺术效果（§6.4 谋篇）。上述四个层面正是曹雪芹创造《红楼梦》反讽艺术的四个核心要素，它们并不是孤立存在的，而是相辅相成的，它们也并非专属于某一语言手段，而是各有侧重地呈现于各种诗学语用策略当中。更重要的是，这些前景化的语用—语言要素交互作用，突显了反讽交际的本质属性——对立性，创造出《红楼梦》独特而丰富的反讽诗学效果。统计结果表明：锻词是实现《红楼梦》反讽艺术的最重要的语言方式，修辞次之，语篇策略和炼句再次。在所有语言手段中，仿词和双关是《红楼梦》创造反讽诗学效果的主要工具。另外，通过"连环计"和挑空儿实现的谋篇策略均是由多句反讽话轮珠联璧合，作为一个整体共同实现反讽意图的，呈现出《红楼梦》特有的反讽诗学意蕴。在《红楼梦》中，由多样化途径实现的反讽交际主要产生了五种诗学效果：讽刺嘲弄诗学效果、讽刺性幽默诗学效果、逗趣诙谐诗学效果、快乐热诚诗学效果以及警醒告诫诗学效果。根据我们的统计分析结果，讽刺色彩是《红楼梦》反讽艺术的主色调。通过系统分析曹雪芹创造的反讽诗学效果及其实现途径，我们可以对反讽诗学效果进行更深一层的认知语用诠释。无论是作家为显明反讽交际意图而选择语用—语言机制还是读者为消解逆期待性不相容感受而进行的语境拓展激活，都是寻求最佳关联的认知语用过程。用来实现反讽诗学效果的语用—语言机制具有一项共同特征——表达反讽者对话语命题的批评性隐性评价。无论是用于讽刺嘲弄、讽刺性幽默的负面评价，还是用于逗趣诙谐、快乐热诚的正面评价，都会通过促使受话人认知环境的微增长而诱发其对情感态度的感知和对反讽理解可接受性的评估。通过主动与作家对话，读者最终对小说反讽交际的解读是具有可行性、穷尽性和统一性的文学阐释。

总之，本研究实现了两个目的：一方面，本研究从言语反讽的本质入手，构建了一个研究小说反讽交际的认知语用阐释框架，并证明认知语用视角下的小说反讽理解模式在文学文本分析中的可行性：它强调多源语境激活是小说反讽认知的前提和基础，揭示最佳可及性是识解反讽意图的认知导向和原则，剖析实现反讽诗学效果的语用—语言机制进而确立读者文学阐释追求资源最优化的认知目标。这样的研究路径不仅有利于我们在日常交际和文学交际中认知反讽、运用反讽，而且可以帮助我们从知识结构及其组织运作方式的认知心理角度探究语言加工的认知机制，为认知语用学的研究开拓更加广阔的阈限。另一方面，小说反讽交际的认知语用阐释模式也为解读曹雪芹独特的言语反讽艺术提供了方法论建议。在对《红楼梦》的言语反讽进行个案研究的过程中，以理论观点指导案例分析，借助案例和数据分析验证并反哺理论研究。就此，我们着重阐述以下两点。

第一，本书从认知语用角度透视《红楼梦》的反讽交际，可以使我们更加精确地诠释原著。例如：

(1) 隆儿才坐下，端起杯来，忽听马棚内闹将起来。原来二马同槽，不能相容，互相蹶踢起来。

（第六十五回，2006：677）

自发理解的读者很有可能将“二马同槽，不能相容”仅仅看作是叙述者对客观情形的一般描述而错过了对其中深刻含义的推敲。而追求文学阐释的读者绝不会放过任何能够突显作家意图的证据。根据我们所构建的语境激活模式，当读到该话语时，读者会首先激活最佳可及的语境信源——叙事所在的特定场景。叙述中所说的“二马”分别是贾珍和贾琏的坐骑。他二人一前一后来到小花枝巷与尤氏姐妹调情。该语境信源的激活会使读者立即意识到这句话其实是关涉显隐两层含义的评述型反讽语式，以马厩中二马争斗喻指珍、琏二人争风吃醋，隐含表达出对他二人无耻行径的讽刺嘲弄。一方面，该案例分析可以充分证明我们构建的核心理念——主导语境信源的激活是填补反讽交际中显隐两层含义之间空位的关键；另一方面也表明我们的认知语用理论框架可以有效帮助读者捕捉细节，成为经典艺术的“会读者”。

第二，运用小说反讽交际的认知语用理论模式，我们可以辨析《红楼梦》不同版本反讽字句的优劣得失。例如：在第三十一回中，黛玉不满宝玉欲赠湘云金麒麟，又赞湘云会说话，于是，

(2) a.（黛玉）便冷笑道：“他不会说话，他的金麒麟也会说话。”一面说着，便起身走了。

（转引自周中明，2007：183）

正如我们在第 4 章［例（20）］和第 5 章［例（4）］逐层分析的，凭借多项语境信息，短短一句反讽话语便可淋漓尽致地表达

出嘲讽的诗学效果和人物内心复杂的感情态度。而比较不同版本对该反讽交际的处理方式可以从另一个侧面体现出多源语境信息的激活对于反讽理解的重要作用。请看该反讽交际的另外两个版本：

b. 林黛玉听了，冷笑道："他不会说话，就配带金麒麟了！"

（程乙本，转引自周中明，2007：183）

c. 林黛玉听了道："他不会说话，他的金麒麟也会说话。"

（周汝昌校订版，2006：310）

比较（2）a 和（2）b，我们发现，程乙本将原本通过比拟手法实现的反讽交际改成了明说交际，从而导致讽刺性诗学效果大大受损。凭借多源语境激活模式我们可以深入剖析其中的原因。原著的反讽交际是将以物拟人的修辞策略作为主导语境信源，触发受话人的反讽加工。而比拟可以创造显、隐交际之间大量未定点的修辞优势不仅是该反讽交际产生丰富弱隐含的要义，也与黛玉敏感聪颖、含蓄内敛的性格特质完全吻合。程乙本把反讽触发语删除，将间接言语行为改成了直截了当的言语攻击，不但唐突了黛玉的形象，而且违背了作家的交际意图。而周汝昌先生的校订版（2）c 虽然保持了黛玉话语的原汁原味，却去掉了黛玉发话时的身势语言"冷笑"，也削弱了几分反讽的味道。原因是该项非言语线索明显与当时交谈氛围不相宜，可以有效辅助受话人识别黛玉的贬抑态度，加速反讽加工进程。可见，从认知语用角度对《红楼梦》反讽案例的不同版本进行比较可以强化多源语境激活模式的理论观点：无论是前景化的拟物策略还是标记性的副语言都是作家为突显其反讽意图、塑造人物形象而用心设计的，这些线索在读者进行反讽加工时会作为强有力的语境信源参与到语境拓展激活中并交互作用，创造出意欲的交际效果。对《红楼梦》反讽案例的版本研究也进一步启发我们：研究《红楼梦》反讽艺术需要考察版本之间的细微差异，这在我们进行文学阐释的过程中是不可忽视的环节。

以上便是我们从认知语用角度研究《红楼梦》反讽交际的几点价值。尽管如此，我们的研究仍存在许多未解答的问题，该理论模式有待进一步完善和发展。在此，我想着重谈一谈在研究方法方面的局限以及我对未来拓展、深化研究的一些初步构想。虽然我们对言语反讽的认知语用研究是以小说反讽交际作为落脚点，但在本质上已触及反讽加工的认知心理学问题。由于我们是在较为复杂的小说交际语境中开展研究，因而仅仅运用内省方法进行理论探讨和案例分析，所提出的理论模式缺乏实证研究的支持，无法观察读者进行反讽加工的心理过程。如果能从神经语言学角度对反讽语境激活、评价运作机制和高层元表征等反讽加工中的关键问题进行实证探讨会使反讽研究更具有信服力。鉴于此，笔者希望在接下来的反讽研究中能够尝试运用认知神经科学的实证研究方法，如事件相关脑电位（ERP）技术观察反讽在线加工中神经电活动的改变，进而研究言语反讽加工的神经认知机制。初步的研究构想是：围绕“语境激活”和“评价机制”两个核心要素，紧扣影响反讽加工的重要因素、多维互动的推理过程和反讽隐性评价的特殊元表征机制三个核心议题开展ERP研究，探究反讽认知的神经理据，从而提出反讽加工的神经语言学理论模式。为了围绕这一构想开展研究，我们可以通过ERP时间进程研究着重探究以下三个问题：

第一，反讽语境激活机制如何影响反讽加工？特别是反讽语境信源如何以认知努力最小化的方式被整合到反讽语用加工进程中并进行交互作用。

第二，如何证明隐性评价机制是反讽的区别性特征？可以通过引入“评价阶”（scale of evaluation）对隐性评价进行操作性界定，实现隐性评价机制的可操作化，分析该机制如何在心智理论的一般框架下实现元表征调整（metarepresentational adjustment），重点探究语境与隐性评价机制之间的关系。

第三，语境激活与隐性评价在反讽加工进程中是如何交互作用的？着重探究语境顺应对确定反讽者态度评价的重要作用，揭示高层元表征机制在反讽加工过程中对语境激活和隐性评价两个要素的支配性影响。

笔者认为，在本书研究所奠定的基础之上，凭借ERP技术的高时间分辨率和电生理学指标研究反讽加工的神经认知机制具有一定的创新价值。将“语境激活”“隐性评价”提升到相对重要的位置，不但可以从新角度界定反讽，而且可以对反讽加工的神经机制进行元分析，围绕这一理念开展研究，可以构建一个基于神经语言学证据的反讽加工新模式。

本书的研究，从酝酿构思，到选题申报，再到课题获批，直至书稿几经修改后定稿，前后大约经历了八年的时间。在这期间，我所经历的只是一段又一段艰难的路程，而我所珍视的则是一次又一次克服困难后累积起来的勇气。真心希望这项研究能够为我接下来的科研打好基础，使我在反讽研究的道路上继续前行。

参考文献

外文文献

Ackerman, B. Form and function in children's understanding of ironic utterances. *Journal of Experimental Child Psychology*, 1983, 35: 487-508.

Alba Juez, L. Irony and the other off record strategies within politeness theory. *Miscelánea*, 1995, 16: 13-23.

Attardo, S. Irony as relevant inappropriateness. *Journal of Pragmatics*, 2001, 32: 793-826. Reprinted in Gibbs, R. and H. Colston (eds.), *Irony in Language and Thought: A Cognitive Science Reader* (pp. 135-172). New York and London: Lawrence Erlbaum Associates, 2007.

Baldick, C. *Literary Terms*. Shanghai: Shanghai Foreign Language Education Press, 2000.

Barbe, K. Irony in spontaneous conversation. In Brend, R. M. and D. G. Cockwood (eds.), *The 15th Lacus Forum* (pp. 271-280). Illinois: Linguistic Association of Canada and the United States, 1989.

Barbe, K. *Irony in Context*. Amsterdam: Benjamins, 1995.

Berrendonner, A. *Elements de Pragmatique Linguistique*. Paris: Les editions de minuit, 1981.

Blakemore, D. *Semantic Constraints on Relevance*. Oxford: Basil Blackwell, 1987.

Blakemore, D. *Understanding Utterances*. Oxford: Blackwell, 1992.

Blakemore, D. Communication and the representation of thought: The use of audience-directed expressions in free indirect thought representation. *Journal of Linguistics*, 2010, 46: 575-599.

Bolinger, D. *Meaning and Form*. London: Longman, 1977.

Booth, W. *A Rhetoric of Irony*. Chicago: University of Chicago Press, 1974.

Boucher, J. and C. E. Osgood. The Pollyanna hypothesis. *Journal of Verbal Learning and Verbal Behavior*, 1969, 8: 1-8.

Bredin, H. The semantic structure of verbal irony. *Journal of Literary Semantics*, 1997, 26: 1-20.

Brown, G. and G. Yule. *Discourse Analysis*. Cambridge: Cambridge University Press, 1983.

Brown, P. and S. Levinson. Universals in language use: Politeness phenomena. In Goody, E. (ed.), *Questions and Politeness: Strategies in Social Interaction* (pp. 56-310). Cambridge: Cambridge University Press, 1978.

Brown, P. and S. Levinson. *Politeness: Some Universals in Language Usage*. Cambridge: Cambridge University Press, 1987.

Brownell, H. H., Carroll, J. J., Rehak, A. et al. The use of pronoun anaphor comprehension and other figurative language. *Brain and Language*, 1992, 43: 121-147.

Bryant, G. Prosodic contrasts in ironic speech. *Discourse Processes*, 2010, 47: 545-566.

Bryant, G. Verbal irony in the wild. *Pragmatics and Cognition*, 2011, 19: 291-309.

Bryant, G. and J. Fox Tree. Recognising verbal irony in spontaneous speech. *Metaphor and Symbol*, 2002, 17: 99-117.

Carston, R. Metaphor: Ad hoc concepts, literal meaning and mental images. *Proceedings of the Aristotelian Society*, 2010, 110: 295-321.

Caucci, G. M. and R. J. Kreuz. Social and paralinguistic cues to sarcasm. *Humor*, 2012, 25: 1-22.

Chen, Rong. Verbal irony as implicature. Unpublished Ph. D. Dissertation, Ball State University, Muncie, Indiana, 1990.

Clark, B. Stylistic analysis and relevance theory. *Language and Linguistics*, 1996, 5: 163-178.

Clark, B. Salient inferences: Pragmatics and the inheritors. *Language and Literature*, 2009, 18: 173-212.

Clark, B. *Relevance Theory*. Cambridge: Cambridge University Press, 2013.

Clark, H. and R. Gerrig. On the pretense theory of irony. *Journal of Experimental Psychology*: *General*, 1984, 113: 121-126.

Collins, A. M. and E. F. Loftus. A spreading activation theory of semantic processing. *Psychological Review*, 1975, 82: 407-428.

Colston, H. L. Salting a wound or sugaring a pill: The pragmatic functions of ironic criticisms. *Discourse Processes*, 1997, 23: 24-45.

Colston, H. L. Contrast and assimilation in verbal irony. *Journal of Pragmatics*, 2002, 34: 111-142.

Colston, H. L. and R. W. Gibbs, Jr. A brief history of irony. In Gibbs, R. W. and H. L. Colston (eds.), *Irony in Language and Thought*: *A Cognitive Science Reader* (pp. 3-24). New York: Erlbaum, 2007.

Colston, H. L. and J. O'Brien. Contrast and pragmatics in figurative language: Anything understatement can do, irony can do better. *Journal of Pragmatics*, 2000a, 32: 1557-1583.

Colston, H. L. and J. O'Brien. Contrast of kind versus contrast of magnitude: The pragmatic accomplishments of irony and hyperbole. *Discourse Processes*, 2000b, 30: 179-199.

Coulson, S. and K. Federmeier. Words in context: ERPs and the lexical/postlexical distinction. 2001. Html version, http: // www. cogsci. ucsd. edu/～coulson/papers. htm.

Creusere, M. Theories of adults' understanding and use of irony and sarcasm: Applications to and evidence from research with children. *Developmental Review*, 1999, 19: 213-262.

Curcó, C. The pragmatics of humorous interpretations: A relevance-theoretic approach. Unpublished Ph. D. Dissertation, University College London, 1997.

Curcó, C. Irony: Negation, echo, and metarepresentation. Lingua, 2000, 110: 257-280. Reprinted in Gibbs, R. and H. Colston (eds.), *Irony in Language and Thought: A Cognitive Science Reader* (pp. 269-293). New York and London: Lawrence Erlbaum Associates, 2007.

Cutler, A. On saying what you mean without meaning what you say. In *Papers from the Tenth Regional Meeting. Chicago Linguistic Society* (pp. 117-127). Chicago: Department of Linguistics, University of Chicago, 1974.

Dews, S. and E. Winner. Muting the meaning: A social function of irony. *Metaphor and Symbolic Activity*, 1995, 10: 3-19.

Dews, S., Kaplan, J. and E. Winner. Why not say it directly? The social functions of irony. *Discourse Processes*, 1995, 19: 347-367. Reprinted in Gibbs, R. and H. Colston (eds.),

Irony in Language and Thought: A Cognitive Science Reader (pp. 297-318). New York and London: Lawrence Erlbaum Associates, 2007.

Ducrot, O. and T. Todorov. *Encyclopedic Dictionary of the Science of Language*. Baltimore: The Johns Hopkins University Press, 1979.

Dyer, R., Shatz, M. and H. M. Wellman. Young children's storybooks as a source of mental state information. *Cognitive Development*, 2000, 5: 17-37.

Dynel, M. *The Pragmatics of Humour across Discourse Domains*. Amsterdam/Philadelphia: John Benjamins Publishing Company, 2011.

Eisterhold, J., Attardo, S. and D. Boxer. Reactions to irony in discourse: Evidence for the least disruption principle. *Journal of Pragmatics*, 2006, 38: 1239-1256.

Fabb, N. Saussure and literary theory: From the perspective of linguistics. *Critical Quarterly*, 1988, 30: 58-72.

Fabb, N. The density of response: A problem for literary criticism and cognitive science. In Payne, J. (ed.), *Linguistic Approaches to Literature: Papers in Literary Stylistics* (pp. 143-157). Birmingham: English Language Research, University of Birmingham, 1995.

Ferguson, K. *The Man Question: Visions of Subjectivity in Feminist Theory*. Berkeley: University of California Press, 1993.

Furlong, A. Relevance theory and literary interpretation. Unpublished Ph. D. Dissertation, University of London, 1996.

Gerrig, R. J. and Y. Goldvarg. Additive effects in the perception of sarcasm: Situational disparity and echoic mention. *Metaphor and Symbol*, 2000, 15: 197-208.

Gibbs, R. Contextual effects in understanding indirect

requests. *Discourse Processes*, 1979, 2: 1-10.

Gibbs, R. Do people always process the literal meanings of indirect requests? *Journal of Experimental Psychology: Learning, Memory and Cognition*, 1983, 9: 524-533.

Gibbs, R. On the psycholinguistics of sarcasm. *Journal of Experimental Psychology: General*, 1986a, 104: 3-15.

Gibbs, R. Comprehension and memory for nonliteral utterances: The problem of sarcastic indirect requests. *Acta Psychologica*, 1986b, 62: 41-57.

Gibbs, R. W. *The Poetics of Mind*. Cambridge: Cambridge University Press, 1994.

Gibbs, R. *The Poetics of Mind: Figurative Thought, Language and Understanding*. New York: Cambridge University Press, 1999a.

Gibbs, R. Speakers' intuitions and pragmatic theory. *Cognition*, 1999b, 69: 355-359.

Gibbs, R. and H. L. Colston. *Interpreting Figurative Meaning*. New York: Cambridge University Press, 2012.

Gibbs, R. and J. Moise. Pragmatics in understanding what is said. *Cognition*, 1997, 62: 51-74.

Gibbs, R. W. and J. O'Brien. Psychological aspects of irony understanding. *Journal of Pragmatics*, 1991, 16: 523-530.

Gibbs, R. W., O'Brien, J. E., and S. Doolittle. Inferring meanings that are not intended: Speakers' intentions and irony comprehension. *Discourse Processes*, 1995, 20: 187-203.

Giora, R. On irony and negation. *Discourse Processes*, 1995, 19: 239-264.

Giora, R. Discourse coherence and theory of relevance: Stumbling blocks in search of a unified theory. *Journal of Pragmatics*, 1997, 27: 17-34.

Giora, R. Discourse coherence is an independent notion: A reply to Deidre Wilson. *Journal of Pragmatics*, 1998, 29: 75-86.

Giora, R. Irony. In J. Verschueren, J., Östman, J-O., Blommaert, J. and C. Bulcaen (eds.), *Handbook of Pragmatics* (pp. 1-21). Amsterdam: John Benjamins, 1998.

Giora, R. *On Our Mind: Salience, Context and Figurative Language*. New York: Oxford University Press, 2003.

Giora, R. and O. Fein. Irony: Context and salience. *Metaphor and Symbol*, 1999, 14: 241-257.

Giora, R., Fein, O. and T. Schwartz. Irony: Graded salience and indirect negation. *Metaphor and Symbol*, 1998, 13: 83-101.

Glucksberg, S. Commentary on non-literal language: Processing and use. *Metaphor and Symbolic Activity*, 1995, 10: 47-57.

Glucksberg, S. *Understanding Figurative Language: From Metaphors to Idioms*. Oxford: Oxford University Press, 2001.

Goffman, E. *Interactional Ritual: Essays on Face-to-Face Behavior*. Garden City, New York: Doubleday, 1971.

Gordon, G. and G. Lakoff. Conversational postulates. In Cole, P. and J. L. Morgan (eds.), *Syntax and Semantics. Vol. 3: Speech Acts* (pp. 83-106). New York: Academic Press, 1975.

Grice, H. P. Logic and conversation. In Cole, P. and J. Morgan (eds.), *Syntax and Semantics. Vol. 3: Speech Acts* (pp. 113-128). New York: Seminar Press, 1975.

Grice, H. P. Further notes on logic conversation. In Cole, P. (ed.), *Syntax and Semantics 9: Pragmatics* (pp. 113-128). New York: Academic Press, 1978.

Grice, H. P. *Studies in the Ways of Words*. Cambridge,

MA: Harvard University Press, 1989.

Grice, H. P. Logic and conversation, William James Lectures, 1967. Reprinted in Grice, H. P. *Studies in the Way of Words* (pp. 1-143). Cambridge, Mass: Harvard University Press, 1989.

Haiman, J. Sarcasm as theater. *Cognitive Linguistics*, 1990, 1: 181-205.

Haiman, J. *Talk is Cheap: Sarcasm, Alienation, and the Evolution of Language*. Chicago: University of Chicago Press, 1998.

Halliday, M. A. K. Systemic background. In Greaves, W. S. and J. D. Benson (eds.), *Systemic Perspectives in Discourse* (Preface). London: Edward Arnold, 1983.

Hamamoto, H. Irony from a cognitive perspective. In Carston, R. and S. Uchida (eds.), *Relevance Theory: Applications and Implications* (pp. 257-270). Amsterdam: John Benjamins, 1998.

Happé, F. Communicative competence and theory of mind in autism: A test of relevance theory. *Cognition*, 1993, 48: 101-119.

Haverkate, H. A speech act analysis of irony. *Journal of Pragmatics*, 1990, 14: 77-109.

Holdcroft, D. Irony as a trope, and irony as a discourse. *Poetics Today*, 1983, 4: 493-511.

Huang, Y. Relevance and neo-Gricean pragmatic principles. In Schmid, Hans-Jörg (ed.), *Cognitive Pragmatics* (pp. 25-46). Berlin: Mouton de Gruyter, 2012.

Hutcheon, L. *Irony's Edge: The Theory and Politics of Irony*. London, New York: Routledge, 1995.

Ivanko, S. and P. Pexman. Context incongruity and irony processing. *Discourse Processes*, 2003, 35: 241-279.

Johnstone, B. *Discourse Analysis*. Oxford: Blackwell Publishers, 2002.

Jorgensen, J. The functions of sarcastic irony in speech. *Journal of Pragmatics*, 1996, 26: 613-634.

Jorgensen, J., Miller, G. and D. Sperber. Test of the mention theory of irony. *Journal of Experimental Psychology: General*, 1984, 113: 112-120.

Katz, A. and C. Lee. The role of authorial intention determining irony and metaphor. *Metaphor and Symbolic Activity*, 1993, 8: 257-279.

Katz, A. and P. Pexman. Interpreting figurative statements: Speaker occupation can change metaphor to irony. *Metaphor and Symbol*, 1997, 12: 19-41.

Kaufer, D. S. Irony and rhetorical strategy. *Philosophy and Rhetoric*, 1977, 10: 90-110.

Kaufer, D. S. Understanding ironic communication. *Journal of Pragmatics*, 1981, 5: 495-510.

Keenan, T. and K. Quigley. Do young children use echoic information in their comprehension of sarcastic speech? A test of echoic mention theory. *British Journal of Developmental Psychology*, 1999, 17: 83-96.

Kierkegaard, S. *The Concept of Irony*. New York: Harper and Row, 1966.

Kihara, Y. The mental space structure of verbal irony. *Cognitive Linguistics*, 2005, 16: 513-530.

Kiparsky, P. On theory and interpretation. In Fabb, N., Attridge, D., Durant, A. and C. MacCabe (eds.), *The Linguistics of Writing: Arguments between Language and Literature* (pp. 185-198). Manchester: Manchester University Press, 1987.

Knox, N. *The Word IRONY and Its Context, 1500-1755*. Durham, NC: Duke University Press, 1961.

Kolaiti, P. The limits of expression: Language, poetry, thought. Unpublished Ph. D. Dissertation, University College London, 2009.

Kotthoff, E. Responding to irony in different context: On cognition in conversation. *Journal of Pragmatics*, 2003, 35: 1387-1411.

Kreuz, R. J. The use of verbal irony: Cues and constraints. In Mio, J. S. and A. N. Katz (eds.), *Metaphor: Implications and Applications* (pp. 23-38). Mahwah, NJ: Lawrence Erlbaum, 1996.

Kreuz, R. J. and S. Glucksberg. How to be sarcastic: The echoic reminder theory of verbal irony. *Journal of Experimental Psychology: General*, 1989, 118: 374-386.

Kreuz, R. J. and R. M. Roberts. Two cues for verbal irony: Hyperbole and the ironic tone of voice. *Metaphor and Symbolic Activity*, 1995, 10: 21-31.

Kreuz, R. J., Long, D. L. and M. B. Church. On being ironic: Pragmatic and mnemonic implications. *Metaphor and Symbolic Activity*, 1991, 6: 149-162.

Kreuz, R. J., Kassler, M. A., Coppenrath, L. and B. M. Allen. Tag questions and common ground effects in the perception of verbal irony. *Journal of Pragmatics*, 1999, 31: 1685-1700.

Kristeva, J. Word, dialogue and novel. In Moi, T. (ed.), *The Kristeva Reader* (pp. 34-61). Oxford: Basil Blackwell, 1986.

Kumon-Nakamura, S., Glucksberg, S. and M. Brown. How about another piece of pie: The allusional pretense theory of discourse irony. *Journal of Experimental Psychology: General*, 1995, 124: 3-21.

Lakoff, R. *Talking Power*. New York: Basic Books, 1990.

Lapp, E. *Linguistik der Ironie*. Tübingen: Gunter Narr, 1992.

Lazar, R. T. Elementary school teachers' use of multiple meaning expressions. *Language, Speech, and Hearing Services in Schools*, 1989, 20: 420-430.

Leech G. N. *Principle of Pragmatics*. London: Longman, 1983.

Leech, G. N. and M. H. Short. *Style in Fiction*. London: Longman, 1981.

Levinson, S. C. *Pragmatics*. Cambridge: Cambridge University Press, 1983.

Littman, D. C. and J. L. Mey. The nature of irony: Toward a computational model of irony. *Journal of Pragmatics*, 1991, 15: 131-151.

Lodge, D. *The Art of Fiction*. London: Penguin Books, 1992.

Lucariello, J. Situational irony: A concept of events gone awry. *Journal of Experimental Psychology: General*, 1994, 123: 129-145. Reprinted in Gibbs, R. and H. Colston (eds.), *Irony in Language and Thought: A Cognitive Science Reader* (pp. 467-498). New York and London: Lawrence Erlbaum Associates, 2007.

MacMahon, B. Indirectness, rhetoric and interpretive use: Communicative strategies in Browning's *My Last Duchess*. *Language and Literature*, 1996, 5: 209-223.

Marino, M. Irony. In Asher, R. E. (ed.), *The Encyclopedia of Language and Linguistics*. Oxford: Pergamon Press, 1994.

Mariscal Chicano, J. M. Quién finge la ironía pertinente?

Pragmalingüística, 1994, 2: 319-356.

Matthews, P. H. *Oxford Concise Dictionary of Linguistics*. Oxford: Oxford University Press, 1997.

McDonald, S. Pragmatic language skills after closed head injury: Ability to comprehend conversational implicature. *Applied Psycholinguistics*, 1992, 13: 295-312.

McDonald, S. Neuropsychological studies of sarcasm. *Metaphor and Symbol*, 2000, 15: 85-98.

Mei, Meilian. *A Pragmatic Study of Fictional Communication*. Hangzhou: Zhejiang University Press, 2008.

Meyer, D. E. and R. W. Schvaneveldt. Facilitation in recognizing pairs of words: Evidence of a dependence between retrieval operations. *Journal of Experimental Psychology*, 1971, 90: 227-234.

Mizzau, M. L'ironia. *La Contraddizione Consentita*. Milan: Feltrinelli, 1984.

Muecke, D. *The Compass of Irony*. London: Methuen, 1969.

Muecke, D. C. *Irony*. London: Methuen, 1970.

Muecke, D. C. The communication of verbal irony. *Journal of Literary Semantics*, 1973, 2: 35-42.

Muecke, D. C. *Irony and the Ironic*. London: Methuen, 1982.

Myers Roy, A. On the function of irony in conversation. *University of Michigan Papers in Linguistics*, 1976, 2: 64-71.

Myers Roy, A. Towards a definition of irony. In Fasold, R. W. and R. Shuy (eds.), *Studies in Language Variation* (pp. 171-183). Washington D. C.: Georgetown University Press, 1977.

Myers Roy, A. Irony in conversation. Unpublished Ph. D. Dissertation, University of Michigan, 1978.

Myers Roy, A. The function of irony in discourse. *Text*, 1981, 1: 407-423.

Nash, W. *The Language of Humor: Style and Technique in Comic Discourse*. London: Longman, 1985.

Nuolijärvi, P. and L. Tiittula. Irony in political television debates. *Journal of Pragmatics*, 2011, 43: 572-587.

Nuyts, J. *Aspects of a Cognitive-Pragmatic Theory of Language*. Amsterdam: John Benjamins, 1992.

Okamoto, S. An analysis of the usage of Japanese hiniku: Based on the communicative insincerity theory of irony. *Journal of Pragmatics*, 2007, 39: 1143-1169.

Pexman, P. and K. Olineck. Understanding irony—How do stereotypes cue speaker intent? *Journal of Language and Social Psychology*, 2002, 21: 245-274.

Pexman, P. M. and M. T. Zvaigzne. Does irony go better with friends? *Metaphor and Symbol*, 2004, 19: 143-163.

Pilkington, A. Poetic effects. *Lingua*, 1992, 87: 29-52.

Pilkington, A. Against literary reading conventions. In Sell, R. and P. Verdonk (eds.), *Literature and the New Interdisciplinarity: Poetics, Linguistics, History* (pp. 93-106). Amsterdam-Atlanta, GA: Rodopi, B. V., 1994.

Pilkington, A. *Poetic Effects: A Relevance Theory Perspective*. Amsterdam: John Benjamins, 2000.

Quintilian. *Quintilian's Institute of Oratory, or Education of an Orator*. Translated by Watson, J. S. London: Bell, 1875.

Ratcliff, R. and G. McKnoon. Does activation really spread? *Psychological Review*, 1981, 88: 454-462.

Reboul, A. *Rhetorique et Stylistique de la Fiction*. Nancy: Presses Universitaires de Nancy, 1992.

Regel, S. The comprehension of figurative language:

Electrophysiological evidence on the processing of irony. Unpublished Ph. D. Dissertation, University of Potsdam, 2009.

Regel, S., Coulson, S. and T. C. Gunter. The communicative style of a speaker can affect language comprehension? ERP evidence from the comprehension of irony. *Brain Research*, 2010, 1311: 121-135.

Regel, S., Gunter, T. C. and A. D. Friederici. Isn't it ironic? An electrophysiological exploration of figurative language processing. *Journal of Cognitive Neuroscience*, 2011, 23: 77-293.

Richards, I. *Principles of Literary Criticism* (2nd edition). London: Routledge, 1926.

Richards, I. *Principles of Literary Criticism*. London: Routledge and Kegan Paul, 1983.

Rockwell, P. Lower, slower, louder: Vocal cues of sarcasm. *Journal of Psycholinguistics Research*, 2000, 29: 483-495.

Schakel, P. and J. Ridl (eds.), *Approaching Poetry: Perspectives and Responses*. New York: St. Martin's Press, 1997.

Searle, J. R. *Expression and Meaning*. Cambridge: Cambridge University Press, 1979.

Seto, Ken-Ichi. On non-echoic irony. In Carston, R. and S. Uchida (eds.), *Relevance Theory: Applications and Implications* (pp. 239-255). Amsterdam: John Benjamins, 1998.

Sperber, D. Verbal irony: Pretense or echoic mention? *Journal of Experimental Psychology: General*, 1984, 113: 130-136.

Sperber, D. and D. Wilson. Irony and the use-mention distinction. In Cole, P. (ed.), *Radical Pragmatics* (pp. 295-318). New York: Academic Press, 1981.

Sperber, D. and D. Wilson. Mutual knowledge and relevance in the theory of comprehension. In Smith, N. V. (ed.), *Mutual*

Knowledge (pp. 61-131). London: Academic Press, 1982.

Sperber, D. and D. Wilson. *Relevance: Communication and Cognition*. Oxford: Basil Blackwell, 1986.

Sperber, D. and D. Wilson. *Précis of relevance: Communication and cognition*. Behavioural and Brain Sciences, 1987, 10: 687-754.

Sperber, D. and D. Wilson. *Relevance: Communication and Cognition* (2nd edition). Oxford: Basil Blackwell, 1995.

Sperber, D. and D. Wilson. Irony and relevance: A reply to Seto, Hamamoto and Yamanashi. In Carston, R. and S. Uchida (eds.), *Relevance Theory: Applications and Implications* (pp. 283-294). Amsterdam: John Benjamins, 1998.

Stalnaker, R. Assertion. In Cole, P. (ed.), *Syntax and Semantics 9: Pragmatics* (pp. 315-332). New York: Academic Press, 1978.

Tanaka, R. The concept of irony: Theory and practice. *Journal of Literary Semantics*, 1973, 2: 43-56.

Tannen, D. *Conversational Style. Analyzing Talk among Friends*. Norwood, NJ: Ablex, 1984.

Toolan, M. (ed.) *Language, Text and Context: Essays in Stylistics*. London: Routledge, 1992.

Toolan, M. *Total Speech: An Integrational Linguistic Approach to Language*. Durham and London: Duke University Press, 1996.

Uchida, S. Text and relevance. In Carston, R. and S. Uchida (eds.), *Relevance Theory: Applications and Implications* (pp. 161-178). Amsterdam: John Benjamins, 1998.

Utsumi, A. Verbal irony as implicit display of ironic environment: Distinguishing ironic utterances from nonirony. *Journal of Pragmatics*, 2000, 32: 1777-1806.

Vega Moreno, R. *Creativity and Convention: The Pragmatics of Everyday Figurative Speech*. Amsterdam: John Benjamins, 2007.

Weiner, E. and J. Simpson. *Oxford English Dictionary*. Oxford: Oxford University Press, 1989.

Wilson, D. Relevance and understanding. In Brown, G. et al. (eds.), *Language and Understanding* (pp. 37-58). Oxford: Oxford University Press, 1994.

Wilson, D. Preface. In He Ziran and Ran Yongping (eds.), *Pragmatics and Cognition: Relevance Theory* (pp. 1-16). Beijing: Foreign Language Teaching and Research Press, 2001.

Wilson, D. Irony and metarepresentation. *UCL Working Papers in Linguistics*, 2009, 21: 183-226.

Wilson, D. Relevance theory. In Cummings, L. (ed.), *The Pragmatics Encyclopedia* (pp. 394-398). London: Routledge, 2010.

Wilson, D. Relevance and the interpretation of literary works. *UCL Working Papers in Linguistics*, 2011, 23: 69-80.

Wilson, D. Irony, hyperbole, jokes and banter. In Blochowiak, J. (ed.), *Papers Dedicated to Jacques Moeschler, C. Blochowiak, C. Grisot, S. Durrleman-Tame and C. Laenzlinger*. Genève: Université de Genève, 2014a. Available at http://personal.ua.es/francisco.yus/rt2.html#W.

Wilson, D. Relevance theory. *UCL Working Papers in Linguistics*, 2014b, 26: 129-148.

Wilson, D. Relevance theory. In Huang, Y. (ed.), *Oxford Handbook of Pragmatics*. Oxford: Oxford University Press, 2016. Available at https://www.researchgate.net/publication/296332481.

Wilson, D. and D. Sperber. On choosing the context for

utterance interpretation. In Allwood, J. and E. Hjelmquist (eds.), *Foregrounding Background* (pp. 51-64). Lund: Doxa, 1985.

Wilson, D. and D. Sperber. Representation and relevance. In Kempson, R. M. (ed.), *Mental Representation* (pp. 133-153). Cambridge: Cambridge University Press, 1988.

Wilson, D. and D. Sperber. On verbal irony. *Lingua*, 1992, 87: 53-76.

Wilson, D. and D. Sperber. Truthfulness and relevance. *Mind*, 2002, 111: 583-632.

Wilson, D. and D. Sperber. Relevance theory. In Ward, G. and L. Horn (eds.), *The Handbook of Pragmatics* (pp. 607-632). Oxford: Blackwell, 2004.

Wilson, D. and D. Sperber. *Meaning and Relevance*. Cambridge: Cambridge University Press, 2012.

Winner, E. *The Point of Words: Children's Understanding of Metaphor and Irony*. Cambridge, MA: Harvard University Press, 1988.

Woodland, J. and D. Voyer. Context and intonation in the perception of sarcasm. *Metaphor and Symbol*, 2011, 26: 227-239.

Yamaguchi, H. Echo utterances. In Asher, R. E. (ed.), *The Encyclopedia of Language and Linguistics*. Vol. 4. Oxford: Pergamon Press, 1994.

Yamanashi, Masa-Aki. Some issues in the treatment of irony and related tropes. In Carston, R. and S. Uchida (eds.), *Relevance Theory: Applications and Implications* (pp. 271-281). Amsterdam: John Benjamins, 1998.

Yus, F. Irony: Context accessibility and processing effort. *Pragmalingüística*, 1998, 5-6: 391-411.

Yus, F. On reaching the intended ironic interpretation.

International Journal of Communication, 2000a, 10: 27-78.

Yus, F. Literal/nonliteral and the processing of verbal irony. *Pragmalingüística*, 2000b, 8-9: 349-374.

Yus, F. Saturación contextual en la comprensión de la ironía. In Gurillo, L. R. and X. P. García (eds.), *Dime Cómo Ironizas Y Te Diré Quién Eres: Una Aproximación Pragmática a la Ironía* (pp. 309-331). Frankfurt: Peter Lang, 2009.

Yus, F. Relevance theory and contextual sources-centred analysis of irony: Current research and compatibility. In Cruz, M. P. (ed.), *Relevance Theory: Recent Developments, Current Challenges and Future Directions*. Amsterdam and Philadelphia: John Benjamins, forthcoming.

Zhao, Hong. A relevance-theoretic approach to verbal irony: A case study of *Pride and Prejudice*. Ph. D. Dissertation, Jinan: Shandong University, 2007.

Zhao, Hong. A relevance-theoretic approach to verbal irony: A case study of ironic utterances in *Pride and Prejudice*. *Journal of Pragmatics*, 2011, 43: 175-182.

中文学术专著

曹雪芹:《脂砚斋重评石头记(甲戌本)》，上海人民出版社1975年版。

曹雪芹:《脂砚斋重评石头记(庚辰本)》，人民文学出版社1975年版。

曹雪芹:《红楼梦》，东麓书社1993年版。

曹雪芹:《红楼梦》(周汝昌汇校)，人民文学出版社2006年版。

曹雪芹、高鹗:《程甲本红楼梦(全六册)》，书目文献出版社1992年版。

陈望道:《修辞学发凡》，复旦大学出版社2008年版。

辞海编辑委员会编纂:《辞海》(1999年版缩印本)，上海辞书出版社 2000 年版。

冯庆华：《红译艺坛——〈红楼梦〉翻译艺术研究》，上海外语教育出版社2006 年版。

何兆熊：《新编语用学概要》，上海外语教育出版社2000 年版。

何兆熊：《语用学文献选读》，上海外语教育出版社2003 年版。

何自然、陈新仁：《当代语用学》，外语教学与研究出版社 2004 年版。

何自然、冉永平：《语用与认知：关联理论研究》，外语教学与研究出版社 2001 年版。

何自然、冉永平：《语用学概论》（修订本），湖南教育出版社 2002 年版。

何自然、冉永平：《新编语用学概论》，北京大学出版社 2009 年版。

胡范铸：《幽默语言学》，上海社会科学出版社 1987 年版。

胡壮麟、刘世生：《西方文体学辞典》，清华大学出版社 2004 年版。

蓝纯：《语用学与〈红楼梦〉赏析》，外语教学与研究出版社 2007 年版。

李家荣：《话语相关与认知语境》，何自然、冉永平主编《语用与认知：关联理论研究》，外语教学与研究出版社 2001 年版。

李建军：《小说修辞学》，中国人民大学出版社 2003 年版。

李荣启：《文学语言学》，人民出版社 2005 年版。

梁扬、谢仁敏：《〈红楼梦〉语言艺术研究》，人民文学出版社 2006 年版。

林兴仁：《〈红楼梦〉的修辞艺术》，福建教育出版社 1984 年版。

刘上生：《中国古代小说艺术史》，湖南师范大学出版社 2002 年版。

冉永平：《词汇语用探新》，外语教学与研究出版社 2012 年版。

申丹：《叙述学与小说文体学研究》，北京大学出版社 2001 年版。

束定芳：《中国语用学研究论文精选》，上海外语教育出版社 2001 年版。

孙爱玲：《〈红楼梦〉对话研究》，北京大学出版社 1997 年版。

涂靖：《文学语用学纲要》，湖南人民出版社 2005 年版。

文旭：《反讽话语的认知语用研究》，中国社会科学出版社 2004 年版。

吴波：《文学与语言问题研究》，世界图书出版公司 2009 年版。

武占坤：《常用辞格通论》，河北教育出版社 1990 年版。

西槙光正：《语境研究论文集》，北京语言学院出版社 1992 年版。

徐国珍：《仿拟研究》，江西人民出版社 2003 年版。

徐鹏等：《修辞和语用——汉英修辞手段语用对比研究》，上海外语教育出版社 2007 年版。

姚俊：《汉英言语反讽的形式与功能——一项基于电视辩论语料的语用研究》，四川大学出版社 2008 年版。

曾衍桃：《论反语理解的认知标准》，陈治安、刘家荣、文旭主编《语用学：语言理解、社会文化与外语教学》，西南师范大学出版社 2000 年版。

曾衍桃：《反语提述论——关联理论论反语述评》，何自然、冉永平主编《语用与认知：关联理论研究》，外语教学与研究出版社 2001 年版。

曾衍桃：《反讽论》，中国社会科学出版社 2006 年版。

张弓：《现代汉语修辞学》，天津人民出版社 1963 年版。

张萌：《反语认知心理学研究》，暨南大学出版社 2010 年版。

赵虹：《言语反讽的关联理论研究——〈傲慢与偏见〉个案分析》，山东大学出版社 2008 年版。

中国社会科学院语言研究所词典编辑室编：《现代汉语词典》(第 5 版)，商务印书馆 2007 年版。

周中明：《红楼梦的语言艺术》，广西人民出版社 2007 年版。

朱永生：《语境动态研究》，北京大学出版社 2005 年版。

[波] 罗曼·英加登：《文学的艺术作品》，伊瑟尔主编《阅读活动》，中国社会科学出版社 1991 年版。

[德] 德奥尔格·黑格尔：《美学》第 1 卷，朱光潜译，商务

印书馆 1979 年版。

［德］沃尔夫冈·伊瑟尔：《阅读活动》，金元浦等译，中国社会科学出版社 1991 年版。

［俄］尤里·梯尼亚诺夫：《诗歌中词的意义》，什克洛夫斯基等主编《俄国形式主义文论选》，方珊等译，三联书店 1989 年版。

［英］米克：《论反讽》，周发祥译，昆仑出版社 1992 年版。

中文期刊论文

盎伯：《文学反讽纵横谈》，《外国文学动态》1988 年第 9 期。

曹佳、吕一行：《反语的回应性》，《西安外国语学院学报》2004 年第 1 期。

曹婉君：《试析英语反语与讽刺》，《南通工学院学报》1999 年第 15 期。

柯大栩：《〈红楼梦〉与〈镜花缘〉》，《红楼梦学刊》1983 年第 1 辑。

刘正光：《反语理论综述》，《解放军外国语学院学报》2002 年第 4 期。

刘正光、崔刚：《反语理解三假说》，《外国语》2003 年第 2 期。

曲卫国：《也评"关联理论"》，《外语教学与研究》1993 年第 2 期。

冉永平：《语用过程中的认知语境及其语用制约》，《外语与外语教学》2000 年第 8 期。

涂靖：《反讽的语用特征和限制条件》，《外语学刊》2002 年第 1 期。

文旭：《反讽话语的关联理论阐释》，《外国语言文学研究》2001a 年第 1 期。

文旭：《反讽话语的语境暗示与限制》，《四川外语学院学报》2001b 年第 6 期。

薛玲：《仿词的构成及其对原词的影响》，《云南师范大学学报》1998 年第 2 期。

应必诚：《〈红楼梦〉的叙述艺术》，《红楼梦学刊》1995 年第 1 辑。

赵虹：《反讽话语回声解释论补释——以〈傲慢与偏见〉影视对话为语篇分析对象》，《外语电化教学》2009a 年第 1 期。

赵虹：《论 Yus 对反讽的认知语用研究》，《山东外语教学》2009b 年第 1 期。

赵虹：《析〈傲慢与偏见〉中反讽话语的讽刺幽默诗学效果》，《外语教学》2009c 年第 2 期。

赵虹：《小说交际的认知语用研究——品读〈红楼梦〉》，《山东外语教学》2011 年第 3 期。

赵虹：《试析小说反讽交际中多源语境信息的激活》，《山东外语教学》2013 年第 1 期。

中文学位论文

蔡伟林：《8～12 岁儿童和成人对反语的意义理解及情绪反应》，华东师范大学硕士学位论文，2009 年。

陈科芳：《修辞格翻译的语用学探解》，上海外国语大学博士学位论文，2006 年。

盖笑松：《汉语儿童反语理解的研究》，中国科学院博士学位论文，2003 年。

黄缅：《相邻关系——汉语反语的认知语用研究》，广东外语外贸大学博士学位论文，2008 年。

李红光：《反语的认知语用研究》，黑龙江大学硕士学位论文，2008 年。

沈秋：《儿童中期利用人格特质线索理解反语的研究》，华东师范大学硕士学位论文，2008 年。